COLLECTION FOLIO

Pierre Pelot
Yves Coppens

# Sous le vent du monde, I

## Qui regarde la montagne au loin

Denoël

# Préface

*Un beau jour d'il y a 3 à 4 millions d'années, la Terre frissonna ; son orbite s'était un tout petit peu, cosmiquement parlant, éloignée du Soleil ; les tropiques du coup s'en asséchèrent ; là où régnait la forêt, s'installa la savane ; là où la savane s'était déjà implantée, s'ouvrit la steppe. Deux grandes lignées de préhumains,* afarensis *et* anamensis, *se différencièrent alors au creux du berceau est-africain — l'une, des bois, encore un peu arboricole, l'autre, des champs, déjà totalement bipède — et profitèrent de l'expansion de ces paysages vers le sud, l'ouest et le nord pour bouger avec eux, la première vers l'Afrique australe (on l'appellera là-bas* africanus), *la seconde vers l'Afrique centrale (elle y est devenue* bahrelghazali). *L'histoire de notre famille en était arrivée là, à cette dichotomie banale à développement commandé par celui du degré de couverture de son milieu, lorsque le frisson de la planète se fit plus fort encore. Pour les Australopithèques majoritairement végétariens, moins de végétaux signifia alors nécessité impérative d'un nouvel effort ; deux réponses à l'accentuation de la crise ne tardèrent pas à surgir ; la première, dissuasive par le corps, la seconde, par l'esprit.*

*Entre 2 et 3 millions d'années, en effet, naissent, respectivement en Afrique de l'Est et en Afrique du Sud, Zinjanthrope et Paranthrope, l'Australopithèque robuste, solution spécialisée à denture casse-noisettes destinée à accéder à une alimentation végétale plus coriace et plus fibreuse que celle du menu d'avant, et dans le creuset est-africain seulement,* Homo, *l'Homme, solution généralisée à denture à manger de tout, destinée à consommer désormais aussi bien de la viande que des végétaux. L'événement — que l'on appelle d'un mauvais jeu de lettres de l'(H)Omo parce qu'il a été décrit et compris pour la première fois dans la vallée de l'Omo en Éthiopie — aurait pu paraître bénin puisqu'il était climatique et obligeait donc à une adaptation, comme tant d'autres depuis des milliards d'années, les êtres qui se trouvaient là à ce moment-là. Mais comme c'est lui qui a permis à l'un des préhumains (*Australopithecus anamensis *sans doute) cette transformation en humain pour s'en sortir — grosse tête et régime alimentaire à très large spectre —, l'événement était en fait de dimension considérable ; aux caractères du genre* Homo *sont en effet liés des comportements aux défis de taille !*

*Qui dit gros cerveau dit réflexion meilleure, plus grande curiosité et, à terme, conscience, ce qui veut dire pour la toute première fois dans l'univers — à notre connaissance — matière pensante. Qui dit mâchoire à manger de tout dit consommation de viande, donc poursuite de gibier et plus grande mobilité. Le premier de ces comportements va faire les humains et peut-être déjà les derniers des préhumains, créer, au creux du milieu naturel, celui tout neuf de la connaissance ; il va leur faire comprendre leurs dimensions spirituelle, morale, éthique, développer et cumuler les savoirs théoriques, techniques et d'observation, les aider peu à peu à se connaître eux-mêmes, à connaître leur planète, à connaître leur Univers, et leur donner libre arbitre, liberté et responsabilité, démarquant la matière pensante dont ils sont faits de la matière inerte et de la matière vivante dont ils sont issus. Le second va les pousser de proche en proche vers de nouveaux territoires ; ils vont ainsi se déployer en deux millions d'années sur le monde entier, visiter le système solaire et se lancer bientôt dans une prospection de leur galaxie.*

*Comment peut-on démontrer l'émergence de ces caractères nouveaux, curiosité et mobilité, de la vie pensante ? La curiosité, pour ne pas dire la conscience plus difficile à définir, peut se reconnaître évidemment à l'apparition de l'outil fabriqué avec un autre outil — 3 millions 300 000 ans dans la vallée de l'Omo, en Éthiopie —, fruit d'un encéphale à la structure nouvelle depuis déjà quelques millions d'années et au volume presque doublé précisément à ce moment-là, géologiquement parlant bien entendu. La chasse se lit dans la diversité des restes osseux rencontrés groupés sur les sols d'habitat, preuve de charognage et de chasse, véritable preuve aussi de transport de gibier et de partage ; et la mobilité qui en découle se déduit de la répartition des localités où ont été trouvés des Hominidés, de leurs outillages et des traces de leur occupation à travers le monde, 3 000 000 d'années en Afrique de l'Est, au moins 2 000 000 en Eurasie, 100 000 peut-être en Australie et en Amérique, 30 ans sur la Lune.*

*Nous voici à une époque exceptionnelle, un de ces tournants que l'on ne comprend vraiment qu'après l'avoir franchi. Avec les derniers préhumains avant les robustes ou avec les premiers humains, c'est-à-dire entre*

*2,5 millions et 3,5 millions d'années, apparaissent tout à la fois, mais pas forcément tout en même temps, conscience, émotion, outils et langage.* Australopithecus afarensis *(Lucy),* Australopithecus anamensis, Australopithecus africanus, Australopithecus bahrelghazali, *avaient certainement atteint un certain niveau de conscience, au moins de temps en temps un certain niveau consécutif d'émotion, un niveau élaboré de communication — mais leur larynx paraît encore bien haut pour que le langage ne soit autre que modulé —, et la capacité de faire éclater délibérément quelques cailloux, et parfois même de les retoucher.* Homo *articule, enseigne et reproduit à l'infini des outils stéréotypés, aime et réfléchit à la mort.*

*Mais les choses semble-t-il se compliquent au moment de cette grande émergence, pour des raisons certainement environnementales ; la population des premiers Hommes —* Homo rudolfensis *— se trouve en effet alors être hachicotée en petites unités et, comme dans les cas d'isolement suffisamment persistants, la spéciation y est très rapide, bien plus rapide qu'on ne l'imagine ; on distingue à ce moment-là — peut-être ? — un certain nombre d'Hommes,* Homo rudolfensis, Homo habilis, Homo microcranous, Homo kenyaensis, Homo okotensis, Homo ergaster.

*C'est une de ces histoires que Pierre Pelot, avec son extraordinaire capacité à plonger dans les autres mondes, d'ailleurs ou d'avant, raconte ; ceux de la bande de Nî-éi sont des* Homo rudolfensis, *et la bande de Moh'hr, des* Homo habilis. *C'est sans peine que je la lui ai confiée, en lui parcourant à grands traits de science — la Science ne peut guère faire mieux — la vie au temps des derniers des Australopithèques que l'on appelle gra-*

*ciles et celle du temps (d'après) des premiers des Australopithèques que l'on appelle robustes et des tout premiers Hommes. Il en a rapporte un récit que je vous offre en en garantissant presque toute l'atmosphère. Je n'aurais pas su m'y rendre moi-même si complètement.*

YVES COPPENS

1

La nuit léchait les hautes herbes et les feuilles acérées des arbres de sa langue bleue paresseuse. De loin en loin, montait l'appel d'une bête, le cri saccadé d'une autre, entre les gloussements d'oiseaux qui glissaient et rebondissaient dans les branches.

Elle écoutait la nuit proche.

Parfois, cela faisait comme un bruit de pierre râpant la première peau d'une branche, quand on la pèle. Ce n'était pas un bruit unique et répété, mais plusieurs, tantôt ici, tantôt là, qui montaient du chuchotis caressant.

Un peu après que le jour d'avant se fut éteint avec la plongée sous terre de la boule de lumière rouge, le petit souffle d'air s'était levé ; il semblait sortir de chacune des tiges d'herbe qui s'agitaient pour le retenir ou l'attraper, empêcher sa course invisible ; les feuilles et les épines des plus courtes branches, entre ciel et terre, faisaient de même. Au sol, de la poussière tournoyait et filait, perdant progressivement sa chaleur tandis que le sombre glissait sur les pans dressés des montagnes, que les arbres devenaient noirs comme des choses creuses découpées dans le ciel dur.

Un jour, elle avait vu une eau profonde de cette couleur que prend le ciel quand la nuit se couche. L'image était restée dans sa tête.

Le courant d'air n'avait cessé de courir, plus ou moins vite et plus ou moins fort, froissant les feuilles et les herbes sèches qui recouvraient encore en grande partie le dessus de l'abri. D'abord, elle avait cru que ce bruit-là provenait des autres, endormis sous les branches entrelacées, mais non : c'était juste le frottement de l'invisible course sur les feuilles brunes, cassantes et racornies comme de vieilles raclures de peaux — elle ne s'y était plus laissé prendre.

Elle ne dormait pas avec eux. Depuis longtemps déjà. Presque depuis la dernière fois que les grands arbres à épines dures s'étaient couverts de cette autre sorte de petites feuilles blanches qui ne duraient pas. Elle restait la plupart du temps à l'extérieur de l'abri, contre les pierres qui bloquaient les branches coupées, blêmes et noueuses. Elle s'était confectionné une couche, comme un oiseau, avec des feuilles et des poignées d'herbe et des tiges assouplies à coups de pierre. Les autres l'avaient laissée faire, intrigués, regardant le nid qu'elle regarnissait régulièrement. Ils ne lui avaient pas demandé ce qui la poussait à agir de la sorte. Aucun n'était venu s'asseoir devant elle pour lui adresser le moindre signe interrogateur. La nécessité d'une telle question ne leur était pas apparue. Ils s'asseyaient rarement devant elle. Mais ils avaient prononcé les mots *nî éi*, la désignant du doigt et des yeux.

La douleur était venue en même temps que la lune grimpait au-dessus de la barre plate de la falaise. Une douleur au creux de son ventre gargouillant et lourd, à la peau distendue, qu'elle avait eu l'idée un jour de soutenir en passant autour de son cou une bande de tiges entortillées qui ceignait sa taille, libérant ainsi ses mains quand elle cueillait aux arbustes ou fouillait le sol. Là encore, les autres l'avaient regardée curieusement, harnachée de la sorte ; entre eux, ils avaient échangé des coups d'œil, des mimiques avouant leur incompréhension et cette expectative qui leur tombait dessus dès que leur attention s'arrêtait sur elle... La douleur. Et la peur aussi, comme une autre souffrance en pleine tête, de voir s'élever le disque rouge de la lune à cet instant précis.

Depuis, la nuit rampait autour de Nî-éi, tournait, essayait de se coucher dessus pour l'entraîner avec elle dans ses territoires invisibles — mais Nî-éi résistait en s'ébrouant régulièrement. Comme une main qui se referme et qui presse de plus en plus fort, la douleur avait grossi dans son ventre, gagnant peu à peu tout son être, prenant progressivement la consistance d'une pierre lourde, dure, plate, accrochée à son dos, puis grossissant dans ses jambes et ses épaules. Ou bien c'était la peur qui prenait cette forme-là, logée maintenant sous sa peau comme pour ne plus en partir jamais.

Elle cherchait à identifier ce bruit de râpe sur l'écorce, dès qu'il s'élevait, elle oubliait alors un peu la douleur — la repoussait en arrière d'elle, au fond de ses muscles de pierre. Elle se tenait accroupie, immobile et la respiration suspendue, cachée derrière les cheveux qui tombaient devant son visage, son regard plissé dans la grimace et fouillant à travers les mèches, tandis que *ça* mordait au creux de son ventre.

Nî-éi n'ignorait pas ce que c'était.

Ça mordait et ça déchirait avec des doigts griffus. Ça devait ressembler à un de ceux-là qui sautent de branche en branche en s'aidant de leur queue et peuvent casser d'un coup de leurs dents tranchantes recourbées une coque de fruit dur, qui marchent sur terre avec leurs mains et leurs pieds confondus (ils n'étaient plus nombreux dans les arbres, ici, depuis que le groupe des *nam* s'était installé au-dessus de l'eau qui creusait profondément le sol rouge). Un petit de ceux-là à quatre pattes était-il capable de déchiqueter le ventre de sa mère, pour sortir ? Nî-éi n'avait jamais vu semblable chose, mais la crainte soudaine que cela puisse se produire la glaçait, griffure ouverte dans la chaleur qui tirait la peau de son ventre et coulait en sueur dans le creux de ses reins douloureux...

Le bruit suspect provenait d'arbres qui parlaient entre eux, heurtant leurs grands doigts secs et tordus l'un contre l'autre. Nî-éi ne comprenait pas ce langage, incapable en cet instant d'y accorder une véritable attention. Certainement, les arbres savaient ce qu'elle était en train de souffrir.

Et savaient pourquoi, aussi.

Nî-éi, comme les arbres, savait pourquoi. Elle n'avait pas oublié, après ce long temps, les images précises de l'événement qui était la cause de cette souffrance montée en elle avec la venue de la nuit.

Le petit vent n'était plus là. À présent, les herbes fines et sans couleur se tenaient droites au bord de l'espace de terre nue, sans un frémissement. La lune à l'autre bout du ciel avait enflé, redevenue rouge et prête à couler bientôt sous la terre rejointe. Graduellement, le léger courant d'air frais rôdeur était redescendu sous le sol, comme s'il craignait la nouvelle lumière du jour proche. C'était ainsi depuis de nombreuses nuits, les unes après les autres : le courant d'air se montrait et reniflait, mais il finissait par disparaître sans que rien ne change, sans apporter le moindre signe de pluie dans le ciel pâlissant.

Et ceux qui avaient dormi par à-coups, ou qui avaient veillé, dans l'attente, paupières plissées, refermaient les yeux après avoir raclé la sécheresse de leur gorge — ou alors, au contraire, ils gardaient longtemps les yeux ouverts avant de ciller, fixant un point devant eux par un trou dans les feuillages tressés qui maintenant pendaient sans que personne ne prenne plus la peine de les remettre en place, sans que personne y songe seulement, fixant un point bien au-delà, au-delà même de la tête sombre de la terre dressée bien plus loin que la grande vallée plate où l'eau ne coulait plus, et plus loin encore, fixant un point qui n'existait pas réellement, regardant obstinément vers là-bas d'où le soleil brûlant surgirait encore et comme si leur regard tendu pouvait suffire à retarder un peu son flamboiement, comme s'il pouvait hâter le retour des animaux de l'eau, des menus oiseaux gris qu'on attrape rien qu'en agitant les bras, et de la blancheur douce des petites feuilles passagères sur les grands arbres aux dents pointues... mais le regard planté si loin ne pouvait rester ouvert longtemps ; les paupières brûlantes se fermaient toujours trop tôt en dépit des efforts fournis pour les garder levées le temps que la supplique muette fasse son chemin.

Quelque part dans la vallée encaissée monta le cri saccadé, ricaneur, seul et terrible, d'un *iêk*.

Nî-éi fut traversée par un violent frisson et un gémissement s'échappa d'entre ses lèvres épaisses que soulignaient des craquelures sombres de salive séchée. Sous le toit crevé de feuillages, quelqu'un grogna, un autre marmonna des sons indistincts. Les assauts de douleur étaient maintenant trop forts et Nî-éi avait commencé de s'éloigner de l'abri, assise, se tirant à la force des poignets, poussant des pieds et d'une cuisse. Sa lèvre inférieure mordue pour contenir le cri qu'elle ne voulait pas leur donner à entendre était coupée ; le sang coulait le long de son cou, lui emplissait la bouche d'un goût qui ne ressemblait pas à celui d'une viande de *nam-nî* — son goût *à elle* : et cela lui donna la force de ramper plus vite.

Le cri du *iêk* s'éleva de nouveau. Loin encore... déjà moins loin que la première fois ? Pour quelle raison le *iêk* criait-il comme s'il était seul, alors que la nuit n'était pas encore partie ?

Tout le corps de Nî-éi se couvrait d'un flot de sueur gluante. Les gouttes roulaient de son visage sur sa poitrine gonflée, mamelles écartées et soulevées par le ventre monstrueusement gros ; c'était poisseux entre ses cuisses, dans la fente endolorie qu'elle ne pouvait plus voir, ni même atteindre maintenant avec ses doigts, les poils encroûtés de poussière irritante. Le mouvement répété qu'elle faisait pour se mouvoir mit sa bouche en contact avec son épaule gauche ; elle lécha sa peau, mélangeant le goût de la sueur à celui du sang. Son goût à elle, encore, et cela lui donnait de la force. Elle avait presque atteint la ligne des herbes hautes et droites, en périmètre de l'espace dégagé qu'avait choisi la bande pour s'y installer.

Le glapissement du *iêk* au pelage taché vibrait dans la rousseur plongeante de la lune, pareil à un coup de pierre sur un dur bois blanc dépouillé d'écorce, et son écho flottait encore dans l'air longtemps après avoir jailli des profondeurs lointaines de la vallée. Les *iêk*, d'ordinaire, ne parlaient pas au cœur de la nuit, on ne les entendait qu'à l'approche du petit jour revenu, ou plus tard, quand la chaleur tremblait en mélangeant le ciel et la terre. Et alors c'étaient des cris nombreux : les *iêk* marchaient en bande et ils avaient toujours beaucoup à dire, même quand ils n'avaient pas faim. Pour quelle raison celui-ci, solitaire, avait-il crié ? Nî-éi ne trouvait pas d'explication à l'incompréhensible manifestation de la bête. Elle n'avait pas su comprendre le cri, surprise alors que déferlait en elle une nouvelle vague de déchirements, tandis qu'elle serrait les dents de toutes ses forces, la bouche emplie de sang, si fort que tous les bruissements chuchotés par la nuit finissante en étaient comme écrasés à ses oreilles.

Elle s'immobilisa, un peu avant la trouée ouverte dans les tiges blêmes des herbes par les nombreux passages de ceux de la bande depuis qu'ils avaient dressé cet abri-là, à cet endroit surplombant l'eau qui coulait dans le fond du ravin — c'était vers l'eau que conduisaient les passages. Nî-éi écoutait, la tête levée, les paupières mi-closes brûlantes de sueur, les narines grandes ouvertes. L'écho rebondissant du cri avait été avalé par la grande bouche ronde et rouge au bout du ciel. Il n'y avait pas d'odeurs dangereuses perceptibles — l'odeur la plus présente était la sienne, protectrice, au-dedans de laquelle elle se recroquevillait.

Pourquoi le cri du *iêk* ? Pourquoi le *iêk* avait-il crié ?

Des pierres se heurtaient dans le ventre de Nî-éi, des pierres fracassées, prises au sol quand le soleil est juste au-dessus des choses et de leurs doubles d'ombres. À ce moment-là, même les doubles des choses, des *nam-nî* et des *nam*, cherchent à se protéger de la chaleur et ils se font le moins gros possible avant de repartir à petits pas dans l'autre sens. La chaleur fait mordre les pierres, quand on les touche : c'était ce genre de pierres qui lui broyaient les entrailles et le dos.

Que faisait le *iêk*, maintenant, après avoir donné sa présence à tous ceux qui voulaient entendre ?

Deux filets de salive sanguinolente brillaient aux commissures des lèvres de Nî-éi. Ils coulèrent le long de son cou tendu, se rejoignirent dans le petit creux formé par le pli de ses seins écartés et le dessus de son ventre. Elle aurait voulu se trouver au bord de l'eau. Elle aurait pris son bâton et se serait glissée dans la fraîcheur bienfaisante.

Elle s'aperçut qu'elle avait oublié son bâton.

Une eau comme celle de la grande étendue au bord de laquelle l'abri d'avant celui-ci avait été dressé, la dernière fois que les arbres à épines s'étaient couverts de fleurs blanches. Elle se serait glissée dedans, assise, et la fraîcheur aurait éteint le feu des pierres secouées dans son ventre, l'eau serait entrée en elle pour l'aider à se débarrasser de ce qui mordait et déchiquetait. Elle avait bien aimé cette eau-là, fermée, tranquille, et qui ne faisait pas durcir la langue quand on la buvait. Sur la rive de cette étendue, Nî-éi avait elle-même été paisible et calme comme l'eau, un certain temps, jusqu'au brutal événement responsable de ses souffrances de maintenant. Mais les images apaisantes de cette eau ne l'avaient pas quittée pour autant. C'était une eau tellement plus facile que le petit filet maigre, chaque jour plus étroit et moins bavard, qui se frayait un chemin pénible entre les rocs et dans la terre rouge durcie.

Il avait bien fallu quitter le bord de l'eau calme, après qu'une seule nuit eut repris en elle suffisamment de *nam* pour que la bande en soit réduite de moitié — et parmi les *nam* emportés, deux femmes, avec chacune un enfant agrippé aux mamelles, ce qui réduisait à deux le nombre des femmes encore vivantes, en comprenant Nî-éi, même si elle était marquée, et compte tenu du fait que l'autre n'en était plus vraiment une, tellement chargée d'images vécues, les cheveux raréfiés et blancs, la peau presque déjà comme l'écorce de l'arbrisseau épineux qu'elle deviendrait quand elle ne bougerait plus.

Elle bascula d'une hanche sur l'autre. La masse de ses cheveux parsemés de brindilles, maculés de sable, de salive, s'entrouvrit un instant pour retomber aussitôt devant son visage. Depuis qu'elle se savait marquée, elle avait rabattu de la sorte ses cheveux afin que ses yeux et sa bouche ne parlent pas sans qu'elle le sache ou le veuille, avouant par mégarde ce qu'elle n'avait jamais dit, ce qu'elle avait toujours tenu caché. Ils ne savaient pas. Rien (ni personne) de ce qui parcourt incessamment les invisibles territoires n'avait dévoilé ce qu'elle était devenue à ceux de la bande encore debout. Ils n'avaient pas demandé. Ou ils ne s'étaient même jamais interrogés. Ils la regardaient juste avec un regard plus long que ce qu'il faut pour simplement voir, en ayant l'air d'attendre, avant de poursuivre le geste interrompu.

Elle était seule à savoir. Elle s'était mise à regarder la bande comme si elle en était un élément extérieur. Elle était *nam*, à la fois comme eux, comme d'autres sur les terres et sous le vent du monde, et pourtant plus tout à fait comme eux, prise au piège de ce silence qu'elle portait avec elle autour des mots et des gestes qu'elle ne donnerait pas à comprendre, terrorisée par sa certitude de n'être pas entendue ni comprise, alors qu'elle avait été de nombreuses fois sur le point de dire les mots et de faire les gestes — quand même —, se retenant au dernier moment, comme on évite de tomber, dans un sursaut, au fond d'un trou.

Est-ce que le *iêk* venait par ici ? Elle aurait bien voulu qu'il crie de nouveau, sachant pourtant que cela n'avait aucun sens et redoutant en même temps qu'il le fasse. Elle attendait qu'il crie et lui dise où il se trouvait, dans le fond de la nuit, ce qu'il avait l'intention de faire...

Ceux de la bande pouvaient-ils savoir qu'elle était marquée ? Elle s'était posé la question bien des fois. Si c'était le cas, pourquoi avoir agi comme s'ils ne savaient pas, n'en disant rien, n'en laissant rien paraître ?... C'était comme regarder un arbre et ses feuilles tremblantes et ne pas réussir à comprendre le cheminement du vent alentour.

Ils bougeaient, sous l'abri. Elle aperçut, entre les pieux tordus, la silhouette d'un d'entre eux qui se redressait, levait la tête et regardait dans sa direction. Ce devait être 'Hna, le plus petit. Souvent, 'Hna la regardait. Il était ce nom pour les autres de la bande, jamais Nî-éi ne l'avait prononcé.

Rapidement, elle rampa de côté, soutenant son ventre, jusqu'à son nid qu'elle avait quitté un instant plus tôt, et trouva son bâton. Elle l'empoigna à cet endroit devenu lisse sous la main. Un moment, elle ne fit rien d'autre que serrer les doigts, de plus en plus fort jusqu'à ce que cette douleur-là se distingue de l'autre. Puis elle repartit vers les hautes herbes. Un bourdonnement cognait dans sa tête et pesait à grands coups précipités au fond de ses yeux.

Parvenue aux herbes, elle était de nouveau couverte de sueur. Elle regardait devant elle, à travers ses cheveux embroussaillés, et ne tourna pas la tête en arrière. Que le plus petit de la bande la suive encore des yeux ou non n'avait plus aucune importance — elle l'avait oublié.

'Hna avait passé la tête entre les pieux dressés, contre lesquels il s'appuyait des épaules. La lumière de lune mourante brillait parmi les poils fins qui commençaient de couvrir son visage ; une brindille s'y était accrochée, sous les narines, et le souffle de sa respiration la faisait vibrer. Après que Nî-éi eut disparu derrière les herbes hautes en tirant son ventre de côté, s'aidant du bâton à creuser comme quelqu'un qui ne peut plus se dresser debout sur ses jambes, il émit par le nez un court soupir qui décrocha la brindille, la poussa sur ses lèvres où il l'attrapa d'un coup de langue pour la glisser entre ses dents. Les hautes herbes étaient redevenues immobiles et l'odeur présente de Nî-éi se dissolvait dans la fraîcheur de l'air.

Le *iêk* solitaire secoua son glapissement sur trois tons, au fond de la ravine.

'Hna interrompit sa mastication, se figea. Pas un de ses muscles ne tressaillait, ne vibrait, tandis que les rebonds du cri s'amenuisaient dans la nuit presque finie. Derrière lui, en provenance du centre de l'abri, des bruissements feutrés lui indiquèrent l'approche d'un de la bande qu'il identifia à son odeur âcre. Il grogna brièvement, provoquant l'immobilité immédiate de la silhouette cassée, et, tout de suite après, en réaction au grognement, un coup du plat de la main, pas très fort mais néanmoins marqué, à la base de son dos.

— Nî-éi ? dit l'homme accroupi derrière 'Hna.

'Hna approuva d'un autre grognement de gorge, bref et étouffé, nettement plus amène que le premier. Un temps plus tard, ils se tenaient toujours là, à l'affût derrière les branchages écartelés et défaits de la hutte grossière, et derrière eux les autres de la bande se redressaient à leur tour, claquaient des mâchoires, laissaient sortir de leur ventre les bruits que la nuit avait emprisonnés, respirant de nouveau comme les *nam* qu'ils étaient, revenus dans leur corps et de nouveau visibles aux regards de tous.

Les premiers crissements de minuscules présences recommençaient de se lever, dans les touffes d'épines qui parsemaient l'alentour. La pluie attendue, que la nuit n'avait toujours pas délivrée, ne s'échapperait pas davantage avec le jour à venir.

Le nouveau cri haché de la bête avait immobilisé Nî-éi une fois de plus. Elle écouta. Le bâton sur lequel elle s'appuyait tremblait. Le cri était monté du fond de la ravine, loin encore pour un homme, mais pas pour un *iêk* à quatre pattes. Nî-éi était presque certaine, maintenant, que le *iêk* en chasse solitaire venait chercher ce qu'elle avait dans le ventre et qui mordait si fort pour sortir. Alors, si c'était bien le cas, il n'y avait rien à faire qu'attendre, et le bâton ne servirait à rien.

Les herbes autour de Nî-éi frissonnaient comme des bruits emmêlés de respirations visibles. Bientôt, la nouvelle lumière serait revenue, et avec elle les doubles des choses et des êtres attachés à leurs pieds, rampant sur le sol.

Elle ne voulait pas suivre la trace ouverte dans les herbes depuis que la bande s'était installée ici, en direction de la ravine et du filet d'eau au fond. La présence éventuelle de la bête à cet endroit n'était pour rien dans sa décision. Nî-éi s'aida du bâton et se mit debout — c'est-à-dire se redressa sur ses jambes, cassée sous le poids tendu de son ventre qu'elle soutenait de l'autre main. Les herbes la dépassaient d'une taille, mur tressé de tiges et de feuilles légères, élancées, sèches depuis le sol jusqu'à hauteur des yeux. Elle avança, courbée, écartant le rideau froissé du revers de la main tenant le bâton.

Elle avait fait une dizaine de pas quand la pesante douleur dans son ventre exécuta une sorte de sursaut sur elle-même, et ce fut comme si une bête, un de ces poissons dorés qui glissent sur la rive des lacs, sinuait hors d'elle. L'eau coula le long de ses cuisses, tiède et pourtant brûlante. Nî-éi ne cessa pas d'avancer, et même, comme si l'imminence de ce qu'allait provoquer cette expulsion de liquide hors d'elle la fouettait d'un nouveau claquement de terreur, son pas se fit plus rapide et décidé. Elle frappait les tiges de l'herbe dure avec le bâton, ne se contentant plus de les écarter du revers de son bras. Les feuilles entortillées, sèches et craquantes, s'éparpillaient en fragments et poussière sous les coups.

Les herbes s'éclaircirent. Nî-éi donna un dernier coup de bâton, sans force. L'eau continuait de couler le long de ses jambes, engluant les poils fins et les débris de feuilles fauchées, soulevant une senteur de ventre d'animal ouvert. La douleur s'était partiellement dissoute, comme si elle s'écoulait avec le liquide chaud, hors d'elle et de sous sa peau.

Devant elle, une petite bête vive traversa l'espace dégagé entre le front cassé des herbes et les premiers arbres, disparut dans un repli de terrain encore chargé d'ombre profonde.

Le sol était pâle, moucheté de touffes d'épines un peu moins hautes que les herbes, approximativement de la taille de Nî-éi. Après les buissons s'élevaient les arbres à large tronc tordu, noueux, leurs grands bras tendus vers le ciel, hérissés des feuilles pointues qui brillaient dans la nuit pâlissante. De nouveau passait le souffle d'un courant d'air frais sur la peau. La bouffée d'odeur dangereuse parvint aux narines dilatées de Nî-éi, trop fugace et ténue dans le chaos de sensations qui se bousculaient en elle pour qu'elle y accorde l'attention requise — elle songea machinalement au *iêk*, silencieux depuis un moment, marchant probablement vers elle, ou bien tapi à proximité et la suivant peut-être déjà de ses yeux jaunes... mais ce n'était pas un *iêk*. Après les arbres, il y avait d'autres arbres, parfois serrés les uns contre les autres, parfois dispersés, puis serrés, et plus loin que ces arbres-là, d'autres encore, jusqu'à la terre dressée et fumante sur laquelle ni les hommes ni les bêtes ne grimpent.

La terre dressée était beaucoup trop loin, la nuit bien trop noire encore, pour que le regard de Nî-éi puisse s'y poser. Elle savait, sans voir — elle avait vu, avant, et gardé les images en elle.

Elle irait dans cette direction, après. C'était ce qu'elle avait décidé.

Nî-éi traversa l'espace qui la séparait des premiers arbres, au plus court entre les touffes d'épines qui lui posèrent la griffe dessus à plusieurs reprises. Du sang perla de son bras lacéré qui soutenait et protégeait son ventre. Les épines touchèrent également la pointe sensible d'un de ses seins. Elle n'accorda pas même une vraie grimace aux éraflures. Dépassa les premiers arbres, poursuivit son chemin du pas régulier, un peu cahotant, qu'elle avait déjà en traversant les herbes. La chaleur plaquait toujours à ses jambes, mais ne coulait plus. Les pierres coupantes et agitées recommencèrent de tourner dans son ventre. Elle fit encore quelques pas, s'arrêta. Sa main serrée glissa sur le bâton, elle tenta d'assurer la prise, sans succès, tomba à genoux. Le choc, bien que peu violent, n'en fit pas moins tressauter Nî-éi tout entière. Le souffle court, les yeux clos, elle essaya de repousser l'onde mordante qui se propageait sous sa peau. Des larmes jaillirent d'entre ses paupières, sur ses joues, qu'elle essuya vivement d'une poignée de cheveux.

À présent, c'était comme si toutes sortes de bruits s'enchevêtraient dans sa tête, ceux de l'extérieur, déformés, accentués, multipliés, mais aussi un grand nombre d'autres, inconnus, jamais entendus, et qui montaient du dedans de ses chairs broyées. Elle assura sa prise sur le bâton, se propulsant à genoux en direction de l'arbre le plus proche. Lorsqu'elle y parvint, relâchant sa respiration contenue, elle se laissa aller en avant, le front contre l'écorce rugueuse striée de profondes entailles éclatées.

Un moment, elle fut ainsi. La tête, puis les deux mains — sans lâcher le bâton —, appuyées contre le tronc. Des fourmis qui allaient et venaient dans les plis de l'écorce coururent sur ses doigts, plusieurs grimpèrent dans ses cheveux : elle secoua mollement la tête sans que cela dérange l'ascension des petites bestioles.

Un jour, elle avait vu celle qui s'appelait Jârh, accrochée des deux mains à une basse branche, à bonne hauteur, et le flot de sang qui lui tombait du ventre, avec la chair flasque, rouge comme la viande vive qui se trouve sous la peau, et l'enfant qui criait un cri de *nuks* frappé par un coup de bâton. Plus tard, ensuite, l'enfant pendu à sa poitrine, Jârh avait été emportée par la bête de cette nuit-là qui avait décimé la bande. Les images de Jârh que Nî-éi gardait n'étaient pas celles de la malheureuse emportée par le grand *sh'rah* à crinière qui lui avait planté ses crocs dans la nuque et la tirait vers le tronc couché en haut duquel, dans une fourche confortable, il avait commencé de dévorer le corps disloqué de la femme serrant toujours contre elle l'enfant muet aux yeux écarquillés fixant la gueule de la bête qui broyait et déchirait les chairs de sa mère, à deux doigts de son nez, tandis que se desserrait l'étreinte poisseuse d'un flot de sang, ne cessant de fixer la gueule, sans un cri, jusqu'à ce que, prêt à tomber, les crocs se referment sur lui d'un seul coup pour l'attraper avant la chute et le balancer d'une secousse sur l'autre branche de la fourche où il fut abandonné un temps, après que le *sh'rah* descendu de l'arbre eut achevé d'engloutir la partie de Jârh, tombée au sol, qui lui avait glissé des dents et des griffes, où il demeura plusieurs jours avant que les bêtes du ciel qui avaient commencé de le manger ne se fassent voler leur proie par le *iêk* qui avait rôdé la moitié d'un jour (toute une période d'ombre progressivement rétrécie jusqu'au soleil droit) sous le tronc penché avant d'en tenter et de réussir l'escalade — ce n'était pas ces images-là que Nî-éi gardait de celle qui était parfois le nom de Jârh, mais les images du jour où elle se tenait à genoux, les bras levés, les mains crochées sur la branche d'arbre à bonne hauteur, et grognant de rage autant que de souffrance, et le flot rouge avec l'enfant qui plus tard devait être repris par le *iêk* escaladeur de tronc, comme personne n'avait jamais vu de *iêk* grimper, le flot rouge et l'enfant vivant qui tombait entre ses jambes.

L'arbre contre lequel Nî-éi s'appuyait ne possédait pas de branche basse à portée de main. L'arbre de Jârh n'était pas de ceux-là, aux langues pointues qui formaient des buissons loin au-dessus du sol, mais avec des feuilles rondes, des branches souples. Le territoire de ces arbres se trouvait plus haut dans la montagne, et beaucoup plus loin dans la direction qu'on regarde quand l'ombre double s'étire au sol du côté de la main qui frappe. Là-bas, Nî-éi était un jour tombée elle-même, sans aucun doute, du ventre d'une femme. Les *nam* viennent au monde de cette façon, la plupart du temps. Les images les plus lointaines qu'elle pût appeler dans sa tête étaient celles de là-bas, et de la grande eau tranquille.

Voilà que les images tournoyaient devant ses yeux clos, et dansaient encore quand elle soulevait les paupières. Nî-éi n'en voulait pas, secouant la tête, grognant, bavant la salive et le sang qui lui emplissaient la bouche, crachant rageusement comme elle avait vu faire Jârh, comme les images le lui montraient de nouveau, et encore, et toujours, crachant et grognant non parce qu'elle voulait imiter les images mais parce qu'elle ne pouvait tout simplement pas faire autre chose, parce que c'était, certainement, ce que font toutes les femmes avant que leur ventre s'ouvre au flot de sang contenant ce qui n'est pas encore l'enfant, le *nî-nam*, revenu au monde visible.

Elle se passerait donc de branche secourable à portée. Elle leva les deux bras, sa main gauche attrapa le bâton par son extrémité taillée et l'appuya en travers du tronc. Elle pesa sur l'appui. Ses dents crissaient comme des pierres de rivière frottées lentement les unes contre les autres. Les larmes s'étaient remises à couler sur ses joues, traçant dans l'amalgame de sueur, de poussière d'herbe et de terre, des lacis qui se croisaient sous la mâchoire, le long de son cou, sur la peau luisante de ses seins gonflés.

La force enfouie dans son corps déchira les chairs internes, comme un grand coup de pierre tranchante qu'une main invisible lui aurait assené entre les épaules, tirant vers le bas en suivant la chaîne osseuse de son dos, et puis tirant encore et fouillant ses entrailles... Une fois de plus, la chaleur de son corps se déversa hors d'elle, éclaboussant les muscles durs de ses cuisses raidies, le sol calciné de pierraille, de terre friable, de gazons ras et galeux. Son ventre se déchira davantage, sous une poussée brutale, terrible. Elle résista d'abord instinctivement, le souffle coupé. Ses cuisses tremblaient, des frissons couraient sur sa peau couverte de sueur et de marques terreuses, rousses. Le bâton sur lequel elle appuyait si fort gémit un craquement — elle n'y accorda aucune attention, n'en allégea pas pour autant sa pression. Elle cessa de résister.

Écartelée, vibrante, elle laissa retomber les épaules. Le bâton qu'elle agrippait, les doigts serrés plus fort qu'un nœud de branche, racla le tronc. À travers ses cheveux et les larmes, elle vit que les broussailles proches avaient commencé de repousser la nuit hors de portée de leurs épines. Le cri haché de l'oiseau qui court à terre quand va poindre la première nouvelle lumière retentit pas très loin d'elle.

Un autre cri, aussi. Non plus celui du *iêk*, mais la voix rauque et feutrée, basse, d'un mâle *sh'ohr* noir. Comme un appel bref.

Nî-éi posa son ventre contre l'écorce et une sensation brève de froid la traversa, à la fois agréable et répulsive, faisant claquer ses dents. Elle laissa glisser le bâton à son côté, empoigna le tronc de l'arbre qu'elle embrassa de toute l'envergure de ses bras, trop courts, cependant, pour qu'elle parvînt à en faire le tour. Elle serra, elle se pressa contre l'écorce râpeuse. La contraction fit gigoter l'enfant. Appuyant davantage, elle sentit les bourrelets d'écorce pénétrer dans ses chairs, et elle pressa, pressa encore, les ongles plantés dans les boursouflures ouvertes et éclatées du bois. Elle écarta les cuisses le plus possible. L'arête d'un caillou enchâssé contre une racine affleurante lui entailla le genou ; elle le sentit à peine, et la poussée qu'elle exerçait de tout son être agrandit la blessure.

Le nouveau jour était là, d'un seul coup, surgi brusquement de l'intérieur des choses où il se tenait tapi, sous la terre, les écorces, la peau des feuilles et la peau des autres, hommes et animaux.

Nî-éi avait ouvert les yeux. À travers ses cheveux qui s'accrochaient aux aspérités, elle vit que l'écorce sur laquelle elle bavait et râlait sourdement avait repris sa vraie couleur délivrée du sombre. Cette marque du jour revenu au monde une fois encore provoqua en elle une bouffée de forces nouvelles, mêlées à une sensation de soulagement qui effrita la peur sourde, plate et froide, qu'elle avait portée toute la nuit. Elle avait tenu bon jusqu'à l'aube soudaine. La montée de cette force intérieure aiguisée, toute neuve, transforma la simple impression de délivrance en perception véritable, et provoqua d'autres bouleversements inattendus. La douleur se répandit comme l'éclaboussure qui se déchire en sautant vers le ciel, quand on lance une grosse pierre sur le dos mou et sans peau de l'eau calme. Mais tout de suite, avant que les ondes déchiquetées eussent même fini de se propager, ce fut différent, une autre pression, un trou grandissant dans l'impalpable vague de souffrances entremêlées. Le ventre de Nî-éi s'écarta, de la fente charnue dégoûtante de liquides sanguinolents à l'autre orifice qui expulsa violemment, bruyamment, une coulée d'excrément fouettant le sol, s'écarta comme s'il voulait se fendre et la fendre tout entière, tandis que la chaude et molle masse ondoyante, pareille à une sorte d'animal d'eau, gluante, fuyante, sortait d'elle. Des bruits grondaient dans ses entrailles fouaillées. *Ça* continuait de s'agripper et de s'accrocher, *ça* semblait ne pas vouloir venir et produisait des efforts désespérés de résistance — peut-être était-ce ça qui n'en finissait pas de grogner, ruant de tous ses membres ?

Nî-éi glissa de côté contre le tronc souillé. Elle se tourna, dos à l'écorce, grimaçant derrière le rideau emmêlé de ses cheveux dorés par la lumière installée. Les doubles étaient présents partout, visibles avec le jour. Elle respirait à petits coups précipités. Autour d'elle, les paroles de plus en plus nombreuses des oiseaux tournaient comme elles le font chaque fois pour raconter la nuit parcourue ; sans doute, certaines de ces paroles piaillantes et saccadées concernaient ce qu'elle était en train de vivre, seule à le vivre en cet instant au cœur du monde occupé par les *nam*, et pour le dire à tous, à qui voulait entendre, jusqu'au plus loin possible où puissent les porter leurs ailes.

Elle ne pouvait pas voir encore, dans cette position malaisée, ce qui était sorti en partie d'entre ses cuisses. Elle y tendit les mains, ses doigts se refermèrent sur la tête molle et gluante du *nî-nam*, identifia le nez, les oreilles et les yeux qui s'enfoncèrent un peu sous la pression de ses paumes. Elle gronda. Elle ne lui trouvait pas de bouche. Ou bien c'était resté en elle... c'était ce qui mordait...

À deux mains, elle tira. Cria, dans le nouvel assaut tourbillonnant de morsures qui l'emportait. Mais elle tira, sans relâcher sa prise sur la tête entièrement extraite, continua la traction avec violence, s'arrachant à elle-même autant qu'elle arrachait l'en train de naître qui s'étirait et se tordait entre ses doigts.

Il vint. D'un seul coup, comme s'il était tombé d'une grande hauteur. Il emporta avec ses premiers cris de petite bête — des gémissements de *sh'na* — une grande partie des douleurs de pierres secouées.

Nî-éi chercha son bâton, à tâtons, le trouva. Elle s'appuya au tronc, s'aida de ses talons plantés dans le sol, recula. Elle s'éloigna le plus possible de l'enfant né qui s'agitait, bleuâtre, dans les liquides, le sang et l'excrément tombés de son ventre et que le sol dur n'avait pas fini de boire — mais de la chair était encore attachée à l'enfant, le reliant à elle. Il agitait ses petits bras, ses petites jambes, couvert de sang et de baves luisantes, couleur de viande sous la peau, il gémissait à petits coups stridents, trois sons toujours les mêmes. C'était un petit *nam*, pas un *nam-nî*.

Nî-éi se laissa retomber lentement en arrière contre la racine rugueuse. Ferma les yeux, sous la lumière rasante. Son double d'ombre était allongé à côté d'elle, respirant au même rythme qu'elle.

Elle ne bougea pas, dans cette position, jambes écartées et l'enfant qui s'agitait au bout de la peau tendue entre elle et lui, pendant longtemps. Jusqu'à ce que les cris de l'enfant s'apaisent et que d'autres chairs sanglantes soient expulsées de ses entrailles — ce morceau d'entrailles auquel il restait attaché. Quand cela fut, Nî-éi se redressa sur les coudes, reprit son mouvement de recul, glissant sur ses fesses et poussant avec ses talons.

Elle atteignit ainsi l'ombre double de l'arbre, y entra, s'immobilisa. Si elle avait tendu le bras, elle aurait pu toucher les chairs fumantes rejetées de son ventre. Elle n'en fit rien.

Elle ne l'avait pas senti venir — les odeurs qui lui emplissaient les narines étaient celles qui provenaient d'elle. Elle entendit le fauve juste avant qu'il apparaisse, sortant de sous la masse des buissons d'épines, le soleil derrière lui. La bête noire. Le *sh'ohr* au dos creusé, aux épaules saillantes et hautes, au ventre ballant. Aux yeux de pierre de montagne, dents pareilles.

Le *sh'ohr*, longuement, fixa Nî-éi et l'enfant, sans bouger. Puis son regard se fit plus mince. Il se coucha sur place, pattes allongées devant lui, la queue agitée une fois, deux.

— *Sh'ohr*..., dit faiblement Nî-éi.

Il ferma les paupières, les rouvrit. Ses babines se retroussèrent puis retombèrent, et il bâilla, clappant de la gueule après avoir découvert toutes ses dents. Il attendait. Il avait tout son temps. Son œil jaune se ravivait au moindre mouvement de la femme couchée sur le dos — quand elle chassait de sa main libre et lasse les fourmis grimpées sur son ventre plat et ses seins que la position écartait de chaque côté de son torse. Les fourmis grouillaient au pied de l'arbre ; elles couvraient l'enfant et la masse bleuâtre de chairs reliée à son petit corps creux.

Le *sh'ohr* avait tout son temps.

Alentour continuait le monde. Alentour, les doubles des choses et des êtres avaient commencé de ramper pour un voyage en rond sans cesse recommencé.

Aplati dans les herbes cassées, 'Hna ne bougeait pas, dans la chaleur qui lui tirait la peau des épaules et du dos, piquait entre ses fesses. Il avait vu le fauve sortir des brousses ; il n'avait pas bougé. Ne s'était pas levé, n'avait pas couru à l'abri de la bande. Lui aussi attendait. La sueur coulait dans ses yeux, irritante, et il ne s'en défendait qu'en clignant fortement des paupières, de loin en loin. Parfois, il entendait jacasser Éfi-éi, la vieille femme, au-delà de la distance d'herbes qui le séparait de l'endroit occupé par la bande. Le *sh'ohr* l'entendait-il, lui aussi ?

Le *sh'ohr* entendait tout.

Comme le *sh'ohr* et comme Nî-éi, 'Hna-le-plus-petit attendait.

Puis l'enfant cessa de gémir et de bouger. Il avait le visage tourné vers le haut des arbres, la bouche ouverte, et sans attendre les fourmis y entrèrent, ainsi que dans ses narines.

Le *sh'ohr* se dressa sur ses pattes, lentement, plus haut qu'un *nam* debout sur seulement deux jambes, s'étira comme s'il cherchait à devenir plus grand encore. Il avança, tranquille. Son double d'ombre, le premier, toucha l'enfant au visage, par-dessus les fourmis.

## 2

Posément, en un mouvement coulé, Moh'hr fit passer un des bâtons dans sa main gauche et de son extrémité ronde, polie, poussa la pierre, la souleva, prêt à frapper avec l'épieu qu'il avait gardé dans la droite, et le *n'arsha* découvert dressa sa queue mordante. Moh'hr n'utilisa pas l'épieu, mais le bâton pour frapper qu'il abattit d'un coup sec et avec une précision redoutable, pressant l'animal contre le sol dur pour l'achever d'une brève torsion du poignet. Le *n'arsha* se recroquevilla autour de l'extrémité du bâton.

Moh'hr avait enchaîné les gestes avec la tranquille efficacité d'une longue habitude, et pratiquement sans regarder, ponctuant juste l'opération de trois ou quatre coups d'œil clignés dans la lumière aveuglante. Il regardait plus loin. Il avait toujours regardé plus loin, et le nom fabriqué par ceux du clan pour le désigner en témoignait — « Moh'hr », *regarder la montagne lointaine*.

Il regardait cette partie de la rive occupée depuis maintenant plusieurs jours et plusieurs nuits.

Ce n'était pas la seule nouvelle bande, ni la première, il y en avait d'autres, derrière les écrans d'arbres qui descendaient à quelques enjambées de l'eau, et d'autres encore qui viendraient sur les flancs de la montagne — mais c'était cette bande-là que Moh'hr surveillait. C'étaient ceux-là qui l'intéressaient. Dès la première déchirure du jour, il avait pris ses bâtons et s'était glissé hors les limites marquées du lieu de rassemblement. Ceux qui l'avaient vu partir ne s'en étaient pas étonnés, ne lui avaient rien dit.

Ce n'était pas la première fois qu'il agissait de la sorte, depuis l'arrivée des autres et leur installation à proximité — ces *Loa-nak* venus avec la rivière et le vent chaud, à travers les cassures des montagnes, dans la direction de la main qui frappe quand on regarde se lever le soleil. Il prenait ses bâtons et s'en allait. Il revenait le soir, il avait mangé, il ne disait rien, il ne répondait pas aux interrogations du regard de Neh-Ishri'n', il ne rapportait rien d'autre que ses bâtons. Une fois, il était parti avec des pierres tranchantes serrées dans sa main ; il était revenu la main vide, mais il n'avait rien dit et pas davantage répondu à l'interrogation précise formulée deux fois par Maâq', avec un mot. Il avait détourné les yeux, s'était dégagé en tournant l'épaule quand Maâq' y avait posé sa main aux doigts coupés pour le secouer et attirer son attention ; Maâq' n'avait pas insisté.

Il quittait la terre plane du camp dressé au-dessus de la ravine, descendait parmi les arbres que la lumière frisait dans les plus hautes branches, et il s'enfonçait dans l'ombre. Il allait au plus droit, entre les troncs. Puis il suivait la rivière, dans le sens inverse de l'eau, à un grand jet de pierre de la rive ; il ne s'en approchait jamais plus et marchait jusqu'à ce que le soleil mange la moitié des grosses pierres, jusqu'à ce que la sueur colle les cheveux en mèches sur son front et les poils sur les muscles durcis de ses jambes. C'était l'endroit. Alors il s'accroupissait.

Les grosses pierres, pourtant si dures, si lourdes, formaient des lignes enchevêtrées qui disaient comment elles avaient roulé de la pente sans arbres jusqu'ici (laissant presque croire qu'elles roulaient encore), dans le chemin de l'eau. Lancé très fort à une hauteur d'arbre, un caillou de la grosseur d'une petite main traversait la rivière. Sur l'autre bord, c'étaient de petits rochers épars, de la terre et des herbes fuselées, pour encore un jet de caillou, puis des arbres ras, les plus grands ne dépassant pas la taille d'un *Loa*, puis le creux dans la pente d'une petite hauteur herbue.

Ils étaient là.

D'où il se tenait accroupi, sans chercher véritablement à se cacher, Moh'hr pouvait les voir. Leur abri était maintenant terminé — c'était bien un abri, solide, un petit ciel dur fait de pieux ébranchés, de lambeaux d'écorce assouplie et de larges feuilles de l'arbre sans pied... fait pour durer longtemps.

Il ramena le scorpion à la queue écrasée vers lui, de la pointe du bâton, à portée de main, et un temps encore ne lui adressa que des œillades furtives avant de le saisir, d'arracher sa queue et ses deux plus fortes pattes qu'il jeta loin de lui. Il posa la bête sur un de ses bâtons couché au sol, appuya dessus avec l'autre, faisant sortir le jus verdâtre de sous sa peau craquante, après quoi il le porta à sa bouche et acheva de le broyer. Il mastiqua longuement, après avoir craché la première eau qui lui emplit la bouche, comme il faut le faire quand on mange un *n'arsha*. Il n'avait pas encore faim.

La sueur coulait de sous ses cheveux, en grosses gouttes qui lui chatouillaient le front et se glissaient dans ses yeux, irritantes. Il clignait fortement des paupières, secouait la tête. Des mouches tournaient autour de lui, se posaient sur les commissures de ses lèvres ; il devait souffler sans arrêt d'un coin de la bouche, puis de l'autre, pour les chasser.

C'était un groupe moins important que le clan de Moh'hr. La surface de toutes ses ombres réunies aurait été mangée deux fois par celles des *Loa* du bord de la grande eau. Ils allaient et venaient autour de l'abri terminé, indifférents à la surveillance assidue exercée par Moh'hr depuis le jour suivant le jour où ils s'étaient arrêtés de marcher à cet endroit. Ils n'ignoraient rien de sa présence. Les femmes, les premières, l'avaient repéré presque tout de suite, et elles l'avaient désigné aux autres par de grands gestes que Moh'hr comprenait, mais criant des mots jamais entendus, ou trop éloignés pour être parfaitement audibles. Pourtant, il n'avait pas eu le moindre doute sur ce que ces mots signifiaient. Il en avait ressenti de la quiétude, de la satisfaction.

Ceux-là n'étaient jamais venus ici. Moh'hr n'en gardait aucune image en lui qui puisse s'accorder avec ceux qu'il avait sous les yeux, comme cela se produit avec d'autres bandes de passage — les plus nombreuses images de cette sorte qu'il portait en lui appartenaient au clan de ceux qui se désignaient du nom de *Booh* et qui avaient partagé plusieurs fois de suite le temps des pluies, *nar-tô-nikhr's*, le temps des eaux de la terre et du ciel, avec les *Loa*. Les *Booh* suivaient les hardes de grands cornus, avec les hyènes (qu'ils appelaient *'riekek*, laissant derrière eux après leur départ, en plus des images, le nom de la bête que maintenant beaucoup de *Loa*, et Moh'hr l'un d'entre eux, utilisaient plus fréquemment que *i-errek*, qui était le nom que les *Loa* donnaient à l'animal), et repartaient dans leurs territoires au-delà du ciel qui rejoint le bout de la grande eau tranquille.

Les *Booh* n'étaient pas encore là, cette fois. Peut-être savaient-ils pourquoi *tô-nikhr's* tardait à venir ? Pourquoi le ciel restait vide de nuages si longtemps ? Les *Booh* savaient des choses différentes des *Loa* et les nommaient de sons nouveaux et justes — ensuite, les choses se laissaient voir quand le mot était dit, ce qui provoquait en même temps l'image agréable des *Booh.* Les *Booh* savaient peut-être pourquoi les longues pluies n'étaient pas encore là, et, pour cette raison, ne s'étaient pas mis en marche vers la grande eau tranquille. Ne viendraient pas ? Et s'ils venaient, que feraient-ils quand ils verraient *ceux-là* installés pour longtemps dans les environs proches des endroits qu'ils occupaient ordinairement ?

Moh'hr ne cessait de s'interroger à ce propos. Des images jamais vues réellement se bousculaient dans sa tête, en dedans de ses yeux, quand il songeait à cela, tout en regardant évoluer la nouvelle petite bande sur la levée de terre et de roches. Des images floues et brouillées.

Les *Booh*, quand ils viendraient, sauraient comment agir.

D'abord, et comme il s'attendait à les trouver, Moh'hr avait cru que les nouveaux venus étaient des *Booh.* C'était vers eux qu'il allait. Il s'était aperçu de sa méprise alors qu'il posait le pied dans l'eau pour traverser — il était vivement revenu sur ses pas, escaladant les grosses pierres le plus vite possible et puis s'accroupissant, le souffle court, dans l'ombre de la plus haute, et commençant de les observer... Les autres l'avaient vu, naturellement, mais ne firent rien pour le suivre.

Jamais les autres n'avaient fait quoi que ce soit vers lui — à part les gestes des femmes et leurs mots incompréhensibles.

Moh'hr se tenait assis sur ses talons, les genoux au sol

et les mains sur les cuisses, paumes ouvertes vers le haut. Il avait laissé retomber ses épaules, son dos s'était voussé graduellement. Son corps appuyait de plus en plus fort sur ses bras qui communiquaient la pression aux muscles de ses cuisses. Il avait fermé les paupières à demi, dans l'ombre protectrice des arcades sourcilières. Ses cheveux emmêlés retenaient encore quelques fragments secs et friables d'une protection qu'il s'était faite le jour d'avant, descendu pour cela au bord de la rivière où il avait dû creuser presque toute la longueur de son bâton avant de trouver la terre humide dont il s'était généreusement enduit le dessus de la tête. Il avait fait cela, prenant son temps, sous le regard attentif de plusieurs enfants, sur l'autre rive, rejoints bien vite par autant de femmes. Les enfants descendaient souvent sur la rive, dans un espace dégagé parmi les herbes que la montée attendue de l'eau submergerait mais qui pour le moment cassaient comme du bois léger. Ils n'étaient jamais seuls : une femme, toujours, les surveillait depuis le bord de la terre levée. Elles avaient regardé dans la direction de Moh'hr, cette fois sans rien dire ni faire un geste, comme il l'attendait. Elles lui jetaient des regards, puis s'occupaient dans les herbes à arracher les feuilles sèches des tiges, tandis qu'une gardait les enfants autour d'elle. C'était celle-là que Moh'hr regardait surtout. Un des enfants au moins était sorti de son ventre, à voir comment elle le prenait contre elle, comment elle le portait sur sa hanche, enserré d'un bras, tandis qu'il empoignait son sein pour y téter. Elle dormait sans aucun doute avec un homme et n'avait donc certainement pas l'intention de quitter son clan, comme le font souvent les jeunes femmes qui veulent trouver un compagnon hors de leur groupe pendant les rassemblements de *tô-nikhr's*. Moh'hr était remonté vers le haut des pierres, à son poste d'observateur, la tête lourde de la protection de terre durcie amalgamée à ses cheveux (qui n'avait fait que durcir encore pour finalement chauffer plus fort que ne l'aurait fait le soleil cognant directement son crâne et qu'il avait dû se résoudre à briser en se servant de son bâton, le plat de la main n'y suffisant pas, si bien qu'il en avait saigné à deux endroits)...

Une autre fois, il était allé déposer les pierres tranchantes qu'il avait frappées lui-même, bien en vue, certain que son geste était remarqué. Mais ils n'avaient pas traversé l'eau basse, ni les hommes, ni les femmes, ni les enfants en taille de le faire. Les pierres tranchantes étaient toujours là.

Pour lui-même, Moh'hr nommait ceux-là *Nak-Booh-Loa*, car ils n'étaient pas des *Loa* et pourtant leur ressemblaient, comme les *Booh*, mais ils n'étaient pas non plus des *Booh*, ils étaient des *autres* tout en ressemblant à la fois aux *Loa* et aux *Booh*. Comme on appelle tous les animaux, qui ne sont comme aucun des hommes debout, *nakoa*.

Moh'hr laissait tomber ses paupières de plus en plus longtemps. Toutes les petites bêtes de la chaleur du jour parlaient autour de lui. À un moment, les cris d'un combat rapide s'étaient élevés au-dessus des arbres, sur la pente de la montagne qu'on pouvait croire parfaitement verticale, à la fois infranchissable et vibrante, comme de l'eau debout ou comme une fumée de ciel. La proie, en avait machinalement déduit Moh'hr, était un petit cornu à dos blanc. Puis le silence craquelé était redescendu, partout, au plus loin que puissent voir les yeux, dans le tremblement brouillé de la chaleur.

Il parlerait des *Nak-Booh-Loa*, à son retour au clan. Il dirait ce mot-là, nouveau comme un mot de *Booh* — le prononça de nombreuses fois, ses lèvres à peine entrouvertes, comme si c'était de l'eau qu'il rejetait à petits coups de langue pressée contre ses dents, et les sons du mot semblaient couler en gouttelettes brillantes dans les poils rêches qui couvraient son cou, de sous sa bouche jusqu'à la poitrine où ils devenaient plus souples. *Nak-Booh-Loa.* Jusqu'à présent, il n'avait rien dit, à personne, ni à Neh-Ishri'n', la petite femme rouge, ni à Maâq', ni aucun autre, et même pas Nar-iaw en compagnie de qui il aimait si souvent s'asseoir pour regarder la surface brillante de la grande eau en direction de la montagne tombée sur l'autre bord, ou vers la ligne du mélange de l'eau avec le ciel... et quand il était assis de la sorte, avec Nar-iaw, sans bouger les lèvres sur le moindre son, c'était pourtant comme s'ils échangeaient de nombreux mots, ceux que tous connaissaient et d'autres aussi, qu'ils comprenaient.

*Nak-Booh-Loa.*

Il n'avait rien dit, mais se doutait que les autres du clan n'ignoraient pas la présence nouvelle des *Nak-Booh-Loa* sur le bord de la rivière maigre qui rampait comme un vieux serpent fatigué, de la montagne au lac. Ils ne s'en préoccupaient pas, et jusqu'alors les *Nak-Booh-Loa* n'avaient rien fait de préoccupant : ils étaient pareils à beaucoup qui viennent avec le temps de la pluie.

Les *Nak-Booh-Loa* agissaient comme s'ils étaient seuls, comme s'ils ne voulaient pas voir que d'autres hommes occupaient avant eux ce territoire sur lequel ils s'installaient, où ils construisaient un abri solide, de grande taille, fait pour durer bien davantage que le temps de *tô-nikhr's*.

Mais où était le temps de *tô-nikhr's* ? Moh'hr se demandait à présent si les *Nak-Booh-Loa*, comme les

*Booh*, savaient des choses que les *Loa* ignoraient, au sujet de *tô-nikhr's* qui ne venait pas...

Alors, il parlerait, une fois de retour au clan sur la haute rive de *atanik-tô-nik-nik*, la grande eau... puisque les femmes des *Nak-Booh-Loa* ne voulaient pas voir les autres hommes qui se trouvaient là avant elles, dans d'autres clans.

Il sursauta, tiré brusquement de la somnolence qui s'était emparée de lui par les cris pointus montant soudain du bord de la rivière. Ce qui faisait de lui un *oa*, entre ses jambes, avait commencé de durcir et de se dresser, comme cela se produisait fréquemment quand il était sur le point de passer dans les autres territoires du sommeil que des images de femmes occupaient le plus souvent — presque toujours. Et cela redevint mou très vite, tandis que Moh'hr instantanément en alerte saisissait ses deux bâtons posés devant lui, le geste soudain provoquant la fuite du lézard apparu un moment plus tôt dans la tache de soleil blanc sur la plus proche grosse pierre. Tout en repérant du coin de l'œil le point précis de l'anfractuosité, à la base du roc, où le *nakoa* à la queue cassante avait disparu, Moh'hr se dressa sur les genoux. Il dut avancer jusqu'au bord découvert de son point de guet — et vit la scène qui se déroulait en dessous de lui.

Les cris étaient poussés par deux des femmes *Nak-Booh-Loa* — dont celle le plus souvent regardée par Moh'hr depuis la première fois qu'il l'avait aperçue (avant de comprendre qu'elle avait au moins un enfant et ne voulait pas regarder plus loin que son clan)... Maintenant, des enfants mêlaient leurs glapissements au vacarme. Moh'hr vit que des *Nak-Booh-Loa « oa »*, des hommes, accompagnaient les femmes au centre de la rivière, et il évalua d'un coup d'œil l'importance du groupe : *neh, neh, oa, oa, oa.* Ils portaient tous des bâtons, hommes et femmes, chacun au moins autant que Moh'hr — un des hommes davantage —, et c'étaient les femmes qui les agitaient le plus haut, qui frappaient sur l'eau avec le plus de conviction, faisant jaillir de grandes éclaboussures. Celle que Moh'hr avait longtemps regardée portait en outre son enfant contre elle, sur sa hanche, maintenu au creux de son bras par ce qui semblait être un lien de feuilles tressées, et cela ne semblait pas la gêner pour frapper l'eau avec ses bâtons.

Puis d'autres hommes *Nak-Booh-Loa* venus de l'endroit où se dressait le grand abri nouvellement construit dévalèrent la ravine vers les herbes, déboulèrent, courant et levant haut leurs jambes à la façon des petits *nuik'ik* qui vivent dans des trous sur les terres sans arbres ; les nouveaux venus ne criaient pas mais leurs mains serraient des cailloux et des bâtons pour frapper.

C'était Maâq' qui causait cette agitation.

Moh'hr le reconnut sans peine à ses cheveux couleur de terre qu'il rassemblait en deux parties enserrées dans un tressage de tiges assouplies. Un bref grognement glissa hors de ses lèvres retroussées par la surprise.

Sans doute Maâq' était-il arrivé par la rivière, dont il avait remonté le courant doux, ou bien marchant sous les arbres et dans les herbes de la rive, jusqu'ici, où il venait de tomber soudain sur les *Nak-Booh-Loa.* Il savait peut-être leur présence avant, ou bien non ; il avait peut-être remarqué le manège de Moh'hr et s'était décidé à le suivre, ou bien non.

Moh'hr vit que Maâq' essayait quelques gestes pour signifier qu'il ne venait pas avec les dents découvertes, mais la tentative échouerait ; Moh'hr n'avait fait que regarder les *Nak-Booh-Loa* depuis quelque temps, ce qui était suffisant pour qu'il sache leurs manières en certains cas, comme s'il avait une de leurs têtes en plus de la sienne, où sont réunies les images. Maâq' avait beau se démener, tous ses efforts ne pouvaient conduire qu'à un résultat, avec les *Nak-Booh-Loa*... C'était bien ce qui était en train de se passer : Maâq', qui avait entrepris de traverser la rivière à la rencontre du groupe des nouveaux venus (ou bien se trouvait-il à cet endroit de l'eau quand le groupe l'avait surpris ?), exécutait maintenant une prompte volte-face après qu'une pierre lancée par un des enfants, dans l'envolée de cris et de gestes hostiles, l'eut atteint en plein torse. Un autre enfant ramassa un caillou et le lança vers Maâq', sans l'atteindre, tandis qu'un petit qui tenait à peine sur ses jambes torses, dans l'eau jusqu'à son minuscule *oa*, aspergeait vers Maâq' en riant. Les éclaboussures brillaient dans la lumière, saupoudrées de couleurs de soleil fugaces.

Une fois que Maâq' eut atteint la rive opposée de celle occupée par les *Nak-Booh-Loa*, la rive de Moh'hr, et très exactement dans le prolongement de la coulée figée des pierres, il apparut aux *Nak-Booh-Loa* qu'il ne présentait pas le moindre danger pour eux. Ils ne le tueraient pas, il n'y avait jusqu'à maintenant aucune raison pour qu'ils essaient de le faire. Il n'y en avait pas davantage pour que les *Nak-Booh-Loa* courent le risque d'un affrontement avec un clan beaucoup plus fort que le leur (qu'ils en sachent ou non l'existence, c'était une possibilité normalement envisageable), en réaction à la mort d'un de ses membres. C'était si juste que Moh'hr vit l'autre femme commander à grands gestes aux enfants lanceurs de cailloux de cesser leurs tirs. Ils obéirent. Le plus petit qui continuait d'asperger, avec des piaulements de petite bête, finit par tomber dans l'eau en avant, et un des hommes le releva, par un bras, le tendit au lanceur de caillou qui avait touché Maâq' et qui prit contre lui le petit toussant l'eau avalée. Il fut ordonné aux enfants de rejoindre les autres hommes descendus de la ravine et qui attendaient sur le bord de l'eau, parmi les herbes épluchées et déchiquetées.

Les cris poussés par les femmes étaient retombés dans les vaguelettes brillantes de la rivière ; ils avaient été emportés, après avoir rebondi sur Maâq' et l'avoir fait reculer, au moins aussi dissuasifs que les moulinets des bâtons et les jets de cailloux. À présent, elles échangeaient simplement des mots entre elles et avec les hommes qui se tenaient dans l'eau à leur côté. Le groupe continuait de surveiller Maâq', qui ne savait visiblement que faire, mais leurs bras et leurs bâtons étaient retombés.

Moh'hr se mit debout — il savait que ceux d'en bas le voyaient. Il cria :

— *Maâq' !*

La réaction des *Nak-Booh-Loa* fut une immobilité immédiate. Maâq' tressaillit comme sous l'effet d'une poussée invisible. Il se tourna vers l'appel, leva les yeux, et lui aussi se figea. Moh'hr agita un bras au-dessus de sa tête, tenant le bâton pointu par le milieu. L'instant suivant, Maâq' détalait et se mettait à grimper entre les grosses pierres, sans un regard derrière lui.

Les *Nak-Booh-Loa* dans la rivière, ceux de la rive comme maintenant ceux de la terre haute sous les arbres, autour de l'abri, suivirent des yeux l'escalade de Maâq'. Ils gardaient leurs bâtons baissés, les mots dans leurs bouches et les gestes qui frappent au-dedans d'eux-mêmes.

Moh'hr regarda grimper l'homme de son clan, regarda les *Nak-Booh-Loa* — et ce fut dans ce moment-là qu'il aperçut la fumée de ciel, la haute fumée de pluie, ce fut au bout d'un de ces coups d'œil lancés en direction des *Nak-Booh-Loa* de l'abri qu'il aperçut le bord sombre du nuage au-dessus de la tête plate de la montagne, là où le soleil disparaît juste avant la nuit. Un son de surprise s'échappa de sa gorge, sans qu'il puisse l'empêcher ni le ravaler. Il tressaillit comme l'avait fait Maâq' un instant auparavant à l'appel de son nom. Plissant les paupières, il interposa son avant-bras en protection au-dessus de ses yeux, fouillant du regard les tremblements du ciel brûlant.

Une fumée de pluie. *Ff'hurs*. Il était certain de ne pas se tromper.

Maâq' le rejoignit, le visage tordu de grimaces d'effort, ses cheveux retombant dans ses yeux après qu'un des tressages d'herbes se fut défait. Sans lui laisser le temps de reprendre souffle, ni de proférer un son plus haut que ceux de sa respiration rauque, Moh'hr le toucha de son bâton plat à la poitrine et désigna le ciel en direction du nuage.

— *Ff'hurs*, dit-il sur le ton bas convenable pour que le mot fasse venir la bonne image. *Moh-us. Ff'hurs*.

Il répéta le mot.

Maâq' n'y accorda pas mieux qu'un rapide coup d'œil. Ce qui lui importait surtout était ce qu'il venait de vivre au milieu de la rivière. Sous les poils de sa poitrine, entre les deux tétons, la peau des bords de la coupure avait pris la couleur de la pierre qui l'avait frappé et le sang coulait — avait coulé sur son ventre, ses cuisses. Pour l'instant, Maâq' n'était pas prêt à consacrer son attention à un petit morceau de nuage levé sur la montagne, un petit rien de *ff'hurs* dont il était impossible de savoir s'il allait grandir et devenir autre chose.

— *Nak !* gronda Maâq' sur un ton de colère et d'incompréhension mêlées, désignant les *Nak-Booh-Loa* de la rivière exactement comme si Moh'hr n'avait rien vu, ne savait rien. *Nak-Loa !... Maâq'-hr-loamoh jui-Nak !*

Par le geste, il raconta qu'il avait surpris le groupe en train de traverser la rivière et qu'ils s'étaient mis aussitôt à lui lancer des mots inconnus — mais qui n'en portaient pas moins leur signification dans le ton sur lequel ils étaient jetés, les bras levés qui les accompagnaient. Moh'hr opina du chef en fermant rapidement les yeux.

— *Iw*, dit-il.

Il avait vu et savait, en partie. Pour ce qu'il n'avait pas vu, il demanda, touchant l'épaule de Maâq' et indiquant la rivière en faisant la mimique de l'ignorance. Maâq' dit par les gestes. C'était comme si Moh'hr en avait construit de possibles images : Maâq' s'était décidé à le suivre, après l'avoir observé plusieurs jours, intrigué par son attitude, et il voulait savoir...

— *Iw*, dit-il encore, pour montrer qu'il entendait ce qu'avait dit Maâq'.

Ils regardèrent vers la rivière. Les deux groupes de *Nak-Booh-Loa* s'étaient réunis, celui de la rive composé d'hommes ayant rejoint celui qui se tenait au milieu de l'eau étincelante. Ils parlaient entre eux, avec peu de gestes — ou bien c'étaient des gestes que les deux hommes *Loa* ne pouvaient saisir et comprendre.

— *Nak-Booh-Loa*, dit Moh'hr d'une voix comme un souffle, détachant clairement chaque son.

— *Loa-nak*, dit Maâq'.

Sur un ton affermi, Moh'hr répéta : « *Nak-Booh-Loa* », appuyant davantage sur le mot *Booh*. Un instant, Maâq' garda sa respiration suspendue, fronçant le nez et plissant les paupières, sa lèvre supérieure hérissée de poils raides retroussée. Il accepta :

— *Nak-Booh-Loa*.

Appuyant docilement, lui aussi, sur le mot qui traduisait plus justement l'image des autres.

Dans la rivière, les *Nak-Booh-Loa* s'étaient de nouveau scindés en deux groupes, pareils à ce qu'ils étaient avant. Les hommes avaient regagné le bord, tandis que ceux du milieu de l'eau — *neh, neh, oa, oa, oa*, chacun un doigt d'une main — se mettaient en marche. La femme que Moh'hr regardait souvent avait donné son enfant à celui qui était presque un homme, le lanceur de pierre, mais conserva en travers de sa poitrine la bandoulière d'herbes tressées à laquelle pendaient d'autres choses de même nature. Elle allait la première, la lumière dorait sa peau couleur de terre pâle.

Maâq' exprima son étonnement d'un souffle bref par les narines, échangea avec Moh'hr un regard.

Les *Nak-Booh-Loa* avec la femme à leur tête ne cherchaient pas à traverser l'eau basse de la rivière presque endormie, ils marchaient au-devant des vaguelettes étincelantes du courant, et sans même un regard pour les deux observateurs perchés sur les grosses pierres dont ils n'ignoraient évidemment pas la présence. Ils se dirigeaient vers la montagne dressée de ce côté-là du monde, se hâtaient. Un coup d'œil suffit à Moh'hr : dans cette direction tournaient deux grands oiseaux buveurs de sang, où, quelque temps auparavant, s'étaient élevés sur la pente boisée les cris d'une lutte brève entre un fauve et sa proie... Le regard de Moh'hr revint dans celui de Maâq', pour dire ce qu'ils allaient faire, et Maâq' approuva d'un clignement des paupières.

Les deux hommes attendirent que le groupe disparaisse à leurs yeux, sous l'avancée des pierres, avant de se mettre en marche à leur tour. Sur la rive opposée de la rivière, les autres *Nak-Booh-Loa* remontaient lentement la pente de la ravine, vers l'abri et le reste de la bande. Ils ne se souciaient manifestement pas davantage de la présence des deux *Loa*, comme s'ils savaient n'en craindre rien quoi qu'ils fissent, comme s'ils savaient de la même façon que ceux des leurs marchant dans la rivière n'avaient pas à les redouter.

Les *Nak-Booh-Loa* étaient des gens étonnants, imprévisibles.

Tout en se glissant entre les grosses pierres qui repoussaient la chaleur du ciel, Moh'hr tentait de comprendre leur attitude et de construire les images qui sauraient l'expliquer. Une autre préoccupation le tracassait, il jetait de fréquents regards vers le bout du ciel où la fumée de pluie non seulement ne s'était pas dissipée, mais grossissait... Il signala la chose à son compagnon, après avoir touché son épaule. Pas plus que la première fois, Maâq' ne parut intéressé par l'événement.

Maâq' voulait surtout savoir où allaient les *Nak-Booh-Loa*, pourquoi ils agissaient comme ils le faisaient, *qui* ils étaient. Le sang coulé de sa blessure à la poitrine avait séché dans les poils de son ventre et sur ses cuisses ; de sa main aux deux doigts manquants, il chassait ponctuellement les mouches énervantes qui s'y posaient et tournaient autour de lui inlassablement.

Le ventre de Moh'hr se mit à gargouiller une plainte ronde et rebondissante qui attira l'attention et un coup d'œil circonspect de Maâq'. Sans raison autre que l'écoute de ces bruits associée à l'œillade de son compagnon, une grimace détendue vint aux lèvres épaisses de Moh'hr et dans le coin de ses yeux.

Les berges de la rivière encaissée s'étaient progressivement élevées, jusqu'à ce que le bord de leur escarpement épaissi par l'ombre atteigne une hauteur d'homme *Loa*, et puis une autre hauteur, une autre et une autre encore. De chaque côté, une bande de terre plate suivait la faille, cahotant entre les blocs épars de roc brûlant, couverte d'herbes de tailles et de formes différentes que la proximité de l'eau gardait souples et vertes, d'arbres aux feuilles serrées de grandeurs également diverses. Les buissons d'épines qui ne dépassent pas la tête d'un *Loa* s'étaient faits plus rares, remplacés par ceux dont les feuilles se mangent quand le dedans du ventre fait mal sans qu'on l'ait frappé. Moh'hr en avait arraché quelques-unes au passage et les avait avalées sans les mastiquer, comme il convient de le faire non seulement chez les hommes mais chez les *nakoa* qui leur ressemblent et connaissent la pratique, eux aussi, depuis si longtemps que nul ne sait qui des *nakoa* à quatre pattes ou des *Loa* sur deux jambes l'a appris de l'autre. Son ventre grondait toujours, régulièrement, mais il n'avait pas mal. C'était juste, Moh'hr le savait, un appel à manger. Pour y répondre instinctivement plutôt que pour soulager une réelle douleur, il avait cueilli les feuilles qu'il avait avalées comme on avale ce genre de feuilles, par habitude : ses préoccupations à lui aussi étaient tout autres.

Ils connaissaient le terrain. Ils étaient du clan des *Loa* installé au bord de *atanik-tô-nik-nik* depuis bien des vies, bien des passages de grands cornus en troupeaux, bien des pluies et bien des chaleurs, depuis beaucoup d'enfants revenus dans le ventre des femmes et beaucoup d'hommes secs retournés à la terre. Moh'hr comme Maâq' avaient marché sur presque tout le territoire connu du clan, l'un et l'autre allant même une fois au-delà —

où Maâq' avait perdu quelques doigts d'une main. C'était bien plus facile, et ils le savaient, de suivre la rivière par le sommet de ses berges. Plus facile et moins dangereux. Ici, les fauves dont les dents traversent d'un seul coup la tête d'un homme venaient rarement, faute de proies pour qui le terrain trop étroit et engoncé offrait peu de possibilité de fuite, précisément, en cas d'attaque.

Pour la première fois, c'était presque certain, les *Nak-Booh-Loa* s'aventuraient dans l'encaissement. S'ils avaient fait quelques incursions de reconnaissance autour de leur position sur la petite terre haute, c'était plutôt du côté de *atanik-tô-nik-nik*, le grand lac, et jamais, durant ses patientes observations, Moh'hr ne les avait vus traverser la rivière. Pourtant, ce groupe-là marchait sur les pierres sombres et luisantes découvertes par l'eau basse comme s'ils connaissaient les lieux. Ils n'avaient donné, à aucun moment, le moindre signe laissant entendre qu'ils se savaient suivis. Ils marchaient, obstinés ; la femme souvent regardée par Moh'hr allait toujours la première, d'un pas régulier, souple, dans un ondoyant balancement de la taille. Il la regardait sauter de pierre en pierre, et il aimait le mouvement que cela produisait dans la courbe de son dos et ses fesses. Il aimait mieux la voir ainsi que portant son enfant contre elle, le flanc déjeté. Au rythme de ses pas, le *oa* de Moh'hr, qui frottait contre sa cuisse, s'était durci — Maâq', le constatant, avait cru bon de pousser un petit grommellement sans signification bien précise, avant de reporter aussitôt son regard sur le groupe des *Nak-Booh-Loa* en contrebas.

Les *Nak-Booh-Loa* marchaient sans hésiter ni prendre les précautions dont on s'accompagne pour traverser un terrain nouveau. Et s'ils continuaient de la sorte, à leur allure inchangée, ils allaient droit au piège.

Les mêmes pensées tournaient dans le crâne des deux suiveurs. L'un comme l'autre savaient que bientôt la rivière allait faire un coude brutal, s'élargissant et se creusant, tandis que les berges abruptes de terre sombre s'évaseraient, presque nues sous un pelage herbu clairsemé et l'ombre griffue de quelques arbres rabougris aux branches sèches comme de la pierre cassante. Les pentes violacées de la montagne ouverte paraissaient très proches, comme s'il eût été possible d'en détacher des écailles en y butant simplement le regard — les pentes couvertes d'arbres étaient en réalité levées à presque un soleil de marche.

À cet endroit de la rivière élargie en une petite grande eau, qu'ils atteindraient bientôt, vivaient plusieurs grands *sklaâ*, depuis les dernières pluies. Les *Nak-Booh-Loa*, sans dévier, marchaient d'un bon pas au-devant des terribles mâchoires et plusieurs d'entre eux, probablement, n'atteindraient pas l'endroit vers lequel ils semblaient se diriger, où un fauve avait tué sa proie, que les grands oiseaux au cou pelé, maintenant disparus du ciel, devaient occuper depuis un moment déjà.

Moh'hr voyait de terribles images ; il voyait la longue gueule aux dents croisées d'un *sklaâ* claquer sur la femme qu'il regardait souvent, et s'il comprenait l'indifférence de Maâq' face à une telle éventualité — Maâq' avait été repoussé violemment par les *Nak-Booh-Loa*, avait reçu la pierre —, il ne la partageait pas. Il n'assisterait pas au drame sans bouger, et s'il pouvait empêcher qu'il ne se produise...

Du bout de son bâton plat, il toucha Maâq' à l'épaule pour attirer son attention ; il fit le signe du *sklaâ* avec sa bouche. Maâq' grimaça brièvement comme si la chose le satisfaisait. Moh'hr fit le signe de parler aux *Nak-Booh-Loa* et Maâq' répéta sa mimique, disant :

— *Iaw, Nak-Booh-Loa. Neh, iw.*

De sa main aux doigts manquants, il saisit prestement le bout du pénis mou de Moh'hr, sur lequel il tira un petit coup. Moh'hr gronda et recula d'un pas. Il traça un geste rond devant lui, le plat de la main vers le sol, précisant : — *Nak-Booh-Loa. Neh, neh, oa, oa, oa.*

Mais Maâq' balança la tête, secouant ses cheveux qui pendaient hors de la tresse défaite.

Un grondement lointain, par-delà les crissements des petites bêtes, roula face au soleil sur le bord du ciel. C'était à peine audible et provoqua pourtant comme une entaille de vrai silence, nette, mais refermée avant que le souffle se suspende pour écouter mieux. Comme si toutes les petites bêtes qui peuplent les herbes avaient perçu le bruit elles aussi et marqué une interruption dans leurs crépitements.

Le groupe des *Nak-Booh-Loa* n'avait pas entendu, dans les clapotements de l'eau autour d'eux, même si c'était là un bruit très bas, sans heurt. Ils arrivaient à l'endroit où tourne la rivière. Devant eux se dressaient soudain une barrière d'herbes hautes, puis la paroi toute droite qu'on pouvait croire à portée de jet de pierre.

C'était plus fort, battant dans la poitrine de Moh'hr ; il en ressentait les chocs assourdis qui montaient tout à coup jusque dans sa tête. Mais d'où il se trouvait, il ne pouvait plus voir le bout du ciel sur la grande et lointaine terre haute qui avait laissé passer le nuage, alors qu'ils ne s'étaient pas encore mis en marche : la barre de la gorge resserrée au fond de laquelle coulait la rivière montait trop haut et arrêtait tous les regards lancés dans cette direction.

Moh'hr frissonna. Dans l'ombre encaissée, un trait de fraîcheur courait sous sa peau, et le mot *tô-nikhr's* franchit ses lèvres sans qu'il l'appelle, le mot vint de lui-même, Moh'hr l'entendit comme s'il avait été porté par un souffle d'air. Les battements dans sa poitrine cognaient toujours plus haut que la normale ; il ressentait une pression dans son cou et au fond de sa bouche. Ses yeux se mouillèrent de larmes.

Maâq' chuinta du bout des dents, entre ses lèvres arrondies.

À hauteur du tournant de la rivière, la berge empruntée par les deux *Loa* s'abaissait dans les herbes, vers l'eau — plus exactement les galets et les zébrures de sable noir que le courant amaigri ne recouvrait plus, lustrées comme de vieilles peaux. L'autre rive ne perdait qu'un peu de hauteur, encombrée d'épines et accrochée à la paroi de rocs chaotiques. Si le niveau de la rivière avait été ce qu'il était encore la dernière fois que Moh'hr était venu jusqu'ici (seule une trace pâle marquant les pans de roche et de terre dure dénudés subsistait), franchir le tournant n'aurait été possible, très acrobatique et dangereux, qu'en s'agrippant à la roche couverte du fouillis d'épines rampantes. En l'état actuel, les *Nak-Booh-Loa* n'eurent qu'à descendre dans l'eau rouge sombre, s'y enfoncer jusqu'au ventre.

Des friselis d'écume couraient autour de la taille de la femme que Moh'hr regardait, à chaque fois qu'elle poussait l'eau avec son ventre et ses hanches. La tresse d'herbes, avec les choses pendues au bout qui devaient être de ces poches que les femmes confectionnent pour ramener au lieu du clan le produit de leur cueillette, traînaient dans le courant, et ce n'était pas bien : un *sklaâ* pouvait l'attraper par cette lanière et la tirer au fond. Un des hommes marchait à sa hauteur, les autres hommes et l'autre femme venaient derrière. Ils sondaient l'eau opaque, devant eux, piquant de leurs bâtons, et les hommes frappaient également alentour, de l'autre bras, comme si cela pouvait suffire à décourager un *sklaâ*...

Moh'hr se remit en marche, à petits sauts, rejoignant Maâq' qui l'attendait dans l'herbe de la rive basse. De faibles gémissements s'échappaient de sa gorge serrée sans qu'on puisse savoir s'ils étaient dus à ce danger encouru par les ignorants *Nak-Booh-Loa*, ou à un nouveau grondement dans le ciel, nettement perceptible celui-là, rebondissant entre les hautes parois de la gorge. Grondement que les *Nak-Booh-Loa* entendirent également, en dépit du gargouillement de l'eau troussée. L'homme et la femme en tête du groupe levèrent les yeux vers le ciel, en même temps que Moh'hr et Maâq'.

Là-haut, à travers les échines courbées des herbes, la lourde crinière noire du nuage avançait dans le ciel, débordant par-dessus la crête de la faille tranchée dans la montagne.

— *Tô-nikhr's !* souffla Moh'hr. *Tô-nikhr's*...

Déjà, avant celles du ciel, les premières gouttes d'une autre pluie coulaient de ses yeux.

Et le soleil fut avalé dans le bruit terrifiant qui tomba des territoires fracassés du dessus.

# 3

’Hna savait que la bête avait remarqué sa présence.

Les battements dans sa poitrine cognaient beaucoup trop fort contre la terre et il ne faisait aucun doute que le *sh’ohr* les avait ressentis dans ses griffes, ou peut-être même entendus. ’Hna était devenu lourd comme la pierre et, pareil à la pierre, incapable de bouger.

Il ferma la bouche, serra les dents et retint sa respiration, mais cela ne changea rien au rythme effréné des heurts assourdis, ni à leur force. Bientôt, une brume descendit devant ses yeux, troublant davantage son regard irrité de piquante sueur, l’obligeant à rejeter l’air contenu douloureusement dans ses poumons. À moins d’une main tendue devant son visage, une petite bête à dos brillant qui se hâtait entre les tiges d’herbe, tirée par son ombre, traversa son champ de vision... En d’autres circonstances, il n’aurait pas manqué de l’attraper pour la croquer d’un coup de dents. Il la vit à peine.

Le *sh’ohr* se tenait près de l’enfant. Il l’avait flairé négligemment, avait regardé Nî-éi par-dessus le petit corps inerte et rougeaud, tandis que des frissons parcouraient les poils noirs et luisants de son pelage, l’extrémité de sa longue queue agitée de petits tressaillements brefs.

Puis, et toujours sans que sa tête bouge, ses yeux s'étaient fixés sur 'Hna.

'Hna avait *senti* le regard jaune sur lui, comme un éclat dur qui serait entré dans sa tête à la recherche de son ombre cachée — et il avait compris qu'il ne pourrait rien faire, rien tenter contre le *sh'ohr*, quand celui-ci se déciderait.

Le fauve noir flaira encore l'enfant. Ses babines moustachues légèrement retroussées découvraient en partie les crocs blancs ; il agitait posément les oreilles, l'une après l'autre, pour éloigner les mouches bourdonnantes.

Les mouches tournaient aussi sur cette chair molle et visqueuse reliée par un cordon flasque de peau bleuâtre et noire au corps écartelé de l'enfant ; elles tournaient au-dessus du ventre redevenu plat de Nî-éi, et Nî-éi recommençait toujours le même geste fatigué de la main pour les éloigner, régulièrement, quand elles étaient trop nombreuses dans ses cheveux, devant son visage, geste qu'elle ne cherchait pas à cacher, ni même à rendre discret, comme si la présence du *sh'ohr* à deux pas ne l'inquiétait absolument pas.

Les tiges des herbes empêchaient 'Hna de distinguer le visage de la femme délivrée ; elle et le *sh'ohr* avaient parlé ensemble et s'étaient entendus : il savait que la peur ne touchait pas ses traits. Cette conviction, au lieu de le rassurer, durcissait davantage la pierre dans le corps de 'Hna. Il aurait voulu fermer les yeux et s'enfouir au-dedans de lui-même, comme une petite bête au dos brillant s'enterre dans le sol, mais ne le pouvait pas plus qu'il n'était capable de se lever pour détaler à toutes jambes. Il avait suivi Nî-éi jusqu'ici. Il devait voir.

Avançant une patte, le *sh'ohr* toucha et poussa doucement la tête molle, à la bouche grande ouverte, de l'enfant. Il fit cela plusieurs fois de suite, d'une patte, puis de l'autre, après quoi il referma sa gueule d'un seul coup sur le haut du petit corps, et se coucha à plat ventre. Dans cette position à demi couchée, il atteignait presque une taille d'homme debout. Il mit la patte sur le cordon de chairs qui se tendit et qu'il déchira en tirant, tournant le cou d'un mouvement sec. Du ventre crevé de l'enfant, le sang gicla sur les pattes de la bête. Un court instant, les petits membres s'agitèrent en tous sens, comme si la proie à demi engloutie cherchait à s'échapper des mâchoires terribles. Les dents broyeuses plus longues qu'un doigt humain claquaient, avec des bruits secs et gargouillants. À chaque fois, le *sh'ohr* rejetait la tête de côté pour assurer sa prise sur la bouchée suivante, sans que pour autant son regard couleur d'eau opaque cesse d'aller de Nî-éi, près de l'arbre, à 'Hna couché dans les herbes à plusieurs bonds de là. Les petits os craquaient comme des chuchotements, sans violence.

Après quoi, le *sh'ohr* lécha le sang qui maculait le pourtour de sa gueule, souillait son poitrail et ses pattes. Tombé au sol de ses dernières mastications, un morceau d'avant-bras de l'enfant, la main recroquevillée au bout, ne l'intéressait apparemment plus.

Ce n'était pas la faim qui avait poussé la bête. À présent, 'Hna en était certain.

Nî-éi continuait de chasser les mouches de ce même geste las qu'elle agitait tantôt entre ses cuisses écartées, au-dessus de son ventre, tantôt devant les mèches de cheveux emmêlées masquant son visage. Le *sh'ohr* remuait ses oreilles à petits coups frissonnants, agitait sa queue qui soulevait la poussière en balayant le sol.

Puis le *sh'ohr* ouvrit une gueule immense, pour un bâillement bref, avec un petit cri apaisé. Ses mâchoires claquèrent lourdement en se refermant. De la patte, il attira vers son museau au ras de terre la partie de chairs molles gorgées de sang qui avait été attachée à l'enfant et l'avala, goulée bruyante, d'un large coup de langue, sans même y planter les dents. Le cordon de peau noirâtre pendouilla un moment sous sa gueule et il eut quelque peine à le décrocher d'entre ses crocs, secouant la tête, frottant de la griffe, avant de finalement l'aspirer.

Les mouches tournaient maintenant au-dessus de la terre souillée parcourue dans tous les sens, en pagaille, par les fourmis à la recherche du festin disparu et peut-être aussi d'une poignée d'entre elles gobées par le fauve.

Le *sh'ohr* agitait les oreilles, de haut en bas, puis latéralement. Sa queue battait, produisant un bruit sourd et répété, dans la poussière flottante. Un long moment plus tard, il parut se souvenir du morceau de bras de l'enfant tombé entre ses pattes. Il l'attrapa du bout des dents, se l'envoya au fond de la gueule et l'avala avec quelques fourmis supplémentaires. Il eut une sorte de soupir, une manière de grondement, s'ébroua. Lentement, se redressa sur ses pattes.

Depuis un moment, les fourmis couraient également sur le dos de 'Hna, ses jambes, ses bras ; il ne faisait aucun mouvement pour les chasser et leurs piqûres l'avaient laissé sans réaction. Il vit le *sh'ohr* s'approcher de Nî-éi. Sa bouche s'ouvrit grande, ses yeux s'écarquillèrent. Il avait la gorge et la langue sèches.

Une force terrible coulait dans les muscles de l'animal, jouant sous son pelage noir. Il fit deux pas et s'immobilisa. Il aurait pu, le cou un peu tendu, toucher le pied de la femme assise. Ne fit que la flairer. Son ombre se couchait en travers du ventre délivré de Nî-éi, ses flancs se creusaient et palpitaient comme si l'enfant mangé s'était remis à gesticuler au fond de ses propres entrailles.

Poussant sur sa main libre et ses talons, Nî-éi recula d'une petite longueur de jambe. Elle tenait toujours le bâton dans sa main qui frappe, mais la pointe vers elle, sans agressivité aucune. Le *sh'ohr* la regardait. Les os de ses épaules faisaient deux bosses jumelles au-dessus de sa tête baissée. Il clappa de la gueule sur une mouche téméraire, émit encore un sourd feulement bref, un nouveau soupir.

'Hna entendit la voix de Nî-éi s'élever doucement, dans une sorte de soupir haché qui aurait pu sortir de la gorge de la bête. Si c'étaient des mots, il ne les comprit pas. Ce mouvement de recul exécuté par Nî-éi lui permettait maintenant de distinguer son visage, entre les tiges d'herbe. La lumière chaude la frappait de plein fouet, traversant la broussaille de ses cheveux rabattus constellés de brindilles. Il pouvait deviner l'expression de son visage, tandis qu'elle parlait à la bête, et n'y lut pas le moindre signe de peur, mais au contraire une vraie et tranquille assurance.

Et s'aperçut que sa propre peur avait disparu, avec le poids des pierres pesant sur son corps écrasé de tout son long au sol. Il déglutit plusieurs fois de suite et ravala la sécheresse qui lui avait durci la bouche. Le silence alentour, tissé des nombreux bruits de toutes les petites bêtes cachées dans la chaleur, prit une autre forme. Comme s'il pouvait se voir, lui aussi, comme s'il faisait partie intégrante de la scène. Ce silence particulier isolait l'endroit, repoussant depuis un moment déjà les jacasseries lointaines de Éfi-éi et des autres.

Il vit le fauve noir et lisse avancer d'un nouveau pas vers Nî-éi. S'arrêter encore, le museau revenu à hauteur des talons de la femme plantés dans le sol. Il vit que les mollets crispés de Nî-éi tremblaient, tandis qu'elle continuait de parler dans le langage de la bête, d'une voix ronde et basse, poussant au bord de ses lèvres des mots secrets que 'Hna ne parvenait pas à saisir.

Le *sh'ohr* écoutait. Il répondit, montrant la chair pâle de sa bouche aux babines retroussées, le tranchant de ses crocs éclatants, et ce n'était pas non plus un signe de colère, ce n'était pas dangereux. Le *sh'ohr* secoua la tête, qu'il releva vers le ciel en tendant le cou. Il s'étira ensuite et dans le mouvement avança une patte, toucha le pied de Nî-éi. Elle s'interrompit. Le *sh'ohr* donna un autre petit coup de patte et le pied de Nî-éi accompagna le mouvement. Elle ne cherchait pas à résister, elle ne reculait plus. Alors la bête s'ébroua une fois encore et, tirant son ombre de côté avec elle, se détourna. La femme assise, genoux relevés contre elle, maintenant se taisait.

Le fauve flaira le sol qui gardait quelques traces sombres de ce qui s'était passé, et la présence, encore, de l'enfant avalé. Puis il regarda dans la direction de 'Hna qui s'était redressé sur les coudes et que l'œil jaune figea. Le *sh'ohr* fit un pas, un autre, s'arrêta. Il balança la tête, montra les dents — 'Hna comprit que le *sh'ohr* était satisfait : invisible, inaudible, cela coulait pourtant de sa gueule entrouverte.

C'était sûr que le *sh'ohr* connaissait sa présence. Sûr qu'il l'avait remarqué depuis le premier instant et continuait de le voir à l'orée des herbes. 'Hna attendait que les mots s'installent dans sa bouche, des mots qu'il ne connaissait pas mais qui ne pouvaient pas manquer de venir comme ils étaient montés aux lèvres de Nî-éi, et qu'il pourrait, saurait dire au *sh'ohr* — mais il n'eut pas à le faire. La bête se détourna de lui, s'éloigna, s'en fut, queue battant mollement, tirant son ombre derrière elle, prit la trace par où elle était venue et s'engagea sous les buissons d'épines ; sur le point de disparaître dans le fourré, elle poussa un long grondement derrière quoi le silence évoquait l'image d'un grand trou, et comme si une faille soudaine s'était refermée sur la bête disparue. Une fois encore, on entendit le *sh'ohr*, passé la succession serrée des troncs tordus, au-delà de l'entrelacs des branches épineuses qui formaient, vus de loin, une barrière apparemment infranchissable.

Du temps s'écoula. Les ombres diminuèrent d'une demi-main ouverte avant que 'Hna se redresse précautionneusement à quatre pattes, avec la sensation que la peau de son dos, ses fesses et l'arrière de ses cuisses allaient craquer de chaleur s'il faisait un mouvement trop brusque, comme la mousse rase des pierres quand l'eau s'est retirée.

À quelques pas, Nî-éi n'avait pratiquement pas changé de place depuis le départ du *sh'ohr* avec qui elle avait parlé. D'abord, elle s'était tassée sur elle-même, retombée presque couchée, demeurant un temps dans cette position qui soulignait le mouvement régulier de sa respiration, creusant son ventre, soulevant et abaissant ses seins aux pointes fléchies de chaque côté de son torse ; ensuite, elle s'était rapprochée de l'arbre, non pas vers cette face du tronc qui avait soutenu la pression de son ventre pour aider l'enfant à sortir, mais du côté de son ombre dans laquelle elle entra en rampant sur les coudes et les genoux. C'était là qu'elle se tenait encore, tournant avec l'ombre qui avait accueilli la sienne et qui, bien que graduellement raccourcie, la recouvrait toujours entièrement. Après encore du temps immobile, Nî-éi avait craché dans la paume de sa main et s'était mise à essuyer le sang et le liquide coagulés sur ses cuisses. 'Hna ne l'avait pas quittée des yeux. Longtemps, son cœur avait battu très fort, avant de se calmer enfin, tandis qu'il la regardait cracher et frotter, d'une main tout d'abord et de l'autre ensuite après avoir posé son bâton pointu, frotter et cracher, et puis retrousser ses cheveux aussitôt retombés, dont elle écartait les mèches à pleins doigts, qu'elle rejetait en arrière, ce qui laissait le temps d'entrevoir sur son visage l'expression nouvelle, jamais vue, qui s'y lisait maintenant, comme si la lumière presque droite du soleil avait traversé les branches, le tronc, l'ombre même de l'arbre, pour se planter dans ses yeux, comme si ses lèvres ouvertes aux commissures relevées préparaient un rire bruyant prêt à venir d'un instant à l'autre. D'une certaine manière, sans qu'il en comprenne la raison, la marque de cette joie sur le point d'éclater au visage de Nî-éi avait ravivé un instant la peur éteinte dans la poitrine du jeune homme à l'affût sous les herbes. Les images de la jeune femme qu'il gardait en lui, depuis la plus lointaine, ne riaient jamais. Mais la pointe d'inquiétude s'était fanée sitôt levée. La mimique, sur son propre visage, copiait celle que découvraient par intermittence les mèches entre-écartées de la chevelure broussailleuse de la femme.

'Hna avait vu ceci : le *sh'ohr* n'avait pris que l'enfant, et il avait parlé avec Nî-éi, et il avait regardé 'Hna, lui avait lancé un mot dans un souffle, et il s'en était allé. Le *sh'ohr* l'avait regardé, lui aussi, avant de s'en aller.

C'était comme si 'Hna ne savait plus rien d'autre. Il n'y avait plus d'autres images en lui, c'étaient les seules, et elles l'emplissaient tout entier.

Il ne l'avait jamais vue rire, avant cet instant, ni avec aucun membre de la bande, ni avec lui qui la regardait souvent. Jamais davantage il ne l'avait vue parler à un *nam-nî*. Depuis avant les dernières hautes eaux de la rivière et les grandes pluies, déjà avant qu'elle soit témoin de la disparition de celui qui portait le nom de Ohr, mais surtout depuis ce temps-là, avant que le *sh'rah* à crinière emporte Jârh avec le petit pendu à son sein, elle était comme un morceau détaché du clan, elle était comme un éclat tombé d'une pierre, fragment de la pierre encore, mais à côté. Quand les autres posaient les yeux sur elle, c'était pour avouer qu'ils ne comprenaient pas le silence dans lequel elle était enfermée parmi eux, ni ses gestes de chaque jour, comme si elle était devenue une bande à elle toute seule ; quand ils disaient son nom, c'était pour interroger. Ils ne la regardaient pas comme lui la regardait. Pour cela, probablement, parce qu'il la regardait de cette façon, il avait été témoin de la rencontre avec le *sh'ohr*, et la bête serait sans doute à ses côtés pour le protéger lui aussi, avec Nî-éi, désormais.

Mais il ne se sentait pas la force de marcher vers elle. Si elle n'ignorait pas sa présence, elle ne le lui avait pas montré, ne lui avait pas adressé un signe qui l'invitât à s'approcher. Elle avait cette marque de rire sur son visage, installée, cachée derrière ses cheveux rabattus, et quelque chose disait à 'Hna qu'elle ne tenait pas à la dévoiler au regard de tous — il le savait comme on sait qu'un *nam-nî*, des bords de la grande eau calme, s'enfuit sur un trait de lumière si on approche sans précaution la main de sa tête plate. Le mouvement qu'il avait eu pour la rejoindre était retombé avant même de s'achever complètement.

Un court instant, accroupi, il continua de suivre des yeux les gestes répétés de Nî-éi nettoyant ses cuisses, mais il avait d'autres images en tête, contenues depuis le départ de la bête noire. La chaleur sur sa peau courait aussi dessous, chatouillant de plus en plus fort. Il avait beau tendre une oreille, puis l'autre, il ne percevait plus le moindre bavardage de Éfi-éi, ni le moindre son porteur des occupations ordinaires de la bande, de l'autre côté des hautes herbes. L'éblouissante lumière du soleil se trouvait maintenant au-dessus de sa tête. Les ombres se protégeaient de la trop forte chaleur, abritées au cœur des choses et des êtres, comme le faisaient sans doute, en ce moment, eux aussi, les autres de la bande sous le toit protecteur de branches et d'herbes tressées. Sa place était parmi eux. Sa seule place, nulle part ailleurs.

Il recula, comme il était venu là au début du jour, à ce moment qui lui semblait maintenant si éloigné, accroupi, les pieds raclant le sol et traçant deux marques courbes sur la terre rousse. Quand les tiges des herbes achevèrent de cacher complètement Nî-éi à ses yeux, il se redressa tout à fait, tourna les talons et courut vers l'abri où sa place, parmi les autres, à défaut de celle de Nî-éi, l'attendait.

À son passage, de petits oiseaux jaunes s'envolèrent de sous les basses feuilles pendantes et fripées, avec un bruit saccadé de froissement.

Le soudain battement d'ailes, au-delà de la bande de terre nue, attira l'attention de Nî-éi. Deux petits oiseaux jaunes jaillirent des herbes. Ils voletèrent en rond un instant, rebondissant l'un derrière l'autre et fouettant de leurs ailes les remous visibles, vibrants, de la chaleur. Nî-éi les suivit des yeux. Les petits oiseaux jaunes n'étaient nommés par aucun des *nam* du groupe, ni par Nî-éi ; ils ne se désignaient que par un triple signe du doigt évoquant le vol, la petite taille et cette manière unique qu'ils avaient de tresser des brindilles pour confectionner leurs nids (plusieurs fois, après avoir mangé les œufs, Nî-éi avait « cueilli » le nid vidé et les tiges sur lesquelles il était accroché, utilisant cette poche solide, plus solide que si elle l'eût fabriquée elle-même en copiant le modèle, pour y garder les baies grappillées qu'elle ne mangeait pas tout de suite). D'ordinaire, les petits oiseaux jaunes ne restaient pas dans les herbes des terres basses, quand les pluies frappaient violemment et que le bruit des rivières roulait en grondant toujours plus fort comme une colère ; ils s'en allaient ailleurs, sans doute dans la montagne, au-dessus de la pluie peut-être, pour se protéger des rafales droites. Mais ils étaient encore là, ils ne partaient pas. Ils étaient prêts, semblait-il, à recommencer la confection de nouveaux nids, ainsi qu'ils le faisaient habituellement à leur retour de l'autre bord des pluies. Ces deux-là replongèrent dans les hautes herbes, approximativement d'où ils avaient surgi, après avoir répété un certain nombre de fois le cercle sautillant de leur vol.

Une bête, ou un *nam*, quelqu'un, les avait dérangés.

Nî-éi écarta ses cheveux à deux mains et les tint un instant plaqués de chaque côté de sa tête. Plissant les paupières, elle surveilla le front des herbes, n'y remarquant rien de louche. Elle pouvait voir encore l'endroit de son passage à travers les tiges courbées, celles qu'elle avait cassées, et il lui semblait que cela s'était produit très longtemps auparavant, que des jours, les uns après les autres, étaient retournés sous terre, que des nuits, les unes après les autres, en étaient sorties et y étaient redescendues, depuis ce moment.

Et si l'impression n'était que la marque encore perceptible d'une réalité ? Pourquoi non ? L'attitude du *sh'ohr* n'était pas non plus ce qui se sait de la bête.

Les herbes redevenues calmes. Les petits oiseaux jaunes y avaient disparu, on ne les entendait plus. Ailleurs, au-delà des ravines, vers le grand espace nu entre les flancs creusés des montagnes, où le chemin de la rivière toujours plus maigre sinuait maintenant loin des arbres, s'éleva de nouveau le glapissement hargneux du *iêk* — et tout de suite après *les* glapissements, disant non plus un *iêk*, mais une bande. Juste sous la couleur lisse et dure du ciel, un de ceux-là qui mangent avec les *iêk* tournait, traçant au contraire des petits oiseaux jaunes de longs vols planés au bout desquels ils paraissaient à chaque fois sur le point de chuter d'un coup, comme des choses inertes et lourdes, mais qu'un puissant battement de leurs ailes si fortes, plus grandes que plusieurs bras tendus de *nam*, relançait vers le haut.

Nî-éi regarda tourner l'oiseau jusqu'à l'instant où il fut rejoint par un autre.

Elle retira les mains de sa tête et les cheveux maintenus écartés retombèrent sur ses yeux, comme elle leur en avait donné le pli, fuyant derrière leurs mèches emmêlées les regards curieux des autres, depuis la chute de Ohr au fond du ravin de pierres où elle l'avait poussé. Elle les écarta de nouveau, ils retombèrent lentement. En elle, une force neuve s'était installée. Nî-éi ne voulait plus se cacher.

Car le *sh'ohr* était venu à son aide, prenant l'enfant pour lui, la délivrant de celui qui était revenu en elle.

Il avait attendu et il était venu, poussé par l'invisible qui fait agir et bouger les choses. Il avait pris l'enfant revenu du monde sans ombres, qui sans cela aurait grandi jusqu'à la taille d'un nouveau *nam*, et avec lui la peur installée dans le ventre de Nî-éi. Il avait pris ce qui était tombé du ventre de Nî-éi, avec la peur déposée en elle depuis qu'elle avait ressenti le premier soubresaut au creux de ses entrailles ; le *sh'ohr* avait tout pris et l'avait fait avant que *cela* trouve et suive le chemin pour devenir un *nam*, que *cela* reprenne, continue les pas interrompus de l'homme tombé au fond du ravin et que les oiseaux pareils à ceux qui tournaient maintenant dans le ciel, et puis les *iêk* et toutes les petites bêtes sans nom, avaient fini par faire disparaître, dispersant et broyant ses os, mais pourtant insuffisamment vite, trop tard pour empêcher l'invisible force de cet homme de se réfugier en elle, après qu'il ne se fut pas relevé de sa chute.

Dans le monde sans ombres que les *nam* ne peuvent ni voir en ouvrant les yeux, ni comprendre en écoutant fort, se trouvait ce qui avait poussé le fauve à venir délivrer Nî-éi de la peur tombée d'entre ses jambes. Se cachait, insaisissable, la raison pour laquelle il s'était allié à elle.

La douleur mordait encore le dedans de ses chairs, mais sans commune mesure avec les coups de griffes et de crocs qui déchiraient, avant, son abdomen lourd et tendu. Elle n'y accordait pratiquement plus d'attention. Elle se sentait surtout pesante, comme après une longue marche dans les pierres, vers le haut d'une pente. Des petits gargouillements roulèrent dans son ventre, de façon agréable. Elle n'avait rien mangé depuis ce même instant du jour, avant la nuit écoulée — et ce qu'elle avait avalé était ressorti d'elle, à la fois par la bouche et les deux orifices d'entre ses cuisses, avant même qu'elle expulse l'enfant, et puis en même temps, et puis ensuite.

Elle ouvrit les jambes, se courba en avant, écartant du bout des doigts les poils englués sous son ventre, dans le pli encore saignant que l'enfant avait meurtri et coupé en sortant. C'était douloureux si elle écartait les cuisses trop fort et elle craignait que ce qui la remplissait encore, derrière la fente entrouverte dans la chair vive nacrée et jusque sous sa poitrine, n'aille s'écouler par ce passage forcé si elle n'y prenait garde, dès qu'elle serait debout. Elle serra les jambes et les regarda, étirées devant elle. Le fin duvet sans couleur qui les recouvrait, à peine visible, retenait des barbouillages terreux qu'elle entreprit d'effacer négligemment, recommençant de cracher dans ses paumes ouvertes. Elle faisait claquer ses mains sur la peau, satisfaite de sentir sa chair sous les doigts. Le sourire pour elle seule était revenu sur ses lèvres. Les larmes dans ses yeux n'étaient plus celles de l'épouvante, ou de la souffrance, mais brillaient avec la sensation de bien-être montée de sous sa peau.

La lanière d'herbes assouplies sous la pierre et la dent, tressée comme le lui avait appris Jârh (à l'exemple des petits oiseaux jaunes noueurs de brindilles) avec qui elle était toujours quand elle ne savait encore presque rien, quand elle n'était pas encore complètement *éi*, pendait autour de son cou, entre ses seins bombés. Ç'avait été une bonne chose pour soutenir son ventre et lui laisser les mains libres. Son utilité avait désormais disparu. Elle retira le tressage pendu à son cou, le déchiqueta de ses ongles, puis en s'aidant d'une pierre ramassée. Elle trancha un morceau de la lanière d'herbes, à l'aide de quoi elle s'efforça de maintenir écartées de ses yeux les mèches embroussaillées de cheveux, derrière lesquelles, à présent, elle ne voulait plus se cacher. Elle y parvint avec plus ou moins de bonheur, après plusieurs essais ; cet effort, pourtant dérisoire comparé à ceux qu'elle avait fournis durant toute la nuit et jusqu'à maintenant (parce qu'il s'ajoutait à ceux-ci ?), lui pesa dans les bras et le dos comme après avoir porté longtemps une lourde charge. Elle attendit que s'apaisent les battements derrière sa poitrine, sans rien faire d'autre que chasser du revers de la main les fourmis qui s'étaient remises à courir sur ses jambes.

Puis elle saisit son bâton et, s'appuyant dessus, se releva prudemment. Sur les genoux d'abord, gardant la position un instant, à l'écoute de ce qui en elle gargouillait plus fort que jamais. De la chaleur coula sur sa cuisse, mais ce n'était que du sang, encore. Rien d'autre. Ce n'était pas ses entrailles, comme elle l'avait redouté.

De l'autre main, elle prit appui contre le tronc de l'arbre. Elle fut debout, sur ses jambes tremblantes. La coulure de sang noir atteignit son mollet, descendit jusqu'à sa cheville. Elle leva les yeux sur l'alentour qui se mit à trembler aussi fort que ses jambes. C'était comme la brume du jour revenu, certaines fois, au bord de l'eau calme — une brume au-dedans de ses yeux, mais qui cependant touchait les choses autour d'elle. Puis la brume s'estompa.

Nî-éi fit un pas, et un autre, se détachant de l'arbre. La terre, entre les racines affleurantes comme des bêtes à demi enterrées, n'avait gardé que peu de traces de ce qui s'était passé là — les marques des talons de la femme, celles des griffes de la bête —, et sur l'écorce écailleuse du tronc, à hauteur du ventre de Nî-éi, une goutte de sang séché qu'une grosse *na'nam-nî*, une fourmi, mangeait.

Elle se mit en marche, lentement d'abord, au moins autant déstabilisée par sa légèreté nouvelle que par la faiblesse mordante dans le bas de son ventre, et puis trouvant bien vite bonne allure et équilibre. L'invisible dont elle était une part, qui veillait en elle et se découvrait dans son ombre, marchait devant, la tirait en direction de l'abri dans les hautes herbes. Elle suivait, comme il convient de le faire, pour ne pas s'opposer aux forces que les yeux ne voient pas. Elle avait attendu ce moment où l'ombre la guiderait. C'était une ombre changée, différente, avec une grosse tête ébouriffée. Pourtant, c'était elle.

Nî-éi continuait de sourire en entrant dans les hautes herbes, reprenant la direction de l'abri où les autres de la bande l'attendaient, où elle serait avec eux, de nouveau.

La vue des petits oiseaux jaunes qui s'étaient envolés devant 'Hna avait brusquement provoqué une série de gargouillements protestataires dans son ventre, lui emplissant la bouche de salive. Il aurait pu s'accroupir et guetter le retour des petits *nam-nîhu* faciles à attraper dans les hautes herbes, mais il n'en fit rien. Ce qu'il avait à annoncer aux autres avait pris le pas sur sa faim et le faisait courir sans prudence, au plus court, en dehors des traces ouvertes dans les tiges feuillues. C'était comme si sa tête et sa poitrine s'étaient remplies de fourmis grattouilleuses qui le forçaient à cette hâte. Au passage, il arracha une tige, dont il nettoya la partie blême déterrée en la frottant entre ses mains et contre son torse, avant de l'enfourner dans sa bouche pour la croquer énergiquement, sans rien changer à son allure ni à la direction prise, crevant tête baissée les herbes qui le fouettaient et dont il se protégeait des deux coudes levés à hauteur de ses yeux.

Le goût âcre de la racine rugueuse lui emplissait maintenant la bouche, et il salivait toujours d'abondance, lorsqu'il sortit du front d'herbes à quelques pas derrière l'abri, du côté opposé à l'entrée, pas très loin de la trace menant à la ravine. Nam, celui qu'on écoute avant les autres, se tenait là et l'attendait, genoux fléchis, ramassé sur lui-même, brandissant le bâton particulier, tordu à une extrémité et la pointe de l'autre régulièrement retaillée, que personne, mis à part lui, ne pouvait utiliser.

Nam reconnut 'Hna. Il baissa la pointe de son bâton et se redressa.

Quand il se tenait ainsi debout de toute sa taille, bien que la force accumulée dans ses bras fût la plus grande d'entre tous, qu'il fût celui qu'on écoutait avant les autres, il n'en avait pas moins la tête la plus basse des *nam* du groupe décimé, plus basse même que celle des femmes, et cela en raison de la courbure de son dos qu'il ne parvenait plus à redresser tout à fait. Il portait toujours dans ses chairs, autour et sur les bosses que dessinaient les os des épaules et du cou, les marques blanchâtres et lisses, fripées, laissées par les griffes de la bande de *iêk* tachetés à qui il avait disputé un jour le corps éventré d'un grand *nam-nî*-comme-un-oiseau-mais-qui-marche-à-terre. Et il avait finalement repoussé les *iêk*. Couvert de sang, il hurlait toujours quand les bêtes apeurées qui n'avaient jamais rien vu de tel s'étaient retirées en lui laissant la proie gagnée, après lui avoir cassé les os dans le dos. Durant presque toute la longueur d'un temps contenu entre deux grandes pluies, il était resté couché, bougeant à peine, sous cet abri du moment construit sur le devant d'une anfractuosité dans la roche, au bas d'une paroi verticale parfaitement nue. Le groupe des *nam*, alors bien plus nombreux que maintenant, n'avait pas quitté l'endroit. Ils étaient restés autour de lui, lui avaient soutenu le dos à l'aide d'un treillis de branches, comme un d'entre eux l'avait vu faire pour un autre homme d'un autre groupe rencontré une fois sur la rive d'une eau calme ; ils l'avaient nourri, sachant combien il était fort pour le clan, sachant que même avec ce dos qui le cassait en deux et lui plaçait la tête plus bas que tous, il pouvait être encore capable de repousser des *iêk* et de leur prendre une grosse nourriture.

C'était lui, Nam, qui avait été témoin avec 'Hna du départ de Nî-éi, un peu avant la brutale montée du jour revenu.

— *Nî-éi !* dit 'Hna quand il fut à deux pas de Nam.

Son expression disait beaucoup d'autres choses encore, en plus du nom. Beaucoup trop.

L'homme au dos tordu et noueux comme l'extrémité du bâton épointé qu'il tenait à deux mains fit une grimace d'incompréhension étonnée. Car si 'Hna avait reçu ce nom évoquant « le dernier petit d'entre tous », il aurait pu tout aussi bien être désigné comme « celui qui ne parle pas ». Nam ne comprenait pas le dérangement de son visage qui d'ordinaire ne parlait pas plus que la bouche, ni la lumière dans ses yeux habituellement cachés sous les lourdes paupières. Il interrogea :

— *Nî-éi ?*

Il porta son regard vers le front des herbes d'où 'Hna avait jailli, mais ce dernier lui dit le signe « non » d'un bref hochement de tête.

— *Nî-éi, nî,* dit 'Hna, parlant une fois encore et repoussant du geste, derrière lui, l'endroit où il était sorti des herbes.

Puis il saisit le bras de Nam et l'entraîna de l'autre côté de l'abri, sur l'espace plat dégagé devant l'entrée où le clan s'asseyait. Il y avait là le dernier homme du groupe, qui n'avait pas de nom, ou plus exactement qui n'en avait plus besoin, puisque ceux de Nam et 'Hna continuaient d'être dits par tous et qu'il était donc simplement le dernier avec eux. Il était accroupi fesses aux talons, le creux des bras sur ses genoux écartés, et devant lui les corps en partie dépouillés de *nam-nî* aux longues queues qui vivent dans des trous sous la terre. Il y en avait autant que les doigts d'une main, moins celui qui se plie sur le côté. Et ce que vit d'abord 'Hna fut ces *nam-nî* à la chair découverte, la peau retroussée sur leur tête. Tandis qu'il s'accroupissait devant celui qu'il n'était plus utile de nommer, un double filet de salive déborda de ses lèvres et coula dans les poils touffus de son cou. Il n'avait d'yeux que pour les *nam-nî*. Nam lui toucha l'épaule du bout tordu de son bâton afin de le ramener à ce qui poussait à sa présence soudaine devant l'abri.

— *Nî-éi*, dit Nam.

Les larges mains de celui qui n'avait plus besoin de nom pendaient au bout de ses poignets. Avant qu'il soit redevenu simplement le dernier avec Nam et 'Hna, il avait été celui dont la peau est très sombre comme une terre mouillée, et c'était encore un nom qui se disait davantage avec des gestes que par la bouche. S'il avait beaucoup de poils sur les épaules, le haut du dos, la poitrine, et tellement sur le bas du ventre que ce qui faisait de lui un *nam* se voyait à peine, son visage par contre en était presque dépourvu, à l'exception de grandes touffes sous la bouche et sur son cou, et montrait habituellement une expression tranquille. À le voir ainsi, il portait sur lui plusieurs noms possibles. Pourtant on ne lui en donnait aucun.

L'attitude de 'Hna ne paraissait pas l'étonner. Une de ses mains bougea pour chasser négligemment une mouche. Il regardait 'Hna, et puis Nam.

'Hna suivait maintenant des yeux la mouche qui s'était

posée sur un des *nam-nî* à demi dépouillé. Il aspira la salive qui coulait sur ses lèvres, déglutit. Le goût de la racine s'était dissipé. Il parut remarquer tout à coup l'absence des femmes, après que son regard eut quitté la mouche pour chercher alentour et interroger. Mais n'obtint de réponse ni de Nam ni de l'homme accroupi, qui attendaient. Nam se balança d'un pied sur l'autre en laissant tomber de sa bouche un bref grondement d'impatience.

Alors 'Hna raconta.

Il le fit avec des gestes, surtout, à sa manière particulière de bouger les mains comme s'il attrapait des choses invisibles flottant devant ses yeux et de moduler l'expression de son visage (ce qui aurait pu être un autre nom pour le désigner). Il ponctuait son récit de plongées de la tête vers ses épaules sur lesquelles il essuyait la salive coulant des commissures de ses lèvres. Les rares mots qu'il prononça de nombreuses fois à voix haute, en plus des raclements de gorge modulés pour soutenir et préciser sa gestuelle, furent « *Nî-éi* » et « *sh'ohr* ».

Quand il eut terminé, le visage des deux autres exprimait une même incrédulité. Une même incompréhension.

Nam secoua la tête brièvement pour repousser ces images inadmissibles que 'Hna avait montrées — mais c'étaient des images comme les herbes gluantes qui se collent à la peau quand on les touche : elles ne voulaient pas se détacher. Nam gronda. Il leva son bâton au-dessus du conteur, le geste dressé avant de savoir s'il allait le faire, et comprenant aussitôt au regard agrandi et brillant de 'Hna l'inutilité de laisser retomber le bâton. Celui qui n'avait pas de nom gronda à son tour et rompit enfin son immobilité, passant de la position accroupie à la position agenouillée. Il saisit par la queue, l'une après l'autre, les petites bêtes écorchées qu'il tira vers lui, alignées comme elles l'étaient auparavant mais hors de portée des mains de 'Hna redevenues muettes et libres.

'Hna lâcha un petit gémissement plaintif. Furibond, il attrapa au vol une des grosses mouches luisantes qui termina au bout du geste entre ses lèvres ouvertes, écrasée contre ses dents de devant, et qu'il avala ensuite très ostensiblement, avec force grimaces d'une mastication exagérée, sans quitter des yeux son vis-à-vis — qui ne parut d'ailleurs aucunement troublé par la mimique explicite. 'Hna avala la mouche dans une grosse goulée de salive âcre. Il plaqua ses mains ouvertes sur son ventre qui grondait sans discontinuer, pressa pour le faire taire. Se redressa, fit quelques pas jusqu'au bord du terrain plat légèrement surélevé, devant l'abri ; il regarda vers le contrebas, puis les pentes rousses, violacées, parsemées de broussailles épineuses, de plantes à feuilles dures. Il regarda en direction de la ravine au bas de laquelle coulait la rivière amaigrie — qu'il ne pouvait pas voir d'ici, ni la ravine et encore moins la rivière, mais qu'il savait là-bas, au-delà et en dessous de l'étendue des herbes. Nulle part il ne vit trace des femmes.

Nam et l'homme agenouillé ne l'avaient pas quitté des yeux. Il revint vers eux.

— *Nî-éi, nî sh'ohr*, dit Nam.

'Hna, à son tour, ouvrit une bouche incrédule, un temps, avant de repousser l'affirmation avec force, battant l'air des deux mains, mais Nam recommença de secouer la tête pour en faire tomber ces images incroyables. Pour la seconde fois, 'Hna reprit l'histoire et la raconta, comme elle s'était déroulée. Il dit que Nî-éi avait donné naissance à l'enfant au pied de l'arbre en attendant le *sh'ohr* à qui il était destiné, et qu'elle avait parlé avec la bête, et que le *sh'ohr* avait pris l'enfant, et qu'il était resté encore un moment à parler avec Nî-éi, et que le *sh'ohr* l'avait vu lui aussi et lui avait adressé quelques mots avant de partir. Il dit que Nî-éi était sous la garde du *sh'ohr*. Il dit que lui aussi, désormais.

Comme ils attendaient, paupières plissées à demi refermées sur des regards sombres qui ne quittaient pas ses mains, il répéta :

— *Sh'ohr, 'Hna*, faisant des doigts croisés de ses mains le signe « ensemble », et puis d'une seule main aux doigts joints celui de « protéger ».

Une grimace tremblante vint aux lèvres de Nam, mais tout de suite retombée au fond de sa bouche, et comme s'il l'avalait difficilement. Les yeux de celui qui n'a pas de nom allaient de Nam à 'Hna en une suite incessante de brefs allers-retours. Nam demanda où était Nî-éi et 'Hna fit les gestes de la réponse. Les plis sur le front de Nam se creusèrent et s'embrouillèrent. 'Hna fit de nouveau les gestes de la réponse. Ils regardèrent tous vers les herbes et la direction indiquée. Le premier qui détourna les yeux fut celui qui n'avait pas besoin de nom, 'Hna ensuite, tous deux revenant au même point d'intérêt, tandis que Nam au dos plié faisait quelques pas hors de l'ombre de l'abri, le regard toujours porté sur la trace ouverte dans les herbes. Celui sans nom choisit un des nombreux éclats de pierres noires jonchant le sol à cet endroit, où il se tenait régulièrement pour briser les plus gros morceaux, s'assura du tranchant de la plus longue arête, et poursuivit le dépouillement interrompu d'une des petites bêtes.

'Hna dit encore :

— *'Hna-sh'ohr* — et fit le signe des doigts réunis, et celui de la main protectrice.

Celui qui n'a pas besoin de nom s'échappa en détournant les yeux. Il reprit sa position accroupie, genoux hauts et écartés. Un moment, 'Hna regarda se détacher les uns après les autres une partie des grains de terre et petits éclats de pierre qui s'étaient incrustés dans la peau sombre du devant de ses jambes durant sa position agenouillée ; ensuite, il regarda glisser la pierre coupante qui décollait de la chair la peau retroussée. Quand cet homme sans nom eut dépouillé entièrement une, puis une autre des petites proies, il jeta de côté l'éclat de pierre émoussé, en choisit un autre parmi ceux qui n'avaient pas encore été utilisés et continua sa besogne jusqu'à ce que le tranchant s'écaille. À l'aide d'un nouvel éclat, il trancha les têtes et les queues. Il avait fait tout cela en glissant vers 'Hna des coups d'œil répétés par-dessous ses sourcils épais, comme s'il craignait de le voir s'emparer brusquement des petits corps écorchés... ou comme s'il eût redouté davantage encore qu'il recommence à parler pour raconter son histoire avec les gestes et la bouche...

L'ombre s'était déplacée, allongée vers l'endroit où elle se coucherait sous la terre, au bout du jour. À présent, les doigts du soleil traversant le grossier nattage de l'abri touchaient l'épaule velue de celui qui n'a pas besoin de nom. 'Hna s'était levé, à un moment ; il était entré sous le couvert des branchages entrelacés de tressages d'herbes et de feuilles sèches que hachait et crevait la lumière dure, presque droite alors, et il avait fouillé, sur toute la surface du sol, dans le poudroiement brillant, les épaisseurs de mousses où se lisait encore l'empreinte des corps qui s'y étaient allongés. Mais il ne trouva rien de ce qu'il cherchait, pas mieux que des fragments creux de petits os vidés de leur substance molle, qu'il renifla rageusement avant de les rejeter. Du dehors de l'abri, les deux autres l'épiaient du coin de l'œil, chacun d'un côté de l'entrée, où ils s'étaient assis, et si celui qui n'a pas besoin de nom détournait la tête quand son regard croisait celui de 'Hna, ce n'était pas le cas de Nam.

Pourquoi ne voulaient-ils pas voir son histoire telle qu'il la leur avait racontée ? Ils ne l'accepteraient qu'au retour de Nî-éi, quand elle se tiendrait devant eux, délivrée. Quand à son tour elle dirait. Pourquoi ne revenait-elle pas ?

'Hna s'accroupit sur la mousse et les herbes écrasées de l'emplacement qu'il occupait d'ordinaire, contre la bordure de pierres bloquant l'appui des branches dressées et réunies au même point, à hauteur d'un bras tendu de *nam* debout. Il s'adossa aux pierres chaudes. Des images l'assaillirent soudain et il tenta de les repousser, n'y parvint pas — qu'il ferme les yeux pour ne pas voir ou qu'il les garde ouverts, c'était la même chose. Certaines des images montraient le *sh'ohr* noir revenu et s'abattant sur Nî-éi pour la déchirer en quelques coups de patte ; certaines autres la découvraient parlant avec le fauve, s'éloignant en sa compagnie parmi les petits arbres à épines... Les images les plus fortes, qui revenaient le plus souvent et chassaient les autres, étaient celles où la gueule de la bête dévorait à pleines dents .. Des frissons grimpèrent le long des bras de 'Hna, traversèrent son dos chargé d'un trop long soleil sans bouger. Avec les bruits montés de son ventre, un gémissement de désolation s'échappa de sa gorge avant qu'il puisse fermer la bouche pour le retenir. Il aperçut les plis, sur le front de Nam, qui se nouaient davantage, ferma les paupières. Les mauvaises images tournaient comme des feuilles bruissantes secouées par le vent. Il rouvrit les yeux et le regard de Nam n'avait pas changé, n'avait pas bougé.

’Hna poussa un grognement irrité... qui ne suffisait pas à impressionner Nam. Il tourna la tête.

— *Éi !* dit celui qui n’a pas de nom.

Il désignait le front des herbes hautes dans lesquelles s’ouvrait la percée en direction de la ravine au-dessus de l’eau maigre. Elle était là. Elle venait d’apparaître. Même si elle ne ressemblait plus à celle qui avait emprunté ce passage dans l’autre sens à la fin de la nuit, c’était bien elle — à qui ils avaient donné le nom de *Nî-éi*.

Cette fois, le cri fusant de la gorge de ’Hna était soulagé et ne se cachait pas. Il fut sur pied d’un bond, d’un autre à l’extérieur de l’abri, rejoignant Nam et celui sans nom qui s’étaient levés avec une même célérité.

— *Nî-éi !* s’exclama-t-il triomphant.

Ils ne lui accordèrent pas même un coup d’œil : toute leur attention, comme la sienne, était sur elle. Pas un seul instant ’Hna ne songea à profiter de la distraction de l’écorcheur pour ramasser au moins un des petits animaux au ventre ouvert entassés sur une portion de feuille rigide, ni leurs entrailles rassemblées sur le sol parmi les fragments et morceaux de pierres en un autre petit tas couvert de mouches. S’il partageait leur stupéfaction, c’était moins de la voir là, surgie enfin comme il l’espérait, que de constater le changement de son apparence.

Elle demeura un instant immobile à la lisière des herbes, leur laissant le loisir de la regarder et de la reconnaître. Ses cheveux n’avaient pas eu le temps de sécher complètement, depuis la rivière au fond de la ravine où elle s’était rendue pour les asperger et en faire une autre coiffure ; ils paraissaient plus sombres, la terre ne s’y amalgamait plus en croûtes et un tressage d’herbe fraîchement cueillie maintenait en place le nouvel arrangement des mèches découvrant son visage. Les traces de liquide sanglant sur son bas-ventre et ses cuisses, le long de ses jambes, avaient été nettoyées, et avec elles de précédentes et lointaines souillures terreuses. La peau lavée de son ventre plat et de ses cuisses paraissait plus pâle, suggérant moins les marques d'une relative propreté qu'un barbouillage de glaise claire étendu au-dessus de ses seins, ses bras, le côté de ses hanches.

Sur son visage flottait cette expression tranquille qu'aucun des trois, qui la regardaient sans comprendre vraiment, ne lui avait jamais vue auparavant, en tous les cas depuis bien longtemps.

Elle leur laissa du temps. Quand elle fut certaine qu'ils l'avaient reconnue, elle avança, son bâton à la main.

Elle ne comprenait pas les véritables raisons qui l'avaient empêchée de rentrer, sans attendre, à l'endroit où les *nam* étaient ensemble. Ne les comprenait pas, ni ne les connaissait vraiment. Elle avait ressenti une pressante et absolue nécessité de fraîcheur. L'effort fourni dans la descente de la ravine n'avait fait qu'augmenter ce besoin. Une bête pas très grosse silencieuse et bondissante s'était enfuie dans les roseaux clairsemés de l'ancien bord de l'eau ; surprise, Nî-éi n'avait pas eu le temps de la reconnaître. Un espace découvert important, de plusieurs pas, séparait des herbes foulées le creux d'eau le plus proche. Sur les galets pâles ou noirâtres se lisait l'empreinte nouvelle des longs jours secs en attente de pluie. La terre y était dure, cassante, fendillée d'un réseau embrouillé de lézardes profondes – on y voyait aussi de nombreuses foulées entrecroisées de *nam-nî*, de ceux qui marchent au sol comme de ceux qui battent de leurs bras de plumes pour glisser entre le haut de la terre et le bas des nuages, principalement les farfouillages rageurs d'une bande de *r'rh-o-r'rh-o* aux dents courbées autour du museau. Sans hésiter, elle avait traversé la bande découverte, marchant de côté pour garder sous les yeux l'ombre de sa force revenue et ne pas courir le risque de l'entraîner malgré elle ; le soleil contenu dans les galets pénétrait sous ses pieds.

Elle avait pris le temps de s'asseoir au bord de l'eau, l'ombre couchée à son flanc. La chaleur apaisante des pierres engourdissait la pesanteur et les tiraillements de sous son ventre ; Nî-éi se colla aux galets, écartant la blessure provoquée par le passage de l'enfant. Elle serait restée ainsi jusqu'à la fin du soleil, les yeux clos, tandis que la sueur qui avait coulé pendant sa marche séchait en picotant sur ses épaules, son dos, dans le pli sous ses seins. En s'asseyant plus lourdement, comme si elle voulait s'enfoncer dans les pierres rondes, bougeant une fesse et puis l'autre, l'eau était venue, tiède, lécher ses chairs vives. Elle aurait voulu pouvoir rester ainsi jusqu'à la fin de beaucoup d'autres soleils. Mais elle savait la chose impossible.

Elle s'était agenouillée dans l'eau, s'aspergeant à pleines mains, frottant sa peau, regardant tomber les gouttes sombres dans les miroitements. Elle n'était pas restée plus que de raison. La force nouvelle gonflait en elle agréablement, tandis qu'elle gravissait la ravine, à la suite de son ombre.

Elle avançait maintenant vers eux, qui l'attendaient devant le refuge de branchages. Elle ne craignait plus de les regarder à visage découvert.

Nulle part, elle ne voyait Éfi-éi, ni Éi-hn — qui sans doute cueillaient aux arbustes de feuilles tendres, plus loin sur la rivière cachée, où elles allaient presque toujours seules, à présent que les hommes du clan étaient moins que les doigts écartés d'une main complète ; avant, les hommes se déplaçaient comme elles, en leur compagnie, quand il fallait marcher loin de l'abri ; bien souvent, même, ils étaient seuls à le faire tandis qu'elles demeuraient dans l'ombre du refuge avec les enfants aux jambes trop petites encore.

Le visage de Nam était dur, en même temps que froissé d'appréhension, de défiance. Il leva son bâton tordu en direction de Nî-éi, sans vraie menace, juste pour l'empêcher d'avancer davantage. Elle s'arrêta — aussitôt, l'expression nouvelle sur son visage se retira comme de l'eau bue par le soleil dans le pli d'une feuille.

— *Nî-éi*, dit-il sans bouger les lèvres, sur un ton sourd.

Bien sûr, c'était elle. Mais Nam n'interrogeait pas. Derrière lui se tenaient l'homme que Nî-éi appelait « la peau la plus sombre » en elle-même, sans mots pour le dire, rien qu'une image, et celui que tous nommaient 'Hna. « La peau la plus sombre », dont le visage était souvent comme s'il dormait, montrait une expression voisine de celle de Nam. Au contraire, 'Hna quant à lui ne cherchait pas à cacher ses dents et de la lumière brillait dans ses yeux.

L'absence des deux femmes pesait en dedans de Nî-éi. Elle aurait voulu leur présence. Surtout Éfi-éi, du ventre de qui elle était venue — elle n'en gardait en elle aucune image, mais les autres des *nam* ensemble le disaient, Éfi-éi aussi. Il lui apparaissait qu'en cet instant la présence de la femme du clan qui avait marché le plus loin pouvait faciliter la venue des mots les plus clairs et les meilleurs gestes à faire pour leur donner à voir ce qui s'était passé. Elle le croyait, autant parce que Éfi-éi était celle du clan qui avait marché depuis le plus loin et le plus longtemps que parce qu'elle l'avait portée dans son ventre, ainsi que les femmes portent les *nam* de retour au visible — comme elle-même avait porté Ohr revenu en elle, que le *sh'ohr* aux yeux de pierre avait bien voulu accueillir. Mais l'attitude à la fois apeurée et hostile de Nam brouillait les images devant ses yeux.

Elle demanda où se trouvaient les femmes, ce qui n'était pas une véritable interrogation, puisqu'elle savait — aucun des hommes devant elle ne parut voir la question formulée au bout de ses doigts. Nam désigna son propre ventre qu'il enveloppa d'un geste rebondi exagérément vaste, puis indiqua celui de Nî-éi de l'extrémité taillée de son bâton, avec une telle vivacité qu'on aurait pu croire à un mouvement d'agression — elle recula d'un pas. Nam lui adressa des signes répétés qui lui disaient de rester où elle se trouvait, de ne pas s'approcher davantage de l'abri.

'Hna avait toujours la bouche ouverte, mais ne découvrait plus ses dents, son visage exprimait un grand étonnement, ses yeux brillaient d'une autre façon. Après un instant sans savoir, il commença de se dandiner comme le font quelquefois ceux qui ne sont ni des *nam* ni des *nam-nî*, avec une queue dont ils se servent en même temps que les mains de leurs pattes pour marcher dans les arbres — et comme c'était fréquemment sa manière à lui quand il ne parvenait pas à se décider entre plusieurs choses à faire, ou ne pas faire. Et il décida. Il s'approcha de Nam et le toucha du revers de la main, sur la partie de son dos tordu, moins pour le déséquilibrer vraiment que pour attirer son attention. Le geste, néanmoins, ne fut guère apprécié de Nam qui souffla vers lui entre ses dents, comme le *sh'ohr* dont il mimait la gueule ouverte, en même temps qu'il le repoussait en le menaçant du bâton. 'Hna recula. Celui que personne ne nommait fit de même et s'accroupit vivement à côté des petites bêtes dépouillées, posant ses coudes aux genoux, les mains ouvertes, doigts croisés, posées sur sa tête.

Nam continua de souffler et cracher comme un *sh'ohr* noir. Puis il parla et fit des gestes.

Les yeux écarquillés, Nî-éi le regarda dire son histoire, dire comment elle avait donné l'enfant à la bête afin de s'en débarrasser. Comme s'il avait été témoin, alors que bien sûr il n'avait rien vu. Pourtant, ce qu'il disait n'était pas exactement ce que Nî-éi aurait dit, elle, si elle avait raconté l'événement. Elle tenta de parler avec des mots mais Nam leva son bâton et fit un bond vers elle ; elle se projeta du même saut en arrière, évitant la pointe du bâton qui fauchait l'air à moins d'une main de son visage. Elle poussa un cri rauque de surprise, de colère aussi. Nam abattit encore son bâton devant elle, puis en direction de 'Hna qui, ayant visiblement choisi ce qu'il avait à faire et pour une raison que Nî-éi ne parvenait pas à comprendre au sein de tout ce qui se bousculait en elle, cherchait à l'empêcher de frapper, et le bâton toucha 'Hna à la jambe, puis à la poitrine dont il fendit la peau d'un trait de sang, faisant reculer 'Hna hors de portée, où il décida de se maintenir, l'air ahuri, poussant de petits cris de douleur étonnée.

Nam hésita, la tête balancée plus bas que ses épaules tordues, regardant tantôt 'Hna, tantôt Nî-éi, en assurant la prise à pleines mains sur le bâton de manière à pouvoir frapper aussi bien de l'extrémité noueuse que de la pointe. Un gémissement de désarroi hoquetant coulait entre les lèvres de Nî-éi, auquel se mêla un temps celui de 'Hna, pareil, avant qu'il se brise comme un morceau de bois sec, remplacé par une pluie de signes agités dans ses mains au bout de ses bras maigres, de mots lancés à pleine bouche, toujours les mêmes et rebondissant les uns contre les autres, racontant lui aussi comment le *sh'ohr* avait pris l'enfant de Nî-éi, mais pas seulement cela : racontant dans une grande agitation pleine de fureur et de peur mêlées comment Nî-éi et le *sh'ohr* s'étaient entendus après avoir parlé ensemble dans un langage compris de chacun, et puis comment le *sh'ohr* s'en était allé après avoir posé son regard jaune sur lui, sur lui 'Hna, qu'il alliait ainsi à Nî-éi sous sa protection — disant cela, le disant et le répétant avec toute la violence désordonnée dont il aurait fait preuve dans une véritable lutte avec Nam ou n'importe qui, n'importe quoi.

Nî-éi, comprenant enfin ce qu'il disait, se mit à crier à son tour. Sa voix montait, vibrante mais claire. Ils ne l'avaient plus entendue depuis longtemps et cela fut sans doute ce qui força d'abord leur attention.

Elle dit qu'elle ne savait pas que le *sh'ohr* viendrait. Elle dit qu'elle lui avait laissé prendre le *nî-nam* revenu par son ventre, quand il avait fait son apparition. Le *sh'ohr* était là pour le *nî-nam*, c'est tout. Elle dit que le *nî-nam*, qui n'était donc pas encore un *nam*, ne le serait jamais, mais qu'il serait parmi les *sh'ohr*. Elle dit qu'ainsi le *sh'ohr* la protégeait, et protégerait aussi les *nam*, avec et grâce à elle.

Nam au dos tordu avait oublié 'Hna — qui n'en continuait pas moins de trépigner sur place, en silence, chassant à grandes claques les mouches attirées par le filet de sang sur sa poitrine — et regardait fixement Nî-éi. Il l'avait écoutée et il avait compris.

— *Sh'ohr... nam...*, dit-il.

Il lâcha le bâton d'une main pour faire le signe de la protection, qu'il brisa aussitôt et fit suivre du signe « jeter ».

— *Nî-éi sh'ohr !* dit Nî-éi. *Nî-nam Nî-éi, sh'ohr. Sh'ohr nî-nam, sh'ohr nam-Nî-éi nam !*

Nam répéta le signe jeter, secouant la tête en même temps avec un grondement bref entre ses dents. Sa main libre retomba et se referma sur la hampe du bâton qu'il agita à petits coups en direction de Nî-éi.

— *Nam*, dit-il, *annî ah'ôo — Ohr, annî ah'ôo, nî-nam.*

Les *nam* devaient être forts et nombreux pour continuer encore à être des *nam*. L'enfant revenu dans le ventre de la femme était là pour devenir un *nam* et non pour être donné à ceux qui sont d'une autre force que les *nam* : un *sh'ohr* qui parfois déchire et mange les *nam* quand il en attrape, un *nam-nî*.

Nî-éi ouvrit grande une bouche muette, comme si, brusquement trop lourds, les sons refusaient de franchir sa gorge rétrécie. Elle leva son propre bâton pour se protéger, recula. Elle s'arrêta quand les feuilles des herbes hautes touchèrent son dos.

Nam s'arrêta lui aussi. Il leva et abaissa plusieurs fois son bâton en direction de Nî-éi, accompagnant le geste d'un grondement bref et impératif, puis il fit un pas en arrière. Un autre pas. Il se trouvait presque à hauteur de 'Hna mais lui tournait toujours le dos, et pourtant vit — entendit ? — celui-ci se baisser pour ramasser la pierre. Il pivota sur ses jambes torses. Son ombre la première frappa 'Hna qui se redressait, la pierre dans la main, et le bout noueux du bâton s'abattit rudement sur son avant-bras, lui arrachant un cri aigu de douleur et de surprise. La pierre tomba de ses doigts instantanément engourdis.

Il fit un saut de côté, mais ses pieds trébuchèrent l'un contre l'autre ; il tomba en arrière, se reçut en appui instinctif sur son bras déjà meurtri par le coup de bâton. Son visage aux yeux exorbités se tordit, mais le cri resta muet. 'Hna roula sur lui-même, dans la poussière, emporté par l'élan de la chute, prolongeant la roulade à coups de talon frénétiques jusqu'à ce qu'il estime suffisamment protectrice la distance entre Nam et lui. La poussière accentuait en la soulignant la douloureuse grimace de sa bouche ouverte, aux lèvres souillées de terre et de salive, qui ne criait pas. Il soutenait de sa main valide son avant-bras blessé que le choc avait marqué sans faire éclater la peau et qui semblait avoir grossi, au bout duquel les doigts restaient recourbés comme une patte d'oiseau.

'Hna attendait le coup suivant ; Nam ne jugea pas utile de le lui assener : pour le moment, celui-ci savait n'avoir plus rien à redouter de celui-là... et celui-là pas davantage, donc, de celui-ci... Nam piqua le sol de son bâton, devant l'homme recroquevillé dans les pierres et la poussière.

— *Nî*, dit-il en désignant Nî-éi. *Nî, Nî-éi.*

Ensuite, il se dirigea vers l'entrée de l'abri, devant laquelle il s'accroupit, à côté de celui qui n'a pas besoin de nom. Celui qui n'a pas besoin de nom poussa un grommellement approbateur. Il attira contre sa cuisse la portion de large feuille dure pliée sur son contenu de petites bêtes dépouillées, vidées, équeutées et décapitées.

Les femmes ne furent de retour que longtemps plus tard, au moment où le soleil se laisse voir si on le regarde derrière une poignée de mousse sèche ou entre deux doigts serrés. Elles avaient dû marcher un long moment en évitant que la lumière ne les frappe droit dans les yeux, afin de ne pas aller contre les forces invisibles, puis leurs ombres devant elles les avaient entraînées et elles s'étaient hâtées de les suivre.

Autour de l'abri, les ombres s'allongèrent, tournèrent ; la lumière se fit de plus en plus chaude et dorée. De toutes petites mouches piquantes, en bandes énervées, s'abattirent de quelque part. Nam et celui à qui on ne donne pas de nom, assis de part et d'autre de l'entrée. Sur l'autre bord de l'espace dégagé dans les herbes, devant eux, Nî-éi s'était accroupie, le dos aux grandes tiges feuillues ; elle attendait.

Comme les deux hommes assis devant le refuge de branchages — que le soleil transperçait de partout et semblait maintenant décoller du sol au-dessus du bourrelet de pierres —, Nî-éi regarda 'Hna qui se tenait assis au centre de l'espace dégagé, pratiquement à égale distance de l'une et des autres. Un grand moment, il ne fit rien. Il soutenait son bras blessé qui avait doublé de volume et dont la peau tendue et luisante avait pris une teinte très sombre. L'enflure avait atteint ses doigts qu'il n'essayait plus de bouger, après une tentative positive mais douloureuse. Un grand moment. Il se coucha sur le dos, tenant son bras replié sur son ventre qui montait et descendait au rythme de sa respiration. D'où elle se trouvait, Nî-éi voyait luire la peau crasseuse distendue. Puis il se mit assis. Des brindilles pendaient de ses cheveux maculés de poussière ; il n'essayait même plus d'éloigner les mouches petites et grosses qui le saupoudraient de leurs vols croisés de grains de lumière, sinon, de loin en loin, par un mouvement lourdement excédé de la tête.

Il acceptait le regard de Nî-éi et le soutenait. Il ne disait rien. Il ne faisait rien qu'accepter et soutenir le regard de la femme, entre deux hochements de tête, quand les mouches se montraient trop exaspérantes.

Elle ne comprenait pas pourquoi. C'était ce qui la troublait au moins autant que le rejet manifesté par Nam. Elle ne comprenait pas pourquoi 'Hna avait parlé comme elle, avant elle, pour quelle raison. Et s'il avait véritablement vu les images qu'il disait, pourquoi s'était-il opposé aux paroles et à l'attitude de Nam ?

'Hna n'avait jamais cessé de la regarder souvent.

Elle avait de lui des images lointaines. Elle n'était pas grande encore, mais courait déjà vite, quand elle l'avait vu revenir de l'endroit éloigné au bord de l'eau calme, dans les bras de Éfi-éi, le ventre de celle-ci redevenu plat. Éfi-éi ne portait pas encore ce nom — elle n'en portait peut-être pas d'autre non plus. Pour Nî-éi (qui ne s'appelait pas davantage Nî-éi), elle avait un nom pour elle seule, un nom d'odeur, doucement estompé, dissipé après que 'Hna eut pris sa place aux mamelles de Éfi-éi. Voilà comment 'Hna était devenu *nam* d'abord, ensuite avec le nom de *'Hna*. Nî-éi avait ces images-là en elle.

Ils disaient qu'elle était revenue, elle aussi, du ventre de Éfi-éi. Le même ventre, le ventre de Éfi-éi, pour elle et pour 'Hna. Et le ventre de Éfi-éi avait donné d'autres *nam* qui n'avaient pas grandi jusqu'ici, comme 'Hna et Nî-éi. Ils étaient les seuls. Est-ce que c'était la raison ?

Et puis 'Hna se mit à genoux. Il ne regardait plus Nî-éi, mais l'abri et les deux hommes assis devant. Il attendit un moment, avança un genou dans leur direction, l'autre, et ni Nam (surtout lui), ni celui qui n'a pas besoin de nom ne changea son attitude. Alors, 'Hna poursuivit vers eux sa reptation agenouillée. Quand il arriva à leur hauteur, Nam se pencha pour regarder son bras grossi, le prit dans ses mains, le palpa. 'Hna le laissa faire, n'opposant qu'une grimace crispée, de plus en plus tendue, sous la sueur qui s'était mise à couler. Nam relâcha le bras déformé après avoir craché dessus et reporta son attention sur Nî-éi.

Presque tout de suite après, Éfi-éi et Éi-hn, les femmes, sortirent des herbes sur le bord de l'espace dégagé, face au passage qui va vers la ravine, du côté opposé à l'entrée de l'abri.

Nî-éi les vit, et elles la virent. Elle déplia ses jambes raidies, remplies de picotements, comme si l'ombre couchée derrière elle dans les herbes résistait au mouvement. Le soleil la frappait de plein fouet, lui interdisant mieux qu'une menace de Nam de marcher vers l'abri, alors que l'ombre de sa présence invisible la tirait en arrière. Nî-éi résista, debout. Ses jambes tremblaient, un poids était revenu au fond de son ventre, la peau du dessus de ses seins et de ses cuisses avait pris la couleur sombre d'une grande chaleur. Le poids était aussi dans sa tête, derrière ses yeux, la lumière comme de la poussière suspendue qui ne retombait plus.

Les femmes, Éfi-éi et Éi-hn, avaient un bâton épointé dans chaque main. Ceux de Éfi-éi étaient d'une taille légèrement plus grande que ceux de sa compagne et la pointe d'un des deux était brisée ; à l'autre bâton tenu par Éfi-éi étaient pendues plusieurs choses, d'herbes tressées avec des morceaux de peau de *nam-nî*, qui contenaient ce qu'elles avaient cueilli. Une bête pareille à celles écorchées par celui qui n'a pas besoin de nom pendait par la queue à un fin tressage de tiges souples, noué à la taille de Éi-hn ; la couleur des poils de la proie était semblable à ceux de sous le ventre de la petite femme, contre lesquels elle balançait et battait à chaque pas.

Quand elle était assise au bord de l'eau tiède, Nî-éi s'était représenté des images qui la montraient racontant à Éfi-éi, plutôt qu'aux autres, ce qu'elle avait vécu. Ces images, à présent, avaient quitté Nî-éi pour s'enterrer dans le sol, ou disparaître dans les tremblements de chaleur.

Elle voyait Éfi-éi à quelques pas, presque aussi grande que celui qui n'a pas besoin de nom, les chairs maigres de son corps sous lesquelles se devinaient les os, ses mamelles vides et pendantes, la peau fripée en plis sur le bas de son ventre où les poils devenus rares dévoilaient la chair ouverte, ses cheveux comme de l'herbe pâle qui ne fleurira plus — elle voyait Éfi-éi dans le ventre de qui beaucoup d'enfants pas encore *nam* étaient passés, certains repartis dans les terres invisibles avant de le devenir jamais, certains qui l'étaient devenus un peu avant d'y repartir ensuite, ou qui avaient disparu, qui avaient quitté le clan quand celui-ci était encore grand, et voilà qu'il ne restait plus qu'elle, Nî-éi, et 'Hna — elle voyait surtout son visage couvert de nœuds et de creux, pareil au tronc de l'arbre (qu'elle serait quand sa poitrine ne battrait plus) dont les épines font encore mal longtemps après avoir piqué, son visage sombre aux yeux si durs et brillants qui avaient vu tant et tant d'images, ce visage tourné vers elle, ces yeux qui la regardaient après l'échange de mots avec Nam comme des hoquets pressés, après que Nam eut expliqué la situation — et maintenant Nî-éi savait que parler, raconter à Éfi-éi, ne servirait à rien. Pas plus à elle qu'à Nam.

Éfi-éi la regardait.

Un long moment rempli du bavardage que chuchotaient les insectes alentour. Sans lui adresser un geste, ni un mot. Sans bouger. À son côté, Nam avait le même regard, la même immobilité, ayant dit ce qu'il devait dire. Plus loin, sur la vallée que l'ombre grandissante gagnait graduellement comme une eau violacée descendue des plateaux montagneux, jacassaient des oiseaux cachés. On entendit soudain le cri rieur d'un grand *nam-nî* au pelage rayé de noir et blanc.

Et ce regard immobile de Éfi-éi, son silence, n'étaient pas bons.

Éi-hn ne savait où poser sa curiosité, entre 'Hna devant l'abri et Nî-éi à quelques pas. Elle choisit finalement le premier, auprès duquel elle s'agenouilla, posa ses bâtons à côté d'elle et lui prit délicatement le bras. Il eut un faible gémissement mais ne la repoussa pas — son regard se reporta aussitôt sur Nî-éi.

Enfin, Éfi-éi bougea. Elle se courba, mit au sol un de ses bâtons, gardant en main celui pour frapper, sur lequel elle s'appuya, se redressa. Nam se leva, lui aussi, suivi après une brève hésitation par celui qui n'a pas besoin de nom. Éfi-éi se mit en marche, suivant son ombre devant elle. La poussière montait autour de ses pieds qu'elle soulevait à peine.

Le corps entier de Nî-éi était chaud, la tête davantage que le reste de sa peau. Pourtant, elle frissonnait. Un bourdonnement ténu battait dans ses oreilles ; elle ne parvenait plus à savoir vraiment si cela provenait de l'extérieur d'elle-même ou de sous son crâne. Ses jambes et ses bras pesaient comme au bout d'une grande journée de cueillette et de marche. La douleur s'était réinstallée dans son ventre, tiraillante, diffuse. Ça battait de plus en plus fort dans sa poitrine, et dans sa tête bourdonnante, et jusque dans ses doigts, au fur et à mesure que Éfi-éi s'approchait.

Éfi-éi s'arrêta à deux pas. Derrière elle, Nam et l'autre qui n'a pas besoin de nom firent de même. Éfi-éi leva et tendit son bâton. De la pointe cassée, elle toucha le ventre de Nî-éi, là où il avait été gros, puis le dessous de ses seins, puis de nouveau le ventre au niveau du petit nœud de chair. Elle appuya, forçant Nî-éi à s'asseoir. Nî-éi serrait son propre bâton à deux mains, mais elle ne l'aurait pas levé sur Éfi-éi. Quand elle fut assise, Éfi-éi s'accroupit devant elle, lui écarta les jambes, toujours de l'extrémité brisée de son bâton, regardant longuement. Après quoi son regard fut sur le visage de Nî-éi.

— *Sh'ohr*, souffla-t-elle entre ses lèvres plissées et creuses.

Nî-éi baissa lentement les paupières, les rouvrit. Elle vit que les yeux de Éfi-éi étaient mouillés, et cela fit se durcir sa gorge. Éfi-éi se redressa. De sa voix sautillante, mais douce, qui s'entendait à peine plus haut que les crissements des insectes de la fin du jour, elle dit ce que lui avait communiqué Nam. Les mots tombaient, clairement détachés les uns des autres, comme autant de petits coups de pierre dans la tête de Nî-éi, et c'étaient les mots de tous ceux de la bande. C'étaient les mots de celui qui n'a pas besoin de nom, les mots de Nam, et même de 'Hna, les mots de la petite femme Éi-hn en train de lui lécher le bras, c'étaient les mots des *nam* ; c'étaient les mots des *nam* qui la repoussaient, qui la rejetaient au-delà des *nam* dont elle ne faisait plus partie comme un éclat de pierre frappée ne fait plus partie de la pierre, c'était la voix de Éfi-éi mais c'étaient les mots des *nam* de cette bande qui maigrissait pareille à la rivière.

Des mots disant que les *nam*, pour ne pas disparaître, avaient besoin que des enfants reviennent parmi eux, besoin de *nî-nam* nombreux qui seraient un jour des *nam* nombreux. Disant que celle qui donne à un *sh'ohr* le *nî-nam* sorti de son ventre se comporte comme un *sh'ohr*, est devenue un *sh'ohr*, qu'elle est de leur force, contre les *nam*, et ne fait plus partie de ce qui est la force des *nam* quand ils sont ensemble. Les mots se rassemblèrent dans la tête chaude de Nî-éi, pour y tourner encore, longtemps après que le dernier, précédant un silence définitif, fut tombé de la bouche de Éfi-éi.

Le bâton qui frappe de Éfi-éi ne s'abattit pas sur elle. Ni celui de Nam. Pourtant, elle se sentit brisée comme s'ils l'avaient frappée à tour de bras. De l'eau lui vint aux yeux, qui furent comme étaient ceux de Éfi-éi, ayant vu tant et tant d'images, quand elle tourna les talons, suivie par Nam et celui qui n'a pas besoin de nom, quand ils s'en allèrent, elle et les hommes, marchant bien vite et se réfugiant dans l'ombre de l'abri pour n'avoir pas à aller contre les leurs. À hauteur de Éi-hn, Éfi-éi se pencha sur celle-ci, arracha de sa taille la bête à la tête écrasée qui y pendait ; la petite femme qui soutenait le bras gonflé de 'Hna et ne s'attendait pas à ce geste ne put s'y opposer. Éfi-éi lança la proie, qui toucha le sol aux pieds de Nî-éi — et faisant cela, c'était le dernier regard qu'elle portait sur elle, ou même seulement dans sa direction, jusqu'à ce que la nuit jaillisse et que s'installent les territoires des autres forces.

Nî-éi prit la petite bête molle, la serra doucement contre son cou, fermant les yeux.

Elle avait cette petite bête, et son bâton, et le *nî-nam* venu de son ventre que le *sh'ohr* avait pris pour la délivrer, rien d'autre.

Quand les territoires visibles d'un nouveau jour s'installèrent sur le monde des *nam*, Nî-éi n'était plus là.

Ils allèrent à l'endroit où elle s'était tenue longtemps, mais son odeur était partie elle aussi. Ils humèrent le premier soleil, en lui tournant le dos ; l'odeur disant une forme de Nî-éi n'était nulle part.

À cet endroit, il y avait seulement une tige d'herbe bizarrement cassée, tous les morceaux encore attachés l'un au bout de l'autre, arrangés comme ils ne l'avaient jamais vu, que Nam désigna aux autres du bout pointu de son bâton, et dont ils s'éloignèrent prudemment. Au même instant, du côté lointain de la ravine, au bord de la rivière, monta le cri assourdi d'un *sh'ohr*.

# 4

Le nuage noir poussé par le grand fracas s'écrasait contre la lumière du ciel, parcouru d'embrasements pareils à ceux que bavent les montagnes cracheuses de fumées et de pierre molle dévorante. Le vacarme, après ce premier cri de colère soudaine, continua de rouler et de rebondir d'un bord à l'autre du ciel, tomba dans le défilé et l'emplit d'un seul coup. Durant un temps qui semblait n'avoir pas de limites, les chocs sonores déferlèrent contre la roche en roulant sur eux-mêmes.

Les vibrations se chevauchaient en tremblant sous la peau de Moh'hr. Bouche ouverte, il soufflait à petits coups et clignait des paupières, la tête basculée en arrière. Entre le ciel et ses yeux levés, les hautes herbes courbées du bord de l'eau tranchaient sur le nuage boursouflé et grandissant, plus immobiles que des traits tracés par la pierre sur une écorce. Dans l'eau élargie du coude de la rivière, les *Nak-Booh-Loa* se regroupaient en pataugeant, environnés d'éclaboussures, échangeant des paroles rapides et pointues — pour l'instant, Moh'hr ne leur accordait plus la moindre attention.

Puis les herbes immobiles frémirent. Doucement d'abord. Ensuite entremêlant leurs courbes et les agitant les unes à travers les autres à une cadence qui s'amplifia avec la rumeur de leurs chuchotis. Dans ce même temps, la lumière du soleil qui touchait encore la partie haute de la montagne disparut, remplacée par une épaisse couleur brune et sombre. Le nuage atteignit l'autre bord du ciel entre les hautes rives courbes de la montagne. Les noirceurs mafflues s'élançaient puissamment pour un combat grondeur — tel qu'il ne s'en était plus produit depuis si longtemps ! — qui dressait face à face les forces du soleil et de la lune, étouffant sous des plis voraces les derniers reflets accrochés à leurs flancs rebondis et gluants de vieille vase. L'ombre s'épaissit davantage. Les ultimes sursauts du vacarme n'avaient pas fini de se répercuter au fond du défilé qu'un autre fracas déferla, plus terrible encore, plus épouvantable, balayant tous les autres bruits dans la tête et autour de Moh'hr.

Il cria de stupeur. Vit, à défaut de l'entendre, une réaction semblable sur le visage de Maâq' tourné vers lui, sa bouche ouverte, ses yeux démesurément agrandis et aussitôt refermés. Il crut vraiment que les nuages et leurs panses si lourdes à traîner, pesant si fort, avaient raclé et arraché le sommet des plateaux rocheux qui s'écroulait sur la rivière — ce n'était pas le cas : il y avait juste le grand cri du combat, et puis, sur les pentes assombries de la montagne, les arbres qui se courbaient maintenant en cadence et se froissaient dans le vent le plus haut, tenaient bon.

Un autre claquement tomba du ciel noir. Ils se succédaient comme les morceaux éparpillés d'un seul et même gigantesque braillement. La première goutte, énorme, s'écrasa sur la main de Moh'hr qui serrait le bâton. De nouveau, le nom de la pluie fusa d'entre ses lèvres :

— *Tô-nikhr's !*

Il le dit comme un cri victorieux, bien qu'il tremblât de tout son être, avec sa main libre grande ouverte pressée sur le dessus de sa tête en un geste instinctif de dérisoire protection. Les *Loa* attendaient le retour de *tô-nikhr's* depuis si longtemps, et voilà que *tô-nikhr's* revenait enfin, mais avec le bruit et la violence d'un de ces combats que tous les *loa* sur la terre craignaient plus que tout !

La terreur qui change le corps en pierre lourde et chambarde les coups de ce qui bat dans la poitrine, sèche la bouche, s'était emparée de Moh'hr. Accroupi à deux pas, Maâq' pivota sur un pied, un genou, et se projeta contre lui, une étrange grimace rieuse incrustée dans la peur figée, sa main aux doigts manquants sur le dessus de sa tête, l'autre sur son front. Moh'hr ne le repoussa pas. Lui-même lâcha son bâton pour mieux se protéger avec la main libérée. De nombreuses gouttes tombèrent, tout de suite après celle qui avait touché la main de Moh'hr. Il les entendit dans les herbes fouettées, bien que ces bruits-là fussent infiniment petits dans les roulements ininterrompus du ciel. Et *tô-nikhr's* se déversa avec autant de force qu'une rivière debout.

— *Tô-nikhr's... tô-nikhr's...*, répétait Moh'hr.

Il ne se doutait pas qu'un rictus identique à celui de Maâq' s'inscrivait dans ses traits tordus. Il disait le mot et le disait encore sans effort, oubliant qu'il le disait, *le pleuvant* aussi dru que ce qu'il exprimait, et Maâq' lui aussi s'était mis à le dire sans fin alors que son regard brillait, filant, sous le bord de sa main. *Tô-nikhr's* frappait si fort que le bruit d'un autre choc entre le soleil et les nuages, pourtant aussi violent que les précédents, en fut très estompé. Les herbes pliaient et ne se redressaient plus. L'eau frappait Moh'hr, emportant les dernières traces de terre amalgamée à ses cheveux, ruisselait sur sa peau frissonnante et l'emplissait d'une sensation brouillée qui mélangeait le plaisir au trouble de la peur. Entre deux mots de la litanie, il avançait la lèvre inférieure, aspirait ce qui coulait sur son visage avec les gouttes frappant ses dents et sa langue offerte. Contre lui, son compagnon accroupi se balançait sur place d'un pied sur l'autre ; la pluie avait lavé le sang durci de la blessure ouverte au milieu de sa poitrine.

Tout devint blanc et aveuglant, sous la riposte du soleil. Les nuages rugirent. À peine échangés les premiers coups, le combat dans le ciel secouait le monde entier ; les hurlements de l'ombre et les éblouissements de lumière se tailladaient et se martelaient sans répit, pour une formidable empoignade. Le souffle haletant de la bataille qui roulait de là-haut jusqu'au sol secouait et balançait les grandes herbes battues par l'averse brutale. La poussière de terre, levée sur les parois du défilé dès les premières flagellations, s'était aussitôt transformée en poussière d'eau, à présent véritable brume aux lambeaux brassés dans tous les sens et évoquant des animaux informes qui auraient cherché à s'échapper du piège. La surface de la rivière brillait uniformément, comme une grande éclaboussure éblouissante que la brève réverbération de l'éclair aviva davantage, forçant l'attention de Moh'hr. Il se souvint des *Nak-Booh-Loa*.

S'écartant de Maâq', il se redressa lentement, les mains toujours pressées sur sa tête. Si les *Nak-Booh-Loa* n'étaient plus nettement visibles à travers les herbes agitées dans les hachures déferlantes de la pluie et la poussière d'eau environnante, ils étaient encore là. Ils se tenaient serrés les uns contre les autres, effarés, au centre de la rivière. Bloc inanimé et compact où ne se distinguaient plus les corps, têtes ou membres, bâtons. À les voir ainsi, une sensation de froid traversa Moh'hr, courant non pas sur sa peau mais dessous, et la cataracte battante n'en était pas la cause ; c'était comme si ce froid provenait du groupe recroquevillé des *Nak-Booh-Loa* au centre du grand miroitement et comme s'il se fût trouvé blotti parmi eux, avec eux — comme s'il eût été soudain un des leurs, avec en lui une peur différente de celle, toute nue, qui s'était manifestée au premier craquement de l'orage, dépouillée de ce que le retour de *tô-nikhr's* avait soulevé, en même temps, d'excitation. Il appela Maâq', mais ce dernier ne réagit pas. Pris d'une agitation soudaine, Moh'hr laissa tomber les mains de sa tête, ramassa son bâton, secoua l'épaule de son compagnon.

— *Nak-Booh-Loa !* dit-il précipitamment. *Euhr'atanik !*

Mais Maâq' paraissait ne plus savoir qui étaient les *Nak-Booh-Loa.* Sa chevelure, maintenant plaquée en mèches filiformes sur son crâne et le haut de son dos, changeait complètement l'aspect de son visage, lui donnait une apparence de fragilité qu'appuyait le désarroi dans ses yeux. Il continuait de se balancer d'un pied sur l'autre, accroupi dans cette position de crapaud. La terre déjà changée en boue faisait des bulles entre son gros orteil et les autres doigts. Il réagit par contre à l'autre mot crié par Moh'hr, qui tournait autour de la peur.

Moh'hr ne lui laissa pas le temps de se faire des images : ce n'était pas sa peur à lui qu'il voulait signifier. Il lui secoua l'épaule, ramassa son bâton dont il se servit pour tapoter ses doigts crispés sur le dessus de sa tête jusqu'à l'obliger à se saisir du pieu, tirant vers le haut ensuite, puis attrapant Maâq' par les cheveux, le forçant à se relever, sans cesser de répéter les mots *euhr'* et *Nak-*

*Booh-Loa*, sans cesser de désigner ces derniers à l'aide de son propre bâton épointé, par à-coups. Les éclairs de lumière écorchaient les environs et leur donnaient une apparence de pierre éclatée, fouettaient dans le vacarme le groupe transi au milieu de l'eau.

Des images passèrent devant les yeux de Moh'hr, à la lueur brutale d'un de ces éblouissements : les redoutables *sklaâ* à longue gueule, au moins, n'étaient plus à craindre des *Nak-Booh-Loa* — si toutefois ceux-ci les avaient jamais craints vraiment, à la façon dont ils s'étaient engagés dans cet endroit dangereux de la rivière, comme s'ils avaient su ne pas courir le moindre risque de les rencontrer. Les images en amenèrent d'autres : les *Nak-Booh-Loa* savaient qu'ils ne rencontreraient pas les *sklaâ* parce qu'ils savaient qu'il n'y avait pas de *sklaâ*, bien que ce fût un endroit pour les *sklaâ*, et ils le savaient pour y avoir déjà marché : ils connaissaient de ce fait l'endroit mieux que Moh'hr et Maâq', qui n'y étaient pas venus, eux, depuis beaucoup et beaucoup de jours après les jours. C'était par là que les *Nak-Booh-Loa* étaient arrivés, d'un territoire plus loin que le défilé, plus loin que la montagne, sans doute, pour installer leur abri sur la hauteur de la rivière avant la grande ampleur plate de *tô-nik-nik*. Voilà pourquoi personne ne les avait vus approcher.

Moh'hr était sûr que les images envoyées par l'éclair étaient justes.

Il poussa Maâq' devant lui, droit vers les pierres nues de la rive découverte et ruisselante. Courbés en deux, marchant en lisière des herbes battues par le déluge, ils se retrouvèrent à hauteur du groupe des *Nak-Booh-Loa*. Moh'hr cria et agita les bras vers eux. Maâq' le regardait, tête penchée de côté et tétant l'eau qui coulait dans sa bouche ; sans comprendre, il l'imita néanmoins après une courte hésitation.

Les *Nak-Booh-Loa* serrés les uns contre les autres se trouvaient à plusieurs longueurs de bâton. Ils virent et ils entendirent les appels lancés vers eux de la voix et du geste — certainement, ils avaient vu les deux hommes sortir des hautes herbes, comme ils n'avaient pas manqué de les repérer à leur suite depuis le départ. Ils ne bougèrent pas. Ils ne firent aucun geste en réponse. C'était impossible de lire leurs visages brouillés par la pluie et les déchirures de lumière — mais tous étaient tournés vers Moh'hr et Maâq' qui se démenaient sur la plage de galets. Maâq' cria un mot, le répéta : « *ra-nar'h !* » Le dit encore en désignant les *Nak-Booh-Loa* dans l'eau jusqu'à la taille, comme s'il craignait que Moh'hr n'eût pas entendu ou compris. Moh'hr avait entendu et compris. Mais c'était insensé. Maâq' se trompait. *Ra-nar'h*... bien sûr que non. Il secoua la tête et lança un bref « *iaaw* » de désaccord.

Les *Nak-Booh-Loa* n'étaient évidemment pas morts. Ils étaient ce que fait la peur dans le corps des hommes.

— *Iaaw ra-narh' !* cria Moh'hr au visage de Maâq'.

Les *Nak-Booh-Loa* n'étaient pas ailleurs, ils se trouvaient bien là, la poitrine toujours battante, en eux tout le contraire de la force des morts : la peur des enfants qui ne savent pas. Moh'hr le dit, alors qu'une nouvelle déflagration du ciel faisait tressauter son compagnon et le poussait contre lui :

— *Fuhr'uesh-loa !*

Maâq' ne contredit pas ces images. Il tremblait et aspirait bruyamment la pluie, de ses lèvres grandes ouvertes ; sa bouche était rouge, ses dents luisantes. Moh'hr s'écarta de lui et l'incita à tendre son bâton en direction des *Nak-Booh-Loa*. Il avait reconnu parmi les visages ruisselants, entre les bras levés, celui de la femme souvent regardée. Elle avait les yeux sur lui — les yeux de tous les *Nak-Booh-Loa* étaient sur lui.

Il s'en fallait de plus d'une longueur de bâton tendu pour que Maâq' atteigne la femme. Moh'hr le poussa dans le grand crépitement de l'eau battue. Il résista un peu, Moh'hr le poussa plus fort et mit dans sa main libre l'extrémité de son propre bâton : Maâq' se retrouva tenant les deux bâtons par leur pointe. Moh'hr était sûr que les *Nak-Booh-Loa* comprendraient les bonnes images ; même si leurs mots et leurs gestes étaient différents, ils verraient que les bâtons n'étaient pas dirigés contre eux pour frapper. Il empoigna l'autre bout de son épieu, dont il se servit, en poussant, pour faire avancer Maâq'.

Maâq' fit un pas dans l'eau, moins pour aller vers les *Nak-Booh-Loa* que pour préserver son équilibre compromis par la bourrade. Il gronda et tourna vers Moh'hr un visage mauvais, qui se changea aussitôt quand son regard eut passé par-dessus l'épaule de son compagnon ; ses yeux s'agrandirent dans un reflet lumineux de pluie, il lâcha le bâton de Moh'hr, retourna le sien prêt à frapper, hurla :

— *Nakoa ! Atanik'edri ! Nakoa atanik'edri !*

Moh'hr vit le *nakoa*. C'était un *nakoa* femelle, accompagnée d'un petit, aux dents du haut de la gueule à peine visibles, alors que celles de la mère tombaient en dessous du menton — une avait la pointe brisée. Les bêtes sortaient des herbes pratiquement au même endroit que Moh'hr et Maâq' un instant auparavant, et on aurait pu croire qu'elles avaient suivi leur chemin. Elles l'avaient suivi, ou ne l'avaient pas suivi. La pluie rabattait leurs oreilles rondes ordinairement dressées de la même manière qu'elle aplatissait les cheveux des *loa*. Les mouchetures de leur pelage paraissaient délavées.

Moh'hr prit son bâton à deux mains avant qu'une image trouve le temps de lui montrer ce qu'il devait faire. Sa poitrine cessa de battre. Il y avait des cris dans ses oreilles, il ne savait pas s'ils sortaient de la bouche de Maâq' ou de celles des *Nak-Booh-Loa*, infiniment de cris et de bruits déversés — tout cela disparut d'un seul coup. En même temps Moh'hr voyait se dérouler les choses, tout en ayant la sensation de se trouver en leur centre, le seul immobile, incapable à jamais du moindre mouvement. Maâq' s'élança dans l'eau vers les *Nak-Booh-Loa* qui s'étaient remis à bouger, dont les bras brandissaient les épieux au-dessus de la surface éblouissante ; il se projeta en avant, tomba à plat ventre. Moh'hr vit nettement monter et grandir l'éclaboussure provoquée par la chute de son compagnon, autour de ses bras et jambes écartés, il vit sa main dans l'écume déchirée qui lâchait le bâton, l'éclaboussure qui s'élevait et au travers de ses gouttes blêmes le mouvement des *Nak-Booh-Loa*, le balancement menaçant de leurs bâtons qu'ils pouvaient diriger aussi bien vers les bêtes que vers Maâq'(mais Maâq' se trouvait le plus proche d'eux !), il vit derrière l'éclaboussure déployée un des *Nak-Booh-Loa* se porter au-devant de Maâq' en levant son épieu ; mais il vit aussi que les bêtes ne voulaient pas frapper les hommes et qu'elles ne s'attendaient pas à les trouver là au sortir des herbes, la colère dans le ciel n'était pas le bon moment pour les bêtes de frapper les hommes, ni se frapper entre elles, n'était un bon moment pour personne, et elles se détournèrent à peine surgies d'entre les tiges brassées, et Moh'hr qui voyait encore une partie de l'éclaboussure en train de grandir fut de nouveau capable de mouvement, s'élançant, lui, sur les pierres de la rive, vers les herbes, à l'opposé des *nakoa-atanik edri* aux dents qui déchirent

— et comme il allait sauter dans les herbes, le ciel noir tout entier creva, le soleil tout entier se déversa entre les montagnes, le monde tout entier fut avalé par l'assourdissante lumière.

Courant sur l'eau crépitante de la rivière, l'aveuglante déchirure ébouriffée de l'éclair jaillit de la surface autour des *Nak-Booh-Loa* transformés en silhouettes noires hérissées du monstrueux mélange des bras noueux, des cheveux raidis, des bâtons. Moh'hr ressentit le choc de la lumière en lui. Ses yeux s'étaient fermés instinctivement pour se protéger de l'éblouissement — il continuait de voir encore, pourtant, les silhouettes figées des *Nak-Booh-Loa*, mais elles étaient devenues blanches dans la lumière noire. La secousse vint des galets ronds, sous la plante de ses pieds. Elle lui fouetta les jambes, se propagea en dedans de sa peau, comme s'il était dans tout son corps ce que ressent la main qui frappe en porte à faux avec un gros bâton dur. Il sentit se dresser ses cheveux, les poils sur son visage et ses bras, et même à l'intérieur de ses narines instantanément sèches. Il voyait toujours les silhouettes blanches des *Nak-Booh-Loa*. Quand tout devint noir, il les voyait encore.

Debout sur la plage de galets rouges et noirs, il tenait au bout de son bras tendu le bâton calé au sol, contre lequel il s'appuyait d'un pied en position d'attente, de repos. Les herbes hautes étaient pareilles à lui, certaines lignes des feuilles et des tiges évoquant une même attitude, debout. Dans la rivière coulait une eau claire et fraîche qui s'insinuait partout. La paroi la plus abrupte, sur la rive opposée, accueillait la lumière dans un grand déploiement de couleurs pâles et délavées.

*Tôhr'us nakoa* planait haut dans le ciel en écartant ses grands bras de plumes. Il était blanc comme la lumière, ne possédait pas d'ombre. D'un bout à l'autre de ses bras écartés, autant de *loa* que les doigts d'une main sans blessure pouvaient se tenir assis l'un à côté de l'autre.

Les herbes bougeaient sous l'effet d'un souffle d'air frais, sans bruit, sans un murmure. Dans un même silence, l'eau de la rivière coulait sans paraître bouger. On pouvait marcher sous cette eau sans qu'elle mouille ni qu'elle entre dans la bouche et le nez, sans qu'elle vienne arracher le dedans de la poitrine ; on pouvait marcher parmi les herbes sans qu'elles coupent la peau, sans même les sentir.

— *Moh'hr-Nar. Nar Oa-loa*, dit la voix du grand oiseau blanc dans la tête de Moh'hr.

Et puis disant encore :

— *Moh'hr-Nar. Nar Oa-loa. Ra nar'h.*

Disant qu'il était le plus fort des mâles parmi les Hommes. Il était très fort, aussi fort que la mort qui est la plus grande force.

À présent, il était sur la montagne, puis plus haut que la montagne, il était avec le grand *tôhr'us nakoa* blanc, il possédait les mêmes bras de plumes et les mêmes ongles-griffes. Il planait dans le ciel bleu et les fumées-nuages qui viennent de loin et plus loin encore ; il avait le regard puissant d'une bête de la nuit, il voyait tout. Les montagnes et les rivières, et les grands espaces sans montagne, *iaaw'moh*, les arbres, *ak'*, les grandes et vastes herbes traversées par des clans de hautes bêtes à cornes tombantes, des clans de beaucoup d'autres. Il voyait tous les clans de *nakoa*, en marche où ils marchent.

Il vit *atanik tô-nik-nik* comme il ne l'avait jamais vu, dans son immensité d'eau miroitante, parmi les montagnes calmes à la tête plate et les autres enfumées, cracheuses de lumière, comme celle qui se trouvait au milieu de l'eau verte. Et même un regard puissant de bête de nuit ne pouvait en distinguer toutes les extrémités — il y avait un lieu où l'immensité se changeait en ciel.

Il vit, tandis qu'il était comme un *tôhr'us nakoa* blanc aux grands bras de plumes, le clan des *Loa* au bord de *atanik tô-nik-nik*, avec autour ou sous les abris chacun de ceux, *oa* ou *neh*, homme ou femme, enfants *ueshoa* mâles et enfants *nehuesh* femelles, il les vit tous et toutes, tous ceux et celles qu'il connaissait et qui formaient *draLoa*, le clan. Il volait et il les voyait.

Et puis ses bras se détachèrent, tombèrent de son grand corps blanc de *tôhr'us nakoa*.

Une force empêcha Moh'hr de s'écraser au sol et le fit revenir dans son corps aux yeux ouverts.

Des images en lui, mélangées, s'embrouillaient et se dissipaient partiellement, plus ou moins vite. Se déformaient. Des images de lumière noire éclatante nimbant des silhouettes écartelées, traversée par le vol d'un immense oiseau blanc. Les images chutèrent au fond de lui, au fond de la terre.

Moh'hr avait les yeux ouverts mais ne le savait pas encore. Puis il sut. Devant son nez, les tiges brisées de l'herbe ressemblaient à des bâtons, les racines dénudées étaient comme des ligaments blancs arrachés de leurs chairs. Des pierres. De la terre lissée par la pluie. Il ferma les paupières. Un autre coup de langue sur son pied, ses orteils. Il sursauta comme si une bête rampante l'avait piqué et se dressa assis, les jambes vivement repliées.

Les muscles contractés. La langue qui l'avait léché était celle de l'eau rouge de la rivière.

Un gémissement trembla dans la gorge de Moh'hr — il le sentit vibrer. Il n'entendait rien, sinon les battements de son corps contenu tout entier sous son crâne. C'était comme si les gestes à faire s'en étaient allés quelque part à côté de lui, ils n'étaient pas perdus, il pouvait les retrouver et en user, mais il ne savait pas comment faire. Il se tenait assis dans les herbes, avec l'eau boueuse qui clapotait à portée de main.

Puis les gestes revinrent, se posèrent dans son corps les uns après les autres, en bon ordre. Ils n'étaient pas aisés, faisaient mal, tirés péniblement des chairs qui avaient pris la consistance d'un bois sec et friable. Sous les battements qui cognaient dans sa tête, une voix repoussait la peur : elle lui dit qu'il était fort, maintenant, le plus fort des *Loa*, fort comme aucun autre *loa*. Moh'hr se mit debout sur ses jambes de vieux bois, cassantes et molles à la fois, tremblantes. Il craignait un peu que ces tremblements incontrôlables ne les brisent. Des vagues de picotements se succédaient sur sa peau, sur tout son corps et aussi son visage ; il se frotta énergiquement mais ne put les chasser.

Il se trouvait dans les herbes de la rive — qui n'était plus la rive mais presque la rivière. L'endroit n'était pas celui vers lequel il s'était rué, avant la grande lumière assourdissante. C'était toujours le coude de la rivière, mais changé, moins cassé, plus large, et la boue roulait jusqu'au bas des arbres épineux de l'autre rive, les plages de galets découverts avaient été emportées, tout comme une bonne partie des hautes herbes de ce côté-ci. Cet autre endroit, où les *nakoa* aux longues dents étaient apparus, puis avaient disparu, n'existait plus.

Le grand combat entre la lumière et l'ombre était terminé. Lavées, leur sommet en partie ourlé de lumière dorée, les parois de la faille que lacéraient de nouvelles ravines soutenaient un ciel pur, un ciel de fin de jour, sans nuage. De nombreux oiseaux volaient en rond dans la belle déchirure nette.

Les bruits étaient partis avec la pluie. Ou s'ils étaient encore là, ils ne touchaient plus Moh'hr. Malheureux, il gémit encore et, encore, ressentit le gémissement mais ne l'entendit pas. Il secoua la tête, frappa ses oreilles du plat de la main. Les bruits ne revenaient plus : il n'y avait que les battements sourds de son corps. Avec les bruits, une partie des choses avait disparu, comme lorsqu'il volait avec le *tôhr'us nakoa* blanc. Il chercha l'oiseau des yeux, sans le trouver. D'autres oiseaux tournaient au-dessus de lui, qui n'étaient pas celui qu'il voulait voir. Il fit un pas, un autre. Ses jambes le portaient, de nouveau fermes et solides. Les picotements étaient tombés de sa peau. Il se sentait de nouveau avec et dans les choses d'alentour, sans que cela fît mal ou fût simplement pénible. Ne subsistait qu'une douleur sous ses pieds.

De ses bras tendus, Moh'hr écarta les herbes alourdies, pleines de la pluie tombée, qui se pliaient comme des images lointaines bien qu'il les sentît contre sa peau. Après avoir cherché son bâton, ne l'avoir pas trouvé, il quitta les herbes. L'eau rouge bouillonnante montait à ses genoux, là où s'étalait avant la pluie la maigreur sèche des galets de la rivière. Prenant repère sur le haut de la paroi de la rive opposée, Moh'hr s'arrêta à hauteur de l'endroit où lui et Maâq' se trouvaient quand ils appelaient les *Nak-Booh-Loa*. Des morceaux de branches ainsi que de petits arbres déracinés filaient sur la surface rapide de l'eau sombre. Il remarqua, à la hauteur où certains de ces débris étaient accrochés, dans les arbustes, que la rivière avait atteint un niveau plus élevé encore, tandis qu'il volait avec le *tôhr'us nakoa* — mais il n'avait rien vu —, et qu'il était en train de redescendre. Il saisit au passage un bout de branche emporté par le flot, lui arracha un rameau. Ça ne valait rien pour frapper, mais il garda cependant le bout de branche en main, à défaut de son bâton perdu.

Et le bruit revint. Fort, brutal, avec une brusquerie qui tira un cri à Moh'hr et le fit s'accroupir instinctivement. Les galets roulèrent sous ses pieds sensibles. Il faillit perdre l'équilibre et couler. Il cria encore, d'un reste de peur mais aussi de soulagement. Il cria et sauta dans le roulement furieux de l'eau, battant le courant avec son morceau de branche. Cette réaction incontrôlée le laissa pantois un instant dans le vacarme, dégoulinant, la face épanouie par une grimace de bonheur. Alors il se mit en marche et descendit la rivière, dans le courant qui poussait et claquait sous ses fesses.

Il suivit la nouvelle rive jusqu'à la fin des hautes herbes, sans avoir retrouvé son bâton. Le bord du torrent boueux s'écharpait maintenant dans les grosses pierres. Beaucoup des arbres aux feuilles amères qui poussaient là avaient la base de leur tronc immergée, enchevêtrés dans de longs filets d'écume.

Moh'hr vit d'abord les oiseaux. Un et puis un autre, perchés sur le haut de la plus haute pierre. C'étaient des dévoreurs de chairs, avec un long cou blafard et nu, recourbé au-dessus d'un bourrelet de plumes blanches, un bec large et crochu capable de briser les os les plus épais. Ils se tenaient côte à côte, dans une attitude évoquant des *lou* scrutant les flots à la recherche de poissons. Mais les oiseaux ne cherchaient pas des poissons. Ils avaient déjà trouvé leur proie. Moh'hr vit ensuite le petit groupe de grands *'riekek*. Ils étaient plusieurs parmi les pierres de la rive, allant et venant nerveusement comme se comportent presque toujours les *'riekek* à l'allure caractéristique qui les fait paraître toujours à demi assis, à demi levés sur leurs pattes, même quand ils courent. Un d'entre eux avancé sur le tronc de l'arbre surplombant l'eau grondeuse.

C'était un arbre qui avait poussé ailleurs et que les flots les plus forts avaient charrié jusqu'ici, où son tronc brisé s'était encastré entre les rochers. Ses branches jaillissaient de l'eau jusqu'au presque milieu de la rivière, retenant, dans une profusion d'autres morceaux de branches, le corps d'un des *Nak-Booh-Loa*. Sans la présence attentive et patiente des bêtes, Moh'hr ne l'aurait sans doute pas remarqué si rapidement — peut-être pas du tout. Il fallait une raison importante pour réunir ainsi, à ce moment du jour, des *'riekek* et des oiseaux *nanakoa* mangeurs de chairs au cou déplumé. Le bras levé pouvait passer pour un de ces bouts de bois vides arrêtés par les branches, les cheveux pour des herbes flottantes. Il se trouvait trop éloigné du bord, retenu par le filet d'une ramure trop grêle, pour que le *'riekek* le plus téméraire qui s'était risqué sur le tronc ose davantage ; il était trop immergé pour que les oiseaux tentent d'y planter leurs grands ongles, au risque de le décrocher et de le voir s'en aller dans le courant. Ils attendaient les uns et les autres que baisse le niveau des flots. Les premiers qui estimeraient le moment venu pour essayer de s'emparer du corps déclencheraient l'affrontement.

Moh'hr agita son branchage noueux en poussant des cris tranchants, avançant vers les ramures épineuses couchées sous le courant. Le cou replié dans leurs épaules de plumes, les oiseaux côte à côte le regardèrent sans broncher. Les *'riekek* de la rive tournaient en rond, sautaient sur place, la gueule ouverte et les petits yeux méchants ; celui qui se tenait aplati sur le tronc oscillant de l'arbre se redressa et avança sa tête ronde, poussant des cris d'intimidation.

— *Shhraaâ ! Shhraaâ !* criait Moh'hr en agitant son bois noueux au-dessus de sa tête.

Il atteignit le corps du *Nak-Booh-Loa*. Les *'riekek* s'agitèrent de plus belle ; ils s'élançaient par petits bonds, pattes avant tendues, chargeant vers l'eau, bloquant leur élan au dernier moment. Celui perché sur le tronc recula, avança, recula et avança. La touffe de poils sombres trempée pendait sur son arrière-train. Un des oiseaux s'ébroua, comme s'il allait déployer ses ailes, mais il ne fit qu'un pas de côté qui le rapprocha de son compagnon — ils regardaient. Moh'hr saisit les cheveux flottants du *Nak-Booh-Loa* et lui tira la tête hors de l'eau.

C'était un des *oa*, un des « hommes-mâles », du groupe de *Nak-Booh-Loa* — celui, Moh'hr crut le reconnaître, qui avait eu les gestes les plus violents en direction de Maâq', quand ce dernier avait tenté de les approcher. Les yeux ouverts et opaques. La peau comme pelée, râpée à l'aide d'une mauvaise pierre sans tranchant — les poils avaient disparu, laissant des traces noirâtres. Des marques semblables couvraient son bras dressé. Moh'hr appela les images en lui. Elles vinrent immédiatement et lui parlèrent : une fois, un *uesh-loa* qui marchait à peine avait posé le pied sur une pierre, trop près de la bouche d'une montagne fumante, il était tombé, alors il avait eu ces marques-là sur lui, et sous ses petits pieds — les images ravivèrent la douleur sous les siens... Les cheveux du *Nak-Booh-Loa*, que Moh'hr tenait fermement, se détachèrent de son crâne. Moh'hr ouvrit les doigts, regarda la poignée de cheveux filer et s'accrocher au premier rameau suivant.

Il attrapa un rameau et secoua, imprimant au tronc un mouvement brusque qui surprit le *'riekek* perché et le jeta dans l'eau lui et son cri de rage. Avec son morceau de branche, Moh'hr cogna le bras dressé du *Nak-Booh-Loa* pour le dégager ; le corps tourna comme s'il cherchait à s'asseoir, bascula et s'en fut les pieds en avant, glissa au travers des fines ramures, plongea, réapparut plus loin sur le flanc. Le *'riekek* se débattait dans de grandes éclaboussures. Il rejoignit la rive en quelques bonds, les os de ses épaules bossues pointant pitoyablement sous le pelage tacheté détrempé, s'ébroua dans un grand poudroiement. Les autres s'étaient déjà élancés parmi les pierres, suivant de la berge la fuite saccadée et tournoyante du corps d'homme abandonné. Les oiseaux s'envolèrent lourdement, passèrent au-dessus de Moh'hr qui ferma les yeux et sentit sur lui le mouvement de leurs grandes ailes sombres comme la terre.

Il traversa à son tour l'entrelacs des branches souples qui griffaient l'écume sale. Le *Nak-Booh-Loa* n'était déjà plus visible. Comme lui, les autres avaient été emportés par la rivière grossie de *tô-nikhr's*, et le courant les avait peut-être tirés jusqu'à l'abri qu'ils construisaient sur la haute rive, dans le défilé élargi. Maâq' avec eux. À moins qu'ils ne soient bloqués contre quelque pierre ou dans les bras d'autres arbres brisés — différentes images étaient possibles.

Ou bien Maâq' s'était envolé lui aussi avec un grand *tôhr'us nakoa* blanc qui l'avait fait revenir dans son corps, plus loin.

Moh'hr continua de marcher dans la rivière, s'efforçant autant que possible de ne pas s'enfoncer, dans les crêtes du flot, plus haut que la pliure de ses jambes. Il n'avait pas lâché son bout de branche noueuse. Parfois, l'eau galopante atteignait son ventre, jamais au-dessus — il se rapprochait alors prudemment de la rive du moment. Parfois aussi, Moh'hr était obligé de grimper dans les pierres, de se glisser entre des troncs à découvert, pour éviter un obstacle autrement infranchissable ou parce que l'eau était trop profonde : il le faisait en courant, le dos bas, la tête dans les épaules, et retournait le plus rapidement possible à la rivière protectrice.

Il retrouva les deux oiseaux et les *'riekek*.

La femme *Nak-Booh-Loa* avait échoué dans les racines volantes, pour le moment à demi immergées, d'un des grands arbres qui poussaient à cet endroit. Les oiseaux au cou pelé l'avaient trouvée les premiers. L'un après l'autre, ils piochaient du bec entre ses cuisses ballottantes, tirant des lambeaux d'entrailles luisantes de la déchirure du ventre. À l'autre bout du corps bloqué contre le tronc d'arbre, les *'riekek* se chamaillaient entre eux, grognant et criant de leur voix cassée comme à l'habitude, et sans plus se soucier des oiseaux voisins que ceux-ci ne se préoccupaient d'eux, tiraillaient sur la partie du bras à demi dévoré encore attachée à l'épaule de la femme, sur sa nuque béante et la tête presque détachée qu'ils secouaient en tous sens. Il y avait beaucoup d'autres oiseaux dans les branches des arbres proches, et quelques-uns aussi qui marchaient au sol, en groupes énervés.

Moh'hr s'approcha du corps de la femme. Il tenait prête à frapper la branche noueuse serrée dans son poing. Les oiseaux reculèrent un peu, d'un petit saut comique, leurs yeux ronds bordés de verrues et d'excroissances glauques fixés sur l'intrus, mais sans que les becs en lame courbe cessent de tirer sur les bourrelets d'entrailles dont ils vidaient leur proie. Ils avaient en hauteur plus que la taille de Moh'hr, et le surplombèrent donc sans peine, depuis leur position élevée, quand il ne s'en trouva plus distant que de la longueur des bras. Les *'riekek* ouvrirent la gueule dans sa direction, à l'exception de ceux qui dévoraient la partie de bras arraché, à l'écart, parmi les oiseaux marcheurs excités. Moh'hr essaya de pousser le corps, du bout de sa branche, un œil sur les oiseaux et les *'riekek* à la gueule rougie. Il appuya contre l'arrière d'une cuisse, mais cela ne suffisait pas, l'appui se dérobait. Un des oiseaux lâcha sa tripe et gronda en claquant du bec vers Moh'hr. Une odeur forte de vieilles chairs noires s'en échappait. Moh'hr recula précautionneusement d'un pas. De son bout de bois, il atteignait péniblement un des pieds de la femme. Il cessa toute tentative dans l'espoir de la décrocher de la racine pour délivrer son corps déjà bien mal-en-point de leurs becs, griffes, dents.

Elle ne portait sur son dos nu aucune trace de la bandoulière d'herbes, avec les poches à contenir qui s'y trouvaient attachées. Un coup de patte d'un des *'riekek* tourna la tête sur elle-même et Moh'hr vit qu'elle n'était pas celle qu'il avait regardée souvent. Le visage à la bouche ouverte remplie d'eau clappante avait les marques déjà vues sur l'autre *Nak-Booh-Loa*. De grandes balafres pelaient pareillement la peau de son dos, ses épaules, et les cheveux avaient disparu de son crâne avant qu'il s'ensanglante et devienne ce qu'il était, à peine un crâne, sous les dents et les griffes des *'riekek*. Moh'hr la laissa aux dévoreurs.

Il reprit sa marche dans la rivière. Le grondement de

l'eau ne montait plus si haut mais avait par contre gagné en largeur, au fond des pans de montagne écartés ; son trajet n'était plus très long avant le grand lac.

Puis il trouva le bâton, planté et coincé dans les pierres du fond, comme s'il y avait été lancé, dépassant en biais d'une surface houleuse de remous. Moh'hr se précipita. Ce n'était pas son bâton, ni celui de Maâq'. C'était un des bâtons des autres. Moh'hr n'en avait jamais vu de pareillement taillés, comme si de grands éclats de bois avaient été enlevés d'un coup, du haut bord de la pointe à son extrémité, et les arêtes de cette première longue taille tranchées à leur tour, mais pas jusqu'au bout, de telle façon que la pointe était durcie par un renforcement d'arêtes nombreuses et serrées. Il observa longuement cette curiosité, appelant des images qui lui donneraient les mouvements de celui qui avait taillé ce bâton, les formes et le poids des pierres coupantes utilisées pour y parvenir. Mais ce n'était pas le moment de telles images. Moh'hr soupesa le bâton. Le bois n'était ni trop léger ni trop lourd, tenait agréablement dans sa main, à la mesure exacte de ses doigts refermés.

L'image vint, qui disait : *Ce n'est pas le bâton d'un Nak-Booh-Loa.*

Il n'avait pas vraiment remarqué ces pointes étranges, de tout le temps qu'il les avait observés, puis suivis, et même sous la pluie battante quand ils s'étaient mis à les agiter de façon menaçante dans leur direction — il n'avait pas non plus accordé une attention particulière à la taille de leurs bâtons.

Une autre image — ou bien c'était presque la même — disait : *C'est un bâton qui attendait Moh'hr, un bâton taillé pour Moh'hr.*

Le grand *tôhr'us nakoa* blanc lui avait dit qu'il était

maintenant le plus fort des *loa*, parce qu'il avait vu s'abattre l'arme de la lumière, le *kiow* frappeur qui avait emporté tous les autres, lui excepté. Il fallait le plus fort des *kiow*, pour le plus fort des hommes.

Il serra les doigts sur le bâton. Les images se brouillaient.

Moh'hr quitta la rivière et grimpa dans les broussailles, protégeant de la main son entrecuisse contre les épines des petites branches cinglantes. Sous les herbes aplaties, la terre portait les traces sinueuses et entrecroisées de la pluie. La douleur qui mordait un peu plus fort à chaque pas le força à s'arrêter et s'asseoir. Il découvrit qu'il avait lui aussi dans la chair de sous ses pieds les marques des *Nak-Booh-Loa*, à peine moins profondes ; la peau trop dure pour peler s'était racornie et boursouflée au long d'entailles dont le dessin rappelait celui de la pluie dans la terre. Il demeura longtemps sans bouger, regardant ses pieds l'un après l'autre, regardant autour de lui les élévations étagées des falaises incurvées vers le haut, le vol des innombrables oiseaux sous de lentes et lointaines fumées de ciel rosissantes. Des frissons le parcoururent, piquant des ondes granuleuses sur sa peau, dressant ses poils. Les marques de blessures n'étaient que sous ses pieds ; il n'en trouva ailleurs aucune autre pareille — il avait juste les jambes et les mains couvertes d'un lacis de griffures ordinaires.

Se releva, reprit sa marche. Un peu plus tard, il entra de nouveau dans la lumière du soleil bas, les ombres longues des choses. Il avait hésité mais se décida finalement à prendre la direction du poste d'observation occupé plusieurs jours durant. Contrairement aux précédentes approches effectuées sans précaution, il gagna l'emplacement en se cachant, avec une grande prudence.

Puis il rampa. Coudes et genoux, poussant à plat devant lui le bâton curieusement épointé. Jusqu'à ce qu'il puisse apercevoir l'abri des *Nak-Booh-Loa*.

Rien n'y avait apparemment changé. Sinon les traces, comme ailleurs, du passage de *tô-nikhr's*, et le niveau de la rivière qui atteignait le pied de la ravine, recouvrait la plage de galets sombres et une partie des herbes les plus basses, où le groupe des *Nak-Booh-Loa* se trouvait quand Maâq' avait surgi. Attestant du niveau plus élevé quelque temps auparavant, les herbes couchées, les débris de bois qui s'y trouvaient mêlés, la traînée pâle dans la ravine. L'eau de la rivière était rouge. Quelques silhouettes de *Nak-Booh-Loa* se voyaient, tranquilles, autour de l'abri dressé.

Moh'hr regarda le clan, puis recula en rampant de travers. Quand il fut certain que les *Nak-Booh-Loa* ne pouvaient plus le repérer, il se redressa, assura le *kiow* étrange dans sa main et se mit à courir, à petites foulées régulières qui secouaient dans le sol la douleur de ses pieds, vers *draLoa*, le clan, vers les siens avec qui il avait beaucoup d'images nouvelles à partager, des choses à montrer et comprendre.

# 5

La lumière entrait dans le sol quand Moh'hr rejoignit le clan.

La terre était presque entièrement sombre, et davantage la barre de hautes montagnes dans laquelle descendait le soleil. Les derniers rayons de lumière chaude effleuraient encore les abris, sur l'espace plat au bas de la longue pente étirée graduellement vers un autre flanc du plateau montagneux, pour un dernier contact. Les odeurs étaient fortes et mélangées, sorties du sol après la pluie — elles étaient bonnes aux narines, satisfaisantes pour la tête et le corps.

La surface immense de *atanik-tô-nik-nik* avait pris une teinte épaisse, comme si l'ombre montait plus fort et plus vite des profondeurs de l'eau, striée par les ondulations crêtées des vaguelettes.

Les rives de pierres grises et rosâtres, de terre crevassée, qui s'étiraient sur une distance nue dépourvue de toute herbe et que le temps des hautes eaux submergerait, avaient à peine changé.

Hormis les circonvolutions de boue, le passage de la pluie sur *atanik-tô-nik-nik* ne se remarquait pas. La petite terre basse et fumante qui pointait au-dessus de la surface, à cet endroit du lac, était cernée d'oiseaux tourbillonnants. Partout, des oiseaux volaient, entrelaçant leurs cris. Il y avait sur les berges invisibles lointaines, comme sur les plus proches, un grand nombre d'autres cris d'animaux que la fin d'un jour rassemble toujours — c'était bon à entendre.

Courant sur ses pieds douillets, à petits pas déjetés d'un côté puis l'autre, Moh'hr traversa une partie du large rivage de pierres, afin de regagner le clan au plus vite. Il grimpa d'une allure inchangée la pente d'herbes froissées par tous les passages de ceux du clan... Arrivé au sommet du talus, marqua un arrêt, attendit que s'apaisent les battements dans sa poitrine...

Et le soleil rouge tomba derrière la montagne. Les ombres, au pied des choses et des êtres, regagnèrent leurs territoires. Les branches des arbres-*uôk* parmi lesquels étaient dressés les abris devinrent noires.

Ceux du clan, visiblement, avaient mieux à faire que trouver l'instant remarquable. Une odeur forte flottait — que le ventre affamé de Moh'hr reconnut aussitôt. L'agitation régnait entre les abris groupés autour de l'arbre sec, où la plupart des *Loa* se tenaient rassemblés. Des cris, des glapissements joyeux, des paroles se bousculaient. Un oiseau au cou pelé était perché sur l'extrémité la plus haute de l'arbre, attentif à l'affairement, et personne ne s'en préoccupait, pas une seule pierre ne lui était jetée. D'autres *nanakoa* plus petits jacassaient dans l'environnement feuillu en voletant de branche en branche.

Moh'hr chercha des yeux le vieux Nar-iaw avec qui il parlait souvent, à la place où il était assis d'ordinaire (surtout quand le jour s'en allait), sous l'arbre à la cime retombante d'où on pouvait voir *atanik-tô-nik-nik* jusqu'à la ligne claire où il coule dans le ciel, où le ciel coule dans *atanik-tô-nik-nik* — mais Nar-iaw ne s'y trouvait pas.

Il ne vit pas non plus d'autres *Loa*, comme il y en avait toujours pour surveiller les environs des abris. C'est ainsi que faute de guetteurs, son arrivée était passée inaperçue. Il attendit un grand moment, écoutant la rumeur piaillante, regardant ce qu'il pouvait discerner au-delà de l'abri le plus proche. Il cherchait à comprendre la cause du rassemblement de tout le clan au pied de l'arbre sec ; le retour grondeur de *tô-nikhr's* en était une possible. Ou bien les *Booh* attendus s'étaient enfin montrés, alors que depuis longtemps les paroles des *Loa*, quand elles se posaient sur eux, disaient qu'ils ne reviendraient plus...

Puis un des presque *Loa* qu'on appelle simplement *uesh-loa* le remarqua, agita les bras vers lui.

Moh'hr se remit en marche avec un soupir grognon. Il s'appuyait pesamment sur son étrange nouveau bâton, à chaque pas. L'oiseau sur le bout du tronc pelé et gris ouvrit ses ailes, les garda écartées tout le temps que dura l'approche de Moh'hr. Il ne s'envola pas, replia ses ailes.

Les minuscules mouches piquantes de la fin du jour étaient comme des grains de poussière soulevés par un vent soufflant dans beaucoup de directions à la fois, plus que jamais folles et *aâtanik* — beaucoup —, comme si la petite fraîcheur d'après la pluie les faisait sortir de partout, du sol et de tout ce qui était planté dedans, de la roche aussi, et même de l'invisible.

À présent, tous avaient vu Moh'hr qui s'approchait. Ils l'appelaient avec des gestes pour lui, des cris joyeux, de grands râles de contentement, des jappements de gorge — *houp-hhouuuup !...* — comme en poussent les *'riekek* quand ils assaillent une proie. Moh'hr vit Nar-iaw, parmi tous et toutes, dont les yeux brillaient autant que ceux des *uesh-loa*, comme s'il n'était plus vieux. Il comprit la raison de l'excitation commune. L'odeur en elle-même rendait la tête légère et gonflait la langue d'eau de bouche.

Les *Loa* avaient trouvé un *nakoa-xri'* qu'ils dépeçaient et mangeaient. Plus exactement : Iw'oa-hua-hua et Oadwi le dépeçaient, choisissaient et taillaient les morceaux de chair sanguinolents qu'ils distribuaient autour d'eux, suivant chacun un ordre particulier de préférences et de priorités qui s'imbriquaient de sorte que tous les membres du clan avaient été servis — comme Iw'oa-hua-hua choisissait le premier, Moh'hr sut qu'il était celui qui avait trouvé la proie. La joyeuse effervescence, avec la viande, était partagée équitablement, sans bousculade ni précipitation. Ils n'avaient aucune crainte à avoir : la masse énorme de chair à manger du *nakoa-xri'* suffisait grandement à remplir le ventre de tous, et jusqu'à loin dans les jours qui reviendraient. Il y avait ceux qui tendaient la main, ceux qui attendaient sagement qu'une part leur fût donnée par d'autres ayant reçu la provende d'un des dépeceurs, ceux qui tournaillaient joyeusement et se retrouvaient inclus dans la distribution à l'issue d'un des rebondissements que tissaient les imbrications des priorités du partage, ceux qui divisaient les grosses portions mais n'effectuaient pas la distribution, laissant les deux débiteurs en décider.

Les mouches étaient nombreuses et voraces, excitées elles aussi ; elles couraient sur les visages, les bras et les mains barbouillés de sang des *Loa*, bourdonnaient sur le corps en partie dépouillé de la bête. Moh'hr vit à la peau zébrée de sombre et de blanc sale, et à la taille des mamelles, qu'il s'agissait d'un vieux *nakoa-xri'*, *neh-nakoa-xri'*, qui avait allaité souvent. Il était éventré d'entre les jambes au-devant du poitrail, l'arc des côtes écartées pointant comme de grandes racines blanches découvertes. La cavité aurait contenu un *uesh-loa*. Elle avait été vidée de ses entrailles, dont on n'apercevait la moindre trace nulle part, comme si elles avaient été englouties, déjà, par le groupe qui n'en continuait pas moins de manger avec appétit.

Plusieurs de ceux qui entouraient maintenant Moh'hr commencèrent de raconter, ensemble, ce qui s'était passé. Neh-Ishri'n'accourut en agitant ses mains luisantes pour les faire taire, répétant sur un ton aigu le nom de Moh'hr qu'elle apercevait seulement ; ils la laissèrent raconter toute seule, échangeant avec bonne humeur des grimaces qui savaient pourquoi. Elle avait les yeux brillants, du sang sur ses cheveux déjà rouges, barbouillant le bas de son visage, son cou, le devant de sa haute poitrine ronde. Les mots tombaient hors de sa bouche comme une grande roucoulade.

— *Atanik-tô-nik-nik ash hr'iaw draloa. Nakoa-xri' Nakoa-atanik'edri. Iw'oa-hua-hua hr. Iw'oa-hua-hua Oadwi han, nar, ra-nar'h, kiow tô-nik-ok. V'rhx nakoa-atanik-edri, nakoa-atanik-edri-neh ! Iw'oa-hua-hua Oadwi nakoa-xri'ra-nar'h.*

Ils l'avaient laissée raconter et ils approuvaient en balançant la tête, les dents largement découvertes. Les enfants les imitaient en soufflant fort des bruits de gorge en cascades qui rejetaient de leur bouche la viande mâchée, et ils soufflaient plus fort, et aucun des *Loa* qui voyaient cela ne voyait vraiment et ne leur disait rien, comme si la viande devait toujours être là, toujours aussi importante, en dessous de l'arbre sec et de la sentinelle attentive au bec crochu pareil à une grosse épine. Écouter ce que disait la *dwi-nar-iaw nehloa*, la jeune femme du clan, ne procurait pas de plaisir à Moh'hr — plutôt, c'était comme s'il ne voulait pas accepter le plaisir qu'il sentait s'installer en lui. Il grogna. Depuis la carcasse écartelée, Iw'oa-hua-hua demanda une autre pierre tranchante, jetant celle, poisseuse, qui ne taillait plus. On lui donna ce qu'il réclamait. Il vit Moh'hr et son visage s'illumina, dans la lumière affaiblie. Moh'hr grommela encore.

— *Iw'oa-hua-hua !* dit Iw'oa-hua-hua en brandissant la pierre *dzia* dans son poing au-dessus de sa tête.

Et se remit à trancher. Moh'hr n'avait pas baissé les yeux. Criant de nouveau son nom, joyeusement, Iw'oa-hua-hua lança une portion de chair découpée que Moh'hr bloqua de sa main libre contre le creux de sa poitrine.

— *R'euh !* dit Iw'oa-hua-hua. *Moh'hr r'euh !*

Ce fut le ventre de Moh'hr qui, cette fois, gronda. Que les plus proches *Loa* entendirent et saluèrent, accueillant les gargouillements avec des mimiques étonnées, comme s'ils n'en connaissaient pas les images de signification. Et ne pas manger l'offrande de Iw'oa-hua-hua aurait été *nakloa*, autre que ce que font les *Loa* : Moh'hr mordit à pleines dents. La saveur du sang frais, à nulle autre pareille, lui emplit la bouche.

Iw'oa-hua-hua le regardait, et beaucoup d'autres comme lui, avec le même visage satisfait, poussant de petits gloussements joyeux. Alors Moh'hr ferma les paupières. Il ne les rouvrit qu'après avoir avalé la dernière bouchée, trouva le regard agrandi de Neh-Ishri'n' posé sur lui. Elle souleva les coins de sa bouche.

— *Moh'hr hr-hr'law Nak-Booh-Loa*, dit-il.

Mais elle pencha la tête et fronça les sourcils, au mot qu'elle entendait pour la première fois et ne connaissait pas.

— *Loa-nak*, dit-il. *Loa-nak tô-nik-nik hua-hua dwî*, en indiquant du doigt tendu la direction de la rivière, plus loin que les pentes de terre, dans la nuit installée.

Personne n'écoutait. Neh-Ishri'n' pas plus que les autres. La viande qu'ils avaient mangée les remplissait si haut dans la tête qu'elle bouchait leurs oreilles. Neh-Ishri'n' recommença de raconter comment Iw'oa-hua-hua et Oadwi avaient repéré le petit groupe de *nakoa-xri'* à la peau zébrée, sur le bord du lac où ils étaient apparus un peu après la pluie violente, comment ils avaient vu l'attaque du fauve sombre aux grandes dents et comment celui-ci avait été repoussé par les autres *nakoa-xri'* après avoir déchiré la gorge de celui-là, et comment Iw'oa-hua-hua et Oadwi s'étaient joints aux autres *nakoa-xri'* pour faire fuir le *nakoa-atanik-edri* et ensuite les *nakoa-xri'* aussi... Alors ils avaient achevé ce qu'avait commencé le fauve, puis le clan les avait rejoints, ils avaient vidé les entrailles de la proie pour partager avec le *nakoa-atanik-edri* et lui demander de ne pas poser sa colère sur eux. Ç'avait été un agréable et long effort de tous pour haler le corps du *nakoa-xri'-neh* jusqu'aux abris du clan.

— *Nak-Booh-Loa*, dit Moh'hr en montrant le bâton ramassé dans la rivière grondeuse. *Moh'hr nar ! Moh'hr ra-nar'h ! Moh'hr ra-nar'h loa !*

Neh-Ishri'n' l'entendit — il était fort comme le vivant, il était fort comme l'autre côté du vivant, il était le plus fort des *Loa*, le plus fort des *loa* — et ne comprit pas. Son visage barbouillé le disait en silence.

Moh'hr grogna, agacé. Il y avait maintenant autour de lui, avec quelques *uesh-loa-nak* qui n'étaient pas encore des noms, ceux qu'on appelait Edri-Sklaâ, Oamo-Hev, Oamo-atanik à la longue tête, Han-dzia-tô-nik-ok, les femmes qu'on appelait Ishri-ak-nehmo-jui et Nehmo-

Akn. Leurs regards posés sur Moh'hr disaient à la fois la curiosité et l'attente, un peu, mais surtout le plaisir qu'ils avaient de manger tant de viande, comme cela ne s'était jamais produit auparavant pour la plupart d'entre eux — Moh'hr n'en gardait pas d'images avec lui. Il recommença de raconter, utilisant les mots déjà donnés à Neh-Ishri'n', mais les visages de son auditoire ne lui renvoyaient pas ce qu'il attendait. L'oiseau sur le haut de l'arbre pelé s'envola brusquement dans un bruit fort et répété de ses ailes, arrachant de petits cris de surprise, puis des gloussements, à certains des *Loa* rassemblés. L'amusement se communiqua à ceux et celles qui avaient écouté Moh'hr, sans que celui-ci puisse savoir si l'envol soudain de l'oiseau charognard était la cause unique de leurs yeux brillants, leur face épanouie, ou si ses mots qu'ils avaient entendus ajoutaient à cette gaieté. Il prit le bâton épointé comme aucun *Loa* ne le faisait (ni aucun des *Booh* qui viennent avec les *Loa* puis repartent) et le tendit vers Han-dzia-tô-nik-ok, désignant la coupe inhabituelle du bois dur — car Han-dzia-tô-nik-ok était celui du clan qui savait le plus vite rendre une pierre coupante. Avec le geste, il dit :

— *Nak-Booh-Loa.*

Puis il dit qu'il avait vu les *Nak-Booh-Loa* sur le bord élevé de la rivière avant le lac, derrière les pentes, et qu'ils venaient de l'intérieur des montagnes, quand l'ombre est derrière celui qui regarde le soleil monter du côté de sa main qui frappe.

Han-dzia-tô-nik-ok pointa vers lui le bas de son visage aux petits yeux enfoncés. Il fit un geste vague de la main à hauteur de sa tête, disant :

— *Nak-Booh-Loa, iaaw. Han-dzia-tô-nik-ok iaaw hr.*

La petite femme aux cheveux épais et rouges

approuva. Oamo-Hev répéta les paroles et les gestes de Han-dzia-tô-nik-ok ; Nehmo-Akn à son côté les dit elle aussi, comme si elle imitait le bruit du vent sans raison, puis elle se frotta la poitrine et le ventre du plat des mains et dit à Moh'hr de manger la viande capturée par les hommes Iw'oa-hua-hua et Oadwi. Elle ne s'intéressait pas plus que les autres à la pointe taillée du bâton. Ils ne comprenaient pas qui étaient les *Nak-Booh-Loa*, dont le nom avait été construit par Moh'hr seul.

Moh'hr dit à Nehmo-Akn le nom de Maâq', qui était souvent avec elle et se couchait la nuit sous le même abri. Elle rit bruyamment et se laissa entraîner par Ishri-ak-nehmo-jui, l'autre femme, vers la masse de viande inerte en cours de dépeçage. Elles agitaient leurs fesses comme si elles s'ébrouaient tout en marchant, poussant à l'intention de Moh'hr de petits cris sourds de satisfaction.

— *Maâq'iaaw nar*, dit Moh'hr. *Maâq'ra-nar'h*.

Maâq' n'était plus un homme fort comme la vie. Maâq' était devenu une personne d'un autre territoire.

Oamo-Hev était aussi dans le même abri que Maâq'.

— *Maâq'ra-nar'h*, dit-il en élevant le dernier mot.

Moh'hr dit comment lui et Maâq' avaient vu, sur le bord de la rivière, les nouveaux venus qui n'étaient ni *Booh* ni *Loa*, comment lui et Maâq' avaient suivi les *Nak-Booh-Loa*, ainsi qu'il les désignait. Il dit l'arrivée brutale des nuages de colère, puis le combat entre le soleil de grande lumière, *Nar-us-jui*, et la nuit d'ombre épaisse, *nar-tô-orgh* ; il dit comment le *kiow* frappeur de *Nar-us-jui* s'était abattu sur lui, sur les *Nak-Booh-Loa* et sur Maâq'. Mais il était, lui, Moh'hr, le seul revenu. *Nar-us-jui* l'avait épargné, *Nar-us-jui* le protégeait, lui, Moh'hr, le plus fort des *Loa* du clan.

Ils l'écoutèrent — mais ils bougeaient souvent la tête

en se regardant les uns les autres. Le petit groupe qu'ils formaient avait attiré l'attention de Iw'oa-hua-hua qui, debout dans la carcasse béante, interrompit l'équarrissage et posa son regard sur Moh'hr.

Moh'hr l'appela : c'était à lui qu'il devait raconter d'abord. Il montra le dessous de ses pieds, un et puis l'autre, mais il faisait maintenant trop sombre et les marques de l'éclair blanc dans sa peau se distinguaient mal. Han-dzia-tô-nik-ok, Oamo-atanik, Oamo-Hev et Edri-Sklaâ lui tournèrent le dos, et Han-dzia-tô-nik-ok lui adressa des gestes de silence, et Oamo-Hev dit :

— *Iw'oa-hua-hua ra-nar'h. Iaaw Moh'hr ra-nar'h Loa.*

Moh'hr cracha de l'air entre ses dents avec rage. Iw'oa-hua-hua n'était pas le plus fort des *Loa* pour avoir seulement trouvé cette proie ! Beaucoup d'autres, n'importe qui, pouvait trouver une proie. Moh'hr, lui, avait été protégé par l'éclair de violente lumière — c'était bien autre chose !

Et pourtant, ils ne prenaient pas la peine de l'écouter. Il y avait de trop fortes odeurs de viande, ils en avaient trop mangé déjà et voulaient trop en manger encore. Iw'oa-hua-hua claqua joyeusement des lèvres et se remit à découper. Moh'hr voyait son visage épanoui — le voyait encore après que Iw'oa-hua-hua lui eut tourné le dos.

Neh-Ishri'n' qui s'était éloignée à un moment revint vers Moh'hr, brandissant à deux mains un morceau de viande. Elle s'accroupit devant lui, plaqua la viande sur sa cuisse et ramassa un éclat de pierre tranchant parmi tous ceux qui jonchaient le sol ; elle coupa la viande en deux parts, offrit la plus grosse à Moh'hr qui l'avait regardée faire sans broncher. Puis, comme il ne réagissait pas, elle s'approcha et lui frappa la poitrine de ses doigts repliés qui tenaient la viande. Il grogna et s'écarta. Puis recula, posa son regard ailleurs. Le bras tendu de Neh-Ishri'n' retomba lentement.

Moh'hr allait de l'un à l'autre, dans l'obscurité rousse. L'agitation autour du *nakoa-xri'* découpé ne s'était pas apaisée, au contraire. Les *uesh-loa* étaient plus énervés que jamais ; ils piaillaient et se poursuivaient, s'agaçaient mutuellement, se cognaient aux jambes des plus grands, trompant une surveillance singulièrement relâchée, leurs cris rebondissant de l'un à l'autre comme si un vent invisible les portait et ne jouait qu'avec eux. Ils ne mangeaient plus. Quand au hasard une mère en attrapait un, n'importe lequel, pour lui donner encore de la viande, il refusait en s'échappant vivement hors de portée, faisant un jeu de la dérobade, et personne ne tentait de le rattraper ni de le forcer. À présent que la clarté du jour s'était envolée avec l'oiseau au cou pelé, l'effervescence des *Loa* autour de la carcasse ouverte se traduisait par un grouillement confus de corps penchés puis redressés, de membres, de tignasses et de visages, sur lequel bavaient les reflets d'une lumière abandonnée à la traîne, et au milieu de quoi les marques les plus voyantes étaient encore les zébrures pâles sur la peau retroussée de la bête, avec le sang dessus, d'un noir profond. Il y avait le bruit chuintant des pierres tranchant la chair inerte, raclant et brisant les os, celui des dents qui mastiquaient, celui des ventres qui disaient leur satisfaction à la fois par le haut et le bas du corps, les grognements et les interjections ravies, les mots toujours pareils, toujours les mêmes, comme s'ils tressaient un filet sur l'événement pour le garder encore, l'empêcher de finir, de s'éparpiller. Les mots disaient comment Iw'oa-hua-hua, Oadwi aussi, avaient trouvé le *nakoa-xri'*, comment ils s'en étaient emparés en éloignant le fauve tueur. Toutes les bouches prononçaient le nom de Iw'oa-hua-hua.

L'histoire de Moh'hr ne les intéressait pas. Ils l'écoutaient en regardant ailleurs et ne la comprenaient pas, s'en éloignaient très vite. C'était une histoire qu'ils ne voulaient pas entendre, une histoire faite d'images désordonnées auxquelles il serait toujours temps de prêter attention plus tard, après les choses importantes — une histoire qui ne rapportait pas de viande, juste un *kiow* ramassé au bord d'une rivière. Très vite, Moh'hr admit l'inefficacité de ses tentatives et garda les mots dans sa bouche.

Il s'accroupit du côté du premier abri, tenant des deux mains le bâton droit levé devant lui, entre ses jambes, pointe en haut, le bas de son visage posé sur un de ses bras. Les mouches qui craignent la nuit s'en étaient allées, les autres étaient moins nombreuses ; quand elles piquaient, Moh'hr les laissait faire — c'était moins douloureux que les plaies sous ses pieds et, d'une certaine manière, moins douloureux aussi, d'une autre douleur en dedans, que son histoire repoussée par les *Loa*. Il tournait le dos à la grande étendue de *atunik-tö-nik-nik* dont la luminescence sourde, réverbérant les premiers points brillants de la nuit, poudrait l'obscurité environnante. L'ombre n'était jamais aussi épaisse au bord du grand lac que dans les montagnes.

Des *'riekek* infatigables chassaient sur la rive, loin.

Personne du clan ne leur prêta plus d'attention que s'il s'était agi de cris d'oiseaux qui se parlent la nuit. Les trois autres abris plus éloignés, plantés au sol selon un tracé tournant autour de l'arbre sec, paraissaient abandonnés et fragiles avec leur armature de branches livides comme des os crevant la peau et la fourrure ébouriffée de gros *nakoa* terrassés depuis des lunes différentes. Et les abris étaient sans doute vides. Et pas un *Loa* ne surveillait les abords du lieu — Moh'hr n'en avait vu aucun, ni avant que le jour s'en aille, ni après, ni maintenant. Le cri lointain des *'riekek* lui apporta les images de ceux qui avaient suivi la rivière en même temps que lui. Puis les images de la *neh Nak-Booh-Loa* qu'ils mangeaient, accrochée dans les racines de l'arbre, qui n'était pas celle qu'il avait regardée souvent. Il avait bien aimé la regarder souvent.

Une personne s'accroupit devant lui ; il rouvrit grands ses yeux mi-clos. C'était encore Neh-Ishri'n'. Elle lui tendit le morceau de viande qu'il accepta. Il vit, quand il mordit dedans, les lèvres de la femme s'agrandir avec satisfaction. Puis ce fut, tandis qu'il mâchait, Nehmo-Akn à l'odeur lourde qui vint s'accroupir devant lui.

— *Maâq'* ? dit-elle.

Il n'avait plus envie de parler de Maâq', pas à elle. Mais elle dit encore :

— *Maâq'* ? sur un ton bref et haussé, comme si maintenant la colère était en elle.

— *Maâq'ra-nar'h*, dit Moh'hr sans cesser de broyer la viande avec ses dents.

Nehmo-Akn fit un bruit de gorge nerveux. Elle frappa du plat de la main, pas très fort, le bâton que tenait Moh'hr. Puis elle le frappa encore, et encore de l'autre main. Moh'hr gronda. Nehmo-Akn leva la main de nouveau mais Neh-Ishri'n' la poussa et elle tomba de côté.

— *Maâq'iaaw ra-nar'h*, dit-elle sourdement.

Elle se redressa :

— *Moh'hr han ra-nar'h Maâq !* dit-elle.

Moh'hr n'avait jamais entendu d'images si désordonnées ! Cette femme venait et lui disait tout d'abord que Maâq' n'était pas de l'autre côté de ce que voient les yeux, puis ensuite qu'il était, lui, Moh'hr, celui qui l'avait conduit de l'autre côté de ce que voient les yeux ! Il fit le geste de deux doigts réunis, pour lui et Maâq', qu'il brandit vers la femme comme une menace. Quand deux doigts sont réunis, un des deux ne fait pas plier l'autre — comment ne savait-elle pas cela ?... Neh-Ishri'n' qui s'était levée continuait de repousser Nehmo-Akn, de l'écarter.

À ce moment, *jui-orhg* se montra sur la crête noire et plate des montagnes qui sont les montagnes des matins. La lune n'était encore qu'une ligne de lumière livide, mais qui, rasant les pentes et traversant les cimes et les bras des arbres, changeait la forme, l'épaisseur et la présence de l'agitation des *Loa*, brillait sur les chairs ouvertes et faisait violemment claquer par contraste les rayures claires sur la peau de la bête à présent démembrée.

Moh'hr vit que Nar-iaw regardait vers lui. Le vieux n'avait plus ce visage d'enfant excité qu'il montrait à la fin du jour ; il était redevenu vieux comme toujours. Moh'hr se redressa. Bon nombre de *Loa* du groupe étaient assis, principalement des femmes contre le ventre desquelles se tenaient recroquevillés les enfants les plus petits qui ne s'agitaient plus, la tête au centre d'une poitrine plus ou moins gonflée, avec les paupières lourdes obstinément entrouvertes et des sourires immobiles. Moh'hr se dirigea vers le plus proche des deux abris où il dormait. Dans son ventre, quelque chose de la viande qu'il avait mangée se tordait. Neh-Ishri'n' s'apprêtait à le suivre et il lui adressa un geste avec le dos de sa main qui tenait le bâton. Elle recula du pas qu'elle venait de faire ;

Moh'hr répéta le geste, mais avec plus de mollesse. À quelques pas, Nehmo-Akn avait vu et poussa un gloussement satisfait. Alors Neh-Ishri'n' tourna les talons, s'élança vers elle, et Nehmo-Akn s'enfuit en riant et en faisant sauter ses seins sur ses mains en creux. Quand Neh-Ishri'n' la rattrapa et s'abattit sur elle, Nehmo-Akn riait encore, puis elles firent comme si elles se frappaient pour faire mal mais très vite elles riaient l'une et l'autre. Ceux des *Loa* qui avaient vu riaient à cris secoués eux aussi.

Moh'hr avait détourné la tête. Son corps pesait de partout, après ce temps de repos immobile. Dès qu'il s'était remis en marche, les morsures sous ses pieds s'étaient ravivées. Sa démarche était presque celle de Nar-iaw, comme il allait, jambes tordues pour réduire au sol la surface d'appui de ses pieds meurtris, s'appuyant sur son bâton. Il se pencha à l'entrée de l'abri. *Jui-orhg* grandissait sur le bord de la montagne et sa lumière traversait le tressage de branches, d'herbes et de longues feuilles, éclairant en partie le dedans de la hutte, où pénétra l'ombre de Moh'hr que la lune naissante poussait devant lui. Il vit les yeux levés de Neh-n'xkigli.

Le regard de Neh-n'xkigli remit les bonnes images en place dans la tête de Moh'hr, lui rappelant qu'à cause d'elle, au ventre gros, son abri du moment n'était plus celui-ci. Elle ne s'était pas mêlée à la ventrée collective — Moh'hr ne l'avait pas vue. Quelqu'un avait déposé une part de viande à laquelle elle n'avait visiblement pas touché, sur la pierre plate, à côté d'elle. Moh'hr recula. Il ne savait plus qui partageait encore l'abri avec Neh-n'xkigli, si quelqu'un le partageait encore. Les femmes avaient eu des attitudes signifiant qu'il valait mieux ignorer Neh-n'xkigli, pour lui laisser le temps de faire ce qu'elle avait à faire, mais elles n'avaient rien dit, car ces choses ne se parlent pas — les femmes regardaient le grand ciel vide d'une certaine façon, regardaient Neh-n'xkigli qui tenait son ventre à deux mains davantage pour tenter de le cacher que pour le soutenir, ou bien elles avaient seulement l'image de Neh-n'xkigli dans la tête quand elles interrogeaient le ciel vide de cette façon-là, attendant la pluie et les temps ordinaires revenus, rien d'autre ; elles ne disaient rien : ces choses-là ne se parlent pas.

Moh'hr marcha jusqu'au bord de la terre plate au flanc de la pente douce, s'éloignant des huttes dressées en ordre plus ou moins tournant. Le pied de l'arbre aux troncs écartés, en limite du lieu de vie des *Loa*, était désert. Moh'hr s'y assit, à la place qu'il occupait habituellement quand il venait là, seul ou en compagnie de Nar-iaw. L'impression ressentie d'ordinaire à ce moment où il s'accroupissait dans l'écartement des racines, dos contre l'écorce devenue lisse à force d'avoir été frottée, n'était pas avec lui cette fois-ci, égarée dans le bouillonnement des événements récents.

Les odeurs de viande venaient jusqu'à lui, mélangées au bavardage assourdi qui s'élevait d'entre les abris. Les odeurs flotteraient plus loin dans la nuit et des *'riekek* ou d'autres *nakoa* — mais surtout des *'riekek* — les trouveraient à un moment. Les *Loa* qui se goinfraient en répétant le nom de Iw'oa-hua-hua ne pouvaient pas l'avoir oublié... Moh'hr poussa un soupir réprobateur.

Devant lui, *atanik-tô-nik-nik* étirait sa grande peau d'ombre molle et brillante, progressivement éclaircie par la montée rapide de la lune et le nombre grandissant des petites lumières du ciel. Cette lumière nocturne sur les rides du lac étincelait plus fort du côté de la berge aux pieds de Moh'hr. Au-delà, le sombre ne faisait pas de différence entre *atanik-tô-nik-nik* et le flanc de haute terre contre quoi il butait, mais l'eau retrouvait sa clarté plate sitôt dépassé le bout de la montagne et filait jusqu'au bas du ciel où le mélange du clair avec le sombre suspendait une démarcation floue. La plage de pierres nues découvertes, dont l'étendue brillait d'une autre manière que les clapotements de l'eau, était déserte. Les ramures des quelques arbres que Moh'hr pouvait voir, entre lui et le bas de la pente, ne contenaient aucun oiseau, ni aucune autre bête visible. Les petites bêtes éparpillées dans les herbes environnantes crissaient comme l'auraient fait toutes sortes de pierres frottées les unes aux autres. De grands nuages paresseux, rougissants et violacés avant, maintenant entre bleu et noir, étiraient leurs grands bras mous inutiles et dépités de n'avoir pu contrer la fuite du soleil.

À cet endroit du lac plus proche de la rive d'en face — cet endroit que Iw'oa-hua-hua — encore Iw'oa-hua-hua ! — disait avoir atteint un jour en nageant —, la petite montagne fumante levait le dos. Ce n'était pas une forte fumée et elle ne venait pas vers le clan, on ne la sentait pas dans la chape des autres odeurs flottantes, elle se voyait à peine, montant vers le ciel où elle disparaissait. Mais sur la crête indistincte de la petite montagne fumante pétillaient, de loin en loin, ce qu'on aurait pu confondre avec des points brillants décrochés d'en haut. Quelquefois c'était rouge, crachait des étincelles, les fumées projetées devenaient plus épaisses, comme lourdes, en suivant les traînées de pierre molle et dévoreuse.

Iw'oa-hua-hua disait qu'il était allé jusque-là en nageant. Moh'hr n'acceptait pas ces images. Iw'oa-hua-

hua n'avait jamais fini de faire des images avec sa bouche. C'était le nom qu'il portait — celui qui parle beaucoup et juste. Mais Moh'hr n'acceptait pas que toutes les images dites par Iw'oa-hua-hua fussent justes. Il n'acceptait pas que Iw'oa-hua-hua fût allé en nageant jusqu'à la petite montagne au dos rond cracheuse de pierre liquide, même en s'aidant d'un tronc comme il le racontait. Sans doute Iw'oa-hua-hua avait-il parcouru une certaine distance ; ceux qui le suivaient des yeux depuis la rive l'avaient perdu de vue quand il était entré dans les miroitements — il était revenu après plus d'un jour et une nuit, de bien plus loin sur la berge, racontant qu'il était allé sur la petite montagne au dos rond, mais Moh'hr ne parvenait pas à en admettre les images... Un homme ne peut marcher très près des bouches d'une montagne qui fume et crache, sans que tout son corps devienne comme le dessous des pieds de Moh'hr actuellement ou ce qu'étaient les *Nak-Booh-Loa* après le grand éclair de vacarme. Un homme ne peut s'aventurer si loin dans la brillance inconnue des longues eaux — même avec l'aide d'un tronc —, sans y perdre le souffle ou sans qu'une bête de sous l'eau, un *han-ash-tô-nik-nik*, comme personne n'en a jamais vu mais comme les *Booh* disaient qu'il en existe, l'attrape et l'emporte.

Moh'hr se détournait de beaucoup d'images racontées par Iw'oa-hua-hua.

Il regardait devant lui. Comme à chaque fois, il lui semblait que les limites des choses visibles se trouvaient à portée de main et à jamais intouchables. Comme à chaque fois, cette nuit encore, et bien que sa tête fût remplie de désordre, que la quiétude fût absente du moment, il lui semblait que les battements dans sa poitrine se faisaient plus lourds, des images lui venaient, se posaient derrière ces barrières impossibles à franchir pour les yeux. Comme à chaque fois, l'eau remplissait sa bouche bien que sa gorge rendît une sensation de sécheresse ; se propageait en lui un mélange de peur sans raison et de bonheur léger, sans raison non plus.

De quelle immense montagne cracheuse de fumée viennent les nuages qui recouvrent tout le ciel de leurs grosses tripailles ballantes, crevant parfois, d'où s'écroule et frappe *tô-nikhr's* ? D'où viennent *ff'hrus*, les grandes fumées d'en haut ?

Un froissement, derrière lui, l'avertit de l'approche de Nar-iaw, dont il reconnut le pas. Il ne bougea pas. Un instant, le vieux *Loa* se tint debout à côté de lui ; Moh'hr le voyait sans le regarder, il avait son odeur dans les narines, il entendait le souffle saccadé, un peu sourd, qui s'échappait de sa bouche ouverte. Puis Nar-iaw prit place entre Moh'hr et la racine voisine, retenant mal des petits gémissements, comme si chacun de ses mouvements menaçait de le faire craquer en dedans. Quand il fut assis, il remonta ses jambes à son habitude, les enserrant de ses bras, nouant ses doigts sous les genoux. Le mouvement comprima son ventre et fit jaillir d'entre ses maigres fesses écartées un bruit net et odorant. Nar-iaw émit un petit hoquet guilleret, auquel Moh'hr répondit de même, quoique négligemment, juste pour montrer que la présence du vieux ne le dérangeait pas. Au contraire.

Un moment, ils écoutèrent marmotter le ventre de Nar-iaw et fuser les longs pets ; le vieux ponctuait la mélodie de petits grognements satisfaits. Moh'hr le regardait du bord de l'œil : il avait un visage réjoui, les yeux brillants sous la barre des sourcils hérissés. La face de Nar-iaw ne ressemblait à aucune autre, et si parfois des enfants possèdent un peu des traits de celle qui les a mis au monde, ou bien un peu des traits d'un *oaloa*, pas un seul *uesh-loa* dans le clan ne ressemblait à Nar-iaw. Il avait vu et gardait en lui beaucoup de *uesh-mooa*, des images lointaines, qui ne s'étaient pas déroulées ici sur la berge du grand lac, mais ailleurs, en direction de l'ombre courte quand le soleil se lève du côté de la main qui frappe, des images qu'il était seul à avoir vues de ses yeux, alors que le clan était bien moins fort que maintenant — c'était ce qu'il disait. Sa grande lèvre supérieure semblait s'encastrer dans le bourrelet proéminent de celle de dessous, striées de rides et couvertes, comme ses joues creusées, de longs poils fins et blancs. Le sommet de sa tête était presque nu ; les cheveux pendaient en touffes raides sur ses oreilles et sa nuque. Depuis sa lèvre inférieure jusqu'à son cou, la peau crevassée formait des plis pendants. Avec le temps, les trous agrandis des narines touchaient presque l'arête bossue puis aplatie de son nez. Rien qu'à le regarder, parfois, Moh'hr se sentait satisfait et tranquille.

Puis ils cessèrent de s'intéresser aux bruits que faisait Nar-iaw. Ils laissèrent planer leur regard sur la clarté progressive et changeante de *atanik-tô-nik-nik* caressé par la lune complètement sortie de terre, à présent.

Le vieux porta la main sur le bâton que tenait Moh'hr en travers de ses cuisses. Moh'hr le laissa faire. Nar-iaw tira le bâton à lui. Du bout des doigts, du creux des paumes autant que des yeux, il examina la pointe taillée. Il dit :

— *Kiow Nak-Booh-Loa.*

Quand il parlait, sur un ton qui ne changeait guère, c'était difficile pour n'importe quel *Lou* d'entendre s'il savait ou s'il voulait savoir ; à cause de cela, Nar-iaw était souvent assis tout seul. Même les enfants s'en éloignaient, incapables d'entendre jusqu'au bout ce qu'il racontait. Mais Moh'hr l'avait écouté souvent. Il était seul à le faire. Les voyant tous deux assis l'un à côté de l'autre, certains *Loa* désignaient Moh'hr en se posant une main sur la tête et en formant de la bouche la mimique qui ne comprend pas...

— *Nak-Booh-Loa*, approuva-t-il. *Kiow Nak-Booh-Loa.*

Il se sentit heureux que Nar-iaw eût entendu le nom et l'eût gardé avec lui. À aucun moment Moh'hr n'avait parlé devant lui, à aucun moment Nar-iaw n'avait paru entendre ses paroles. Moh'hr l'avait juste aperçu ici et là, parmi les autres du clan et se comportant exactement comme eux, c'est-à-dire faisant montre d'un complet manque d'intérêt pour ce qu'il avait à raconter. Il toucha de ses doigts repliés la poitrine du vieux *Loa*, puis ses yeux, et dit sur le ton pour savoir :

— *Nak-Booh-Loa ?*

Nar-iaw fit bouger son épaule. Il désigna son oreille, puis Moh'hr : il n'avait pas besoin d'avoir vu, il avait entendu Moh'hr. La grimace d'incompréhension se reforma sur sa bouche tandis qu'il continuait de palper la pointe du bâton tout en regardant Moh'hr, attendant.

Moh'hr raconta de nouveau. Il le fit avec des mots doux à peine levés, des gestes courts. Nar-iaw écoutait, la tête graduellement penchée de côté, sa grosse lèvre mouillée tombant de plus en plus bas et découvrant une gencive où pointaient noires, émoussées comme des vieilles épines, les dernières dents branlantes de devant. Tantôt les yeux du vieil homme se voilaient et on eût dit alors que toute lumière les avait quittés, tantôt ils scintillaient pareils aux points brillants sous le ciel et sur la surface de la grande eau. Il écouta ce que racontait Moh'hr de bout en bout, sans l'interrompre d'un geste ou d'un mot. De loin en loin, il aspirait le filet de salive coulant du coin de sa lèvre pendante. Moh'hr conclut avec des gestes disant que les *Loa* ne l'avaient pas écouté (disant aussi en même temps combien leur attitude l'avait écarté d'eux). En trois mots et quelques circonvolutions hâtives tracées d'une main devant ses yeux, Nar-iaw expédia la remarque déçue : les *Loa* avaient de la viande, beaucoup de viande, et ils ne se suffisaient plus à eux-mêmes pour s'occuper de cela, ils avaient la tête et le ventre trop petits, les mains trop courtes. Tout ce qui n'était pas la viande du *nakoa-xri'* ne les atteignait plus. Bien sûr, Nar-iaw parlait juste.

— *Moh'hr ra-nar'h Loa*, dit Moh'hr à voix basse. *Nar-us-jui* (il accola deux doigts) *Moh'hr*.

Il était le plus fort des *Loa*, puisque le soleil d'une bataille l'avait épargné, parmi d'autres, parmi des *Nak-Booh-Loa* — mais un *Loa* avait été emporté lui aussi —, le soleil était son ami. Il avait quitté son corps, y était redescendu, et il avait trouvé ce bâton taillé comme il n'avait jamais vu, qui était peut-être celui d'un des *Nak-Booh-Loa* emportés, peut-être un *kiow* que la force de lumière avait posé là pour lui...

Nar-iaw ne savait pas, il n'avait pas de mot pour répondre. Moh'hr le laissa inspecter longuement le dessous de ses pieds, frissonnant quand les doigts du vieux suivaient les traces dans la peau calleuse.

Nar-iaw dit :

— *Moh'hr nanakoa, tôhr'us nakoa...*

Moh'hr hocha la tête. Le vieux attendit, puis le pressa d'un grognement bref et impatient, alors il raconta une fois encore comment il était allé au-dessus des choses, haut dans le ciel, avec le grand *tôhr'us nakoa* blanc. À la fin de l'histoire redite, Nar-iaw gloussa d'aise en secouant la tête, ébouriffant autant qu'il le pouvait ses cheveux rares et les longs poils de sa figure — ce qui le fit encore plus ressembler à personne. Moh'hr laissa le vieux reprendre son visage d'ordinaire. Il attendit un peu encore. Les mots étaient en lui mais il ne les lâchait pas. Puis il les dit :

— *Moh'hr hr'iaw ff'hrus, ffhui moh, ff'hrus mohgr'ffhui. Moh'hr hr mohgr'ffhui.*

Il voulait voir la haute montagne lointaine cracheuse de fumée d'où viennent les nuages qui traversent le ciel. Il ne voulait pas la voir de loin, mais la trouver. Il le voulait depuis beaucoup de jours et de nuits, mais à présent il en aurait la force.

Nar-iaw garda le silence. Son regard froissé derrière les poils des sourcils broussailleux était posé sur Moh'hr. Et quand ce dernier tourna la tête vers lui, le vieux *Loa* plissa les yeux davantage, aspira bruyamment le filet de salive et poussa un bruit vigoureux entre ses fesses. Mais son visage n'était pas joyeux, ou plutôt l'était en dedans. Il hocha la tête.

— *Iw'*, souffla-t-il.

Que Moh'hr fasse ce qu'il disait.

Moh'hr serra contre sa poitrine le bâton nouveau, ferma les yeux. Devant ses paupières baissées, dans le noir, il y avait quand même les images.

Afin de partager avec Nar-iaw, il lui demanda de raconter les grands animaux *edri'han-uôk*, parce qu'il savait que le vieux se plaisait à le faire, et parce qu'il se plaisait à l'écouter. Lui aussi verrait sans doute beaucoup de *edri'han-uôk*, quand il marcherait pour trouver la montagne d'où sortent les grandes, les immenses fumées que sont les nuages.

Nar-iaw raconta, de sa voix basse et vibrante, sur ce ton qui ne changeait jamais quand il racontait.

Après qu'ils se furent rempli le ventre, et que certains l'eurent bruyamment vidé par la bouche ou l'autre orifice en bas du ventre, après que les femmes se furent retirées sous les abris avec les enfants, les *Loa* retrouvèrent les bons gestes, et firent en sorte de protéger ce qu'ils n'avaient pas mangé de la carcasse du *nakoa-xri'* en la haussant dans l'arbre sec. Les cris des *'riekek* montaient dans la nuit alentour, tournaient, se rapprochaient. Dans la hâte soudaine qui les habitait, les *Loa* fournirent beaucoup d'efforts pour hisser la carcasse, caler et coincer ses os dans les bouts d'embranchement qui subsistaient sur le tronc, la ligoter avec des morceaux de tressage d'herbes. *Jui-orgh*, la lune roussâtre et presque ronde, était perchée au milieu du ciel quand ils eurent terminé leur besogne. La carcasse était fixée assez haut dans l'arbre ; le *'riekek* qui tenterait de l'atteindre se trouverait vite en position suffisamment mauvaise pour être chassé sans difficulté. Moh'hr et Nar-iaw s'étaient joints à eux. Plusieurs *Loa* s'assirent au pied de l'arbre, avec des pierres à portée de main, des *kiow* pointus et des bâtons pour frapper. Iw'oa-hua-hua emporta la tête de la proie, la tenant par les poils raides du dessus, dans l'abri qu'il occupait.

Moh'hr était de ceux qui gardaient la carcasse.

Les *'riekek* s'approchèrent très près des abris, sur la fin de la nuit. Ils tournaient et poussaient des suites de cris brefs. On les vit se faufiler entre les arbres. Mais ils reculaient quand un des *Loa* se levait sur ses jambes et frappait ses bâtons l'un contre l'autre avec de grands gestes — les *'riekek* n'osèrent pas davantage.

## 6

Des *'riekek* vinrent, avec le nouveau soleil. Ce n'était pas ceux de la nuit mais une autre bande, plus importante que les doigts d'une main.

Ils n'étaient pas très affamés ; le sang qui barbouillait la face et le pelage tacheté de certains témoignait d'un très récent festin de viande fraîche. Quand ils arrivèrent, Moh'hr avait les yeux fermés et se trouvait sur le bord de l'eau rouge furibonde, en compagnie de Maâq' revenu. Les *Nak-Booh-Loa* qui résistaient au courant de la rivière se décidaient à marcher vers les deux hommes. L'instant d'après, il n'y avait plus que Moh'hr et la femme *Nak-Booh-Loa* qu'il avait plaisir à regarder souvent. Elle lui donnait un de ses bâtons épointés d'une étrange façon, puis ils suivaient des yeux les corps des autres *Nak-Booh-Loa* et celui de Maâq' emportés par les eaux rebondissantes — cependant, Moh'hr voyait que le visage de Maâq'n'était pas apeuré, qu'il avait le regard confiant. Puis la femme se mettait à parler, avec des mots jamais entendus, très différents de ceux que Moh'hr connaissait, des mots nouveaux comme la taille de l'épieu, des mots qui posaient dans sa tête des images vues pour la première fois, qu'il comprenait pourtant. Elle disait d'où venaient les *Nak-Booh-Loa* (qui portaient un autre nom signifiant « marchant sous le soleil jeune ») et pourquoi ils s'étaient mis en marche après que beaucoup de *nakoa* aux grandes oreilles (qu'elle n'appelait pas *edri'han-uôk*) eurent dévoré tous les arbres ; les jours suivants, même les animaux avaient quitté les territoires secs, imités alors par ce groupe de *Nak-Booh-Loa* « marchant sous le soleil jeune » — car les animaux qui cherchent l'eau à boire et les plantes à manger sont un bon exemple — et ils avaient suivi, contre leur courant, le chemin des rivières trouvées devant eux, allant vers l'endroit qui contient toute l'eau des rivières, et c'est ainsi qu'ils... Et vinrent les *'riekek* rôdeurs, dont les cris mêlés à ceux des *Loa* au pied de l'arbre gris, ou qui sortaient des abris, le ramenèrent dans son corps éveillé.

Les *'riekek* menèrent grand tapage un moment, s'ébrouant et poussant des cris, lançant de courtes charges d'intimidation qu'ils stoppaient brutalement dans une envolée de poussière à quelques pas des huttes ; mais ceux du clan des hommes, bien décidés à ne pas se laisser faire, étaient beaucoup trop nombreux pour les bêtes. Alors les *'riekek* se retirèrent ; ils allèrent renifler et se rouler à l'écart des abris, là où les *Loa* s'accroupissent pour vider leur ventre, puis ils se dispersèrent.

Iw'oa-hua-hua, grâce à qui la carcasse du *nakoa-xri'* se trouvait ficelée dans l'arbre sec, avait passé la nuit dans une hutte. Les *Loa* attendirent qu'il en sorte et qu'il parle, après quoi ils décrochèrent la proie et la laissèrent glisser au sol. Plusieurs d'entre eux, sous la conduite de Iw'oa-hua-hua et à l'aide de pierres *dzia* que frappait Han-dzia-tô-nik-ok, reprirent le dépeçage interrompu. Ils taillaient les bandes de viande que des femmes enfilaient sur des perches disposées entre les deux abris les plus rapprochés. Certains des enfants capables de le faire, et qui en avaient manifesté l'intention, aidaient les femmes dans leur tâche, tandis que les plus petits tressautaient sur la hanche et dans le creux du bras de leur mère, du côté des battements dans la poitrine, pendus à un sein ; un, un et un des plus grands, presque des *oaloa*, avaient été chargés de maintenir éloignés les oiseaux au cou déplumé. Plusieurs de ces *nanakoa* au bec comme une dent recourbée attendaient perchés dans les cimes environnantes, avec d'autres oiseaux piaillants et agités.

Les mouches bourdonnaient bruyamment, dans le jour installé. Moh'hr, qui assista un instant à l'agitation sans y participer, se couvrit de terre le visage, les épaules et les bras, pour se protéger de leurs vols agaçants et de leurs piqûres — la plupart des participants au découpage de la viande et à son rangement sur les perches avaient fait de même, à l'exception de Iw'oa-hua-hua et Han-dzia-tônik-ok, barbouillés de rouge et de blanchâtre comme un pelage de bête, mais gloussant et parlant comme des *Loa*, disant les nombreux jours pendant lesquels ils mangeraient le *nakoa-xri'*.

La peau tout entière était maintenant séparée de la viande. Les os de l'animal s'entassaient, raclés au plus près, et Iw'oa-hua-hua en saisit un, d'une des pattes, qu'il vint donner à Moh'hr. Il tendit l'os, tout en chassant les mouches de son autre main. Moh'hr accepta.

— *Moh'hr hr'iaw Nak-Booh-Loa*, dit Moh'hr en prenant l'os offert.

Le visage de Iw'oa-hua-hua n'était plus celui qu'il montrait le jour d'avant et au cours de la nuit. Si son regard brillait toujours comme peut briller le regard d'un *Loa* qui trouve pour son clan une pareille proie, c'était pourtant d'une autre façon. Le *oa* au bas de son ventre,

entre ses jambes, était à demi dressé, et ne retombait pas, depuis qu'il était sorti de la hutte. Iw'oa-hua-hua hocha la tête. Il regardait le bâton que tenait Moh'hr. Il savait : les paroles de Moh'hr étaient allées jusqu'à lui, par la bouche d'autres *Loa*, de ceux qui avaient entendu quand il avait tenté de raconter son histoire. Ou par la bouche de Nar-iaw — Moh'hr chercha le vieux du regard, et ne le vit pas.

— *Maâq ?* dit Iw'oa-hua-hua.

Maâq'et lui ne parlaient pas souvent face à face, ne s'asseyaient pas souvent ensemble et n'échangeaient jamais de nourriture de main à main. Moh'hr dit :

— *Maâq'ra-nar'h.*

Ne dit pas qu'il l'avait revu quelques instants auparavant, avant la venue des *'riekek*, au bord de la rivière d'où il assistait à son côté à l'approche des *Nak-Booh-Loa*. Iw'oa-hua-hua plissa les paupières. Il avait saisi son *oa* et le pressait dans sa main pour le forcer à se courber. Il demanda :

— *Maâq'ra-nar'h. Moh'hr han ra-ar'h Maâq' ?*

Moh'hr sut que Nehmo-Akn, elle en tout cas, avait parlé.

— *Iaw !* dit-il avec un vigoureux mouvement de dénégation de la tête et de la main — puis il réunit deux doigts côte à côte, pour signifier « lui et Maâq' », pour dire que deux doigts accolés ainsi ne se déchirent pas, et il prononça le nom de Nehmo-Akn, mettant sa main sur sa bouche en secouant encore la tête, dans un nuage de la terre poudreuse dont il s'était couvert les cheveux.

Iw'oa-hua-hua émit un léger grognement entre ses lèvres, pour dire qu'il n'ignorait rien de la façon dont Nehmo-Akn parlait. Son pénis était redevenu *iaa-i'ok* et pendait. Du sang de la viande qu'il avait mangée au cours de la nuit avait durci dans les poils autour de sa bouche et sur son cou, dans les mèches de cheveux raides qui encadraient son visage. Tout son corps en était maculé, ses mains et l'avant de ses bras, ses jambes et son ventre, ce qui faisait avec la terre dont il s'était couvert pour se protéger des mouches un mélange de teintes roussâtres, du pâle au sombre, rappelant la peau du *nakoa-xri'*. Il regardait de nouveau l'épieu que Moh'hr semblait ne jamais vouloir lâcher.

— *Booh*, dit Moh'hr.

Iw'oa-hua-hua répondit d'une grimace, avec un hochement de tête négatif. Il s'accroupit devant Moh'hr et tendit la main vers la pointe du bâton. Dans un mouvement coulé qui n'était pas exactement un retrait, Moh'hr se releva, prenant garde à ne pas faire de geste brusque avec le bâton — la réaction suffit pour que Iw'oa-hua-hua retire sa main. Moh'hr laissa Iw'oa-hua-hua regarder la pointe de bois taillé. Oamo-atanik à la tête longue s'approcha d'eux. Moh'hr ne voulait pas que l'instant devienne un moment de paroles — ils ne l'avaient pas écouté, ou à peine, quand il leur avait raconté, au cours de la nuit, et ils pouvaient bien, maintenant, chercher les images dans leur tête sans qu'il les aide, jusqu'à ce qu'ils soient tous curieux du moindre de ses gestes, de ses mots les plus brefs, comme une bande de petits *nakoa'loa* à longue queue dressée. Il dit :

— *Booh iaaw han atanik-tô-nik-nik.*

Tout en se redressant à son tour, Iw'oa-hua-hua demanda d'un écarquillement des yeux pourquoi Moh'hr affirmait de la sorte que le groupe des autres *loa* appelés *Booh* ne viendrait plus au bord du grand lac. Moh'hr se toucha le front, du dos de la main tenant l'os offert par Iw'oa-hua-hua : il savait. Il dit :

— *Neh-Nak-Booh-Loa hua-hua Moh'hr.*

Car si la femme *Nak-Booh-Loa*, au bord de la rivière boueuse et galopante comme un troupeau, ne lui avait pas parlé des *Booh*, elle lui avait cependant donné les raisons de leur non-venue, pareilles à celles qui avaient forcé les « marchant sous le soleil jeune » à quitter leur territoire pour ailleurs où l'eau n'est pas maigre — qui étaient les raisons pour lesquelles Moh'hr avait dit aux *Loa*, souvent, son envie de marcher plus loin vers le plus grand morceau de *atanik-tô-nik-nik* — même s'il n'avait donné qu'à Nar-iaw, et rien qu'à lui, la véritable image de son envie quand il disait cela.

Il s'éloigna. Traversa l'espace entre les abris où se poursuivaient les occupations du clan liées à la récolte massive de viande, tandis que se préparaient, se mettaient en place, les autres de chaque jour. Plusieurs femmes et des enfants se rassemblaient pour aller cueillir aux arbres de la haute rive du lac, un groupe de *uesh-Loa-oa*, des grands agités et piaillants et des petits qui contemplaient la scène, se chamaillaient pour la possession de bâtons à piquer les *nakoa-han-has-tô-nik-nik* de la berge peu profonde du lac ; au milieu d'eux, Neh-Ishri'n' tentait de mettre un peu d'ordre dans la bousculade, poussant des cris de colère et riant à la fois. Quand elle le vit, elle lança le nom de Moh'hr, mais il poursuivit son chemin sans s'arrêter et elle fut reprise par la pagaille, il l'entendit qui piaillait plus haut que les enfants, derrière lui.

Nar-iaw n'était pas sous l'arbre au tronc tordu. Il avait peut-être fermé les yeux pour la nuit dans un des abris, ou ailleurs à l'écart, comme il le faisait souvent, sans qu'on sache jamais ce qu'il déciderait ni qui l'accepterait. Peut-être aussi fermait-il toujours les yeux, bien que *nar-us-jui* le soleil fît des ombres encore longues, et bien que Nar-iaw fût plutôt, d'ordinaire, le premier revenu dans son corps, les yeux ouverts — mais on ne pouvait pas savoir avec Nar-iaw, avec lui moins qu'avec tout autre vieux. Moh'hr continua de marcher plus loin que l'arbre, sur la pente de terre friable et de cailloux parsemée de touffes rases d'épineux secs. Il s'arrêta à l'endroit, marqué dans la teinte des pierres, où la berge monte quand *tô-nikhr's* tombe des nuages et fait gronder toutes les rivières. Il s'accroupit. Le dessous de ses pieds n'était pas différent de la veille, la douleur tiraillant dès qu'il marchait un certain temps. Il posa le bâton à côté de lui, prenant garde à ne pas choquer malencontreusement la pointe, choisit deux pierres de bonne taille, une qui tenait confortablement dans sa main, l'autre plus grosse qu'il installa devant lui, sur laquelle il plaça l'os de *nakoa-xri'* ; il brisa l'os d'un coup précis, piochant ensuite du doigt dans son creux.

Il était assis sur la pente légère, suçant son doigt pêcheur de moelle, crachant les esquilles, tétant l'os qu'il brisait un peu plus avec la pierre ronde quand la partie molle devenait difficilement accessible. La chaleur pesait sur sa tête et ses épaules, à travers la pellicule de terre fissurée comme une vieille peau. Son ombre s'amenuisait progressivement, couchée devant lui.

À ce moment du jour, le grand lac avait la teinte pâle des jeunes et tendres herbes qui viennent après la pluie. La lumière y traçait des irisations éblouissantes en lisière de vastes surfaces d'un vert glauque soutenu jusqu'au presque noir, là-bas où se reflétaient les montagnes. La brume sèche, vibrante, s'estompait déjà là où le ciel s'appuie sur l'eau. Des oiseaux traversaient le ciel, plongeaient vers l'eau à différents endroits plus ou moins éloignés de la rive, selon leur espèce — et parmi eux ne se trouvait pas celui qui annonce la venue de *tô-nikhr's*.

Moh'hr chercha des yeux l'oiseau de *tô-nikhr's*, tout en mangeant l'intérieur mou et collant de l'os, mais il ne le vit pas.

Il vit un petit groupe de *nakoa-xri'*, du côté de l'endroit où l'un d'entre eux avait été attrapé par Iw'oa-hua-hua, ce qui ne les mettait pas en colère ni ne les empêchait de revenir, car ils savaient que les choses vont ainsi, que le soleil décide, quand il est content des *Loa*, quel animal sera mangé par eux. Les *nakoa-xri'* le savent, comme le savent beaucoup d'autres animaux, comme le savent encore mieux tous les *Loa*. Les cris lointains des *nakoa-xri'* parvenaient jusqu'à lui, à travers les autres bruits du clan et les jacassements proches des oiseaux. Il vit le petit troupeau quitter la berge dans un nuage de poussière qui retomba, qu'il regarda se dissoudre jusqu'au retour des détails.

Un couple de *xkigli* à cornes droites et longues pattes fragiles, sortant brusquement de l'ombre d'un haut escarpement, vint boire dans un trou peu profond creusé par d'autres animaux sur la berge, à quelques lancers de pierre de Moh'hr. Il voyait, bien nette, la blancheur de leur arrière-train. Les *xkigli* ne se laissent pas approcher par les *loa*, qui ne courent pas assez vite — des images vinrent à l'esprit de Moh'hr : il s'était approché suffisamment d'un *xkigli* et lançait le nouveau bâton à la pointe si dure qui transperçait d'un seul coup la bête... mais c'étaient juste des images en lui, et il ne fit rien de tel. Après avoir bu, les *xkigli* s'en allèrent.

Moh'hr vit aussi Neh-n'xkigli qui revenait au clan, seule. Elle sortait du bouquet d'arbres dont les troncs sont aussi les branches, au-delà de cet endroit en périphérie des abris où les *Loa* vident leur ventre et où les *'riekek* du début du jour étaient allés fureter. Il évita de la regarder longtemps, détourna les yeux dès qu'il l'eut aperçue, car ce qu'elle avait fait n'appartenait qu'à elle. Aucun des *Loa* ne lui en parlerait, à l'exception peut-être de quelque femme, ni ne la regarderait particulièrement. Le ventre de Neh-n'xkigli était de nouveau plat. Elle avait agi pour le clan, dont la nourriture menaçait de se raréfier si les pluies ne devaient plus tomber. Durant le temps que Moh'hr jugea nécessaire à la femme pour rejoindre le clan, il garda les yeux au sol, entre ses pieds, où des fourmis grosses et noires s'agitaient parmi les débris de l'os. Il en attrapa plusieurs qu'il fit craquer sous ses dents.

Le groupe des enfants presque *loa* descendirent vers le lac. Ils ne lui accordèrent aucune attention, s'ils le remarquèrent — captivés par ce qu'ils allaient faire, sa présence ici ne les intéressait guère. Celui que Moh'hr appelait Nak-hr'iaw (à cause de ses yeux toujours à demi fermés qui regardaient de côté quand il parlait) était avec eux, le plus grand, et sa manière d'organiser le petit groupe semblait plus efficace que les précédentes tentatives de Neh-Ishri'n'. Chaque *uesh-loa* avait un bâton à piquer que certains tenaient d'une façon dénotant déjà l'habitude, et d'autres, les plus petits, comme un objet à la fois fragile, lourd et encombrant. Celui que Moh'hr appelait Nak-hr'iaw en portait plusieurs dans chaque main.

Moh'hr les regarda piquer l'eau du bord du lac avec les bâtons. Ils pataugeaient et jacassaient beaucoup trop pour que les poissons ne se soient pas enfuis loin d'eux — pourtant, ils en piquèrent un, et l'événement fut aussitôt prétexte à une nouvelle bouffée de cris et d'agitation que Nak-hr'iaw eut quelque peine à calmer. Quelques oiseaux vinrent immédiatement rôder à proximité du poisson déposé sur une feuille et surveillé par deux des enfants qui poussèrent des cris pour les tenir à distance — c'étaient des oiseaux du lac, au long bec large, à la tête surmontée d'une huppe, qui ne braveraient pas les petits gardiens.

Moh'hr se sentait rempli de la chaleur du soleil. *Oa-iaaw'hr*, son ombre, sa présence marquée de l'invisible, dont une partie était contenue dans son corps, raccourcissait devant lui sur les pierres. Il regardait le lac sans limite discernable et la petite montagne qui fume, au milieu de l'eau. La montagne était paisible, silencieuse. Sur ses flancs de terre sombre que striaient les crevasses des coulées, des arbres avaient poussé, que Moh'hr ne parvenait pas à reconnaître à cause de la grande distance — pas un *Loa* ne savait qui étaient ces arbres... pas même Iw'oa-hua-hua qui disait pourtant avoir franchi l'eau et être allé là-bas... Moh'hr se faisait parfois des images d'arbres comme nulle part ailleurs, des images qui passaient et s'en allaient. Il regardait le lac et les pentes lointaines de l'autre bord. C'était comme il avait toujours vu, sinon qu'aux plus lointaines images rappelées en lui, les arbres ne poussaient pas encore sur la petite montagne *mohgr'ffhui* émergeant du lac. Mais c'était comme il avait toujours vu.

Il était sorti du ventre d'une *Loa* sur cette terre du bord du lac. Il avait tété la nourriture dans sa poitrine jusqu'à ce qu'elle retourne à la terre, et il en gardait les images d'un jour de grande pluie, alors que tout le clan se réjouissait ; elle s'était réjouie elle aussi, juste avant de tomber et de glisser dans la boue qui l'avait avalée, d'où elle n'était jamais revenue dans son corps. Avec le clan, passant dans les bras d'une autre femme (elle aussi disparue maintenant), il avait suivi une partie de la berge de *atanik-tô-nik-nik* avec les différentes constructions des abris — la distance parcourue depuis les plus vieilles et lointaines images jusqu'à maintenant n'était pas bien grande, et ce qui se voyait ne changeait pas.

Il avait appris les gestes pour vivre de ceux qui les connaissaient avant lui ; il avait entendu ce qu'un *Loa* doit savoir. Savait donc qu'avant ici les *Loa* étaient ailleurs, sur une partie de terre différente où s'élevaient d'autres montagnes et coulaient d'autres eaux, poussaient d'autres arbres, d'autres herbes. Les *Loa* en étaient partis, comme maintenant les *Nak-Booh-Loa* étaient partis d'autres territoires. C'était Nar-iaw qui racontait ces choses d'avant, de quand tous les *Loa* du clan se trouvaient encore dans le ventre de femmes retournées à la terre depuis longtemps. Nar-iaw lui-même n'avait pas fait partie de ceux venus d'autres montagnes qui avaient découvert *atanik-tô-nik-nik*, ici. Dans ses images personnelles les plus anciennes, le grand lac était déjà là, même si le clan d'alors n'y construisait pas ses abris à l'endroit de maintenant. Nar-iaw répétait des paroles entendues, que les vieux *Loa* avaient entendues et répétées avant. Racontant, Nar-iaw disait que les *Loa*, qui portent depuis toujours ce nom unique, avaient été chassés de leur premier territoire par une gigantesque colère de montagne qui fume, comme jamais plus, depuis, aucun *mohgr'ffhui* n'en a craché.

Toujours, Moh'hr avait regardé la montagne lointaine. Regardé non seulement la montagne visible, mais au-delà et plus loin encore. Il était *Loa*, il était de ceux-là qu'une montagne avait repoussés, il voulait trouver une autre montagne, la plus haute, la plus grande, qui souffle la fumée des nuages, tant de fumée que parfois le ciel entier en est obscurci. Il voulait trouver cette montagne-là. Il savait qu'elle existait. Personne, pas même Nar-iaw, personne parmi les *Booh* qui avaient vu d'autres choses, n'en avait jamais parlé, n'avait jamais entendu quelqu'un en parler. Et c'était ce qui étonnait le plus Moh'hr : qu'il soit seul au monde à vouloir trouver la grande montagne qui soufflait toujours tant de fumée.

Il regardait le lac et le contrefort aride du haut plateau rocheux qui occupait une grande partie de son champ visuel. Des nuages étaient apparus à l'autre bout du ciel et grandissaient au-devant du soleil — mais ce n'étaient pas des nuages de colère ni de bataille : ils étaient précisément de ceux-là, passant chaque jour, qui traversent le dessus du monde, soufflés par la grande montagne. Les hautes herbes restaient cassantes et gardaient la même couleur sèche plus longtemps. Il fallait marcher plus loin pour trouver de bonnes choses à manger au pied des arbres ou sur leurs branches, quand d'autres clans venaient. *Tô-nikhr's*, le jour d'avant, avait laissé peu de traces, comme si rien ne s'était passé.

Les *Loa* seraient bien obligés de partir à nouveau. D'aller beaucoup plus loin sur la rive du grand lac, plus loin que les terres connues des *Booh*. Plus loin que le grand lac. C'était une autre certitude de Moh'hr. Mais Iw'oa-hua-hua, lui, faisait le signe *iaaw*, pour ce qui n'est pas, et disait que le monde des *Loa* est ici, à jamais. Iw'oa-hua-hua était écouté par tous. Il avait trouvé la grosse proie — qu'il disait avoir prise aux dents des fauves... Pourtant, d'autres clans nouveaux de *loa-nak*, comme les *Booh*, comme les *Nak-Booh-Loa*, arrivaient. Mais les arbres, eux, avec ce qu'ils donnaient de bon à manger, n'étaient qu'un seul clan : il n'en poussait pas de nouveaux. Et les *Booh* partageaient avec les *Loa*, comme s'ils étaient d'une même bande séparée en deux parties.

Plusieurs fois des hommes *Loa* avaient suivi des femmes *Booh* ; une fois, ç'avait été une femme *Booh* qui était restée dans le clan *Loa* (le garçon presque *loa* qui baisse les yeux de côté quand il parle était sorti du ventre de cette femme). Leurs mots n'étaient pas exactement les mêmes, néanmoins compréhensibles pour la plupart. Mais les *Nak-Booh-Loa* ? Moh'hr avait la réponse à cette interrogation : les *Nak-Booh-Loa* venus de sous le soleil jeune ne voulaient se joindre à personne. Ils l'avaient ignoré de tout le temps qu'il les avait observés, ils avaient jeté des pierres sur Maâq', ils n'avaient même pas voulu saisir les bâtons tendus vers eux pour les aider à quitter la rivière — ils taillaient leurs *kiow* à frapper de terrible manière...

Le petit groupe de *uesh-loa* sous la conduite et la surveillance de Nak-hr'iaw quitta la berge et remonta bruyamment la pente découverte du lac, vers le clan, agitant les bâtons à piquer et brandissant le poisson brillant. Cette fois, ils remarquèrent Moh'hr, lui adressèrent une volée de signes et de glapissements.

— *Oh'k !* dit Moh'hr pour montrer son admiration.

Les enfants s'éloignèrent.

Les fourmis grouillaient entre ses pieds, parmi les fragments d'os fracassé, couraient sur les parties rondes, lisses et bleutées ; elles avaient trouvé les pierres qui avaient servi à frapper. Il les éloignait d'entre ses jambes, attrapait et croquait avant qu'elles ne le piquent celles qui grimpaient sur ses pieds. Son ombre était toute petite et nichée en dessous de lui, dans la chaleur palpitante qui traversait la protection de poussière sur sa peau comme si elle n'avait pas existé. Les bruits du clan, derrière lui, à peine audibles.

Moh'hr se leva et s'éloigna, cherchant l'ombre des arbres, puis celle des hautes herbes, évitant autant que possible de marcher sur les pierres trop vives et trop mordantes de soleil contenu.

Il lui fallut plus de temps pour atteindre le promontoire rocheux que les précédentes fois.

Les *Nak-Booh-Loa* étaient toujours là et leur abri n'avait pas changé d'aspect. La rivière avait repris sa taille d'avant la pluie soudaine ; jusqu'à mi-hauteur de la ravine raide, les herbes couchées gardaient la marque de la crue brutale et momentanée, avec beaucoup de débris de branches dispersés sur les galets sombres. Le bord de l'eau était désert, à l'exception de quelques petits oiseaux voletant au ras de la surface miroitante. Sur la terre élevée des abords de l'abri, on apercevait plusieurs *Nak-Booh-Loa*, certains assis et occupés à des tâches trop distantes pour que Moh'hr les identifie, d'autres debout les observant. Ces *Nak-Booh-Loa* visibles n'étaient pas autant que les doigts d'une main. Peut-être le dévers de la terre levée cachait-il les autres... ou bien ils se trouvaient dans l'abri... ou encore ils s'étaient éloignés à la recherche de choses à manger, apprenaient l'environnement nouveau qu'ils avaient décidé d'occuper... Moh'hr ne parvenait pas à choisir entre ces éventualités — elles pouvaient toutes être bonnes.

Contrairement à l'habitude prise au cours des jours d'observation, il resta précautionneusement caché. Il n'avait aucune idée de l'attitude des *Nak-Booh-Loa* s'ils le revoyaient après que la rivière eut emporté plusieurs d'entre eux — ou plutôt il en avait une, et ce n'étaient pas des images agréables... En fait, il voyait parfaitement leurs gestes s'ils le trouvaient en possession du bâton taillé d'un des leurs ; savait qu'ils n'entendraient pas ses paroles — même s'ils les comprenaient, ils ne les entendraient pas — disant que *nar-us-jui* le soleil, la force de lumière, lui avait permis de le prendre... Ceux-là, qu'il apercevait, paraissaient tranquilles et comme si rien n'avait frappé leur groupe, exactement comme si ceux d'entre eux que la lumière grondeuse avait emportés, même celui et celle dont Moh'hr avait vu les corps inertes dévorés, étaient revenus et se trouvaient là parmi tous.

La sensation de danger pesa sur Moh'hr et lui fit la bouche sèche, comme quand un fauve rôde alentour et que seule l'odeur de sa présence est perceptible. Sa poitrine se serra brusquement au bruit léger de pierres roulantes, derrière lui. Il aperçut la silhouette courbée, figée dans l'ombre de deux roches rondes. Reconnut Nar-iaw.

Pour quelle raison le vieux se trouvait-il là ?

Moh'hr plissa le nez en découvrant les dents. Il adressa le plus discrètement possible à Nar-iaw un geste lui signifiant de ne plus bouger. D'un coup d'œil s'assura que les *Nak-Booh-Loa* n'avaient rien remarqué de sa présence ou de celle du vieux *Loa*, rampa à reculons, les fesses levées juste ce qu'il fallait, quand il le fallait, pour ne pas déchirer sur le sol rude la partie la plus exposée de sa personne. Quand il fut à hauteur de Nar-iaw, il lui fit signe de le suivre et de s'éloigner encore. Enfin, il jugea suffisante la distance les séparant de l'abri des *Nak-Booh-Loa* dissimulés à leur regard par les roches rondes et les arbres, il s'arrêta. Il regarda Nar-iaw avec insistance, entre ses paupières plissées, pour demander.

Le vieux *Loa*, avait marché le plus vite qu'il pouvait à la suite de Moh'hr, heureux que l'allure de ce dernier eût été considérablement réduite à cause de ses pieds douloureux. L'effort produit lui marquait le visage, comme la crue de la rivière avait mis des marques sur les berges changées. La transpiration brillait dans les plis de sa peau, traçant des sillons dans la poussière dont il s'était saupoudré, agglutinant en mèches tortillées ses rares cheveux et les poils de sous sa bouche. Sa lèvre supérieure recouverte d'une pellicule noirâtre craquelée. La partie claire de son regard avait pris une teinte rosée et plusieurs des croûtes sur le haut de son crâne, qu'il avait grattées, saignaient sous le soleil cogneur. Il paraissait très satisfait de se trouver là.

Il avait, dit-il par gestes et mots chuintés, suivi Moh'hr en croyant que ce dernier partait à la recherche de la grande, grande montagne qui crache et souffle les nuages. Il voulait lui aussi chercher, trouver et voir cette montagne. Il avait pris ses bâtons, une pierre coupante qu'il préférait depuis longtemps, et il était parti. Personne au clan ne lui avait demandé où il s'en allait ainsi équipé, n'avait seulement paru le remarquer. Il n'avait donc pas eu à répondre... Il montra ses bâtons — minces et légers, un qui frappe, un qui pique — ainsi que la pierre *dzia* sombre et polie au tranchant façonné en peu de coups, soigneusement enveloppée dans un lacis de fibres d'herbes d'eau pendu à son cou.

— *Iaaw atanik mohgr'ffhui*, dit Moh'hr.

Non, il n'était pas parti à la recherche de la grande, grande montagne qui fume tous les nuages. La lueur vive dans les yeux pâles de Nar-iaw — qui paraissaient moins pâles que d'ordinaire — s'atténua à peine. Il n'en demeurait pas moins visiblement très satisfait de se trouver là.

— *Nak-Booh-Loa ?* dit-il en indiquant d'un mouvement de tête la direction de l'endroit où s'était tenu Moh'hr.

— *Iw'*, dit Moh'hr, ses lèvres à peine entrouvertes.

Nar-iaw voulut les voir, lui aussi.

Et même encore après que Moh'hr eut tenté de lui montrer le danger encouru, même après qu'il eut dit ce qu'il croyait (en peu de mots soufflés et quelques mouvements rapides des doigts chevauchés, emmêlés et cognés) des intentions des *Nak-Booh-Loa* dans le cas où ces derniers les attraperaient — même après tout cela, Nar-iaw le vieux voulait voir les autres *loa-nak*, les autres gens, qui avaient construit un abri sur le bord de la rivière venue de la montagne proche. Moh'hr refit donc le trajet jusqu'à son point d'observation habituel en rampant, avec le nez de Nar-iaw sur les talons. Il n'avait nullement eu besoin de recommander la prudence au vieil homme qui se mouvait sans bruit, la pierre tenue dans sa bouche pour empêcher qu'elle ne traîne au sol et que son lien d'herbes ne se déchire, et qui n'avait pris qu'un bâton, celui pour frapper, évitant ainsi qu'ils ne se cognent entre eux.

Ils regardèrent l'abri des *Nak-Booh-Loa*, étendus sur le ventre côte à côte dans l'ombre tournante de la haute pierre. Des mouches couraient sur leur dos et dans le pli de leurs fesses ; Moh'hr finit par ignorer totalement celles qui agaçaient les blessures de ses pieds. Nar-iaw ressemblait à une étrange racine plate et noueuse écartée dans tous les sens. À un moment, toujours immobile, il laissa couler sous lui l'eau tiède de son corps. Les nuages traversaient tout le ciel mais ne gênaient en rien la lumière ; c'étaient des *ff'hrus* plus haut que le soleil et qui ne portaient pas de pluie.

Puis de nouveaux *Nak-Booh-Loa* apparurent sur la terre élevée, et Moh'hr et Nar-iaw virent qu'ils étaient en train de construire un nouvel abri. Moh'hr fit le signe de s'éloigner ; le vieux le suivit.

Même après que la rivière et la lumière violente eurent emporté plusieurs d'entre eux — s'ils avaient été emportés réellement — les *Nak-Booh-Loa* restaient suffisamment forts pour construire un autre abri — Moh'hr dit cela à Nar-iaw, alors qu'ils retournaient au clan. Il n'eut pas d'autres mots ensuite, le vieux non plus. Ils marchaient à la même allure. Parfois, Moh'hr tendait la main et aidait Nar-iaw dans les passages difficiles. Mais quand le clan fut en vue, il ne l'attendit plus. Le soleil devenait comme ce que crachent, *arsha*, tremblant et rouge, les montagnes qui fument. L'ombre avait maintenant gagné une autre partie du bord du lac ; les brousses de la petite montagne au-dessus de l'eau tranchaient en clair sur la teinte mate et sombre des pentes de pierre abruptes.

Le clan pratiquement au complet, le même qui n'avait guère paru se soucier du départ de Nar-iaw à la suite de celui de Moh'hr, était présent pour leur retour. D'abord, Moh'hr crut qu'ils voulaient lui parler, Iw'oa-hua-hua se tenant au milieu de tous, mais c'était lui qu'ils attendaient. À l'exception des perches couvertes de morceaux de viande, entre deux des abris, il n'y avait plus trace manifeste du dépeçage du *nakoa-xri'*, ni au pied de l'arbre sec, ni dans les enfourchements brisés de ses troncs. Les oiseaux au cou pelé se tenaient dans les ramures voisines, avec d'autres qui bondissaient de branche en branche à petits coups d'aile, comme si tous savaient bien qu'à un moment la surveillance des petits d'hommes *loa*, qui ne s'était pas relâchée depuis le début du jour, offrirait une faille dont ils pourraient profiter. Les *nakoa-xri'* au pelage zébré étaient revenus sur la berge, au même endroit non visible depuis les abris ; leurs cris (comme ceux de Nehmo-Akn quand elle était joyeuse) volaient au-dessus des cimes plates échelonnées.

— *Nak-Booh-Loa ?* dit Iw'oa-hua-hua quand Moh'hr eut posé les yeux sur lui.

Moh'hr fit le signe d'approbation. Il marcha jusqu'à l'arbre sec au centre de l'espace entre les abris ; les *Loa* rassemblés s'écartaient pour le laisser passer. Il s'assit par terre, adossé au tronc et les jambes étendues devant lui, avec le dessous de ses pieds bien en vue de tous. Il dit, faisant les signes de la faim, de la soif, que son ventre et sa gorge appelaient. Iw'oa-hua-hua le premier s'accroupit devant lui, aussitôt imité par quelques autres. À présent que l'importance de la viande était passée, ils avaient des regards attentifs, curieux, qui allaient du visage de Moh'hr à ses pieds entaillés, s'attardaient et revenaient sur le nouveau bâton en travers de ses cuisses lacérées par les épines. Parmi eux se trouvait Neh-n'xki-gli, aux seins alourdis tombant sur le haut de son ventre maintenant plat. Une femme alla jusqu'aux perches à viande et revint avec un morceau noirci déjà racorni par le soleil. Neh-Ishri'n', qui s'était précipitée avant elle, lui apporta de l'eau dans un morceau d'œuf brisé du grand *nanakoa*, qui n'est pas un véritable oiseau car il court mais ne vole pas ; elle resta à côté de lui, tenant, après que Moh'hr eut bu une gorgée, la portion de coquille creuse à sa disposition.

Il s'appliqua à mastiquer avec lenteur, évitant de rencontrer leurs regards. Une fois, levant les yeux vers le ciel barbouillé sur presque toute son étendue par des nuages rougis et violacés, de tailles et de formes identiques évoquant une image de troupeau en mouvement, les *Loa* autour de lui levèrent les yeux également. Mais il continua de mâcher en évitant de les regarder. Il entendait leurs murmures et les bruits qu'ils faisaient en bougeant ou en respirant fort et par à-coups, de temps en temps. Les oiseaux piaillaient dans les branches. L'odeur de viande resterait encore sur les abris des jours et des nuits après le dernier morceau mangé. Le bourdonnement des mouches innombrables tournait partout, surtout au-dessus des perches ; Moh'hr ne les chassait plus, sauf, d'un souffle bref, quand elles venaient sur la viande qu'il était en train de déchirer avec ses dents.

Puis Nar-iaw atteignit le clan à son tour et rejoignit Moh'hr au pied de l'arbre sec. Il ne voulut pas manger mais accepta l'eau dans la coquille, que lui proposa ostensiblement Moh'hr afin que tous les *Loa* sachent que le vieux et lui avaient vu, cette fois, les mêmes choses.

Gros, rouge comme une viande, le soleil descendait vers la terre assourdie de chaleur tremblante. Des nuages pareils à de la poussière fumaient sur son pourtour.

Alors, après que Nar-iaw eut bu la dernière goutte d'eau et redonné la coquille brisée à Neh-Ishri'n'aux cheveux rouges, Moh'hr dit :

— *Nak-Booh-Loa'han tô-nik-nik-xuahan.*

Et puisqu'ils écoutaient, que les plus petits enfants avaient la bouche close, il dit.

Les *Nak-Booh-Loa* s'installaient sur le bord de la rivière — Moh'hr le répéta plusieurs fois, l'une après l'autre, le même ton pour les mêmes mots, les mêmes gestes, de façon à alourdir les images dans leur tête pour qu'elles ne s'envolent pas —, comme ils avaient pu s'en rendre compte, lui et le vieux. Les *Nak-Booh-Loa* étaient certainement forts car ils dressaient un nouvel abri après quelques jours seulement de présence. Forts comment ? demanda Iw'oa-hua-hua. Moh'hr ne savait pas avec certitude mais il dit « fort beaucoup ». Nar-iaw approuva, disant « davantage que fort beaucoup », et qu'il avait senti beaucoup d'hommes mais beaucoup de femmes aussi. Ils entendirent le vieil homme et ne détournèrent pas la tête avant qu'il eût fermé la bouche sur son dernier mot.

Iw'oa-hua-hua demanda d'où venaient les *Nak-Booh-Loa*.

Ils sont, dit Moh'hr, ceux qui marchent sous le jeune soleil, et c'est ainsi qu'ils se nomment dans leur langage. Ils viennent de là-bas où les rivières sont petites dans les territoires qui étaient ceux des premiers *Loa*, avant qu'eux-mêmes se mettent en marche pour ici. Peut-être les hommes sont-ils comme les saisons qui partent et reviennent ? Peut-être tous les hommes partent-ils un jour des territoires où les rivières sont petites, pour venir ici, et peut-être ceux d'ici doivent-ils alors partir à leur tour, après longtemps sur le bord du grand lac ?

Iw'oa-hua-hua, avec lui Han-dzia-tô-nik-ok et Oamo-Hev, ne voulurent pas entendre ces images.

Pourquoi les *Nak-Booh-Loa* voudraient-ils chasser les *Loa* des terres d'ici ? demanda Iw'oa-hua-hua, et Moh'hr garda le silence un instant. Iw'oa-hua-hua ne voulait pas quitter la berge du lac et disait, lui, que les *Loa* s'y trouvaient depuis que la pluie qui fait pousser les choses était tombée une première fois. Disait que d'autres images différentes de celles-là n'étaient pas bonnes. Moh'hr dit que les *Nak-Booh-Loa* ne voulaient peut-être pas chasser les *Loa*, mais que cela serait quand même. Ce fut au tour des autres de garder le silence.

Le soleil entra dans la terre. Il était rond et haut sur la montagne, avec le ciel entier sur sa tête comme une colère sans bruit ; les cohortes du grand troupeau de nuages s'assombrissaient.

Moh'hr dit qu'un temps arrive où les territoires ne sont plus bons pour les hommes dessus, parce que les choses à manger sont moins nombreuses et que les hommes dessus le sont davantage puisque d'autres hommes jamais vus arrivent et font des abris sous lesquels ils s'installent. Alors il faut laisser ceux qui arrivent ; il faut partir vers ce qui attend les hommes plus loin. Il dit que « plus loin » attend les hommes sans jamais fermer l'œil.

Moh'hr dit que les *Loa* avaient déjà beaucoup marché sur le bord du lac, et dans les montagnes avant le bord du lac, depuis qu'ils marchaient. Lui-même avait dans sa tête les petites images d'un autre endroit sur la berge, quand il était à peine *uesh* de *Loa.* À présent les pluies étaient longues à venir, chaque fois plus longues, et les *nakoa* à quatre pattes étaient beaucoup moins nombreux sur les rives de la grande eau plate car ils savaient qu'elle ne grandirait plus, au contraire baisserait jusqu'à ce que des mouches en nombre suffisant pour voiler la lumière s'abattent sur tous les poissons immobiles et visqueux. À présent, les arbres grands ou petits étaient toujours plus maigres, plus lointaines les chairs d'arbres à manger qu'ils portaient à leurs branches. Avec encore des jours au bout des jours, et encore, cela serait comme sur la terre des « marcheurs sous le jeune soleil » dévastée par les hardes des *edri'han-uôk* hauts comme plusieurs *loa*, aux grandes oreilles et aux dents courbes qui touchent le sol — cela serait comme si des hardes de *edri'han-uôk* étaient passées ici aussi.

Qui a dit que les *edri'han-uôk* avaient mangé les arbres des territoires quittés par les « marcheurs sous le ieune soleil » ? demanda Iw'oa-hua-hua.

— *Neh Nak-Booh-Loa. Moh'hr dwî hr'iaw*, dit Moh'hr.

Celle des *Nak-Booh-Loa* qu'il aimait regarder longtemps.

Un murmure étonné qui traduisait également une sorte

de peur courut sur le groupe réuni devant Moh'hr et Nariaw, tandis que de la gorge de Neh-Ishri'n', accroupie et tenant la brisure de coquille vide contre ses cuisses et son ventre, s'échappait un bref chuintement incrédule. Moh'hr lui jeta un coup d'œil et vit son visage, ce qui parut le contrarier légèrement — et brièvement. Ce fut en lui glissant d'autres regards furtifs et ponctuels, comme s'il appuyait certains faits à son adresse en particulier, qu'il raconta ce qu'il avait vécu avec les *Nak-Booh-Loa*.

Il dit comment la lumière du ciel en bataille les avait emportés, Maâq' avec eux, pour l'épargner et le choisir, lui. Comment le grand *tôhr'us nakoa* blanc l'avait emporté, il dit ce qu'il avait vu, et puis comment ensuite il avait rencontré la femme *Nak-Booh-Loa* tandis que son corps avait les yeux fermés, répétant ses paroles entendues et comprises.

Ils eurent des hochements de tête, des regards échangés. Mais alors Oadwi montra le soleil disparu à l'instant, montra les nuages devenus noirs, ourlés de brisures étincelantes dans un ciel assombri vers le bleu, et Oadwi dit que les nuages étaient de retour comme on pouvait le voir, et la pluie aussi, depuis que Iw'oa-hua-hua et lui avaient attrapé le *nakoa-xri'* dont la viande en morceaux était maintenant pendue sur des bâtons. Un murmure approuva ces paroles. Iw'oa-hua-hua hocha la tête. Du côté de l'œil, Moh'hr sentait le regard de Neh-Ishri'n', posé sur lui, très plissé d'attention tendue.

— *Iaaw*, dit-il.

Non. Les images sous les paroles de Oadwi n'étaient pas bonnes, ni solides. Lui, Moh'hr, avait été choisi par la force lumineuse du ciel qui ramenait la pluie — et qui avait permis, en même temps, la capture de la proie par

Iw'oa-hua-hua et Oadwi. Lui, Moh'hr, avait vu le premier les *Nak-Booh-Loa*, et il avait trouvé un de leurs bâtons sans avoir à se battre avec eux pour le prendre, et la force de lumière avait fait en sorte qu'il rencontre et entende, sous les yeux fermés, la femme *Nak-Booh-Loa*.

Les *Loa* rassemblés ne savaient plus où regarder. Le visage de Neh-Ishri'n' exprimait un désarroi craintif.

— *Iaaw*, dit à son tour Iw'oa-hua-hua.

Puis il parla, et avec lui Oadwi, ainsi qu'Oamo-Hev, Edri-Sklaâ, Han-dzia-tô-nik-ok, affirmant que les *Loa* étaient forts car peu de gens avaient jamais attrapé un *nakoa-xri'* tout entier avant eux. Ils étaient forts sur les territoires du grand lac, ne craignaient pas que les *Nak-Booh-Loa* les repoussent et prennent leur place : c'était une chose qui ne se produirait pas. Les *Loa* étaient depuis toujours sur les berges du lac, ils étaient comme la grande eau calme, ils étaient comme la grande eau quand elle grondait avec le vent, les *Loa* étaient sous le même ciel que *atanik-tô-nik-nik*, parce que c'était leur place. La pluie était revenue, et avec elle une grosse proie de viande que Iw'oa-hua-hua et Oadwi avaient trouvée.

Après quoi Iw'oa-hua-hua se mit debout et s'éloigna. Les uns après les autres, ils firent de même. Moh'hr les regarda se disperser sans ajouter un mot, sans chercher à les retenir pour leur redonner encore ses images.

— *R'euh*, dit le vieux Nar-iaw, comme une sorte de soupir.

Il fit en se levant des bruits de respiration saccadée, oppressée. Ses mouvements alourdis s'appuyaient à deux mains sur ses bâtons. Avec les autres, il alla vers les morceaux de viande sur les perches placées entre les deux abris et attendit de pouvoir se servir à son tour.

— *Moh'hr r'euh ?* dit Neh-Ishri'n'.

— *Iaaw.*

Moh'hr ne voulait pas manger. Il se leva. Marcha vers l'arbre sur le bord de la terre plate des abris. Nar-iaw ne vint pas, mais Neh-Ishri'n' le rejoignit, avec des feuilles mâchées qu'elle appliqua contre le dessous meurtri de ses pieds. Il la laissa faire. Plus tard, quand elle se coucha contre lui, à l'écart des abris, il la laissa faire encore, et il la laissa faire quand elle referma les doigts sur ce qui faisait de lui un homme entre ses jambes. Et elle le laissa faire ensuite.

Il ferma peu les yeux.

La nuit était immense autour de lui et de la petite femme aux cheveux rouges très épais et broussailleux, autour des *Loa* de ce clan, ailleurs. Les points brillants du ciel apparaissaient et filaient en un clin d'œil dans toutes les directions, comme des jets de pierres de lumière vive. Jusqu'où la nuit pouvait-elle s'étendre ainsi ?

Moh'hr attendait que la lune qui mange les hommes laisse place au soleil qui les aide et les défend. Attendait qu'elle s'en aille et finisse son chemin — alors il pourrait, lui, commencer le sien vers ce qui dans le monde ne portait pas encore de nom. La fraîcheur était posée sur sa peau là où elle ne touchait pas celle de Neh-Ishri'n', ou bien le sol. Il percevait contre lui la respiration régulière de la femme, soufflant à petits coups légers, avec un petit bruit pareil, contre sa poitrine ; c'était agréable, sans qu'il sache pourquoi, sans autre raison que cette présence avec lui du souffle légèrement bruissant de Neh-Ishri'n'. Et il ne voulait pas bouger, craignant qu'un mouvement de sa part ne casse la sensation. Il avait les yeux dans le ciel. Il y voyait parmi les nuages que dorait la lumière de *jui-orhg* l'image de la femme *Nak-Booh-Loa* souvent regardée.

Juste avant le début du jour revenu, les *'riekek* crièrent sur la rive du lac, dans cette direction qu'avait prise Moh'hr à cet instant de plusieurs matins précédents — qu'il ne prit pas, cette fois, regardant juste s'éloigner vers les cris Nehmo-Akn, Edri-Sklaâ et un autre, à longues enjambées silencieuses. Ils furent de retour au clan alors que le soleil était presque un homme fort, racontèrent que les *'riekek* avaient trouvé le corps de la femme amené là par la rivière, une femme inconnue, sans doute une de ces *Nak-Booh-Loa* dont avait parlé Moh'hr.

Quand le soleil fut davantage qu'un homme fort, Moh'hr quitta le clan sur la berge de *atanik-tô-nik-nik*, le lac immense d'eau calme et plate. Il ne prit avec lui que le bâton trouvé au bord de la rivière.

Les *Loa* ne virent pas son départ. Dans l'ombre des abris bourdonnante de mouches, la plupart attendaient que la chaleur maigrisse ; ceux qui se trouvaient hors des abris étaient trop occupés à surveiller, dans les arbres proches, les oiseaux au cou pelé prêts à ouvrir leurs ailes pour s'abattre sur les morceaux de viande noire disposés sur les perches.

Ils ne le virent pas s'en aller, sauf Nar-iaw, qui attendait ce moment. Et Neh-Ishri'n'.

# 7

Nî-éi était déjà loin de l'abri dans les hautes herbes, quand monta le premier jour de sa longue marche. D'autres depuis, et des nuits, étaient passés et repartis. Le soleil qui se levait sur la terre inconnue était celui de l'avant-dernier doigt de la main — quand Nî-éi trouva ce qui restait du corps de l'homme, au bord de la rivière.

Elle suivait la rivière depuis la nuit et le jour d'avant. C'était beaucoup d'eau, comme tous les *nam* ensemble n'en avaient pas vu depuis bien longtemps ; dès que Nî-éi avait entendu sa parole dans la nuit, juste avant de la voir briller sous la lune, l'envie de rire fut en elle, levée non pas tant pour la seule présence de cette eau importante que pour l'endroit où elle coulait, qui n'était pas très éloigné de celui où la bande avait construit son abri au bord d'une autre rivière à peu près sèche. Elle avait suivi avec empressement la course de l'eau sombre parcourue de remous et d'écume. Sans repos. Allant parfois, si le terrain le permettait, aussi vite que le courant.

Avec la rivière, Nî-éi était entrée dans la montagne inconnue qui écartait ses flancs droits juste ce qu'il fallait pour laisser passer l'eau, entre des rives étroites et broussailleuses, sous un ciel étranglé.

C'est ainsi qu'elle trouva, sur la rive opposée, dans ce début de soleil nouveau, ce qui restait du *nam*.

Elle sut qu'il s'agissait d'un homme, après avoir remarqué les longs poils dans l'informe bouillie du visage pratiquement dévoré (elle ne connaissait pas de femme, sinon très vieille, avec des poils aussi fournis sur la face, ne pouvait concevoir qu'il en existât) — et ce qui distingue plus nettement un *nam* d'une *éi* se voyait à peine : le bas du corps était mangé, depuis l'entrejambe jusqu'aux os disloqués du torse, les jambes déchirées n'avaient plus leur pied, un seul morceau de bras subsistait. Après avoir examiné la carcasse, elle recula et s'accroupit à proximité dans une touffe d'herbe à grosse tige creuse. Le soleil la frappait de face. L'invisible force qui fait vivre les choses à la surface de la terre marquait son ombre derrière elle, mais c'était comme si Nî-éi n'en savait rien, comme si elle ne l'avait pas remarquée. Depuis le premier jour elle avait cessé d'être préoccupée par la présence de l'ombre à ses pieds — les choses à faire, celles à ne pas faire, qu'elle connaissait depuis toujours, s'étaient effritées en elle comme une vieille terre poudreuse.

Elle surveillait le corps déchiré, couvert de bestioles, dans le bourdonnement rageur et affamé des mouches luisantes comme des grains de pierre éclatée.

C'était peut-être lui, cet homme-là, qui la suivait et qu'elle avait aperçu brièvement, plusieurs fois, dès la fin du premier jour suivant son départ de l'abri dans les hautes herbes. Et c'était peut-être le *sh'ohr* noir qui avait déchiré de la sorte cet homme solitaire marchant sur sa trace, qui l'avait placé ensuite devant ses pas pour qu'elle le trouve et ne le craigne plus.

La chaleur chauffait davantage, progressivement, une

partie de son visage. Nî-éi ne savait pas exactement ce qu'elle attendait, sinon un signe encore, qu'elle pourrait identifier, de la grande bête noire qui l'accompagnait pour la protéger sans qu'il fût possible de la voir ni de la sentir. Son ventre à présent avait fini de mordre — il ne faisait qu'émettre les bruits de la faim — et le sang ne coulait plus entre ses jambes comme il avait continué de le faire durant les premiers temps de sa marche. Elle était lourde de tous les pas laissés derrière elle jusqu'ici. Laissa tomber un peu ses paupières. Elle se tenait accroupie, genoux relevés, ses seins gonflés et douillets pressés contre les cuisses ; si elle penchait la tête en avant, en remontant la mamelle avec ses mains, elle pouvait atteindre de la bouche le téton ferme et dressé. Elle avait perdu le tressage d'herbes qui maintenait ses cheveux écartés des bords de son regard, n'avait pas pris le temps ni la peine d'en confectionner un autre. L'habitude prise tout une longue, longue saison, faisait retomber des mèches hirsutes hérissées d'épines et de brindilles sur son visage, bien qu'elle répétât souvent, maintenant, le geste pour les écarter. L'ombre soulignait ses joues creusées, ainsi que la ligne douce de son maxillaire. Les mouches au-dessus du corps de l'homme la trouvèrent et vinrent tourbillonner autour d'elle. Elle hochait de temps en temps la tête, ou bien soufflait en dirigeant sa bouche d'un côté ou de l'autre, pour éloigner les plus énervantes. Elle avait posé son menton fuyant contre le dessus de ses genoux ; la position pressait ses seins et changeait leur douleur en quelque chose de presque agréable.

Elle attendit.

La lumière ronde de la nuit n'était pas au sommet du ciel quand Nî-éi avait quitté l'endroit de l'abri dans les herbes. Et elle s'était mise en marche, elle avait marché. Elle avait marché sans s'arrêter, sans prudence. Sous la lumière de la nuit, plusieurs fois, elle avait vu la présence du *sh'ohr* dans l'ombre à ses côtés, elle l'avait immédiatement reconnu, il marchait avec elle et la protégeait. Elle avait compris cela très vite. Le *sh'ohr* l'aidait contre ce qui était Ohr revenu, sorti de son ventre pour la punir de ce qu'elle avait fait et dont elle n'avait jamais parlé à personne, pas même à Éfi-éi — le *sh'ohr* était son allié, et c'était bien comme avait dit Nam au dos tordu : elle appartenait désormais autant aux *nam-nî* qu'aux *nam.*

C'étaient des paroles justes. Les animaux qui craignent le *sh'ohr* s'étaient tenus à distance de sa marche. Elle disait le nom du *sh'ohr* fréquemment, à la fois pour lui faire part de sa présence et parce qu'elle ne savait pas d'autre façon de lui dire combien elle était forte avec lui à son côté, combien elle voulait qu'il y demeure. Elle disait le nom du *sh'ohr* à voix haute, ou bien, en dedans d'elle-même, le répétait et le répétait au rythme de ses pas. Elle allait vite, ne prenant de temps pour rien d'autre que marcher. Elle cueillait les choses qui se mangent aux branches des arbres, sans s'arrêter, quand il s'en trouvait sur son passage — elle ne prenait pas la peine de chercher, n'en trouva pas beaucoup, pas en suffisance pour faire taire son ventre et apaiser les aigreurs dans sa gorge.

Le premier soir rouge, elle mangea la petite bête que Éfi-éi lui avait lancée après l'avoir prise à Éi-hn. Elle ramassa deux pierres convenables qu'elle frappa comme elle savait le faire pour en obtenir une coupante ; les éclats qui s'en détachèrent tranchaient davantage que la pierre elle-même et elle les utilisa donc pour retirer la peau de la petite bête, qu'elle ouvrit et découpa ensuite. Elle mangea aussi le dedans de la petite bête, avec les os les plus mous. Elle conserva le mince pelage doux, l'enroula autour de son bâton, le fixant avec des tiges d'herbe assouplies entre deux autres pierres. Alors elle aperçut celui qui la suivait.

Elle ne savait pas encore qu'il la suivait — elle le comprit plus tard, le jour suivant, quand elle le vit de nouveau.

Pour l'instant, elle en distingua la silhouette courbée dans les buissons d'épines, à une distance de voix sans crier. Un *nam* sur ses deux jambes, un bâton court dans une main. Sans doute, le dernier soleil rouge qui frappait les yeux de l'homme l'empêcha-t-il de comprendre suffisamment vite qu'elle regardait soudain dans sa direction et l'avait remarqué : il eut une courte hésitation avant de s'accroupir puis de se glisser derrière un buisson proche.

La poitrine de Nî-éi battait. Dans sa bouche, le goût de la petite bête mangée changea. Sans bouger, tandis que le soleil plongeait sous terre, elle fixa l'endroit où le *nam* avait disparu. Elle ne le revit pas. Il aurait pu n'avoir jamais été là — mais elle l'avait vu et savait qu'il y était. Dans l'obscurité rougeoyante, elle dit le nom du *sh'ohr*, puis le cria à l'homme (s'il était seul) qui se tenait caché. Le nom du *sh'ohr* traversa les ombres et roula dans les buissons, s'éleva parmi les hauts arbres, rebondit contre les terres dressées des montagnes. Sa force courut sous la peau de Nî-éi.

Après qu'elle eut crié, elle ramassa la pierre qu'elle venait d'éclater et, son bâton dans l'autre main, recula à couvert d'une touffe de grandes feuilles aux troncs étroits. S'accroupissant, elle attendit encore. Les bruits de la nuit s'installaient autour d'elle, par petites touches, en niveaux successifs, eût-on dit, posés les uns sur les autres, les uns dans les autres : elle se tenait au milieu, les bruits la traversaient comme s'ils eussent voulu déposer ainsi leurs noms en elle, et elle les reconnaissait au fur et à mesure, il n'y en avait aucun qu'elle n'eût jamais entendu — aucun de particulier, pour dire la présence de celui qui se cachait quelque part sur le bord de la nuit.

Cependant, Nî-éi ne ferma point les yeux. Après avoir écouté un certain temps sans entendre ce qu'elle redoutait, elle se leva d'entre les touffes feuillues et se remit en marche. À ce moment précis, des oiseaux de nuit bataillèrent avec une bande de presque *nam* à longues queues dans les branches de l'arbre où ils s'étaient perchés pour y passer la nuit, et les piaillements rageurs de l'échauffourée montèrent d'un seul coup jusqu'aux points brillants du ciel.

Nî-éi marcha une grande partie de cette nuit-là sans s'occuper de l'ombre qu'elle tirait derrière elle, dans la lumière coupante de la lune, mais l'ombre ne fit rien à son insu pour l'empêcher de marcher. Régulièrement, elle disait à voix haute le nom du *sh'ohr*.

Puis la ronde lumière de la nuit descendit, à travers les rides des nuages, sur la surface de l'eau d'en haut qui est le ciel, comme quand le souffle du vent court sur la surface de l'eau d'en bas que sont les lacs et les rivières. Nî-éi s'arrêta. Ses jambes avaient pris une lourdeur qui rendait chaque pas difficile. Son corps tout entier criait violemment en dedans d'elle, sans bruit. La montagne plate faisait comme un grand trou sombre levé devant elle, loin encore, mais sans qu'une distance précise pût être évaluée dans la noirceur. Alentour, c'était encore de la terre plate herbue, avec des arbres à feuilles d'épines, dont beaucoup de secs, les bras de leurs grandes carcasses tendus sans un murmure pour protéger leur nudité. Nî-éi s'assura que le premier de ces arbres était inoccupé et grimpa jusqu'à sa seconde fourche, confortable, où elle s'installa. Elle ferma les yeux presque aussitôt.

Quand elle les rouvrit, le soleil la touchait de sa première chaleur.

Son corps était encore lourd, ses membres raides. Elle descendit de l'arbre et ramassa le bâton qui était tombé au sol. Le contact de sa main sur le bandeau de peau, agréable, lui procura un peu de l'effet ressenti quand elle disait le nom du *sh'ohr*. Il y avait en elle de nombreuses images imprécises, embrouillées, qu'elle percevait comme une grande bousculade, et dont elle ne voulait pas s'occuper en ce moment. Des images qui avaient tourné en elle tandis qu'elle fermait les yeux et qui continuaient de tourner encore.

Une force confuse prenait place dans son corps : elle continuait d'être Nî-éi, sans la bande. Sans les autres *nam*, ce qui est *nam* l'est donc toujours, comme un morceau d'une pierre éclatée est toujours de la pierre.

Dans la lumière, la montagne paraissait à la fois moins haute et plus proche. La terre avec les arbres dessus montait en pente légère traversée par des ombres profondes autour desquelles les arbres étaient serrés comme des herbes. Nî-éi avait la gorge sèche ; sitôt revenu de l'autre côté du monde, son ventre avait recommencé de mordiller. Elle chercha des yeux la forme particulière d'un tronc, la couleur et la disposition de ses feuilles, avec ce qu'il offre à manger et qui calme le ventre — mais n'en vit pas. Elle se mit en marche vers la montagne et les arbres serrés comme des herbes

Si elle allait vers la montagne, c'est que la montagne se trouvait devant ses pas, dans la direction de sa marche. Pourtant, cette direction était celle qu'un *nam* ne doit plus regarder, encore moins suivre, après que le soleil au plus haut dans le ciel redescend vers la terre (c'est le moment où la partie visible de ce qui suit toujours un *nam*, son ombre, le tire de côté et cherche à se placer dans son dos, hors de sa vue, alors qu'il faut toujours avoir un œil sur son ombre pour être capable d'éviter les pièges qu'elle tend en permanence). Dans cette direction, il y avait néanmoins d'autres *nam* : plusieurs fois, il en était venu et leur marche avait croisé la bande dont Nî-éi faisait partie — quand elle en faisait partie. Elle allait vers la montagne pour rencontrer d'autres *nam*, qu'elle suivrait, s'ils ne la rejetaient pas comme Nam et surtout Éfi-éi l'avaient rejetée — ceux qu'elle rencontrerait sauraient-ils eux aussi ce qu'elle avait fait ?

Elle ne trouva ni l'arbre aux fruits qui calment le ventre, ni rien de facilement mangeable. Son pas avait repris progressivement l'allure soutenue de la veille et de la première nuit. Elle ne s'accordait pas le temps de fouiller sous le pied de certaines plantes avec son bâton, encore moins celui de guetter le passage, ou la sortie de son trou dans le sol, d'une petite bête à frapper d'un coup net.

Quand vint le moment où un *nam* ne doit plus marcher dans cette direction, à cause de son ombre qui le tire de travers avant de bientôt sauter dans son dos, Nî-éi poursuivit. Un peu plus tard, pénétrant sous le couvert d'autres arbres aux feuilles d'épines et jetant un coup d'œil sur ses talons, elle aperçut pour la seconde fois celui qui la suivait.

Il était loin en contrebas, à peine visible, mais elle sut

que c'était lui. La première fois, elle l'avait remarqué dans des circonstances pratiquement semblables : parce que le soleil aveuglait le suiveur, obligé de le regarder en face s'il voulait ne pas la perdre de vue. Et il eut encore la même réaction, s'accroupissant puis se rejetant de côté... mais ne disparut pas complètement : il se tint près de la roche plate qui sortait du sol et derrière laquelle il aurait pu se cacher : au lieu de quoi il se redressa doucement, dans une position mi-accroupie, mi-debout. Il était toujours pareil un moment plus tard.

Nî-éi lui cria le nom du *sh'ohr* avec une brusquerie qui fit s'envoler d'un arbre proche plusieurs oiseaux à bec jaune. Elle crut voir le *nam*, là-bas, agiter son bâton vers elle. Crut l'entendre répondre à son cri par un autre cri... mais il y avait trop de bruits d'insectes plus près d'elle, dans ses oreilles, pour qu'elle en fût certaine.

Elle reprit sa marche, à foulées longues et légères. Ses seins pesants tressautaient et lui faisaient mal, du dedans ; chaque pas semblait rebondir dans son ventre. Elle s'arrêta et regarda derrière elle : à présent, elle distinguait moins nettement la roche plate entre les troncs, mais encore suffisamment pour constater la présence inchangée de son suiveur. Il ne se cachait toujours pas, ni n'avait avancé d'une seule enjambée. Elle souffla un petit chuintement entre ses lèvres. C'était un *nam* qui savait les choses comme elle les savait quand elle était encore dans la bande, avant qu'elle s'en aille et fasse ce qui ne devait pas être fait. Il faisait, lui, comme il convient de faire. Il ne marcherait pas plus loin, vers où son ombre ne voulait pas aller ; il ne prendrait pas le risque défendu de la tirer dans son dos, contre son gré, à la merci de sa colère.

Pourquoi un *nam* sachant cela, et l'appliquant, la suivait-il néanmoins, elle qui n'était plus des siens, qui allait contre ce qui doit être fait, pareille aux bêtes sur le territoire de qui elle était entrée ? Pourquoi ? sinon pour la rejeter complètement et l'empêcher de rejoindre les bêtes, à qui elle irait dire les choses secrètes des *nam*... Et s'il ne l'avait pas encore rejointe, c'était uniquement pour cette raison-là, qui l'empêchait de marcher autant qu'elle, la moitié du jour et la moitié de la nuit, parce qu'il appliquait la règle des *nam*, ce qui doit être fait pour rester longtemps debout à la surface de la terre.

Elle frissonna. Se sentit aussi petite que la silhouette vague et lointaine du suiveur, écrasée, mais à la fois plus forte.

Plus tard, elle ne vit plus l'endroit près de la roche plate, ni la roche plate, juste le sommet des arbres, derrière elle, qui descendaient graduellement et dont les rondeurs feuillues entremêlées évoquaient les nuages du ciel. Mais elle savait qu'il se tenait toujours là-bas, attendant la nuit pour reprendre sa traque redevenue possible dans la direction momentanément interdite... ou bien il allait tenter de biaiser, marcherait de travers, à reculons, tout en surveillant l'ombre. Dans l'un ou l'autre cas, c'était pour Nî-éi l'occasion de marcher longtemps sans lui.

La terre plate était couverte d'herbes et de bouquets d'arbres. Il y avait des traces d'animaux, sur le sol, dans les branches, mais Nî-éi n'en vit aucun, là où elle marchait. Elle en vit loin — un groupe de ceux aux cornes qui sortent du front et de la gueule — et puis des oiseaux. La montagne qui le matin semblait être une masse uniforme se révélait, quand on se trouvait sur elle, constituée de plateaux successifs plus ou moins escarpés, plus ou moins boisés, plus ou moins plantés de simple végétation, avec, sous les pieds, de la roche, des cailloux, des épines, de la terre rouge ou de tendres herbes. Le ciel avait la forme d'une rivière d'en bas coulant au sommet des pentes droites de couleur épaisse qui enserraient les coteaux plongeants.

La marche de Nî-éi était plus lente, ses foulées courtes, souvent trébuchantes. Elle continua pourtant. C'était plus pénible de descendre la pente que de la gravir. Elle traversa plusieurs fois les traces en grand nombre de gros *nam-nî* aux pieds d'os fourchus et cornes rondes et basses sur la tête. Après que la nuit eut rempli l'espace étréci entre les pentes de la montagne, Nî-éi marchait encore.

Le *nam* sur ses pas s'était certainement remis en mouvement. Il allait le plus vite possible, mais ce n'était pas facile pour lui de repérer dans la nuit les traces laissées par Nî-éi. Il avançait simplement dans une certaine direction plutôt que dans une autre, qu'il pensait être celle prise par sa proie. De ce fait, sa marche était moins rapide encore qu'une marche lente sans but.

Comme la nuit d'avant, Nî-éi choisit un arbre au feuillage épais, au tronc suffisamment haut, tordu et large pour l'accueillir. Assise dans l'enfourchement, elle ferma les yeux, mais les images du jour qui venait de finir ne la quittaient pas. Son ventre avait recommencé de gronder, ses seins douloureux étaient devenus la partie la plus lourde de son corps. Elle en prit un dans ses mains et pressa doucement. La douleur s'en alla puis revint. De l'extrémité dure du mamelon, un liquide sourdait comme une rosée, mouillant les quelques longs poils sur le pourtour de la peau grumeleuse plus foncée. Nî-éi plia le cou et remonta le sein vers sa bouche ; en le pressant le plus possible, elle parvint à fermer ses lèvres sur le téton. Le bouton de chair ferme durcit davantage, contre sa langue ; le contact produisit un frisson qui parcourut sa peau, et en dessous.

Si le *sh'ohr* n'avait pas pris le *nî-nam* sorti de son ventre et si elle avait gardé celui-ci, il aurait fait ce que font tous les *nî-nam* : il aurait mangé de la sorte avant de savoir trouver sa pitance aux branches des arbres ou dans les herbes, ou sous la terre. Il y avait dans ses mamelles de quoi nourrir un *nî-nam* pendant longtemps.

Nî-éi ferma les lèvres sur le téton érigé du sein pressé contre sa bouche. Elle aspira. Après quelques essais, jusqu'à trouver le positionnement le moins inconfortable, le liquide douceâtre coula du mamelon et lui emplit la bouche. Ce fut comme un pincement dans le sein troussé, puis dans l'autre, qui se changea en sensation agréable. Elle avala, aspira encore. Le liquide avait le goût de l'eau qui se trouve dans certaines herbes à tiges creuses divisées en tronçons. Il emplissait sa bouche, tiède, et retournait en elle. Mais il retournait en elle dans son ventre, et non pas dans le sein d'où il était sorti : au bout d'un temps, la source se tarit. Alors Nî-éi fit de même avec l'autre sein, qu'elle atteignait plus difficilement, mais qu'elle vida comme le premier. Revenant à celui-ci, elle constata qu'il ne s'était pas rempli. Il fallait attendre un certain temps : elle avait vu les *nî-nam* manger aux mamelles des femmes de qui ils étaient revenus par le ventre.

Elle avait le cou raidi, la poitrine toujours douillette, mais la sensation de bien-être s'était répandue en elle, et elle ferma les yeux. Si son ventre parlait encore, c'était pour dire l'apaisement.

Elle rouvrit les yeux alors que la lumière ronde et blanche qui est le double nocturne du soleil se trouvait au plus haut de sa course. S'il marchait vers Nî-éi, le suiveur respectueux des règles des *nam* devait s'être arrêté, pour éviter de tirer de nouveau son ombre contre son gré.

Elle descendit de l'arbre après avoir dit le nom du *sh'ohr*. Il ne répondit rien, et s'il était toujours à son côté ne le manifesta pas mieux que par une disposition de nœuds, sur la branche d'un tronc court et bas, qui reproduisait sa silhouette couchée, de la tête posée sur les pattes tendues jusqu'à la queue pendante. Nî-éi n'accorda pas même un coup d'œil à sa propre ombre double. Un chatouillis grignotait dans ses seins de nouveau agréablement rebondis. Elle fit le premier pas de ceux qui la conduisirent, un peu plus tard dans la nuit, à cet endroit dans le creux de la montagne où elle entendit d'abord, puis découvrit, la rivière. Au bord de l'eau, elle reconnut dans la lumière moins forte de la lune des arbres aux branches porteuses de choses à manger — mais leurs branches étaient vides, ou les quelques choses à manger qui pendaient à portée de bras levé étaient molles et creuses. Nî-éi souriait. Elle s'agenouilla au pied du tronc de l'arbre et, dans le murmure environnant de l'eau courante qui avait remplacé tous les autres bruits, elle se téta de nouveau, un sein puis l'autre.

De tout le jour qui vint ensuite, elle ne vit pas son suiveur. S'il était toujours sur sa piste, il se trouvait encore bien plus loin qu'un regard. Ou il se cachait mieux. Nî-éi suivait la rivière. Elle ne marchait dans l'eau que s'il lui était impossible de faire autrement. À certains endroits, cette eau se reposait en vastes étendues bordées de roseaux touffus sur la frange desquels se dressaient des troncs écartelés et sans feuilles ; dans ces eaux-là se trouvent les *nam-nî* aux grandes mâchoires avec une peau comme une grosse écorce, qui deviennent, quand ils s'en vont de leur corps, les arbres du rivage. Elle n'en vit heureusement aucun. Quand elle avait faim, les tiraillements et les pesanteurs ne provenaient plus de son ventre mais de sa poitrine rebondie tressautante. Elle s'agenouillait et se tétait. Puis elle repartait. Elle ferma les yeux un temps, dans la partie chaude du jour ; elle les rouvrit et vit que les nuages coulaient dans le ciel élargi.

Nî-éi marcha une partie de la nuit et ne revit pas davantage le *nam* qui la suivait.

Elle savait maintenant où il se trouvait : sous ses yeux, là, sur la berge de la rivière, à demi dévoré par le *sh'ohr*.

Elle entendit des *iêk* crier au loin. Leurs abois déchirés rebondissant contre les parois de la montagne pouvaient faire croire qu'ils étaient très nombreux, mais en écoutant bien Nî-éi n'en trouva pas plus que les doigts d'une main. C'étaient les premiers cris de *iêk* qu'elle entendait depuis sa séparation d'avec la bande ; jusqu'ici, ils semblaient avoir disparu de la surface de la terre.

Ce n'étaient pas les *iêk* qui avaient mangé le *nam* : ils n'en auraient rien laissé ; même le ventre plein à craquer, les *iêk* mangent encore.

Le *sh'ohr*, oui. Il avait attrapé son poursuivant pour la protéger ; il le lui montrait, plaçant devant ses pas la marque de ce qu'il avait fait pour elle. Ces images-là, derrière les yeux de Nî-éi, étaient de bonnes images qui gagnaient en consistance et netteté chaque fois qu'elle les appelait. D'autres images vinrent, lointaines, portées en elle depuis après la fin des dernières et lointaines pluies : les images avec Ohr, quand elle avait accompli ce pour quoi elle s'était mise à l'écart de la bande. Elle les connaissait parfaitement ; des images qui ne l'avaient pas quittée, de leur venue au monde à maintenant, devant et derrière ses yeux, mais qui s'étaient faites moins présentes depuis qu'elle marchait à la recherche d'autres *nam* qui voudraient bien l'accueillir parmi eux. Elle les regarda en face, plissant les paupières — et vit ceci d'abord : elle n'en éprouvait plus de crainte.

Elle attendit encore, accroupie à l'écart. Il y avait suffisamment de temps entre elle et le moment où le *nam* avait été dévoré pour qu'elle ne risque plus rien de ce qui avait été en lui.

Au loin, sous la montagne, les *iêk* s'étaient tus.

Nî-éi laissa couler sous elle l'eau de son ventre qui s'était remis à gargouiller, puis elle se redressa un peu et, dans cette position cassée, se glissa de nouveau jusqu'au cadavre. Son approche ne fit que rendre un peu plus bourdonnant le vol embrouillé des mouches.

Le *sh'ohr* en elle qui la protégeait la poussa à fouiller, à la pointe de son bâton, dans les chairs noircies entre les os courbes. Les mouches dérangées s'élancèrent sur elle. Elle les chassa en agitant sa main libre. Le *sh'ohr* aurait mangé cette viande-là

À l'instant où Nî-éi tendait la main vers le torse éclaté de l'homme, elle perçut le froissement des herbes. En les voyant, soudainement apparus, un petit cri de saisissement s'échappa de sa gorge tandis qu'un sursaut vif la rejetait d'un pas en arrière, où elle resta accroupie, tenant à deux mains son bâton pointé vers eux.

Ils étaient autant que les grands doigts d'une main.

C'étaient des *nam* aux épaules larges, forts et grands comme Nî-éi n'en avait jamais vu auparavant, ni dans la bande de Nam, ni dans celles d'autres rencontrés ou aperçus parfois. Ils avaient des visages longs, avec les yeux enfoncés, le nez large. Leurs cheveux poussaient en touffes courtes et raides, ainsi que les poils rares, depuis sous les pommettes saillantes jusqu'au bas du visage. Ce même genre de poils clairsemés couvraient leur corps et leurs membres, à l'exception du bas-ventre où ils étaient plus fournis. Ils avaient en main des bâtons épointés, des bâtons lourds pour frapper — un d'entre eux ne tenait qu'une lanière souple de peau de *nam-nî* pendante dans une main, une pierre dans l'autre.

Leurs cheveux et les poils sur leur visage étaient les mêmes que ceux du *nam* presque dévoré — l'évidence tomba devant les yeux de Nî-éi.

Ils étaient apparus dans les grandes herbes et s'y tenaient sans bouger, regardant la petite femme figée dans son mouvement de recul. Ce fut ainsi un temps, durant lequel les battements résonnèrent dans la poitrine de Nî-éi. Ils regardaient aussi le corps déchiré de l'homme, dans les racines affleurantes de la souche.

— *Sh'ohr*, appela Nî-éi.

Elle acheva de se redresser lentement. Ses mains aux doigts serrés sur le bâton devenues humides. Elle assura sa prise sur la partie de la hampe enveloppée de la peau de petite bête.

Un des autres dit un mot qu'elle entendit sans comprendre, ou bien ce n'était même pas un mot, ce n'était pas une image, juste un cri sourd et grondeur.

— *Sh'ohr*, répéta Nî-éi.

Et l'autre encore le même son, qu'il fût un mot ou un cri.

— *Sh'ohr !* dit Nî-éi, un ton plus haut, la voix ferme. *Annî éi sh'ohr !*

Ils avaient commencé d'avancer vers elle et s'arrêtèrent en l'entendant. Elle leur dit encore qui elle était — qu'elle était une femme-*sh'ohr*, et cela signifiant qu'ils devaient prendre garde et ne pas tenter d'arrêter sa marche. Ils ne la comprenaient pas mieux qu'elle n'avait compris le son lancé par un d'entre eux — mais paraissaient surpris de l'entendre parler.

— *Nî-éi*, dit-elle en se frappant le bas du torse avec sa main tenant le bâton.

Le plus proche des autres leva le sien.

Reculant de côté, Nî-éi vit celui qui tenait la lanière de peau y placer la pierre. D'un geste large qui retomba en tournant, l'autre lança son épieu ; le bâton fila à faible hauteur au-dessus du sol. Elle se déjeta sur l'autre pied, stoppant sa plongée de côté, évita de justesse la pointe du bâton lancé en prévision de son premier mouvement, et qui lui eût, sans cet écart, traversé le ventre de part en part. Elle aurait pu lancer à son tour son bâton sur le grand *nam* désarmé, mais elle n'était pas certaine de son coup, et se serait retrouvée les mains vides. Celui tenant la lanière la faisait tourner — elle vit cela aussi ; elle vit la pierre jaillir de la lanière détendue au bout du geste vif du lanceur. Elle tomba à genoux. La pierre passa en soufflant sur le bord de sa figure, dans ses cheveux, percuta un tronc loin derrière elle et fit voler un éclat d'écorce blanche.

Ils bondirent et s'élancèrent vers elle.

— *Sh'ohr !* hurla Nî-éi.

Mais il ne vint pas. Ou s'il vint, d'une certaine façon, ce n'était pas *celui* qu'elle attendait. À son appel, *il* ne vint pas.

Elle avait roulé au sol. Rebondissant sur ses avant-bras et ses genoux. Se relevait sur ses pieds. Tandis qu'elle s'était tenue accroupie à proximité du corps déchiqueté, elle avait suffisamment observé les environs proches pour savoir, maintenant, où diriger sa fuite. Et ce n'était pas en poursuivant de l'avant, mais en revenant sur ses pas de l'autre côté de la rivière. Elle cria le nom du *sh'ohr* et agita son bâton à deux mains en une succession de mouvements à la fois tournoyants et frappeurs — ce qui parut intriguer les autres un instant. Celui qui avait jeté la pierre avec la lanière se baissait pour en ramasser une nouvelle ; celui qui avait lancé le bâton se glissait latéralement vers l'endroit où il s'était planté, pour le reprendre. Les autres se ruèrent en même temps.

Nî-éi pivota et courut vers l'eau basse.

Le bâton lancé au ras du sol par un de ses poursuivants, d'un geste fauchant, la toucha sous un pied et la fit trébucher. Sur plusieurs pas, elle tenta de conserver son équilibre, battant des bras, avant de s'étaler dans l'eau au milieu d'une grande éclaboussure. Elle n'avait pas lâché son bâton qu'elle dressa en roulant encore sur elle-même, crachant et toussant, le regard brouillé. Le *nam* qui s'abattait sur elle poussa un cri rauque quand la pointe levée lui perfora le haut de l'épaule, près du cou. Le choc plia le bâton et traversa la main de Nî-éi. Elle ressentit un craquement — le bâton, ou dans l'épaule de son agresseur. L'homme se secoua rageusement ; Nî-éi vit la pointe qui ressortait derrière son épaule, alors qu'il empoignait et arrachait le bâton — il le lâcha en même temps qu'elle. Le sang gicla de la blessure et fouetta le dessous du visage de l'homme.

Nî-éi aurait dû se relever et fuir aussitôt, profitant de l'instant de stupeur parmi les autres qui voyaient jaillir le sang du corps d'un des leurs. Elle tenta de ramasser son bâton — tendit la main — vit la petite fourrure qui commençait de s'en détacher, la sangle d'herbe rompue : il ne fallait pas — si elle ignorait pourquoi, elle savait qu'il ne fallait pas. Elle saisit le bâton là où la peau de petite bête était encore attachée.

Le *nam* à l'épaule trouée serrait toujours son propre bâton dans ses doigts crispés, au bout d'un bras dégoulinant de sang. Il frappa, plus à l'instinct qu'avec précision ; le bord de la pointe atteignit Nî-éi à la hanche. Bien que porté maladroitement et sans vraie force, le coup ouvrit la peau sur l'os, la douleur se propagea tout le long de la jambe, rejoignant celle du pied touché un instant plus tôt. Un des autres l'attrapa par ce pied et tira à lui. Au travers des éclaboussures, elle vit que ce qui faisait de lui un *nam* fort se dressait contre son ventre en balançant. L'image de Ohr, quand il était pareil après l'avoir finalement rejointe au bord de la grande ravine de pierres, passa devant ses yeux. Elle frappa avec son bâton, visant le sexe ballotté, le manquant, tandis que le grand *nam* lui tordait la cheville et la forçait à se tourner sur le ventre. Elle prolongea la roulade pour échapper à la prise.

Le braillement de fureur traversa tous les autres bruits qui claquaient autour et dans la tête de Nî-éi.

Le *nam* auquel elle venait d'échapper ne tenta point une nouvelle prise. Son visage se froissa comme une terre plissée sous la pluie. Du dessus de ses yeux jusqu'à la base du nez s'ouvrit une éclaboussure blanche, rouge. Le sang fusa de sa bouche ouverte sur un hoquet. Il demeura stupéfait un court instant, tandis que le hurlement sauvage montait de nouveau — ou bien c'était le même qui se poursuivait, qui n'en finissait pas, dans les oreilles bourdonnantes de Nî-éi qui se redressa, recula, et elle voyait le visage tordu de l'autre, avec le dessus du nez arraché, de travers, d'où coulait le sang en jets et bulles, et dans l'éclaboussure l'œil sorti de son trou qui pendait sur la pommette, et elle voyait l'agitation des autres, celui à l'épaule percée qui se tournait pour faire face au grand cri furieux, celui à la lanière de peau qui levait le bras pour faire tourner une nouvelle pierre, celui qui le premier avait lancé son bâton, stoppé dans sa course pour le récupérer face au nouveau *nam* hurlant apparu — elle voyait tout, elle recula, crachant de l'eau avec sa stupéfaction, dans un cri sourd.

Le nouveau *nam* hurlant était 'Hna.

Il était celui qui la suivait depuis son départ de l'abri dans les hautes herbes. 'Hna avait marché dans ses pas, et jamais contre son ombre, il était celui qui cherchait à la rattraper. C'était 'Hna, non pas ce qui restait de l'homme au bord de la rivière, que le *sh'ohr* n'avait donc pas mangé en partie pour la protéger.

C'était 'Hna le maigre, mais qui pourtant avait parlé pour elle, lui qui ne parlait pas, et tenu tête à Nam, disant ce qu'il avait vu — et ce faisant, parlant contre elle. 'Hna venu comme elle du ventre de Éfi-éi. Il parut à Nî-éi plus maigre encore, comme s'il n'avait rien mangé de toute cette marche sur sa trace. Son bras frappé par Nam avait une position haute et coudée, bizarre ; un morceau de branche était maintenu par des torsions de tiges aplaties contre l'avant-bras à la peau gonflée et bleuâtre — Nî-éi retrouva dans cette posture ce en quoi la silhouette entr'aperçue de son suiveur lui avait paru étrange. Il agitait un bâton épointé tenu fermement dans sa main valide, grondant maintenant la fin de son cri terrible, montrant les dents, et marchait sur celui des autres grands *nam* arrêté dans sa tentative pour récupérer le bâton planté à quelques pas seulement.

— *Nî-éi !* cria-t-il. *Sh'ohr Nî-éi 'Hna !*

Elle recula de plusieurs pas dans la rivière. Les langues enroulées de l'eau la léchèrent à mi-cuisses. La douleur dans sa jambe tiraillait du talon à la taille, du sang coulait de l'entaille chaude sur sa hanche. Les autres ne s'occupaient plus d'elle, elle recula encore, s'appuyant sur son bâton, ébrouant les mèches agglutinées de sa chevelure qui gênaient son regard.

Les autres *nam* étaient plus grands que 'Hna, qui était presque le plus grand de la bande de l'abri dans les hautes herbes ; ils le dépassaient d'une tête. Un court instant, ils le regardèrent avec intérêt s'agiter de cette manière qu'il espérait, sans aucun doute, impressionnante. Échangèrent une volée de mots incompréhensibles pour Nî-éi, dont néanmoins elle capta le sens, et qui produisirent leur effet : comme un seul homme ils s'élancèrent sur 'Hna, même celui au visage à demi arraché, même celui à l'épaule trouée. Ils avaient oublié Nî-éi, ne la voyaient plus. Elle s'élança, elle aussi, mais dans la direction opposée ; sa hanche engourdie, la force de l'eau qui montait jusqu'à son entrejambe, entravaient son élan. Elle connaissait la profondeur de la rivière pour l'avoir traversée une fois déjà à cet endroit, mais c'était une eau brune, opaque, qui pouvait cacher beaucoup de ces mauvaises bêtes vivant dans les territoires *hu iakw* — sous l'eau. Passé le fond le plus bas, elle jeta un coup d'œil par-dessus son épaule.

Le grand *nam* avait arraché le bâton des mains de 'Hna, avec lequel il lui porta des coups, dont un le toucha à la cuisse. Elle vit que 'Hna essayait de reprendre le bâton, de sa seule main valide. Celui à l'épaule trouée cogna de haut en bas avec une force terrible, frappant le bras plié maintenu par le morceau de branche : Nî-éi perçut le craquement, alors qu'elle avait détourné les yeux et poursuivait sa fuite vers la berge. Elle atteignit la terre sèche un instant plus tard. Courut jusqu'à la touffe la plus proche de grandes herbes feuillues, suffisamment épaisse, derrière laquelle elle se laissa tomber.

Elle entendait crier les grands *nam*, ainsi que 'Hna.

Puis 'Hna se tut et les autres continuèrent de crier, à chaque fois qu'ils portaient un coup, à chaque fois que le corps de 'Hna tressautait sous le choc d'un poing fermé sur une pierre, d'un pied, d'un bâton. Celui au nez arraché et à l'œil sorti de son trou se tenait à l'écart, criant autant que les autres sans s'occuper de la raclée, regardant ses mains qu'il portait à son visage éclaté, touchant la blessure ouverte, regardant de nouveau ses mains, hurlant.

Elle détala de derrière la touffe d'herbes, courut, à demi relevée. Sa jambe tout entière fourmillait, à présent. La douleur dans sa hanche, tirée à chaque pas, était supportable ; celle de son pied meurtri plus mordante — ni l'une ni l'autre ne ralentit son allure ; quand elle s'arrêta pour apaiser son souffle, il y avait longtemps qu'on ne voyait plus l'endroit sur la rivière où se trouvaient les grands *nam* et 'Hna.

Après qu'un coup de bâton lui eut brisé les dents sur le côté et déboîté la mâchoire en biais, 'Hna cessa de crier — mais ils continuèrent de frapper. Ils lui cognèrent le crâne avec une pierre, lui arrachèrent des cheveux par poignées, le piquèrent à coups de bâton et lui percèrent le ventre. Ils s'acharnèrent sur son bras bizarrement replié jusqu'à le tordre complètement sur lui-même, au niveau de l'épaule, jusqu'à ce que le bras ne tienne plus au corps que par la torsion des chairs et de la peau distendues. Puis ils s'accroupirent autour de 'Hna et l'examinèrent, surtout son bras disloqué et l'attelle qui s'y trouvait toujours accrochée. Ils échangeaient des regards, des mimiques et des mots. Celui au visage arraché ne criait plus mais se tenait toujours à l'écart. Ils tournèrent et retournèrent 'Hna de tous les côtés avant de se redresser.

Celui à l'épaule trouée donnait l'impression de ressentir seulement sa blessure. Il n'avait pas lâché un seul instant son bâton ; le sang coulant de sa main poissait maintenant le bois lisse sans écorce. Il avait plaqué l'autre main sur les chairs ouvertes. Le sang coulait sur son dos et dans la raie de ses fesses.

Ils ne s'occupèrent pas tout de suite de celui au visage fracassé qui tournait à petits pas sur lui-même en gémissant, secouant ses mains au bout de ses bras ballants ; ils allèrent au corps à demi dévoré près duquel ils avaient surpris Nî-éi. C'était à l'évidence un des leurs : l'attitude qu'ils avaient à son endroit en témoignait davantage que ne l'eussent fait des indices de ressemblance. Ils ne le touchèrent pas, après un temps d'observation s'en écartèrent. Un moment, ils observèrent l'alentour, firent quelques pas dans une direction, dans une autre. Celui à l'épaule trouée s'accroupit au bord de l'eau, à hauteur de l'endroit où la petite femme étrangère à leur clan, surprise en train de manger l'homme presque dévoré, avait traversé et s'était enfuie ; il poussa bruyamment, le visage crispé, grondant entre ses dents, après quoi jeta de l'eau sur sa blessure avec sa main en coupe, toujours sans quitter des yeux la direction prise par la fuyarde, puis il se releva, poussa dans l'eau, du pied, ce qu'il avait déféqué, observant la merde qui se désagrégeait sans laisser de trace. Il rejoignit les autres et tous se rassemblèrent autour de celui au visage arraché, où ils tinrent un conciliabule. Ils inspectèrent la blessure ; celui qui avait lancé son bâton le premier essaya de tirer sur l'œil sorti de son trou, provoquant un recul grondeur et une violente bourrade du défiguré.

Ils revinrent au corps sans mouvement de 'Hna, affalé au sol face en avant, avec son bras démis et plié qui pointait, évoquant une aile au milieu de son dos. Celui qui tenait la lanière de peau saisit ce bras et le fit tourner jusqu'à diriger la main ouverte vers le haut. Ils lui donnèrent encore quelques coups de pied. Le grand à l'épaule blessée l'attrapa par la pliure d'une jambe et le souleva, l'agita comme s'il brandissait une bête capturée. La tête sanglante de 'Hna battait contre les galets. De son ventre percé sortaient des excroissances d'entrailles, pareilles à d'autres sexes pendouillants. Celui qui tenait la lanière de peau vint prêter main-forte à celui à l'épaule affaiblie et ils portèrent tous deux 'Hna vers l'eau, où ils le jetèrent après l'avoir balancé d'avant en arrière plusieurs fois pour se donner de l'élan. Le courant brun engloutit le corps en désordre de 'Hna. Il réapparut un peu plus loin, entra dans l'eau presque noire d'une zone d'ombre. Le courant l'entraîna — puis on ne le vit plus.

Le groupe hésita encore un moment, mais le fait que deux d'entre eux fussent blessés emporta leur décision. Ils menacèrent de leurs bâtons l'endroit où avait surgi bruyamment 'Hna, les brandirent et les agitèrent vers la rive opposée de la rivière, poussèrent des cris d'intimidation. Ils ne traversèrent pas. Laissèrent derrière eux le corps pratiquement dévoré et s'en furent à travers les hautes herbes. On les entendit crier un moment encore, à intervalles de plus en plus longs, avant que leurs cris disparaissent tout à fait à leur suite. Un court instant plus tard, l'ombre de plusieurs grands oiseaux descendit sur le cadavre abandonné.

Nî-éi ne se reposa que le temps strictement nécessaire. La blessure de sa hanche n'était pas grave et ne l'empêchait pas de marcher, ni le coup reçu sous le pied. Elle téta ses seins, l'un après l'autre, non qu'elle eût faim mais pour calmer les chauds élancements qui battaient dans sa chair.

Elle avait repris la direction de la montagne et bientôt, de nouveau, put voir la rivière en contrebas des pentes qu'elle gravissait. Elle ne cherchait plus à s'en approcher. Et c'est ainsi que débouchant au sommet d'une de ces pentes couvertes d'herbes jaunies et de petits buissons rabougris, ce que jamais encore elle n'avait vu d'aussi grand, d'aussi terriblement grand, s'offrit à ses yeux. C'est ainsi que pour la première fois elle vit le lac immense, au bout de la montagne ouverte, le lac immense jusqu'au ciel.

Elle fut incapable d'un pas supplémentaire, comme si toute force quittait d'un seul coup ses jambes, vidait son corps entier, ne laissant que les battements désordonnés dans sa poitrine. Elle plia les genoux. Ses yeux se mouillèrent, et pourtant elle n'était pas triste, ni en colère — elle était tout le contraire, elle était minuscule au bord du lac, sur la pente de la montagne, et pas moins grande, pas moins terrifiante que tout cela, autour d'elle, qui l'écrasait.

L'endroit qu'elle devait atteindre, après avoir quitté

ceux de sa bande, ne pouvait être qu'ici. Où la rejoindrait 'Hna, s'il devait la rejoindre.

Dans cette position agenouillée, en pleine lumière, Moh'hr la vit pour la première fois.

# 8

Les nuages venaient de derrière les hautes et lointaines montagnes, là où le ciel est rouge quand le soleil descend sous la terre. Moh'hr irait dans cette direction, à la source des grandes fumées. Il trouverait la montagne *mohgr'ffhui* qui les crachait. Une montagne assez forte pour souffler longtemps de si vastes fumées était grosse comme aucun *loa* n'en avait jamais vu de pareille — si grosse que les images appelées ne parvenaient pas à la montrer — et pourtant Moh'hr avait trouvé des images et ne les avait pas lâchées (plus exactement, les images n'avaient jamais tenté de partir, après qu'elles se furent accrochées à lui).

Le soleil, quand il s'en va, est sous la terre dans son territoire.

Ici et là, il demeure en surface, même quand la nuit s'installe, et son regard coule du sommet des montagnes *mohgr'ffhui*. Alors viennent les fumées de la lune et de la nuit qui cherchent à voiler son œil et tentent d'obscurcir le ciel et sa lumière. Sans cesse, inlassablement, *nar us-jui* le soleil dévore les fumées sombres, dans le combat de toujours qui l'oppose à la nuit. Au cours de l'affrontement, les coups portés par *nar-us-jui* contre les hordes de hautes fumées leur ouvrent le ventre, et coule le sang de la nuit blessée, qui est la pluie, dont se nourrissent les choses de la terre et les *loa*, les *nakoa* qui sont sur la terre, les *han-ash-tô-nik-nik* qui sont dans les grandes eaux du sang de la nuit, les *nanakoa* qui sont à la fois sur la terre et dans le ciel au-dessus — c'est ainsi que tout est.

Tous les *Loa* connaissaient ces images, et pas seulement Moh'hr parmi eux.

Moh'hr savait que là où se trouve la plus grande et grosse montagne, entre toutes celles qui mangent et soufflent la fumée des nuages, il y a toujours de la pluie. C'est le territoire du grand combat entre le soleil et la lune. La nuit saigne en abondance et ceux qui sont sur la terre en prennent les bienfaits.

Ces images-là n'étaient que pour Moh'hr.

S'il voulait trouver *mohgr'ffhui* à la source des fumées du grand combat, les territoires où les arbres ne sèchent pas, où les rivières coulent grasses, il lui fallait marcher de l'autre côté du lac et non plus suivre la berge connue. Puis de là s'en aller au-devant des montagnes en paliers, comme transparentes sous le bord du ciel, dans la lumière vive. Il lui fallait traverser plusieurs rivières, certaines presque sèches, leur eau se franchissait en deux pas, d'autres plus larges aux rives encore chargées d'herbes et d'arbres feuillus. Dont celle que les *Nak-Booh-Loa* occupaient maintenant, pas loin de l'endroit où ses eaux entraient dans *atanik-tô-nik-nik*.

Moh'hr ne tenait plus à rencontrer les *Nak-Booh-Loa*. Il avait vu la lumière du ciel frapper et emporter ceux d'entre eux qui se tenaient debout sous le sang de la lune ; le combat l'avait épargné, lui — peut-être Maâq' également, mais Maâq' n'était pas encore revenu avec son corps, tandis que lui, Moh'hr, oui —, alors que les corps des *Nak-Booh-Loa* avaient été retrouvés vides et déjà presque mangés. Si les *Nak-Booh-Loa* ne revoyaient plus les leurs et s'ils voyaient de nouveau Moh'hr, ils chercheraient sans doute à l'attraper, pour savoir, pour le punir de l'absence de ceux d'entre eux qui étaient partis dans la rivière, Moh'hr à leur suite, et n'en étaient pas revenus.

Il en avait suffisamment appris sur les *Nak-Booh-Loa* pour savoir comment ils pouvaient réagir, surtout s'ils remarquaient dans ses mains le bâton qu'ils avaient taillé.

Moh'hr prit la direction de la rivière. Non plus celle de son poste d'observation des premiers jours, mais celle de la veille, prudente et détournée, quand il y était retourné et que Nar-iaw l'avait rejoint. Il allait d'un pas décidé, aussi rapide que le lui permettaient ses pieds douillets. Sur le point de s'engager dans le dédale des grosses pierres roulées de la pente, il remarqua la présence du vieux *Loa*, immédiatement reconnaissable, derrière lui. Se voyant découvert, Nar-iaw s'arrêta, et comme Moh'hr ne lui tournait pas le dos, ne poursuivait pas son chemin sans plus s'occuper de lui, mais au contraire attendait, il se remit en marche avec un petit tressaillement de satisfaction. Sourcils froncés, Moh'hr le regarda venir à lui ; son visage se détendit progressivement. C'était agréable de voir la démarche sautillante du vieux *Loa* encore agile, ses bras agités tenant les deux bâtons légers dont il s'était muni. La pierre coupante qu'il utilisait toujours, n'avait jamais jetée, était pendue à son cou dans le tressage d'herbes et battait sa poitrine creuse aux os visibles sous la peau plissée couverte de poils fins et blancs. Il s'immobilisa devant Moh'hr. Il soufflait vite, après sa petite course gesticulante, mais son visage montrait des yeux brillants (même celui plus terne que l'autre) et une bouche étirée découvrait joyeusement les ravages dans sa denture.

La bouche de Moh'hr s'étira de même, sous le poil du bas de son visage.

— *Nak-Booh-Loa ?* dit Nar-iaw.

Moh'hr fit *iaaw*, de la tête. Non, les *Nak-Booh-Loa* n'étaient pas ce qu'il cherchait. Nar-iaw, visiblement peu étonné de sa réponse, dit :

— *Atanik mohgr'ffhui h'hr ?*

Moh'hr fit de la tête le signe *iw'*.

— *Moh'hr Nar-iaw*, dit Nar-iaw. *Atanik mohgr'ffhui h'hr. Moh'hr Nar-iaw atanik mohgr'ffhui h'hr.*

Il se frappait la poitrine de ses deux mains tenant les légers bâtons, puis répétait les mêmes gestes vers Moh'hr.

Moh'hr avait toujours la bouche fendue. Il fit le signe pour *iw'*, approuvant la proposition du vieil homme, et celui-ci gloussa de plaisir comme un des oiseaux aux plumes tachetées qui marchent en bandes sur le bord de l'eau. Du geste et avec quelques mots, Moh'hr dit à Nar-iaw que la marche serait longue et que ses jambes presque sèches n'y résisteraient pas, qu'elles se casseraient comme des branches. Nar-iaw fit de vigoureux signes de protestation, le visage toujours épanoui ; pour bien prouver ce qu'il disait, il se frappa rudement les cuisses et les mollets, montrant combien ils étaient encore résistants. Moh'hr fit bien vite le signe de *iw'*, avant que le vieux *Loa* se brise les os.

Nar-iaw ne demandait pas plus d'explications ; il savait où allait Moh'hr et pourquoi ; il était prêt.

Moh'hr poussa un petit grognement satisfait et se mit en marche. Nar-iaw suivit, deux pas en arrière.

Ils s'éloignèrent de leur trajet de la veille, faisant un large détour qui les mena au plus près des raides pentes de caillasses parsemées d'arbrisseaux rares mais piquants. Ils ne se pressaient pas. Quand ils trouvèrent les petites boules rouges qui se mangent sur les basses branches de buissons accrochés aux parois de pierre droite, ils prirent le temps de cueillir celles qui se trouvaient à portée, de les ouvrir pour en extraire et jeter le cœur dur, de les grignoter tranquillement. Le goût âcre des baies leur enleva bientôt toute l'eau de la bouche ; ils n'en continuèrent pas moins de grappiller en silence et avec efficacité, sans autre bruit que le claquement des lèvres qui appelaient la salive. Les petites choses rouges à chair ferme étaient bonnes pour faire taire les bruits dans le ventre. Il n'y avait pas beaucoup de *nakoa*, dans cet endroit, sinon quelques-uns, de ceux comme de petits *sklaâ* à peau d'écailles et longue queue fouettante, qui filaient sur la roche chaude et se tenaient à bonne distance des deux hommes, les regardant de leur œil rond fendu de noir. De tout petits oiseaux couleur de galets voletaient de branche en branche et picoraient les baies à une hauteur que les deux *loa* ne pouvaient atteindre.

Au soleil debout comme un *loa* fort, leurs lèvres étaient piquantes. Leur langue, que plus une goutte de salive n'humectait, comme de la feuille sèche. Mais ils avaient le ventre agréable et le manifestèrent.

De grands oiseaux au cou pelé tournaient au-dessus d'un point caché aux yeux de Moh'hr et Nar-iaw, entre les pentes écartées de la montagne où passait la rivière. Nar-iaw, qui les vit le premier, attira l'attention de

Moh'hr en les désignant d'un de ses bâtons. Ils n'apercevaient ni l'endroit surveillé par les oiseaux de proie, ni même la rivière.

Ils se remirent en marche dans les ombres courtes, s'étant suffisamment écartés des abris dressés par les *Nak-Booh-Loa*, redescendirent progressivement les pentes escaladées, avant que le soleil revienne vers la terre. Une lointaine horde ondoyante de nuages arrivait au bout du ciel, à la suite de celle, comme liquide, achevant de passer.

Les pierrailles chaudes mordaient de nouveau méchamment le dessous des pieds de Moh'hr, qui bientôt recommencèrent de saigner. Nar-iaw se porta à sa hauteur et lui offrit le soutien de son épaule en faisant son petit gloussement d'oiseau du coin des lèvres ; après plusieurs fois, il dit que c'étaient les jambes de Moh'hr qui se briseraient, et non les siennes — Moh'hr alors repoussa l'aide du vieux, mais le fit sans brusquerie ni colère, bien qu'il en eût le geste.

Puis ils virent la rivière, à un moment ; puis elle fut cachée de nouveau, à un autre.

Puis ils entrèrent dans les hautes herbes bruissantes.

Le sol n'était plus de pierres blessantes, mais de terre fraîche et douce aux pieds endoloris de Moh'hr. Depuis un moment, Nar-iaw émettait un raclement de gorge pratiquement continu qui disait son impatience à trouver de l'eau. Moh'hr clappait des lèvres et respirait à petits coups, sans que cela change ni apaise beaucoup l'épaisseur sèche et piquante dans sa bouche. Ils perçurent le bruit de la rivière à travers celui des feuilles des hautes herbes. Le pas hâté de Moh'hr s'immobilisa aussitôt, et Nar-iaw poussa dans son dos avec un gémissement surpris. Moh'hr s'accroupit et lui fit le signe du silence et de *nak-han* — ne rien faire. Nar-iaw s'accroupit aussitôt.

Ce qui faisait frissonner les hautes herbes apportait aussi la présence des *Nak-Booh-Loa* jusqu'aux narines de Moh'hr, alors que celles de Nar-iaw, pourtant si largement ouvertes, étaient devenues trop sèches pour les percevoir — il les sentit enfin, humant fortement, un peu après Moh'hr. On les entendait, maintenant, dans le bruit de la rivière et celui des herbes. Ce n'étaient pas des mots, plutôt une sorte de râle continu, sur un seul ton, qui ne s'interrompait que pour reprendre aussitôt. Moh'hr assura sa prise sur le bâton épointé. L'odeur de la présence des autres, avec le bourdonnement, venait vers eux.

Les tiges dures des hautes herbes avaient commencé de s'écarter un peu avant qu'ils s'immobilisent, et plus elles croissaient près de la rivière, moins elles étaient serrées. La berge nue, l'eau brune, se devinaient aux reflets mouvants du soleil sur les pierres ou les frisures du courant. Ils apparurent entre les faisceaux de tiges et de feuilles, sur la berge. À cette distance, c'était possible qu'ils ne remarquent pas les deux *Loa* embusqués, dont ils ne pouvaient recevoir l'odeur de présence.

Sur les reins de Moh'hr, le souffle du vieux s'immobilisa.

Les *Nak-Booh-Loa* étaient comme tous les doigts d'une main, sans le plus petit replié sur la paume. Ils étaient pareils à ceux du groupe que la lumière hurlante du soleil avait emportés, sur la rivière — Moh'hr s'en était approché d'assez près pour comparer leur taille et aspect avec ceux-là. Ils allaient à la file, l'un derrière l'autre. Le dernier, légèrement en retrait des précédents, était le seul aussi à avoir les mains vides, alors que ses compagnons tenaient des bâtons, et même, le premier, une lanière de peau souple qu'il agitait en cercles au bout de son poing, tout en marchant. Une blessure sanglante et éclatée sur le haut de son visage avait fracassé et ouvert le dessus du nez, arraché en partie un œil, peut-être crevé l'autre. Le râle montait de sa gorge, trébuchait avec lui quand ses pieds butaient ou glissaient. Une pareille marque avait pu être faite par une pierre lancée, ou un coup de bâton à frapper, ou la griffe d'un fauve.

Un autre des *Nak-Booh-Loa* maintenait une poignée de feuilles — ou d'herbes ? — pressée contre son épaule plongeant vers l'avant. Le sang brillait sur la main qui tenait le bâton, le long du bras, et aussi dans son dos. L'épaule du *Nak-Booh-Loa* avait été traversée, et pas par les dents ou les griffes d'un grand *nakoa*.

Qui donc les *Nak-Booh-Loa* avaient-ils affronté ? Contre qui s'étaient-ils battus ?

Plus immobile que la pierre, les yeux cachés derrière leurs paupières entrouvertes juste ce qu'il fallait, Moh'hr les regarda passer, attendant le moment où l'un d'eux tournerait la tête dans sa direction. Le souffle prudemment relâché de Nar-iaw caressa de nouveau ses reins.

Les *Nak-Booh-Loa* passèrent, suivant le bord de l'eau, dans l'espace découvert de la rive crevassée et caillouteuse, comme s'ils voulaient garder le plus de distance entre eux et les herbes incertaines. Aucun ne porta son regard ailleurs que devant ses pas. Celui qui tenait la lanière de peau ne cessait de la faire tourner devant lui au bout de son bras tendu, ou au-dessus de sa tête ; le mouvement produisait un murmure grave et faisait voleter le dessus de ses cheveux.

L'attitude de ce *Nak-Booh-Loa*, les gestes qu'il faisait avec la lanière, laissèrent vide la tête de Moh'hr. Il eut à l'adresse de Nar-iaw un regard qui demandait — le vieux avait peut-être déjà vu semblable comportement quand ses yeux capturaient tant de choses —, mais Nar-iaw montrait une expression tombante qui valait bien la sienne.

Les *Nak-Booh-Loa* s'éloignèrent et disparurent. Le râle de celui au visage arraché décrut et fut recouvert par les bruits de la rivière et des herbes. Moh'hr et le vieux laissèrent passer un moment encore avant de se redresser, Moh'hr d'abord, le vieux ensuite, puis un moment encore avant de bouger et se risquer à découvert sur le bord des hautes herbes. Les *Nak-Booh-Loa* avaient disparu de la partie visible de la rive. Après avoir échangé des mimiques qui disaient leur perplexité sur ce qu'ils venaient de voir, Moh'hr et Nar-iaw se précipitèrent vers l'eau et s'accroupirent pour y boire au creux de leur main, l'un après l'autre.

Il n'y avait plus de *tôhr'us nakoa* au cou pelé dans le ciel.

Leur soif étanchée, ils suivirent la rivière dans la direction opposée à celle des *Nak-Booh-Loa*, jetant de fréquents regards derrière eux, surtout Nar-iaw. Mais ils évitaient autant que possible de rester à découvert, contrairement aux *Nak-Booh-Loa* qui marchaient comme s'ils étaient depuis longtemps sur ce territoire et ne se comportaient pas en nouveaux venus dans un endroit inconnu. Moh'hr allait vers ceux qui avaient blessé les *Nak-Booh-Loa*, s'ils se trouvaient encore dans les parages.

Ils entendirent criailler en même temps que l'odeur identifiable entre toutes frappait leurs narines palpitantes, puis ils virent les oiseaux sur ce qui restait du corps du *Nak-Booh-Loa*. Immédiatement, Moh'hr sut qu'il s'agissait d'un *Nak-Booh-Loa*. Les mouches bourdonnaient si fort qu'elles énervaient même les oiseaux, et on eût dit que c'était contre elles que ceux-ci grasseyaient en claquant de leur bec crochu. Moh'hr et le vieux s'approchèrent. Les oiseaux les regardèrent sans manifester la moindre intention, apparemment, de leur céder la place, pas du tout impressionnés par les gestes de Nar-iaw avec ses bâtons, ni ses grognements. Les laissèrent venir à une portée de bâton ; le plus gros, qui se tenait arc-bouté sur le torse du cadavre, se dressa brusquement sur ses pattes, déploya et battit des ailes, le cou ployé, bec ouvert sur un cri sourd et saccadé. Les deux hommes s'immobilisèrent. Nar-iaw fit comme s'il trouvait amusante la démonstration dissuasive et adressa des grimaces aux oiseaux, tourna vers eux ses fesses noueuses à la peau craquelée. Les oiseaux n'en furent pas plus déstabilisés ni impressionnés. Celui aux ailes déployées les leva un peu plus haut et son cou se plia davantage, la tête rejetée en arrière, ses yeux rouges comme des pierres luisantes. Moh'hr interrompit d'un geste les frétillements du vieux.

Ils regardèrent à distance, se tenant prêts, leurs bâtons pointés, à repousser la charge toujours possible du gros *tôhr'us nakoa*. Le *Nak-Booh-Loa* avait quitté son corps depuis plusieurs jours — alors que les autres, aperçus sur la rive, depuis la cachette dans les herbes hautes, avaient été blessés récemment. Celui-ci était comme ceux de la rivière que la lumière blanche avait emportés.

Moh'hr le dit au vieux, en quelques gestes. Nar-iaw désigna devant ses pieds.

Il y avait beaucoup de traces violentes enchevêtrées, tout autour du *Nak-Booh-Loa*, plus loin aussi, sur une grande partie de la rive jusqu'au bord de l'eau. Des pierres avaient été sorties de la terre meuble dans laquelle elles se trouvaient en partie engluées, des fragments d'herbes récemment brisés et enfoncés sous certaines des traces dans le sol. De grandes marques avaient retourné la terre sur une profondeur de deux doigts joints. Du sang noirci maculait de nombreux galets, toutes ces taches couvrant une surface importante que beaucoup de toutes petites bêtes parcouraient en tous sens et sur laquelle les mouches se posaient.

Ici avait eu lieu l'affrontement d'où revenaient les *Nak-Booh-Loa* vus par Moh'hr et Nar-iaw sur la rive.

Ils se penchèrent sur les traces violentes afin d'écouter ce qu'elles disaient. Pour cela, Nar-iaw avait des yeux et des narines comme aucun autre *Loa* du clan — aucun autre *Loa* connu de Moh'hr —, des doigts légers comme un souffle pour caresser le bord granuleux d'une trace sur la terre et dire à quel moment du trajet du soleil dans le ciel elle avait été laissée. Il montra les doigts d'une main, le pouce replié, pour dire les *Nak-Booh-Loa*, puis déplia le pouce et montra en plus un doigt de l'autre main pour dire le nombre total des participants à l'empoignade. Les adversaires des *Nak-Booh-Loa* étaient donc moitié moins nombreux, moins forts. Il n'y avait pas trace de ce qu'ils étaient devenus, après les coups échangés — ils avaient fui, sans aucun doute. Loin des plus violentes marques, tout près de l'eau, Nar-iaw trouva une pierre ronde qui n'était pas comme celles de cet endroit précis, n'avait pas été taillée, à qui il ne manquait pas une écaille, et qu'une traînée de sang durci tachait sur un côté. La pierre ramassée ailleurs, lancée, avait atteint son but. Nar-iaw fit les signes du *Nak-Booh-Loa* au visage fracassé.

Moh'hr retrouva les traces laissées par le lanceur probable, à l'autre bout de l'endroit découvert, au bord des herbes hautes et où il y avait, dans la terre sablonneuse, d'autres pierres rondes pareilles à celle marquée par le sang ; le lanceur ne s'était pas contenté de jeter des pierres, il avait suffisamment piétiné l'endroit sur place pour que viennent aux yeux de Moh'hr les images de sa gesticulation, qui ne devait pas être très différente de celle tentée par Nar-iaw pour effrayer les oiseaux. Il possédait un bâton, aussi : les petits creux ronds, dans la terre où il l'avait planté, l'attestaient, et puis ici et là, encore, où il avait frappé. Ensuite, cet homme-là avait dû être abattu, laissé un temps sur place où son sang s'était abondamment répandu — puis certainement jeté dans la rivière puisqu'il n'en restait rien de mieux, et que les *tôhr'us nakoa*, les seuls des environs, ne s'intéressaient qu'à la carcasse ancienne et incomplète du *Nak-Booh-Loa*.

Ils trouvèrent les empreintes laissées par les pieds de l'autre, qui s'était battu avec les *Nak-Booh-Loa*. Plusieurs d'entre elles étaient les plus reculées dans la course du soleil — au moment, dit Nar-iaw, où le soleil s'élevait au-dessus de la terre — et il les montra sur le bord des herbes, tassées comme cela est quand les pieds soutiennent une position accroupie, et il renifla les tiges et les herbes proches, trouva celles qui avaient été arrachées, celles qui avaient été en partie mâchées puis recrachées.

Cet adversaire-là des *Nak-Booh-Loa* était resté longtemps à cet endroit ; l'orientation de ses pieds désignait ce qu'il avait observé : le corps déchiqueté du *Nak-Booh-Loa*. Moh'hr fit les gestes et les mimiques pour le dire. Le vieux semblait à la fois de cet avis et ne pas comprendre tout à fait quelque chose.

— *Iaaw oa*, dit-il de sous sa longue lèvre fripée.

Moh'hr fronça le sourcil.

— *Neh loa-nak*, dit le vieux.

Avec, en même temps que les mots, le signe vague de la tête qui disait l'hésitation, le manque de force des images.

« Celui » qui s'était tenu là n'était pas « un », mais « une », selon Nar-iaw ; une femelle d'autres gens qui n'étaient pas des *Nak-Booh-Loa*, pas des *Booh*, pas des *Loa* ni personne — qui étaient des autres, des *loa-nak*, des gens. Une *neh* de ces gens-là. Peut-être. Nar-iaw n'en était pas certain. Encore, il renifla les herbes qu'elle avait touchées ou frôlées, il renifla les tiges et les feuilles situées au niveau où se trouve, dans une position accroupie, la partie très odorante du corps d'une *neh*, qu'elle fût *Loa, Booh, Nak-Booh-Loa* ou « autres gens »... Moh'hr renifla lui aussi, comme il le voyait faire au vieux. Et pas plus que le vieux ne put conclure par autre chose qu'une grimace indécise.

Mais les empreintes des pieds étaient presque de moitié plus petites que toutes celles qui recouvraient l'espace de la lutte, moitié moins larges et profondes. Celui ou celle qui possédait ces pieds-là n'était pas grand, ou grande, sa tête ne devait pas dépasser la poitrine d'un *Loa* tel que Moh'hr, moins encore de la taille d'un *Nak-Booh-Loa* — qui étaient des gens forts et hauts. Ou bien c'était un *uesh* qui n'avait pas encore de poils fournis sur le visage et sous le ventre. Si c'était une femme, elle était plus petite qu'une femme des *Loa*, peut-être comme Neh-Ishri'n' qui était une petite femme de *Loa*. Dans le sable du bord, les empreintes qui venaient de l'eau disaient que c'était une femme — Nar-iaw l'affirma — car là où elles étaient tranquilles leur écartement était celui de la démarche d'une femme au ventre lourd d'un enfant à venir, ou d'une femme ayant eu une fois au moins le ventre lourd d'un enfant. Celle-ci, dit Nar-iaw, avait eu le ventre lourd et ne l'avait plus, en raison du peu de profondeur des empreintes qui ne couraient pas. C'était une *neh*.

Elle était venue de la rivière, elle s'était arrêtée ici près du cadavre couvert de mouches, elle s'était battue, elle n'était plus là. Les traces de son départ ne se trouvaient inscrites nulle part sur la rive, ni sur la terre ou dans les pierres, ni dans les hautes herbes. Si elle avait pu fuir — et, comme les *Nak-Booh-Loa* entrevus ne l'emportaient pas avec elle, elle avait pu —, ç'avait été en retraversant la rivière.

Si Moh'hr et le vieux se trouvaient ici, s'ils étaient venus jusqu'ici, c'était pour traverser la rivière, marcher vers la berge opposée du grand lac et les hautes montagnes.

Ils traversèrent. Au plus fort du courant, l'eau fouettait leurs cuisses et n'atteignait pas l'entrecuisse de Moh'hr. Jusqu'à ce qu'ils disparaissent à sa vue, le gros *tôhr'us nakoa* dont le cou se dépliait lentement garda sa posture agressive, les ailes ouvertes — puis il les replia lourdement, reprenant, comme le faisait son congénère, le repas interrompu.

De l'autre côté de la rivière, ils retrouvèrent les empreintes de la *neh loa-nak* — la femme « autres gens ». Uniquement les siennes. Elles arrivaient à la rivière, paisibles, et presque au même endroit en repartaient — en courant. Ils purent voir que la *neh loa-nak* venait des profondeurs de la faille dans les terres levées, marchant au bord de la rivière ; choisirent de suivre plutôt sa fuite, dans la direction qu'ils suivaient eux-mêmes vers le flanc de la montagne écartée, plus loin, par le lac. Ils arrivèrent à la touffe d'arbrisseaux à grandes feuilles où elle s'était reposée un moment et avait laissé derrière elle l'odeur plus forte de sa présence — et Nar-iaw dit que c'était, sans plus de doute possible, une femme. Elle était blessée : il montra les feuilles souillées dont elle s'était servie pour essuyer du sang ; il montra aussi les pierres et débris de vieille écorce sur lesquels elle avait uriné. Plus tard, il montra que les empreintes étaient celles d'une marche boiteuse.

Le soleil, d'un jaune éclatant pareil à ce qui coule des montagnes tueuses de fumées, occupait maintenant une grande partie du bout du ciel ennuagé de rouge. L'air bougeait sur les herbes et les feuilles des arbres, en caresses tièdes autour du moindre mouvement. Si les *Loa* du clan au bord de *atanik tô-nik-nik* regardaient *nar-us-jui* le soleil en ce moment, ils le voyaient comme s'il eût touché le plateau au sommet duquel Moh'hr et Nar-iaw venaient d'arriver, mais pour Moh'hr et Nar-iaw le soleil et le bout du ciel se trouvaient bien plus loin encore, derrière d'autres montagnes de pierre rouge tranchée de sombre — car personne n'a jamais pu atteindre l'endroit où le soleil entre sous terre.

L'immensité éclatante du lac au creux des plateaux abrupts et écartelés jusqu'à un autre bout du ciel leur apparut en même temps que la silhouette affaissée de la petite femme qui se découpait sur la grande éclaboussure du soleil, au pied d'un des arbres maigres et tordus poussant sur le sol chichement herbu.

Moh'hr était déjà venu jusqu'ici, plusieurs fois — il avait même marché plus loin —, comme d'autres du clan des *Loa* (notamment quand ils avaient suivi le grand *nakoa* à cornes basses, vieux et fatigué, qu'ils n'avaient pourtant pas réussi à rattraper), et la splendide grandeur du paysage ne retint pas de son attention davantage qu'un regard. Il s'immobilisa. C'était la *neh lou-nuk* qu'il voyait.

Elle se trouvait à un grand jet de bâton lourd, et puis presque un autre encore. Elle était menue comme une *neh-uesh*, mais n'en était pourtant plus une : cela se voyait à la forme de son corps, ses seins gonflés. Ce n'était pas une *Nak-Booh-Loa*, elle était bien trop petite — Moh'hr avait bien regardé celles qu'il avait vues, et particulièrement une, pour remarquer la particularité —, elle n'en avait ni la robustesse et les épaules larges, ni la forte tête, ni la chevelure. Elle se tenait dans une position agenouillée, le corps un peu tassé, le dos un peu rond, les fesses aux talons et les mains sur les cuisses, un bâton *kiow* posé à côté d'elle, à portée. Elle regardait le grand lac brillant et rouge à la surface duquel rampait le ciel embrouillé, depuis là-bas où la séparation entre les deux ne se faisait plus. La lumière du soleil descendant traversait ses cheveux, soulignait la ligne de sa poitrine et de sa hanche, la double courbe bombée de ses cuisses, le trait droit du bâton. Sa peau avait la couleur d'une terre pâle, plus sombre que claire néanmoins.

Le nom de Neh-Ishri'n' tomba comme un souffle étonné de la bouche de Nar-iaw. Moh'hr lui jeta un coup d'œil intrigué. Le vieux ouvrait de grands yeux ronds, qui redevinrent petits, comme s'ils se plissaient, dès qu'il sentit sur lui l'attention de Moh'hr. Il dit, toujours d'une voix soufflée, avec des gestes discrets :

— *Neh-Ishri'n'hev'nehmo. Neh loa-nak, Neh-Ishri'n', hev'nehmo.*

Moh'hr fronça les sourcils, sans comprendre pourquoi le vieux lui annonçait que la petite femme avait des cheveux semblables à ceux de Neh-Ishri'n' : il le voyait bien. Ou alors Nar-iaw avait-il cru que cette *neh loa-nak* était Neh-Ishri'n' ?... Le vieux jetait alentour des coups d'œil scrutateurs. Moh'hr lui adressa un signe apaisant et s'accroupit, l'encourageant à faire de même.

Moh'hr ne la quitta pas des yeux tandis que le soleil

descendait sous la terre, jusqu'au moment où sa dernière lumière fut engloutie par les crêtes montagneuses du lointain.

Il se fit une fraîcheur qui courut dans les feuilles des arbres rares, sur les herbes et la peau de Moh'hr, y déposant le même frissonnement. Très vite, les hautes fumées qui traversaient le ciel furent gagnées par le sombre, perdant les rousseurs qui les modelaient, et se changèrent en salissures boueuses, alors que la surface du lac, seule, restait rouge et brillante.

Les cris des *nakoa* de la fin du jour montaient des escarpements, des failles et des grandes distances cernant *atanik-tô-nik-nik*, de plus loin qu'aucun *Loa* n'était jamais allé. Parmi eux, ceux de *'riekek* rôdeurs provenaient des environs du clan des *Loa* sur la berge du lac. Dans l'immensité découverte, même ces cris de *'riekek* semblaient hauts à toucher la boue du ciel brouillé ; ils grimpaient et retombaient en fragments brisés, rebondissants, entrechoqués, avec les autres cris sporadiques, comme une pluie sonore sur la tête de Moh'hr.

Moh'hr regardait la petite femme.

Même celle des *Nak-Booh-Loa* qu'il avait regardée longtemps n'était pas comme cette petite femme-là, aux lignes si douces et légères, aux cheveux si touffus et ébouriffés en mèches tortillées.

Il laissa passer longtemps ; on aurait pu croire qu'il n'allait plus ouvrir la bouche avant longtemps encore ; puis il dit d'une voix chuintée pareille à celle de Nariaw :

— *Neh-Ishri'n'ishri-tô. Neh loa-nak iaaw hev'nehmo ishri-tô.*

Le nom porté par Neh-Ishri'n' disait ce qu'elle était : une petite femme aux cheveux rouges ; les cheveux de cette petite femme *loa-nak* n'étaient pas du tout rouges comme ceux de Neh-Ishri'n' : ils étaient à peine plus foncés que sa peau, avec des mèches très claires, d'autres très sombres.

Nar-iaw comprit la remarque mais n'y donna pas de réponse. Il attendit un instant d'autres paroles de Moh'hr, qui ne vinrent pas.

Le souffle frais courbant légèrement les herbes apporta l'odeur de la petite *neh loa-nak* aux deux hommes — c'était bien celle qu'ils avaient humée à différents moments de la journée et à différents endroits de la trace suivie, celle qui avait permis à Nar-iaw d'annoncer que la personne aux petits pieds qui s'était battue avec les *Nak-Booh-Loa* était une femme. Une odeur d'efforts, mêlée à d'autres, douceâtres et piquantes à la fois. Elle ne bougeait pas, ou guère, le poids de son corps porté davantage tantôt sur une cuisse, tantôt sur l'autre ; elle creusait les reins et rejetait ses épaules en arrière, faisant saillir les pointes de sa poitrine, effaçant le pli de son ventre, puis la pose cambrée se tassait petit à petit, jusqu'au prochain redressement. Elle paraissait, dans cette posture, non seulement pour de nombreuses nuits et de nombreux jours à venir, mais comme si elle s'y trouvait depuis déjà autant de temps, pareille aux arbres et aux rocs qui sortaient de la terre herbue.

Des oiseaux piaillèrent soudain, de peur et de colère, loin au bas de la pente gravie par Moh'hr et le vieux *Loa*. La *neh loa-nak* tourna la tête dans leur direction — c'était, depuis qu'ils l'observaient, sa première réaction à l'environnement. Ils se figèrent. Elle cessa de regarder juste avant que leur souffle bloqué pèse trop dans la poitrine et reprit sa contemplation. Les oiseaux criaillaient toujours. Nar-iaw se mit à jeter de fréquents regards inquiets en direction des cris, puis il finit par attirer l'attention de Moh'hr pour lui faire signe d'aller voir la raison de ce qui alarmait les oiseaux. Moh'hr grogna et fit le signe « iaaw ». Les oiseaux criaient comme ils le font toujours à un moment : ce n'était pas le souci de Moh'hr.

La rougeur du lac s'épaississait, sale des reflets nuageux et piquée d'autant plus violemment par les premiers points brillants apparus dans le ciel.

La *neh loa-nak* se releva, d'un mouvement tranquille, avec des gestes calmes. Moh'hr comprit à son attitude que la petite femme tentait de les tromper : c'était impossible qu'elle ne les ait pas aperçus quand elle avait tourné la tête dans leur direction... Elle ramassa son bâton et s'appuya dessus, aidant le premier pas qui l'éloignait de l'arbre. S'en fut, marchant vers l'endroit au bout du ciel où le soleil était descendu sous terre. Sa démarche évoquait quelque chose de rond et de léger. Elle avançait un pied, l'autre, et puis le bâton, un pied, l'autre, le bâton...

Un court moment, sans bouger, Moh'hr la regarda, non pas tant pour s'assurer de ce qui semblait être un départ décidé et paisible que parce que c'était agréable. Elle arriva à hauteur de l'arbre suivant. Ne s'était pas retournée une seule fois. Moh'hr savait maintenant qu'elle feignait d'ignorer leur présence : nul ne marche jamais sur une telle distance, en territoire nouveau, sans prendre la précaution élémentaire de quelques coups d'œil derrière soi... sinon quand on sait *déjà* ce qui se trouve derrière soi. Il se dressa et courut, cassé en deux, à petits pas rapides qui soulevaient à peine la poussière ocre de la terre. Nar-iaw se trouva légèrement pris de court, amorça un mouvement de redressement, se tassa aussitôt, se redressa encore, regardant vers Moh'hr et la petite femme « autres gens » qui s'éloignait, puis regardant vers le bas de la pente chargé de pénombre, les arbres, les broussailles d'où étaient montés les cris effrayés et rageurs des oiseaux (les cris maintenant retombés en partie), enfin se décidant, après ces hésitations saccadées et tressaillantes, à emboîter le pas de Moh'hr... et non sans avoir, lui, contrairement à la *neh loa-nak*, lancé de nombreux regards par-dessus son épaule osseuse...

Moh'hr était sur le point d'atteindre le premier arbre, sous lequel elle s'était tenue si longtemps agenouillée : elle se mit brusquement à courir. Il n'en fut pas étonné, contrairement à Nar-iaw qui poussa un couinement surpris. Moh'hr arriva sous l'arbre et cria vers elle :

— *Oh'k ! Loa oh'k !*

Elle arrêta sa course aussi soudainement qu'elle l'avait commencée, en plein milieu d'une courte levée de terre nue que la lumière poudreuse tombée du ciel ne touchait pas, sur laquelle elle se détacha, elle, avec netteté, faisant face, le corps marqué d'ombre sous la poitrine et au bas de son ventre, le visage caché par la broussaille rabattue des cheveux, l'épieu *kiow* tenu à deux mains. Même si elle entendait les mots, elle ne pouvait certainement pas les comprendre — les *Booh* comprenaient certains mots des *Loa*, les *Booh* mais pas d'autres ; les *Booh* n'étaient pas revenus, ils ne reviendraient peut-être pas, ni les pluies sur la terre ici, et cette *neh loa-nak* qui n'était pas une *Booh* ne pouvait donc tirer aucune image de la parole *loa*. Sachant pourtant tout cela, Moh'hr répéta les mots, cria encore qu'il ne cherchait ni à l'attraper ni à lui faire mal, qu'il était un *Loa* et que les *Loa* ne veulent pas attraper les autres gens quand ils les rencontrent, ni leur faire mal, car les *Loa* sont des *loa* et non des *nakoa* aux grandes dents. Il lança les mots vers la petite femme, dans la pénombre rougeoyante descendue sur le flanc de montagne au-dessus de l'étendue brillante du lac. Jamais ces mots-là, sortis de la bouche d'un homme, n'avaient traversé cet endroit ; ils s'envolèrent, pareils aux battements d'ailes d'oiseaux invisibles, fragiles et terribles, dans leur existence unique déjà retombée, rebondissant et sautant sur les entassements de la montagne comme une débandade de *xkigli* à longues cornes droites et à l'arrière-train blanc.

— *Oh'k !*

*Oh'k* : ce qui est bien, ce qui ne fait pas mal, ce qui est agréable.

Nar-iaw le rejoignit sous l'arbre tordu, soufflant fort, de petits sifflements hachés sur le bord de sa respiration, avec son odeur chargée par l'effort de la petite course soutenue en plus de ce qu'il avait marché tout le jour.

— *Han iaaw neh loa-nak*, dit-il de sa voix râpeuse et hoquetante, entre deux regards en arrière.

Il ne voulait pas aller vers la petite femme. Il l'avait cherchée et suivie pendant la moitié d'un jour pour, sitôt trouvée, s'en désintéresser — comme si des jacassements d'oiseaux au fond d'une ravine broussailleuse avaient plus d'importance et expliquaient les œillades incessantes qu'il jetait sur ses pas. Moh'hr lui répondit avec un mouvement d'épaule comme pour chasser les grosses mouches brunes piqueuses. Là-bas, sur la pente courte, la *neh loa-nak* tourna les talons et reprit sa fuite, sans courir, mais à bonne allure. Moh'hr se remit donc en marche, lui aussi, non sans grommeler du coin de ses lèvres sèches à la peau craquée. La somme des mouvements exécutés depuis sa sortie d'un ventre de femme (surtout ceux du jour achevé. .) pesait en lui comme si son corps entier n'était fait que de ce tissage invisible emmêlé, l'extérieur aussi bien que le dedans. La douleur revenue sous ses pieds — à force de pas additionnés les uns aux autres, elle finissait par être écrasée, mais revenait dès qu'il s'arrêtait, revenait plus fort dès qu'il refaisait de nouveaux pas —, grimpait dans ses jambes jusqu'aux genoux. Nar-iaw poussa un soupir gémissant, hésita, laissa son compagnon s'éloigner d'une demi-distance de bâton lancé avant de se résoudre à le suivre encore, après de nouveaux coups d'œil en arrière, vers là où commençait le plateau herbu.

Moh'hr, puis Nar-iaw, montèrent et descendirent la courte élévation de terre. Ils suivaient la *neh loa-nak*, sans courir ni même hâter leur allure, se contentant de garder toujours égale la distance qui les séparait d'elle. Visiblement, ce rythme convenait à la petite femme, qui ne cherchait pas plus qu'eux à augmenter l'allure. *Jui-orhg* se montra entre les nuages noirs, parmi les points brillants des pierres du ciel : la petite femme et ses suiveurs marchaient encore, reliés par l'invisible tressage d'une même fatigue. La terre était plate et longue, parfois s'élevant un peu, le plus souvent s'abaissant, couverte de bouquets d'arbres *uôk*, certains très vieux, pas assez nombreux, pas suffisamment serrés pour obstruer de leurs troncs et branches la longue portée d'un regard. Les ombres devenaient profondes dès que la lune crevait les nuages ; la fraîcheur, dans l'air en mouvement, collait à la peau et ne s'en détachait plus. Le grand lac était de nouveau caché dans sa partie lumineuse par les dénivellations de terrain et les élévations rocheuses.

*Jui-orhg* la lune se dépêtra des grandes fumées des nuages, comme une *edri-iaaw-hev'nehmo* repoussant ses petits, baigna la terre de sa luminescence bleuâtre.

Le visage de Moh'hr se tordait à chaque pas — celui

de Nar-iaw n'avait plus d'expression — et entre les grimaces demeurait soucieux et marqué. Il ne comprenait pas comment la petite femme pouvait marcher encore et encore, à cette allure régulière et obstinée qui ne laissait percevoir aucun signe de lassitude. Quant à lui, ses jambes pesaient le même poids que la roche sur laquelle il marchait. Il allait s'arrêter. Quelques pas, presque le dernier, le dernier, bientôt, puis il s'arrêterait... Mais ce fut la petite femme qui le fit.

Le fit comme elle semblait faire beaucoup de choses : soudainement.

Ensuite, ce dont fut témoin Moh'hr était trop grand pour ses yeux qui n'avaient jamais rien vu de semblable, pour ses oreilles que jamais rien de tel n'avait atteint.

Il n'avait pas encore vu le fauve noir. La petite femme *neh loa-nak* s'était arrêtée, puis retournée, faisant face à ses poursuivants. Puis elle marcha vers eux, pour quelques pas roulant les pierrailles et la poussière de l'anfractuosité franchie l'instant d'avant. Au bout de la glissade, elle s'immobilisa, arc-boutée sur ses jambes, retrouva son équilibre compromis. Alors elle agita son bâton vers eux, de façon menaçante, cria le mot. Le nom. Cria le nom de Moh'hr. Le cria une fois, puis une fois encore.

Ce fut ce qu'entendit Moh'hr.

Il entendit son nom crié dans la nuit blanche et bleue sur la terre, son nom crié par la bouche d'ombre de la petite femme, la *neh loa-nak* qui n'appartenait à aucun autre clan rencontré, qui avait affronté les *Nak-Booh-Loa* de la rivière et était parvenue à leur échapper après peut-être en avoir blessé un, sinon deux, et marchait sans fatigue. Elle savait son nom, le nom de Moh'hr, et le lui criait à la face en agitant la menace de son bâton...

*Elle savait son nom !*

La fraîcheur coula d'un seul coup, non plus seulement sur la peau de Moh'hr, mais en lui. Dans le chaos brutal qui bousculait toutes les images dans sa tête, il ressentit la pesanteur sèche du danger imminent, comme une levée de vent fouettant ses narines béantes aux aguets, le danger proche et qui gueule, presque trop tard.

Il le vit. Il vit le fauve noir, le grand *nakoa-atanik-edri*.

Nar-iaw le vit lui aussi et poussa un gémissement bref de stupéfaction, sursauta de tout son corps, brandissant ses deux bâtons légers en un geste instinctif et dérisoire.

Moh'hr n'eut même pas ce réflexe ; son bâton resta serré à deux mains contre sa poitrine soudain poisseuse de sueur froide et gluante. Il vit le *nakoa-atanik-edri* et l'entendit répondre aux cris de la petite femme — le nom de Moh'hr —, poussant un seul feulement, moitié surprise moitié colère. La bête était couchée sur une fourche à mi-hauteur d'un tronc de *ak'uôk*, à un jet de bâton de la petite femme qui avait marché du début de la nuit jusqu'à maintenant, eût-on dit, pour s'arrêter près de cet arbre, uniquement pour cela, et crier le nom de Moh'hr comme on lance une pierre, à la fois en direction de Moh'hr et à l'adresse du fauve noir endormi, et le fauve ouvrant la gueule pour lui répondre, et puis se dressant sur ses pattes, se dépliant, et puis commençant de descendre de l'arbre vibrant sous son poids, dans un silence sans limites et total posé sur la terre jusqu'aux endroits qui ne se voient pas, le silence de l'attente, l'attente que se dénouent les choses nouées, le silence d'avant le premier claquement d'un combat dans le ciel noir, le grand *nakoa-atanik-edri* regardant maintenant la petite femme, ses yeux semblables à des points brillants du ciel accrochés sur le devant de sa tête, puis les dents découvertes, puis les épaules comme si elles se dressaient d'elles-mêmes sous la peau au-dessus de la tête aux oreilles aplaties, sa queue fouettant une fois encore, battant le tronc, s'immobilisant raide et droite dans le prolongement de son épine dorsale, la lumière léchant son pelage sous le mouvement des muscles étirés, le cou tendu vers la petite femme qui le regardait elle aussi, que son cri en réponse aux siens — le nom de Moh'hr lancé une fois et une autre fois — semblait avoir surprise au moins autant qu'il avait surpris et stupéfié Moh'hr, comme si elle ne s'y était pas attendue.

Le fauve allait bondir. La petite femme cria encore le nom de Moh'hr — Moh'hr l'entendit encore ! —, cette fois à la face du terrible *nakoa-atanik-edri*. En même temps qu'elle criait, elle jetait son bâton devant elle, à ses pieds, tendait ses mains nues, paumes offertes, vers l'animal noir.

Moh'hr vit cela.

Il vit et entendit cela.

Nar-iaw également, dont le ventre vieux se mit à bougonner de façon alarmante, vit et entendit cela, oubliant pour le coup de brandir ses bâtons légers et les laissant retomber au bout de ses bras secs.

La bête noire reçut le cri et le geste de la petite femme plantée sur les caillasses pentues ; le bond qu'elle allait faire redescendit au fond de ses pattes massives, qu'elle déplia alors avec la lenteur des gouttes d'eau du matin coulant le long des herbes ; elle ne s'élança pas, elle se glissa au bas de l'arbre, coulante, sans quitter des yeux, à aucun moment, la petite femme aux bras tendus et mains ouvertes éclairée par la lune, ne fit qu'un saut, léger, du premier embranchement du tronc jusqu'au sol où elle se reçut sans bruit, sans ébrécher d'une écaille l'épaisse et unique masse de silence tendue entre tous les points du ciel et de la terre, sans qu'une pierre, même petite, roule sous les bourrelets de peau dure de ses griffes, sans qu'un filet de poussière se lève. Elle était au sol. Elle regardait la petite femme.

La petite femme dit quelque chose, encore. Non plus des mots criés, mais des mots comme on parle — trop éloignés de Moh'hr cependant pour que celui-ci en saisisse mieux qu'un bourdonnement... une sorte de grondement de *nakoa-atanik-edri* qu'elle savait dire, qu'elle savait *aussi* comme elle savait le nom de Moh'hr. Le fauve écouta les mots. Il fit un pas, la queue frôlant la terre, en direction de la petite femme. Sur ses quatre pattes, tête levée, il la dépassait d'une demi-taille.

Moh'hr hurla. Nar-iaw aussi — mais de saisissement, et produisant dans l'élan un violent bruit de ventre incontrôlé qu'il prolongea d'un vrai cri rapporté n'importe comment au bout de l'intempestive manifestation du premier sursaut. Moh'hr hurla et se rua en avant. Le vieux aussi, mais certainement moins par intention de se ruer vraiment que parce qu'il valait mieux suivre son jeune compagnon, coûte que coûte, plutôt que rester seul. Moh'hr courut et sortit des ombres étendues par la lune, réduisant de moitié, d'un seul coup, la distance qui le séparait de la petite femme. Puis s'arrêta. Nar-iaw aussi, plusieurs pas en arrière, criant :

— *Iaaw ! Iaaw ! Moh'hr iaaw !*

Moh'hr n'écoutait plus Nar-iaw. Il entendait battre, du fond de sa poitrine jusque dans sa tête, et parmi les battements, son nom porté par la voix de la *neh loa-nak*, résonnant comme des coups.

Elle s'était tournée vers lui, ses bras encore tendus, ses mains encore ouvertes.

Le silence s'effritait en gros morceaux retombant.

Le grand *nakoa-atanik-edri* regardait maintenant Moh'hr et le vieux... regardait la petite femme et Moh'hr et le vieux.

— *V'rhx !* cria Moh'hr.

Voulut le crier encore, mais sa voix se brisa.

Le fauve montra ses dents. Grogna, secoua la tête Il s'éloigna de l'arbre. Il marcha de côté, nonchalamment, et puis tourna le dos. Grogna de nouveau. Il s'en fut sans bruit — l'instant d'après n'était plus là.

Avant que ses jambes cessent de le porter, Moh'hr s'élança.

Elle ne fit rien. Ses bras s'abaissèrent. Elle eut un mouvement inachevé vers son bâton au sol et ses jambes plièrent lentement, elle s'agenouilla, s'appuyant d'une main qu'elle referma sur la première pierre touchée, mais sans force. La tête levée, elle le regarda venir à elle.

## 9

Ils n'étaient pas comme ceux de la rivière.

Nî-éi l'avait cru jusqu'à ce que le plus grand bondisse, avec des gestes de combat à l'adresse du *sh'ohr* — et le *sh'ohr* s'en était allé sans leur faire de mal, la laissant avec eux, de qui elle n'avait donc rien à craindre.

Pourtant, elle ne desserra pas ses doigts refermés sur la pierre. Elle était quelqu'un qui, de toute façon, ramasse une pierre.

Ils n'étaient pas comme ceux de la rivière, bien que sensiblement de la même haute taille. Elle regardait surtout celui qui avait crié vers elle, à un moment, des mots qu'elle n'était pas sûre d'avoir bien entendus, n'avait pas compris. Ils avaient les épaules moins larges, le ventre un peu plus bas sur des jambes plus courtes, des poils fournis comme ceux des *nam* qu'elle avait toujours vus, et avec ce qui faisait d'eux des *nam*, sous le ventre, d'une taille comme le grand doigt de sa main — le vieux comme le doigt plus petit. Celui qu'elle regardait la dépassait d'une tête, et presque d'une autre. Il était fort, pour avoir fait ce que jamais un *nam* n'aurait osé : il s'était montré au *sh'ohr* avec des gestes et des cris pour l'affronter.

Le vieux avait une tête de petite bête, toute fripée et crevassée de rides ; la peau tombait de chaque côté de sa bouche ; des poils blancs, rares, jaillissaient partout sur son visage et son crâne parmi les plis, les croûtes de terre et celles de peau ; ses grandes narines largement ouvertes semblaient presque droites, de la base au milieu de son nez aplati comme un nœud sur une branche sèche et grise. Sous la barre de peau lourde et les sourcils encore fournis, ses petits yeux enfoncés ne cessaient d'aller et venir, et cette mobilité fit que Nî-éi, regardant ce visage, se sentit apaisée : les coins de sa bouche se relevèrent légèrement.

Elle ne fit pas un geste pour tenter de les repousser ni manifester son refus de les voir s'approcher. Assise de côté, appuyée sur un bras, les doigts refermés sur la pierre. Le *sh'ohr* était parti dans la nuit ; il continuait de la protéger après qu'elle lui eut donné ce qui, tombé de son ventre en colère, ne serait jamais un *nî-nam*. Elle n'avait rien à redouter de ceux-là. Juste leur faire comprendre qui elle était — pour cela n'avait pas lâché la pierre, ne baissait pas la tête et les regardait tour à tour en plein visage, cherchant leurs yeux, leur bouche.

Leur bouche ne disait rien, leurs yeux fuyaient quand ceux de Nî-éi les rencontraient. Ils se tenaient maintenant à un pas, le plus vieux en retrait, frissonnant de sa maigre carcasse, ne cessant de jeter des coups d'œil dans toutes les directions, non seulement sur les environs proches du talus de pierrailles et les ombres à portée de voix dans lesquelles se tenait probablement le *sh'ohr* à l'affût, mais plus loin, derrière lui, vers les touffes d'arbres ras d'où ils s'étaient élancés — comme s'il attendait que d'autres apparaissent à cet endroit.

D'autres peut-être, avec eux, qui viendraient sur leurs pas.

Ils avaient de fortes odeurs. Le vieux surtout, dont l'arrière des jambes luisait de ce qui avait coulé de son ventre tandis qu'il courait. Celui qui n'était pas vieux portait une odeur de *nam*, et sur sa peau frissonnante que les rides ne marquaient pas encore, l'odeur de ce qu'il avait marché avant de la rencontrer, puis depuis qu'il l'avait rencontrée, jusqu'à maintenant. Une odeur de lac aussi, voisine de celle qui lui était venue quand elle avait regardé — ne pouvant faire autre chose — l'immense étendue d'eau, poitrine creuse, membres vides, la gorge serrée et dure.

Après un temps, Moh'hr se pencha sur elle et la huma. Il cherchait à distinguer ses traits, saisir son regard, derrière les mèches de cheveux. Elle ne semblait pas les craindre, Nar-iaw encore moins que lui, sur qui elle avait juste posé un rapide regard, comme si les deux bâtons brandis par le vieux l'amusaient plus qu'ils ne l'impressionnaient. Elle ne craignait pas un grand *nakoa-atanik-edri* noir à qui elle parlait dans son langage, elle ne craignait pas une bande de *Nak-Booh-Loa*, comment aurait-elle pu avoir peur d'à peine deux *Loa* ?

Elle lui avait crié son nom.

Il tourna lentement autour d'elle. Posait ses pieds avec précaution sur les pierres.

Nar-iaw ne bougeait pas, continuant de regarder partout alentour. D'où il venait. Et puis elle.

Il était derrière elle ; elle n'avait pas tenté de le suivre des yeux, sa tête n'avait pas bougé. Les légères bosses de ses os, en ligne plongeante au milieu de son dos. Des griffures nombreuses laissées par les épines zébraient sa peau. Il vit la blessure ouverte, sombre, sur sa hanche. Elle attendait sans broncher, tandis qu'il s'était arrêté dans son dos pour la regarder. Il revint devant elle et trouva ses yeux comme de l'ombre brillante, à travers ses cheveux.

Il la huma et la regarda un moment encore. Elle fit de même. Un bref soupir gémissant s'échappa de la gorge de Moh'hr. Il était comme quelqu'un qui aurait perdu tous ses gestes — dans l'attente de les retrouver.

Ce qui pesait dans ses membres et son corps était pareil pour la petite femme — il voyait, dans cette position déséquilibrée qu'elle gardait, trembler la chair dure de ses cuisses. Les marques des frissons que la fraîcheur laisse sur la peau parcouraient ses épaules et ses bras, le dessus et le tour des pointes de ses seins gonflés.

Elle était plus agréable à regarder encore que la femme *Nak-Booh-Loa* sur la rive de la rivière en dessous de l'abri.

Moh'hr se pencha vers elle et tendit la main. Il perçut le sursaut réprimé, la tension soudaine dans ses chairs — il entendit frotter contre une autre la pierre dans sa main, vit ses doigts crispés dessus. Mais elle continua de le regarder sans détourner la tête ni tenter d'échapper au contact inévitable. Il l'empoigna par les cheveux et tira vers le haut, pour voir son visage dans la lumière de la lune. C'était un visage aux pommettes saillantes, aux yeux très noirs sous les sourcils drus ; le nez ne creusait pas et formait une pointe avancée au-dessus des narines petites aux ouvertures à peine visibles ; sa bouche était large, ses lèvres épaisses — il n'avait jamais vu visage de *neh* avec des lignes aussi nettes traçant les lèvres.

Il ne lui faisait pas mal. Il la regardait. Sa main refermée sur ses cheveux ne les tirait pas — elle n'avait pas résisté à la traction vers le haut qu'il avait cessé d'exercer dès qu'il avait pu voir son visage. Elle essaya de comprendre dans ses yeux — ils lui parurent bons et étonnés, comme les yeux qui n'ont jamais vu ce qu'ils voient... comme peut-être les siens. Les narines larges de son nez court et plat frémissaient. Des poils serrés cachaient presque entièrement sa bouche, couvraient tout le bas de son visage, depuis sous les pommettes.

Elle vit simultanément le bâton dans sa main qui ressemblait à celui qui l'avait frappée sur la hanche, et ce qui faisait de lui un *nam*, entre ses jambes, qui avait changé de taille.

Nî-éi eut une crispation de recul — il la lâcha. Fit alors ce qui ne lui laissa pas le temps de le craindre davantage : il ramassa son bâton dans les pierres et le lui tendit, après avoir jeté un rapide coup d'œil vaguement intrigué à la peau de petite bête liée autour du bois et pris garde de ne pas l'empoigner par cet endroit. Elle regarda son geste, l'épieu tendu auquel il imprima un petit sursaut vers elle, d'une secousse du poignet, pour dire qu'il le lui donnait, qu'elle n'avait qu'à le prendre. Nî-éi lâcha la pierre et prit son bâton. Il lui montra un visage aimable, fit de la tête un signe satisfait.

Sa main refermée sur le bâton — refermée, sans un geste qui pût traduire la moindre agressivité. Elle y porta l'autre main, placée comme la première, à l'extrémité opposée de la petite peau enroulée, afin qu'il voie bien qu'elle ne tenait plus la pierre.

Moh'hr fit un nouveau signe d'approbation de la tête. Il se pencha sur la petite femme et vit le regard craintif qu'elle glissait vers son *oa* de mâle qui avait perdu de sa mollesse et s'était gonflé, tandis qu'il la regardait, quand il avait tourné autour d'elle. Il ne voulait pas qu'elle le redoute pour cela. Il se donna sur le *oa* un revers de main sec qui rabattit net le début d'érection, et, prolongeant le geste vers elle, la saisit par le haut du bras. Elle avait la peau fraîche, souple, la chair ferme dessous. Il l'obligea à se lever, la soutenant en même temps ; ses cheveux ébouriffés étaient retombés sur ses yeux et il ne savait plus ce qu'elle regardait de lui, mais elle n'opposa pas de résistance.

Debout, elle était haute jusqu'au milieu de la poitrine de Moh'hr. Il la poussa un peu, désignant le sommet de l'escarpement caillouteux, vers les arbres *uôk* et la direction dans laquelle s'en était allé le grand *nakoa-atanikedri* noir. Elle eut quelque difficulté à se retourner, ses pieds cherchant leur appui dans les pierres mauvaises, et Moh'hr ne lâcha son bras qu'une fois assuré de la stabilité de son équilibre. Les jambes et fesses rondes de la petite femme tremblaient fortement, chargées de la très lourde fatigue provoquée par le train soutenu de sa marche — une immense fatigue, qu'elle n'avait laissé voir à aucun moment avant maintenant, de plusieurs fois le poids de son corps menu dont les pieds meurtris s'élevaient péniblement au-dessus des pierres. Elle avançait, s'appuyant sur son bâton auquel pendouillait, sur sa main, la peau de petite bête, et Moh'hr la suivit.

Nar-iaw grasseya plaintivement et parut un instant tout à fait résolu à ne plus faire un pas supplémentaire. Ou il en était incapable. En réponse à son gémissement, Moh'hr lui lança par-dessus l'épaule un bruit de gorge bref, impératif, sans se retourner. Le vieux *Loa* soupira ; il eut plusieurs regards : le premier, chargé d'appréhension, vers l'endroit sous les arbres d'où ils venaient, le second, contrarié et mauvais, pour Moh'hr et la petite *neh loa-nak* qui s'éloignaient sans plus s'occuper de lui... Il les suivit, s'aidant de ses bâtons, cannes légères plantées l'une après l'autre dans les caillasses.

Franchi le talus, la terre plate continuait, de nouveau

l'herbe sèche, clairsemée, qui atteignait le milieu de la cuisse de la petite femme. Des traînées sombres ou luisantes de roc affleuraient. Les arbres *uôk* s'éparpillaient partout, quelquefois en petits groupes serrés, quelquefois solitaires, la plupart vieux, avec de rares feuilles-épines garnissant encore leurs branches tordues, comme les poils sur la tête presque sèche de Nar-iaw. Les crissements des innombrables *nakoa-n'n'*, les très petites bêtes, emplissaient toute la nuit, entre les pans de la montagne en partie cachée par les arbres et que la pesante présence de la lune semblait avoir écartés.

Nî-éi s'arrêta sous le premier arbre *uôk* sans que celui derrière elle, ni le vieux derrière lui, l'en empêchent. Elle leva les yeux pour s'assurer que les branches étaient inoccupées, s'appuya d'une main au tronc. Ne fit pas le pas suivant. Elle attendit un signe du *nam* qui lui avait redonné son bâton, vit dans ses yeux le voile d'une fatigue au moins aussi grande que celle qui lui cassait le dos et les jambes. Lui aussi leva les yeux dans les branches, puis regarda les environs, avant de hocher la tête en un signe d'approbation qu'elle comprit. Elle s'accroupit, s'agenouilla au pied du vaste tronc, son bâton en travers des cuisses et les mains dessus ne le serrant plus vraiment.

Le vieux les rejoignit. Il avait le visage n'importe comment, son œil qui n'était pas opaque fuyant en tous sens. Sans attendre, il se mit à cueillir des poignées d'herbes, autour de l'arbre, qu'il entassa et arrangea à deux pas du tronc, d'où il pourrait voir la petite pente de pierres qu'ils venaient de gravir, après avoir frappé le sol de quelques coups de ses bâtons légers pour en faire partir les très petites bêtes, surtout les *'n'arsha* dont la piqûre emporte. Quand il estima le tapis d'herbes suffisamment épais pour amortir les aspérités du sol, il s'assit, posa ses bâtons légers de chaque côté de lui, mit ses avant-bras sur ses genoux et laissa pendre au bout ses mains décharnées. Aussitôt, la paupière de son œil encore brillant tomba, tandis que celle sur le regard vide restait inflexiblement ouverte, ne cillait même pas.

Moh'hr n'avait pas attendu pour imiter Nar-iaw, dès que celui-ci s'était mis à cueillir l'herbe. Il s'était moins éloigné de l'arbre et gardait un œil sur la petite femme. À un moment, il l'invita d'un signe à faire comme lui et le vieux, mais elle resta agenouillée et il ne savait pas si elle avait compris le signe, ni même si elle l'avait vu, à travers ses cheveux. Il cueillait toujours quand Nar-iaw s'assit sur sa couche bâclée au travers de laquelle on voyait la terre rugueuse. Il cueillait encore quand le vieux, aussitôt emporté hors de son corps dans les autres territoires du sommeil, piqua du nez en avant et rouvrit démesurément son œil, luttant pour voir ce qui allait se passer. Il apporta beaucoup d'herbes arrachées, qu'il déposa au pied de l'arbre devant la petite femme. La regarda étendre une partie des tiges feuillues autour d'elle – d'une main d'abord, puis des deux, son bâton posé, avec des gestes maladroits, comme si l'herbe était très lourde, comme si la force nécessaire pour quitter sa position agenouillée lui faisait défaut. Mais elle semblait rassurée par l'attitude de Moh'hr, et cela produisit à ce dernier une sensation agréable. Il s'occupa d'étendre le reste des herbes pour lui, ne parvint guère à faire beaucoup mieux que Nar-iaw. La petite femme s'en aperçut, repoussa vers lui un peu de l'herbe tirée contre ses genoux. Il hésita, prit l'herbe et la répandit. Il lui fit signe de se lever afin de pouvoir étaler correctement sous elle la litière. Elle soutint son regard sans broncher ; il voyait ses yeux entre les mèches tortillées des cheveux clairs et sombres. Elle n'avait pas remis les mains sur le bâton.

Moh'hr dit :

— *Moh'hr*.

Dit son nom, qu'elle avait crié plusieurs fois. Il le dit sur le ton d'à peine une parole. Un peu plus fort qu'un souffle.

Suffisamment fort pour que les vieilles oreilles de Nariaw entendent et qu'il tressaille, que sa paupière retombée se relève. Il tourna la tête vers eux.

Le monde double de la nuit attirait Nî-éi comme dans un mouvement d'eau tournoyante. Elle écarquilla les yeux, écarta de la main ses cheveux, afin de bien le voir, à genoux face à elle, de voir sa bouche en partie recouverte par ses poils de visage. Ses yeux. Il avait dit le nom du *sh'ohr* qu'il ne craignait pas d'affronter avec un simple bâton. Il connaissait le nom du *sh'ohr*, bien qu'il le dît à sa façon, un peu déformé, image imparfaite.

— *Sh'ohr*, dit Nî-éi, comme il fallait le dire.

Moh'hr pencha la tête de côté, l'oreille tournée vers elle.

— *Sh'ohr*, répéta Nî-éi.

— *Sh'orr'r*, dit le vieux entre ses grandes lèvres écartées.

Moh'hr et la petite femme le regardèrent.

— *Moh'hr*, fit Moh'hr vigoureusement, la main ouverte posée sur sa poitrine.

La petite femme montra le vieux et dit, sur le ton net de l'affirmation :

— *Sh'ohr. Nî-nî sh'ohr. Nî-nî.*

Le vieux garda la bouche ouverte sur rien, se tassa un peu, comme si la petite femme, en le désignant, l'avait placé sous l'influence possible de quelque danger ;

comme si la voix rauque et basse de Nî-éi, qui n'était plus la voix d'un cri, n'était pas entrée que dans ses oreilles, mais aussi dans sa bouche — qui avait répété et déformé le mot qu'elle avait dit —, pour lui sécher la langue.

Cette voix basse et rauque, légère, tournait dans la tête de Moh'hr. Il toucha le genou de Nî-éi pour attirer l'attention qu'elle semblait prête à accorder d'abord à Nar-iaw, estimant sans doute que ce dernier était plus disposé à la comprendre. Il se désigna, de sa main aux doigts largement écartés posée sur sa poitrine, dit en prononçant distinctement :

— *Moh'hr.*

Le dit plusieurs fois, puis attendit la réaction de la petite femme. Elle l'avait entendu : il vit se retrousser légèrement les coins de sa bouche.

Nî-éi dit :

— *Sh'ohr !*

Ce n'était pas le nom du *sh'ohr* que ce *nam* disait. C'était celui qui le désignait, lui. Il n'avait pas montré le vieux, juste lui. Elle s'efforça de répéter :

— *Mho-rrh...*

— *Iw'*, approuva-t-il. *Moh'hr... Moh'hr.*

Nî-éi pointa vers lui un doigt de sa main paume en l'air :

— *Moh'hr...*

Il poussa un petit cri satisfait, faisant de la tête le signe d'approbation, se frappant la poitrine. Puis il copia son geste pour désigner, la montrant, elle, du doigt tendu de sa main paume découverte :

— *Sh... Shor'h ?*

Elle comprit. La satisfaction garda les coins de sa bouche relevés. Son ventre grondait mais elle ne l'entendait pas, comme elle ne voulait pas entendre ce qui tiraillait dans ses seins dont les pointes s'étaient remises à suinter leur liquide. Il avait crié son nom, pas le nom du *sh'ohr*, et ces deux noms pouvaient s'entendre avec une presque même oreille. Et il avait sans doute, lui, entendu son nom quand elle avait appelé le *sh'ohr* qui la protégeait dans l'ombre et qui était venu. À présent, il disait que le nom du *sh'ohr* était son nom à elle.

Alors elle dit. Elle fit les gestes pour montrer le *sh'ohr*, faire venir ses images devant leurs yeux qui la regardaient, écarquillés, irrités d'une pesanteur qu'ils repoussaient avec force clignements de paupières.

— *Sh'ohr*, dit prudemment Moh'hr.

Elle fit le bruit de gorge signifiant ce qui est.

— *Sh'ohr*, dit Moh'hr avec plus d'assurance.

Elle fit encore le bruit de gorge approbateur. Il montra le vieux et dit en joignant deux doigts de sa main :

— *Nakoa-atanik-edri... sh... sh'ohr.*

— *Sh'ohr*, dit le vieux comme s'il avait toujours su le nom.

Moh'hr lui jeta un regard soupçonneux.

— *Nakoa-atanik-edri, sh'ohr*, dit le vieux posément.

Moh'hr détourna les yeux et regarda de nouveau Nî-éi. Elle appelait « *sh'ohr* » le grand *nakoa-atanik-edri* noir.

Nî-éi prit le regard de Moh'hr, écartant ses cheveux et montrant tout son visage. Elle essaya de répéter le mot qu'il avait dit pour le *sh'ohr*, mais sa tentative fit glousser le vieux comme un oiseau coureur des bords de l'eau, releva sous les poils les coins de la bouche de celui nommé si près de la bête noire. Il dit et elle essaya, puis encore et encore, et finalement il hocha la tête. Elle regarda le vieux pour voir s'il hochait la tête lui aussi, mais il avait fermé son œil, parti de son corps pour les territoires doubles en laissant derrière lui la trace de la satisfaction dans les plis de son visage. *Nakoa-atanik-edri*. Ils disaient « nakoa » pour les *nam-nî* qui ne sont pas des *nam*, les bêtes, « atanik » pour *ohr-ah'ôo*, fort, beaucoup, « edri » pour les dents. La bête aux longues et fortes dents. C'était une image différente de « sh'ohr », qui était l'image évoquant la parole du fauve.

Moh'hr se désigna de nouveau, disant son nom proche du *sh'ohr*, puis la toucha du bout du doigt au-dessus des seins. Le contact la surprit.

— *Nî-éi*, dit-elle.

Il répéta aussitôt, avec juste la bonne intonation. Il y avait longtemps qu'elle n'avait pas entendu son nom prononcé par quelqu'un.

— *Nî-éi*, dit-elle en pressant les mains sur ses seins — puis le désignant, lui : *Moh'hr*.

Ils avaient l'un et l'autre le coin des lèvres relevé.

Le vieux assis fit un léger bruit froissé en tombant de travers sur sa mince couche d'herbes. Il remonta ses genoux joints et mit ses mains entre ses cuisses, sans ouvrir l'œil.

La lune était sur le dessus du ciel, au travers des nuages écartés. D'une lointaine profondeur inconnue monta le cri caractéristique d'un fauve bossu au pelage tacheté.

— *'Riekek*, souffla Moh'hr.

Nî-éi dit :

— *Iêk*.

Moh'hr se redressa, d'un mouvement cassé par les raideurs de l'ankylose. Il montra à Nî-éi le premier creux du tronc de l'arbre, pas bien haut, qu'il pouvait atteindre en levant le bras — pas elle.

— *Nî-éi*, dit-il, puis : *ra-xuahan*, fermant les yeux

ostensiblement, ouvrant la bouche et feignant un ronflement saccadé.

Il rouvrit les yeux. Elle attendait qu'il dise encore. Elle avait reconnu son nom sur sa bouche, et aussi les mimiques — elle savait ce qu'il voulait. Mais elle attendait. Il crut qu'elle n'avait pas compris, dit encore le nom de Nî-éi — qu'elle accepta avec un hochement de tête satisfait —, dit encore : *ra-xuahan* en refermant les yeux et ronflant de plus belle, rouvrit les yeux, désigna l'arbre et Nî-éi. Prit un temps. Montra le vieux allongé.

Nî-éi savait que si elle grimpait dans l'arbre, elle y serait plus en sécurité qu'au sol — les abois hachés des *iêk* le lui auraient rappelé, si elle l'avait oublié. Pour cette possible raison, Moh'hr (comme il disait se nommer) voulait qu'elle s'installe dans l'arbre... ce qui, en même temps, lui permettrait de la garder sous surveillance plus facile, l'empêchant de fuir sans qu'il s'en aperçoive... Mais elle n'avait plus la force de s'opposer de quelque façon à la décision prise par l'homme. Elle se mit debout.

Il posa son bâton et l'aida à grimper. La souleva, touchant sa peau avec la sienne. Ses mains sur elle étaient larges et dures. La poussant vers le haut, il la toucha entre les fesses. Elle fut dans le creux de l'arbre, avec son bâton. Moh'hr ramassa de l'herbe à deux mains, qu'il lui tendit. Puis une autre petite brassée. Elle arrangea l'herbe odorante en dessous d'elle.

Moh'hr arrêta le partage de l'herbe, gardant pour lui la plus grosse part — c'était l'herbe qu'il avait cueillie, et il était plus grand que la petite femme. Il frappa le sol de ses mains à plat, après avoir essayé de le faire avec ses talons, la douleur revenue d'un seul coup. Il s'assit sur le maigre entassement d'herbes, à faible distance du tronc ; il pouvait le toucher de son bâton, en tendant le bras, s'il le voulait. Il la voyait, dans l'embranchement de l'arbre *uôk*, recroquevillée, les épaules étroites et les bras comprimant sa poitrine, pressés contre son ventre, ses mains entre les cuisses ; le regard de nouveau caché par les cheveux rabattus.

Il avait l'odeur de son entrecuisse sur la main qui l'avait poussée dans l'arbre. Une odeur de terre humide tiède, un peu piquante. Il la respira longuement, et ses paupières descendirent sur ses yeux.

Nî-éi vit que le corps de Moh'hr — comme celui du vieux qui n'avait peut-être pas de nom — était abandonné et reposait. Elle se tourna de l'autre côté et laissa l'eau couler, en un long jet chaud qu'elle dirigea contre le tronc, se haussant sur un coude, de façon à en réduire le bruit. C'était agréable, après les tiraillements qui se succédaient depuis un moment dans le bas de son ventre. Ensuite, elle se téta un sein, puis l'autre, mais cela ne produisait plus l'effet des premières fois ; il y avait moins de liquide dans sa poitrine, qui restait douillette et irritée en dedans. Elle avait la nuque raidie, les joues comme si la peau de l'intérieur s'en détachait.

La fraîcheur collait à sa peau, tremblait dans sa mâchoire et entrechoquait ses dents. Assise, blottie sur elle-même, elle serrait ses jambes relevées dans ses bras. Ses paupières se fermaient mais ne tenaient pas baissées : aussitôt elles se relevaient, piquantes. Il y avait trop d'images en elle. Elle avait marché jusqu'au bout de ses forces en appelant le *sh'ohr* et il était venu, il s'était montré alors qu'elle était prête à ne plus l'attendre davantage. Il avait marché vers elle comme il avait déjà marché une fois, au pied d'un autre arbre. Et c'est alors que celui-là, du nom de Moh'hr, avait quitté l'endroit d'où il regardait pour l'affronter, et le *sh'ohr* s'en était allé, car il savait pourquoi l'homme agissait de la sorte, et il savait que Nî-éi ne risquait rien de lui. Le *sh'ohr* savait. Toutes ces images tournaient et revenaient devant ses yeux, qu'ils soient ouverts ou fermés. Les images de Moh'hr vers qui elle glissait un coup d'œil, de loin en loin, et de qui elle percevait la respiration calme et régulière, les images quand il lui avait donné son bâton, quand il avait écarté ses cheveux pour regarder son visage, quand il avait dit son nom à lui et quand il avait dit le sien, satisfait de le dire, comme elle était satisfaite de l'entendre. Le *sh'ohr* avait permis qu'elle rencontre cet autre *nam*, et le vieux *nam* pour le moment sans nom qu'elle sache, qui marchait avec lui.

Est-ce qu'ils la cherchaient ? Où allaient-ils ? Venaient-ils d'une bande importante ?

Les paupières de Nî-éi descendaient sur ses yeux, et puis se relevaient.

Elle vit la silhouette émerger des pierrailles sur la courte ravine, à l'endroit où elle était passée avec Moh'hr et le vieux. Le frisson qui se posa sur elle, de la tête aux pieds, était différent de celui de la fraîcheur. Une silhouette debout sur ses jambes, que la lumière de la nuit frappait en face, son ombre double visible derrière elle et qu'elle tirait sans précaution. Moh'hr lui non plus, le vieux pareil, n'accordait pas d'attention particulière à son ombre double — c'était ce que Nî-éi avait remarqué d'abord. Celle qui venait était aussi, sans aucun doute, de leur bande. *Celle* qui venait. *Éi.* Avec la poitrine d'une *éi*, sous le ventre ce qui manque d'un *nam* à une *éi.* D'une hauteur de taille que Nî-éi jugea voisine de la sienne, légèrement plus grande. Elle avait des cheveux abondants de la couleur, sous la lune, d'une terre vive. Des choses pendaient, accrochées à la taille étroite de la *éi*, battant son ventre. Elle s'aidait pour marcher d'un bâton bien plus grand qu'elle, à la pointe blême taillée depuis peu et qui semblait n'avoir jamais piqué.

Nî-éi frappa le tronc de l'arbre du plat de la main, plusieurs fois. Moh'hr revint dans son corps avec un sursaut et ses yeux, tout de suite, furent levés sur elle, à l'endroit précis où ils savaient la trouver, assise dans la fourche de l'arbre. Elle montra, bras tendu, la silhouette qui approchait sans se cacher.

Et Moh'hr vit Neh-Ishri'n', surgie des bords de la nuit.

Et Nar-iaw, qui se redressait, poussa un petit cri de soulagement, comme s'il attendait la nouvelle venue depuis longtemps...

Elle jetait ses pieds sans précaution dans les pierres roulantes ; sur son corps entier, dans chacun de ses mouvements, pesait la marque du trajet parcouru jusqu'ici. Moh'hr la regardait, la tête bourdonnante — l'appel de Nî-éi, frappé de la main contre le tronc, l'avait tiré brusquement de l'autre territoire où il se trouvait en attendant que les douleurs, dans son corps aux yeux fermés, s'en aillent ; si brusquement qu'il n'en gardait pas d'images, juste cette sensation de bourdonnement, sous l'os dur de son crâne. (Un instant, il avait cru que la petite femme dans l'arbre, qui frappait le tronc de sa main, était une image de l'autre territoire, puis il était revenu complètement dans son corps — aux douleurs toujours présentes quoiqu'un peu moins serrées les unes dans les autres —

et la petite femme dans l'arbre s'était changée en Nî-éi, dont il retrouvait le nom.)

Il regardait venir Neh-Ishri'n' et se sentait sombre en dedans, froid au-dehors. Le bâton maintenu dans le creux de son bras, il se frottait du plat des mains l'autre bras, le ventre, le haut des cuisses, pour faire partir tout ce sombre et revenir la chaleur. Il glissa un regard en biais vers Nî-éi, à califourchon dans l'embranchement de l'arbre. Elle aussi regardait s'approcher Neh-Ishri'n', ne doutant visiblement pas que celle-ci fût connue de Moh'hr et du vieux. Ses jambes pendaient de chaque côté du tronc, sur lequel elle s'appuyait des deux mains dans une posture qui lui remontait les épaules au niveau du visage. Pourtant dans l'ombre de ce côté-ci de la lune, la luminescence environnante marquait le bombé de sa poitrine aux seins comprimés et pendants, la ligne courbe de sa hanche blessée, le dessus de sa cuisse jusqu'au genou. Elle tenait son bâton en travers de ses cuisses, contre son ventre.

Elle n'avait pas tenté de s'enfuir.

À un moment, Moh'hr avait cru qu'elle cherchait à le faire. Il avait déjà fermé les yeux mais n'était pas encore parti de son corps, et il avait entendu le léger bruit d'écoulement contre l'écorce crevassée, l'odeur d'urine avait touché ses narines. Elle ne cherchait pas à s'en aller, ni même à descendre de l'arbre. Ensuite, percevant d'autres légers bruits de bouche, il avait entrouvert les paupières en prenant garde de ne pas changer sa respiration : elle faisait ce qu'il n'avait jamais vu encore, ce qu'aucun *Loa* n'avait jamais vu pour pouvoir le dire ensuite, pas même Nar-iaw, ni certainement aucun *Booh*, bien que les *Booh*, quand ils venaient sur la berge de *ata-nik-tô-nik-nik* avec les pluies, sachent des choses ignorées des *Loa*. Ce qu'il avait vu là, après ce qu'il avait déjà vu auparavant depuis qu'ils suivaient la petite femme d'ailleurs, avait achevé de le terrasser...

Non seulement elle n'avait pas cherché à fuir, mais elle les avait prévenus en apercevant Neh-Ishri'n'.

Moh'hr ne savait plus, maintenant, si ce qu'il l'avait vue faire — assise dans l'arbre et courbée sur elle-même, le dos rond, pressant à deux mains vers le haut un côté de sa poitrine, puis l'autre, vers sa bouche — était des images rapportées des autres territoires, ou bien d'ici...

Neh-Ishri'n' était là. La sueur brillait sur elle, malgré la fraîcheur, et son visage était marqué. Elle avait enveloppé ses pieds de morceaux de peau de *nakoa* maintenus par des lanières taillées — ce fut d'abord ce que vit Moh'hr, qui grogna faiblement entre ses lèvres, de n'avoir pas fait cela pour lui. Neh-Ishri'n' se laissa tomber à genoux. Elle retroussa les bords de sa bouche, à l'adresse du vieux qui s'était approché en se traînant assis comme si ses jambes ne voulaient plus le soutenir. Elle portait attachés à la taille par un tressage d'herbes des morceaux de viande pris sur les perches entre les abris du clan. Dans un souffle soulagé, frissonnante à présent qu'elle ne marchait plus, elle dit :

— *Ra-xuahan...*

Pourtant n'en fit rien, ne ferma pas les yeux, ne se coucha pas ; au contraire se mit à parler tout en détachant de son lien de fibres un des morceaux de viande qui lui tombaient de la marque au milieu du ventre jusqu'aux poils du bas. Elle avait laissé choir son bâton, ses doigts s'activaient sur les torsions des fibres de feuilles lacérées. Elle racontait.

Elle raconta sa marche à la suite des marques qu'ils avaient laissées pour elle, et puis les *'riekek*. Elle parlait pour Nar-iaw, surtout, ou bien la tête basse. Comme si Moh'hr ne s'était pas trouvé là tout à fait. Comme si elle n'avait pas vu l'autre petite femme assise dans l'arbre — mais elle l'avait vue, elle l'avait vue la première, c'était ce qui l'avait fait hésiter un temps sur la crête bossue de la petite ravine. Elle raconta les *'riekek* qu'elle avait rencontrés, aussi nombreux, à l'entendre, que les doigts de sa main, et qui l'avaient suivie à cause des bandes de viande accrochées à sa taille. Elle avait su les tenir à distance, résistant à l'envie de leur lancer un morceau pour les occuper et montrer qu'elle ne leur voulait pas de mal, sachant que c'en serait fini si elle le faisait, car les *'riekek* ne sont jamais rassasiés, ils n'entendent personne, que les gens leur veuillent du mal ou non n'y change rien. À un moment, ils avaient cessé de la suivre, pénétrant peut-être sur un territoire qui n'était pas à eux, ou bien attirés par une autre proie. Mais dans son souci de leur échapper, elle avait marché sans plus chercher les marques laissées pour elle. Il lui avait fallu beaucoup de temps avant d'en retrouver une nouvelle : une basse branche d'arbuste cassée plusieurs fois mais non détachée, encore tenue par l'écorce tendre. Après quoi, ç'avait été la nuit. Elle n'avait plus trouvé qu'une seule autre marque — encore une branche cassée —, marchant toujours, croyant souvent les voir, les retrouver enfin, et ce n'était jamais eux, juste des ombres parmi les ombres et les éclats de lune, marchant, liant autour de ses propres pieds les peaux qu'elle avait prises — dit-elle — pour ceux de Moh'hr, marchant dans la direction qu'elle savait être celle qu'ils suivaient, sans autres repères, sans marques plus précises, simplement au-devant des nuages, ne prenant même pas le temps de manger une bouchée des parts de viande attachées à sa taille, n'en ayant pas l'idée, n'en ayant pas l'idée même quand le tressage de tiges de feuilles s'était rompu et qu'elle avait dû le renouer, tout en marchant. Elle raconta, avec des mots rapides et bousculés, des gestes courts et las entortillés à ceux qui défaisaient le lien autour de la viande, tous ces mots et gestes entassés, de plus en plus lourds au long de sa marche et qu'elle pouvait enfin déverser, dont elle pouvait enfin se soulager — puis elle recommença de raconter les *'riekek* qui l'avaient suivie longtemps...

Moh'hr regardait Nar-iaw, qui faisait comme s'il ne le remarquait pas... Il força son attention d'un raclement de gorge ; Nar-iaw leva l'œil. Moh'hr fit le signe des branches cassées pour marquer la trace dont avait parlé Neh-Ishri'n'. Le vieux hocha la tête.

— *Moh'hr, Nar-iaw, Neh-Ishri'n'hr'iaw mohgr'ffhui*, dit-il.

Elle aussi, avec eux, voulait voir la montagne source des hautes fumées. Cette image-là de la grande montagne cracheuse de nuages était celle de Moh'hr et il ne l'avait donnée qu'au vieil homme, qui l'avait dite à Neh-Ishri'n'.

— *Moh'hr Neh-Ishri'n'*, dit Nar-iaw en joignant deux doigts.

Cela provoqua un nouveau grognement de Moh'hr.

Neh-Ishri'n' continuait de s'activer comme si rien ne se passait autour d'elle. Elle avait détaché de son lien le morceau de viande qu'elle posait devant elle, sur le sol balayé du tranchant de la main. Du gousset d'herbes tressées pendu à son cou, le vieux sortit sa pierre *dzia* et découpa la viande en deux coups de tranchant. Neh-Ishri'n' prit une part pour elle, la posant sur sa cuisse, en donna une au vieux *Loa*, offrit à Moh'hr la dernière, la plus épaisse. Il accepta la viande et fit sans hésiter les quelques pas qui le séparaient de l'arbre où Nî-éi attendait tout en suivant des yeux ce qui se passait en dessous d'elle. Moh'hr lui présenta la viande à bout de bras. Elle hésita. Tendit la main — puis la retira avant de toucher la viande.

— *Sh'ohr nî*, dit-elle de sa voix basse et légère, cassée.

Elle mit les doigts sur sa bouche ouverte, ce que Moh'hr comprit comme étant le signe pour manger.

— *R'euh*, dit-il, approuvant, faisant lui aussi le signe, avec sa main qui tenait la viande, tendant le bras de nouveau.

Il touchait la cuisse pendante de la petite femme. La pressa avec la viande.

— *Sh'ohr nî*, dit Nî-éi.

Il y avait dans cette parole le même son que dans son nom. « *Sh'ohr nî.* » Moh'hr comprit qu'elle ne voulait pas manger de la viande de *nakoa-atanik-edri*, qu'elle appelait *sh'ohr* et dont elle parlait le langage.

— *Iaaw !* dit-il vivement. *Iaaw nakoa-ata... sh'ohr. Iaaw sh'ohr !*

Mais elle hésita encore à prendre la viande.

— *Nakoa-xri'*, dit-il en appuyant sur la partie du mot qui montrait le cri de l'animal.

Il fit aussi les gestes de sa crinière raide, de ses larges oreilles dressées sur la forme de sa tête, des rayures sombres de son pelage. Alors elle comprit, mais ne dit pas le nom qu'elle donnait, elle, à la bête — si elle lui donnait un nom —, se pencha en avant et prit la viande.

— *R'euh*, dit Moh'hr.

Ce qu'elle fit. Mordant une bouchée prudente, mâchant. Elle ne recracha pas, mordit, quand elle eut avalé, une autre bouchée plus grosse.

Moh'hr retourna vers les deux autres, accroupis côte à côte, qui avaient suivi l'échange des yeux. Il attendit un court instant, puis se pencha et prit la viande posée sur la cuisse de Neh-Ishri'n', rejoignit sa couche d'herbes sur laquelle il s'agenouilla, leur tournant le dos, face à Nî-éi dans l'arbre, et mangea.

Après avoir cherché — sans le trouver — le regard du vieux qui s'était mis lui aussi à déchirer la viande avec sa dent usée et en s'aidant de sa pierre *dzia*, Neh-Ishri'n' tendit la main pour demander la pierre. Elle toucha son bras, le poussa ; il la regarda enfin. Il lui donna la pierre et elle coupa dans un des autres morceaux qu'elle portait autour de la taille.

Ils mangèrent. Le dernier dont on entendit clapper la mâchoire longtemps après les autres était Nar-iaw.

De nouveaux nuages changeaient la lumière de la lune et faisaient bouger la nuit, cassant les ombres puis les refaçonnant plus violentes et dures avant de les briser encore.

Moh'hr s'était couché de côté sur les herbes rassemblées sous lui. Ses paupières ne restaient pas fermées le temps de deux expirations et le regard faufilé se posait directement sur la petite femme dans l'arbre dont le nom, comme il l'avait compris, était « Nî-éi ». Il ne pouvait s'empêcher de chercher des images. Dans ce nom de la petite femme, il y avait le son « nî » qu'elle avait donné pour dire « iaaw » — « ce qui n'est pas ». *Nî-éi*. Son nom disait d'elle qu'elle n'était pas quelque chose, ou que quelque chose n'était pas elle. Chacun de ses regards se posait sur elle, couchée dans le creux du tronc là où il s'écartait et devenait plusieurs, les cuisses refermées sur ses avant-bras, les mains ouvertes protégeant et recouvrant, entre ses jambes, le bas de son ventre. Elle avait placé sur sa hanche une poignée d'herbes, comme si les quelques brindilles éparses étaient de taille à repousser la fraîcheur. Il voyait frémir les brins d'herbe sur la rondeur frissonnante de la peau que soulignait la blanche clarté lunaire.

Neh-Ishri'n' vint à lui par-derrière, se traînant et rampant. Il l'accueillit en se raidissant quand elle toucha sa jambe, mais la laissa regarder ses pieds, puis les palper doucement. Il savait que la petite femme dans l'arbre regardait, même s'il ne pouvait distinguer son visage et ses yeux. Il laissa faire Neh-Ishri'n' quand elle retira les bouts de peau dont elle s'était enveloppé les pieds pour les attacher sous les siens ; cela prit du temps, il ouvrit et referma plusieurs fois les yeux avant qu'elle achève sa besogne. Puis elle se coucha près de lui, les jambes pliées comme ses jambes, le ventre et la poitrine contre son dos, un bras sur son bras. Il sentit son souffle doux, à petits coups, dans le creux entre ses épaules. La fraîcheur sur sa peau s'en allait.

Mais toujours, les yeux de Moh'hr ne restaient pas fermés longtemps, quand ils se fermaient, et quand ils étaient ouverts c'était pour voir Nî-éi dans l'arbre.

L'air bougea plus fort dans les feuilles dures des arbres alors que la lune descendait. Les herbes se courbaient.

Moh'hr repoussa le bras de Neh-Ishri'n' et se leva, prenant son bâton. Le courant d'air rafraîchit la peau de son dos instantanément. Il se glissa au pied de l'arbre et s'y tint debout, immobile un instant. Il attendit ainsi, frissonnant, écoutant la respiration contenue de Nî-éi : elle savait sa présence. Puis il tendit sa main nue vers elle et toucha l'arbre, au-dessous de son genou. Il frappa l'écorce du plat de la paume.

Mais elle gronda, entre ses lèvres — un souffle un peu

plus rauque que sa respiration. Moh'hr vit qu'une de ses mains n'était plus entre ses cuisses mais tenait le bâton, la pointe dirigée vers lui. Il frappa encore l'écorce de la paume, et Nî-éi souffla encore, et le bâton resta pointé vers lui.

Il retourna à la couche d'herbe occupée entièrement par Neh-Ishri'n'. Elle avait les yeux ouverts, brillants. Il se pencha et elle eut le même grondement soufflé que Nî-éi. Elle tenait elle aussi son bâton pointé et ne bougeait pas, ne s'écartait pas pour lui laisser une place sur l'herbe. L'irritation grogna dans la gorge de Moh'hr, mais cela ne changea rien à l'attitude de Neh-Ishri'n', à ses yeux brillants.

Il alla s'asseoir sur l'herbe de Nar-iaw et le poussa un peu. Le vieux sursauta. Moh'hr grogna et le poussa davantage avant qu'il résiste. De ce côté-ci de l'arbre, le courant d'air tournait moins fort au-dessus du sol.

## 10

Nî-éi les suivit.

Le soleil était revenu une fois encore de sous la terre, gonflé du même sang dévorant qui le remplissait quand il y était descendu — l'événement avait paru tranquilliser Moh'hr, le vieux, et la femme aux cheveux rouges porteuse de viande qui les avait rejoints dans la nuit. Leurs chuchotements, s'ajoutant aux cris habituels des *nam-nî* du matin, l'avaient ramenée des autres territoires où l'on va quand les yeux sont fermés, qu'elle avait finalement rejoints après que Moh'hr eut gagné la couche d'herbe du vieux. Ils attendaient, et de leur gorge étaient tombés soupirs et légers grognements soulagés, à l'apparition dorée de la nouvelle lumière, à travers la barre sombre, épaisse, des nuages posés sur la longue montagne au bord du ciel. Elle avait compris la raison de leur inquiétude, compris du même coup, également, que la terre où ils se trouvaient ne leur était pas plus familière qu'à elle ; d'ici, ne voyant pas l'endroit habituel où sortait le soleil, ils avaient peut-être redouté qu'il n'en existât pas un autre. Mais il y avait toujours un autre endroit pour le soleil : elle le savait, depuis qu'elle était partie de l'abri dans les hautes herbes près de la ravine et qu'elle avait vu plusieurs jours revenir sur des lieux nouveaux.

Presque aussitôt, ils s'étaient mis en marche. Leurs premières ombres du jour, très longues, étirées devant eux. La démarche de Moh'hr était pataude, jambes écartées à cause des peaux nouées autour de ses pieds. Après quelques pas seulement — mais elle avait cru un court instant qu'il ne le ferait même pas —, Moh'hr s'était retourné vers elle et l'avait regardée, sans un mot, sans un geste pour lui signifier de descendre de l'arbre et de les suivre. Simplement regardée. Elle n'avait pas saisi la signification de cette insistance immobile et muette. Le vieux et la femme aux cheveux rouges avaient marqué un temps, distants d'une longueur d'ombre. Moh'hr s'était baissé pour dénouer les peaux autour de ses pieds, les laissant sur place. Puis il était reparti. Le vieux derrière. La femme leur emboîta le pas après avoir ramassé les peaux.

Pas une seule fois Nî-éi n'avait réussi à attraper les yeux de la femme avec les siens. La jeune et grasse lumière donnait à ses cheveux touffus une couleur comme elle n'en connaissait pas, pour des cheveux.

Elle descendit de son perchoir alors qu'ils étaient sur le point de disparaître entre les troncs des arbres. La terre, tout à coup, les montagnes et le ciel charriant de lourds et longs nuages, étaient plus vastes et pesants qu'elle ne les avait jamais ressentis, même dans les premiers moments où elle s'était retrouvée seule, même quand elle avait vu le grand lac d'en bas. Elle les suivit. Se hâta. Si Moh'hr n'avait pas laissé de viande pour elle, il ne lui avait pas fait comprendre non plus qu'elle ne devait pas les suivre. Il l'avait regardée, c'est tout — mais il l'avait regardée. C'était comme s'il ne pouvait plus parler, depuis que la femme aux cheveux rouges les avait rejoints.

Comme si, de l'avoir empêché de monter dans l'arbre ainsi qu'elle l'avait fait, ou de n'avoir pas voulu en descendre pour aller avec lui, avait changé ce qu'il voyait.

Des images de 'Hna revenaient devant ses yeux. Elle n'en verrait plus de nouvelles. Elle était certaine qu'il n'avait pu échapper aux autres grands *nam*. Elle ne comprenait pas pourquoi ces images revenaient à cet instant précis, pas plus qu'elle ne comprenait, et ne comprendrait jamais sans doute, pourquoi 'Hna l'avait suivie — mais ce n'était pas pour l'abattre et l'empêcher d'être du monde du *sh'ohr*, comme elle en avait eu peur un moment, au contraire pour la défendre et lui venir en aide. D'autres images de la bande accompagnaient celle de 'Hna. Elle ne les avait pas vues aussi nombreuses et fortes depuis qu'ils l'avaient chassée de l'abri dans les hautes herbes. Éi-hn, et Éfi-éi... et puis Nam au dos tordu, et encore celui à qui on ne donnait pas de nom... Éfi-éi quand elle lui avait lancé la petite bête prise à Éi-hn... Elle serra les doigts plus fort sur la peau douce reficelée correctement autour de son bâton. Et l'image lointaine de Ohr, aussi...

Elle allait sur la terre inconnue et immense, sous le ciel inconnu et immense parcouru par de grands nuages en forme de bêtes inconnues et immenses ; les images revenues surgies de sa tête, derrière les yeux, pesaient sur elle non pour l'accompagner et la soutenir mais lui alourdir le pas, l'écraser toujours plus petite. Elle secoua la tête pour les disperser ; elles s'accrochaient. L'image de Ohr, si éloignée pourtant, avait les plus longues griffes. Nî-éi se hâta, réduisant la distance qui la séparait de Moh'hr et des deux autres.

Ils marchèrent assez longtemps pour voir leur ombre se raccourcir et, seulement, montrèrent qu'ils avaient remarqué sa présence. L'un après l'autre se tournèrent vers elle, la regardèrent — Moh'hr plus longtemps que le vieux et la femme aux cheveux couleur de terre de montagne. Mais ils ne l'attendirent pas, ni ne réduisirent leur allure. Elle courut un peu, soutenant sa poitrine pesante qui recommençait de la tirailler en dedans. Ils ne l'empêchaient pas de la suivre, n'avaient pas eu de gestes pour lui faire comprendre qu'ils ne la voulaient pas dans leurs pas. Après qu'ils se furent tournés vers elle une première fois, ils le firent souvent, comme s'ils observaient la distance graduellement réduite entre elle et eux, sans chercher à la rallonger cependant, sans que cela paraisse les contrarier.

Où allaient-ils ?

La femme porteuse de viande qui les avait retrouvés au cours de la nuit avait-elle été distancée et laissée derrière eux ? S'ils étaient d'une bande, en venait-elle ? Ou bien retournaient-ils vers cette bande ? Ou bien ils étaient cette bande, juste eux, comme même pas les doigts d'une main, encore moins que la bande de l'abri dans les hautes herbes qu'elle avait quittée ?

Nî-éi aurait voulu revoir le grand lac, *hu iakw-ah'ôo*, tellement beaucoup d'eau, mais cela ne se reproduisit pas. La grandeur du ciel se réduisait, au fur et à mesure que montait le soleil à travers les nuages déchirés. Les pentes qu'ils traversaient étaient creusées par de nombreux passages de rivière plus ou moins larges, mais tous secs, cernés de hautes parois couvertes d'arbres et de buissons épais, certains fleuris et colorés, aux feuilles de toutes formes encore vertes, dans les ramures desquels piaillaient et jacassaient une multitude d'oiseaux. Parfois, ils s'arrêtaient — plus exactement ralentissaient — et grappillaient à certaines basses branches des baies sombres luisantes ; ils les ouvraient d'un coup de dents, crachaient les pépins durs et la peau avant de les avaler. Nî-éi était à leur côté, quoique à distance respectueuse, et sans qu'ils aient échangé un geste ou un mot. Elle les entendait parler entre eux dans leur langage, cherchait à reconnaître parmi toutes ces bouffées de sons ceux que Moh'hr lui avait dits, qu'elle gardait en elle — comme *nakoa-atanik-edri* —, ou bien cherchant à deviner la signification d'autres, associés à certaines attitudes et gestes. Elle croisa plusieurs fois leurs regards, sans chercher à dégager le sien des mèches de cheveux rabattues et pendantes, surtout quand elle cueillit comme eux les petits fruits luisants qu'elle avait déjà vus mais que les *nam* de la bande, eux, ne mangeaient pas. Elle fit comme elle les voyait faire. Un des pépins creva sous sa dent et répandit dans sa bouche une sécheresse amère qu'elle cracha vigoureusement — ils échangèrent des mots et gloussèrent, surtout la femme et le vieux, mais Nî-éi ne montra aucune colère et releva les coins de sa bouche. Elle cueillit et mangea d'autres fruits — la viande en était douce et fraîche, d'un goût agréable.

Plus que ses compagnons, la femme aux cheveux rouges parlait souvent, d'une voix haute qui semblait, aux oreilles de Nî-éi, jeter les mots n'importe comment. La femme aux cheveux rouges ne s'éloignait guère de Moh'hr ; quand cela se produisait, elle revenait vite en quelques enjambées dans son ombre, la précipitation faisant balancer sur ses hanches et son ventre les morceaux de viande et de peau pendus au lien qui ceignait sa taille. La plupart du temps, ni Moh'hr ni le vieux au visage froissé ne répondait par la parole à celles que leur adressait la femme. Ils ne la regardaient pas plus qu'ils ne la regardaient, elle. Cette femme n'était pas la femme avec Moh'hr, car elle l'avait repoussé, et il était allé s'étendre à côté du vieux : une femme avec un *nam* ne peut agir de la sorte sans que le *nam* la force pour ce qu'il veut.

Dans l'ombre la plus courte du soleil haut, ils s'arrêtèrent sous les broussailles d'une berge asséchée. L'endroit était marqué de nombreux trous de *r'rh-o-r'rh-o*, où ils aiment se rouler, pattes en l'air, offrant à la lumière le dessous de leur grande tête aux dents recourbées sur le nez Les trous étaient vides et secs ; les *r'rh-o-r'rh-o* étaient passés là au début du jour.

Le vieux creusa dans les trous avec ses mains. Puis avec le bâton de la femme, qui convenait mieux que les siens, trop légers. La terre n'était pas dure et bientôt Nariaw plongea toute la longueur de son bras dans le trou creusé. Il trouva l'eau au bout de ses doigts. Chacun son tour, ils vinrent tremper leurs doigts dans la boue au fond du trou, pour y sucer ensuite un peu d'eau rapidement tiédie. Moh'hr, puis la femme aux cheveux rouges, dont le bras était juste assez long, après qu'elle se fut mise à plat ventre — et tandis qu'elle se tenait dans cette position, le vieux lui tapota fesses et dos avec l'extrémité d'un de ses bâtons légers, gloussant comme un oiseau coureur, et la femme gronda quelques mots qui ne le firent pas cesser, puis il en eut assez, la femme s'écarta du trou, se redressa, le ventre et la poitrine blanchis de terre, regardant Moh'hr, qui ne dit rien, ensuite Nî-éi — et lui fit un signe de la main pour qu'elle s'approche et vienne boire à son tour. Ce qu'elle fit.

Ils la regardaient, retirés à deux pas du trou, en demi-cercle, lacérés par les griffes molles de l'ombre des proches broussailles fortement odorantes. Elle leur fit face et se coucha ventre au sol comme l'avait fait la femme. Son bras était trop court. Elle ne réussit qu'à faire tomber de la terre au fond du trou en appuyant sur le bord. Elle se redressa. Le vieux ne lui avait pas tapoté les fesses et le dos — il attendait, comme la femme et Moh'hr, son œil qui ne voyait plus caché complètement sous la paupière pendante. Les yeux de la femme brillaient, les coins de sa bouche étaient relevés.

Nî-éi dénoua la peau de petite bête au milieu de son bâton et la ficela par un bout à l'extrémité non taillée ; elle fit descendre la petite peau dans le trou, la retira après un temps, imbibée, dégoulinante. Pressa la petite peau dans le creux de sa main et but. Le vieux ouvrait la bouche et un œil ronds, Moh'hr semblait avoir suspendu sa respiration. La femme avait laissé retomber les coins de sa bouche. C'était elle qui avait invité Nî-éi à venir boire au trou, ce fut donc vers elle que Nî-éi tendit le bâton avec la petite peau humide pendue au bout. Le vieux gloussa. La femme fit le signe de *nî-nî* de la tête, secouant ses cheveux rouges de haut en bas, et pourtant eut un mouvement de recul, refusant de prendre le bâton.

— *Nî-nî*, dit Nî-éi, secouant la tête elle aussi pour l'encourager.

— *Nî-nî*, répéta Moh'hr.

Elle secoua la tête. Pour la femme, Moh'hr dit :

— *Iw'nî-nî.*

Faisant également le signe de tête de haut en bas. Il regarda Nî-éi et répéta le signe, encore, disant pour elle :

— *Iaaw*.

Elle lui tendit le bâton avec la petite peau, et il s'en saisit. Il hésita. Elle l'encouragea du geste, jusqu'à ce qu'il s'approche à genoux et fasse descendre la petite peau dans l'eau terreuse. Il but. Ensuite, le vieux but.

Ensuite, la femme se décida et fit comme ils avaient fait, puis lui rendit le bâton, et elle but encore. Elle fit, pour la femme, un geste qui l'encourageait à nouer elle aussi un des fragments de peau pendus à sa taille autour de son bâton. N'attendit pas de voir sa réaction et se retira sous les branches.

Moh'hr la rejoignit. Il s'assit à côté d'elle, à une portée de main. Il regardait le ciel à travers les branches, où les nuages amoncelés ternissaient à peine l'éclatante lumière du soleil. Des mouches se posaient sur ses bras, s'envolaient et revenaient ; il ne les chassait pas. Le vieux et la femme s'étaient couchés à l'ombre de part et d'autre.

À un moment, des bruits se firent dans les broussailles, pas loin ; une bête passa, ignorant leur présence, et ils ne la virent pas. C'était peut-être un des *r'rh-o-r'rh-o* qui avaient creusé les trous.

Puis Moh'hr dit :

— *Nî. Nî-éi ?*

Il posait sur elle son regard sombre, attentif.

Alors elle se montra aux endroits de la femme et dit « *éi* ». Quand il écoutait, il penchait la tête un peu de côté. Il désigna la femme aux cheveux rouges, aux mêmes endroits de la femme, dit :

— *Neh. Éi, neh. Neh, éi.*

Nî-éi comprit qu'il disait « *neh* » comme elle disait « *éi* », ils avaient la même image pour des mots différents, et les deux mots différents devenaient étrangement les mêmes, tout à coup. Alors elle fit les gestes pour dire la bande, piquant plusieurs fois son doigt au sol, et les gestes des *nam*, hommes et femmes, et puis elle à l'écart du groupe. C'était son nom, le nom qui la désignait. Le visage de Moh'hr, dans ses yeux et sous les poils drus, se détendit. Elle vit se relever les coins de sa bouche.

Il dit son nom à lui, et pourquoi c'était son nom. Avec des gestes et des mimiques, des mots. Son nom, comprit Nî-éi, disait qu'il regardait la montagne au loin. Il était *moh'hr*, celui qui regarde toujours la montagne au loin. Il fit les gestes, reprenant certains qu'elle avait frappés au sol, et elle comprit qu'il était parti de sa bande, qui était importante, non plus pour regarder la montagne mais marcher vers elle, la plus grande, celle qu'on ne voit pas même si on la regarde fort.

Il dit que le vieux s'appelait Nar-iaw, parce qu'il n'était plus jeune depuis très longtemps parmi les *Loa* — il dit *Loa*, qui était le nom qu'il donnait aux *nam* de sa bande. Il dit que la femme s'appelait Neh-Ishri'n', parce qu'elle était une petite femme aux cheveux rouges.

Ils attendirent que faiblisse la morsure de la lumière sur la peau et quittèrent le couvert des buissons. Ni Moh'hr, ni Nar-iaw, ni Neh-Ishri'n' ne prêtèrent la moindre attention au fait que leur ombre traînait presque derrière eux — jamais de leur existence ils n'y avaient prêté attention, et pourtant ils marchaient, ils marchaient depuis bien longtemps, comme le vieux, comme tous ceux d'avant le vieux qui s'appelaient *Loa*, de ce clan sur la terre...

Nî-éi était maintenant avec eux.

Pour la première fois depuis longtemps et longtemps, la fin de ce jour-là ne fut pas rouge et des nuages épais cachèrent le soleil avant qu'il arrive au bout de sa course. La lumière se fit grasse, collante, alourdissant le balancement des herbes et le tremblement des feuilles aux branches des arbres et buissons, dans l'air en mouvement comme beaucoup de souffles et d'haleines emmêlés. Même la poussière, levée au talon des pas, ou qu'un de ces coups de langue du vent bondissant léchait sur une crête rocheuse, paraissait engluée dans ce qui n'était plus ni ombres ni lumières franches. Les ombres véritables — regardées par Nî-éi comme les signes venus des grands territoires qui sont derrière ce que les yeux des *nam* (et des *loa*) peuvent voir — avaient disparu au bout des gestes et des choses.

Les arbres et les buissons de plusieurs sortes différentes n'avaient cessé de grandir en nombre. Ils couvraient les pentes hautes, presque droites, au pied desquelles le petit groupe s'acheminait à bonne allure depuis après le milieu du jour. Des dénivellations bossues s'élevaient parfois, gravies et redescendues facilement, plantées d'une végétation serrée, touffue et, quand on la regardait de loin, sans un accroc qui permît d'apercevoir le sol au travers. Les ravines s'ouvraient pareilles à des bandes de peau arrachées à la couleur de l'herbe, dévoilant le chaos blême des pierres dépouillées. Des oiseaux volaient bas, sans crier.

Ils trouvèrent l'eau dans le fond d'une entaille nue, plus bas que le bas d'une pente, murmurant entre des pierres où ne poussait nulle herbe : l'anfractuosité contenait encore une rivière cavalant peu de temps auparavant. Ils laissèrent boire Nar-iaw d'abord. L'eau n'avait pas tout à fait le goût de celle des bords du lac, néanmoins fraîche, bonne pour de petits animaux — qui n'étaient pas de ces oiseaux capables de boire sans mal l'eau qui déchire le dedans du ventre des hommes jusqu'à les faire tomber — dont ils trouvèrent les traces rassurantes un peu plus loin, sur la terre grise. Après avoir bu, ils remontèrent sur la pente, à plusieurs hauteurs au-dessus de la faille caillouteuse.

Moh'hr s'arrêta sous de très grands arbres, où la terre dégagée de mauvaises broussailles penchait, et où l'herbe n'avait été foulée par aucune bête depuis des jours et des nuits, peut-être depuis sa première pousse. Si la déclivité n'était pas des plus confortables, elle rendait malaisée, aussi, l'approche ou l'attaque possible d'un *nakoa* affamé. Des oiseaux seuls, et petits, voletaient dans les branches des grands arbres. L'endroit où se couche le soleil était visible, au-delà de l'enchevêtrement des pentes imbriquées, sur la montagne lointaine, plate et noire. Les nuages entassés venaient de là-bas, roulant sur eux-mêmes, épais, comme s'ils étaient une partie en marche de la montagne mouvante, dans le fond du ciel. Parfois, d'une fissure entrouverte parmi les ombres brassées, un filet rougeoyant de soleil tombait quelque part sur la terre, séchait aussitôt.

— *Tô-nikhr's*, dit Moh'hr, regardant le ciel.

Nar-iaw et Neh-Ishri'n' approuvèrent. Ils avaient des visages graves et fatigués, mais le mot brilla dans leurs yeux — il y avait de l'inquiétude, aussi, dans ceux de Moh'hr, comme s'il redoutait la venue de la pluie autant qu'il s'en réjouissait.

— *Tô-nikhr's*, dit Moh'hr pour Nî-éi, indiquant les nuages.

Il fit le signe de l'eau, puis celui de l'eau qui tombe du ciel : le signe de la pluie. Nî-éi répondit par un bruit de gorge approbateur, montrant qu'elle savait. Elle tenta de répéter le mot de la pluie mais ne sut en dire que le premier son.

Ils s'assirent en rond sur le sol pentu, entre les troncs espacés des grands arbres, mangèrent une des pièces de viande noire détachée de la taille de Neh-Ishri'n' — puis encore une, ensuite. Il n'y avait, dans le proche alentour, aucune pierre qu'ils pussent frapper et rendre tranchante, la faire *dzia* ; Nar-iaw utilisa celle qu'il portait pendue à son cou pour découper la viande. Une part pour chacun, une part pour Nî-éi, aussi, qu'elle reçut de la main du vieux. Les grosses mouches couleur de boue étaient nombreuses. Ils n'attendaient pas qu'elles se posent sur eux pour les chasser à coups de poignées d'herbes, mais l'une d'elles piqua Nar-iaw sous le cou, et il se hâta d'ouvrir la peau sur la piqûre à l'aide de sa pierre, laissant couler le sang. Avec la lumière entrée sous terre et la nuit répandue presque aussitôt, les mouches s'en allèrent — les brunes et les autres. Les nuages se firent encore plus noirs, cachant tous les points brillants du ciel.

Les troncs des grands arbres étaient trop gros, leurs branches les plus basses encore trop hautes pour qu'ils puissent y grimper. Ils se groupèrent sous le premier, où la pente du sol était la moins marquée, entre les racines émergentes. Ils ne disaient rien, se hâtaient, fébriles et silencieux, arrachant de larges poignées d'herbes qu'ils disposaient au pied de l'arbre, où ils se couchèrent. Serrés. Nar-iaw contre le tronc, Moh'hr entre le vieux et Neh-Ishri'n', et Nî-éi à côté de celle-ci. Le vent qui tournait ne portait pas encore la fraîcheur des pénombres installées mais n'en laissa pas moins des frissons sur leur peau. Ils écoutaient et ils regardaient. Le bruit le plus proche provenait des mâchoires de Nar-iaw qui n'avait pas fini de mastiquer sa viande. Ils écoutaient. La fatigue du jour et de la nuit d'avant pesait toujours, sous les nouvelles raideurs de la marche à travers les tertres boisés. Ils écoutaient la fatigue dans leurs muscles et leurs os, c'était ce qu'ils entendaient le mieux, après les mâchonnements du vieux. Ils écoutaient, paupières clignantes, et ils entendaient toutes les petites paroles du vent rôdeur dans les herbes et les feuilles, le cri des oiseaux, celui, lointain et suspendu dans le ventre de la nuit sans lune, d'un fauve lent, intrigué, inquiet de tant de silence en dessous de tant de nuages. Ils écoutaient et ils entendaient leur propre souffle, ils entendaient frapper en eux ce qui frappe sans cesse dans la poitrine jusqu'à ce que le corps soit abandonné complètement.

Moh'hr ne voulait pas que ses paupières se ferment trop vite. La respiration régulière de Neh-Ishri'n' touchait son flanc d'une légère tiédeur, à petits coups. Il l'avait repoussée quand elle avait voulu s'occuper du dessous de ses pieds et elle n'avait pas insisté. Des bruits montaient de leur ventre, de longues odeurs fortes bruyantes fusèrent de sous le vieux, qui secouait la tête en grasseyant à chaque fois.

Le fauve lent gueula encore son incompréhension alarmée, loin.

Le gémissement de Nî-éi fit tressaillir Moh'hr, revenu dans son corps comme on tombe, les yeux grands ouverts, tandis qu'à son côté Nar-iaw achevait de s'accroupir prestement. Neh-Ishri'n' gronda entre ses dents, s'écarta de Nî-éi d'un coup de reins, et son dos cogna le flanc de Moh'hr.

Nî-éi pressait sa poitrine à pleines mains. Elle avait supporté la douleur tout le jour sans laisser rien paraître de ses poussées les plus violentes, dents serrées et crissantes, appuyant sur ses seins quand elle pouvait le faire sans attirer l'attention des autres, essuyant le liquide qui coulait entre ses doigts — et ils n'avaient rien remarqué. À présent, ils l'avaient entendue gémir, elle avait résisté, s'était mordu la lèvre au sang comme quand son ventre fouaillé avait poussé hors d'elle ce que le *sh'ohr* lui avait pris ensuite, mais ils l'avaient entendue gémir. Elle distinguait la pâleur de leurs yeux, dans l'ombre des visages, qui la regardaient. Le liquide tiède coulait de nouveau entre ses doigts pressant la douleur palpitante, comme si chaque battement, dans sa poitrine, rebondissait en pointes coupantes, en déchirures. Elle était redevenue comme avant d'être *éi*, bien avant qu'ils lui donnent ce nom qui la disait *éi* différente et à l'écart, comme quand elle avait peur et se blottissait contre la peau de Éfi-éi, ou de Jârh que la bête avait dévorée avec son petit, quand elle tirait leurs bras sur elle pour se protéger, quand elle avait peur de la nuit partout à l'affût. C'était le regard de Neh-Ishri'n' qu'elle voulait, parce que Neh-Ishri'n' était comme elle, une *éi*. Elle se glissa vers elle, mais Neh-Ishri'n' recula encore craintivement, dans un sursaut qui buta contre Moh'hr un peu plus fort que la première fois.

Un temps, elle supplia des yeux. Des larmes vinrent, brouillant le peu qu'elle voyait dans la noirceur. Elle s'essuya rageusement du revers du bras ; elle ne voulait pas de larmes. Avant qu'elle soit *éi*, déjà, elle ne voulait pas des larmes qui disent la faiblesse des grandes herbes sous la rosée matinale ; quand elles montaient à ses yeux, elle les écrasait d'un revers de son bras ou sur le dos de sa main. Entre ses doigts, le liquide de sa poitrine suintait sans que les fulgurances et les déchirements s'apaisent, au rythme des battements. Elle glissa les mains sous ses seins qu'elle souleva et tendit vers Neh-Ishri'n'. Neh-Ishri'n' hoqueta d'étonnement, tourna la tête vers Moh'hr qui la poussait de côté et se penchait pour voir. Il gronda ; Nî-éi également, sur un ton sourd.

— *Nî-nam*, dit-elle, dans les rauquements de son souffle précipité.

Sa main du côté des battements quitta sa poitrine et fit

les gestes du *nî-nam* dans son ventre grossi, puis entre ses jambes ouvertes ; elle dit le *nî-nam* sorti de son ventre et qui n'était plus là pour boire le liquide dans ses mamelles. Elle ne pouvait pas voir s'ils comprenaient ses gestes, dans la nuit, mais elle les fit, disant que le *nî-nam* n'était plus là.

— *Nî... nam ?* dit Moh'hr.

Elle ferma les yeux, hocha la tête. Elle dit :

— *Nî-nam nî.*

Il répéta après elle. Elle l'entendit. Puis l'entendit venir et rouvrit les yeux.

Moh'hr se coula par-dessus Neh-Ishri'n'. La nuit d'avant, il avait observé Nî-éi sans qu'elle s'en aperçoive ; jamais auparavant il n'avait vu une *neh* se livrer à cette occupation — mais c'était peut-être de ces choses que font les *neh* quand elles se cachent au regard des hommes. Il s'allongea devant elle, contre elle, et elle ne le repoussa pas ; il chercha ses yeux qu'elle avait de nouveau fermés ; il voyait briller les larmes, entre les mèches de cheveux. Il tendit la main, écarta celle, poisseuse, de Nî-éi, referma ses doigts sur la rondeur du sein gonflé. Nî-éi gémit entre ses dents et respira plus vite. Il fit ce qu'il l'avait vue faire la nuit précédente, ce que font les *nî-nam* (comme elle disait pour les *uesh*), les petits de tout ce qui marche debout sur deux jambes ou quatre jambes. Il posa sa bouche sur la pointe humide de chair grumeleuse, qu'il sentit durcir contre sa langue, sitôt ses lèvres refermées. Pressa des doigts contre le dessous du sein, pressa des lèvres et de la langue en creux, aspira. Nî-éi gémit encore. Elle se raidit et son corps se pressa contre lui, sa main se ferma sur son épaule. Il suça. Le liquide douceâtre lui emplit soudain la bouche, le surprit. Un court instant, il hésita entre avaler ou cracher, et du liquide venait encore — il avala. Il entendit grogner Neh-Ishri'n' dans son dos, ferma les yeux.

Elle lui donna l'autre mamelle. Elle avait le ventre contre le torse de Moh'hr, les cuisses contre son ventre, un des genoux appuyant sur son sexe grossi par le contact, par la douceur à la fois molle et ferme de la peau contre sa bouche, la façon qu'elle avait de bouger et de gémir, presque en silence, tandis qu'il suçait le liquide de ses seins. Quand le liquide ne vint plus sous les succions et les palpations de Moh'hr, elle appuya plus fort avec son genou, s'écarta de lui. Il ne chercha pas à la retenir. Presque aussitôt, la respiration forte de Neh-Ishri'n' souffla dans son cou et la main curieuse de la femme aux cheveux rouges s'insinua entre ses jambes et se ferma sur son *oa* encore dur — il la repoussa, serra les cuisses en lui gardant le dos tourné. Elle continua de souffler fort un instant.

— *Nî nî-nam*, dit Nî-éi de sa voix cassée. *Sh'ohr...* Elle hésita, fit le geste de manger, dit le mot qu'elle avait retenu : *R'eu... Sh'ohr r'eu nî-nam...*

Elle dit, longtemps. D'abord, elle était couchée sur le côté, puis elle se mit assise. Ils prirent la même position et l'écoutèrent. Moh'hr, Neh-Ishri'n' et Nar-iaw. Assis, les jambes relevées tenues dans leurs bras, les bâtons couchés au sol à côté d'eux. Elle dit comment le *sh'ohr* l'avait délivrée du mauvais petit qui était revenu dans son ventre pour y grossir et en tomber dans une grande déchirure de tout son corps, comment le *sh'ohr* attendait ce moment, comment il la protégeait depuis qu'elle lui avait laissé le *nî-nam*. Elle dit, et Moh'hr répéta pour les autres ce qu'il en comprenait, avec ses mots à lui, leurs mots.

Dans un endroit caché du ciel, un grondement roula, assourdi, rebondissant longuement.

Après cette nuit-là, la lumière revint encore.

Le soleil sortit de terre, à un endroit non visible pour Moh'hr, le vieux et les deux femmes, et gagna tout le ciel. Les nuages n'avaient pas de couleur, ils allaient vite et se succédaient en bandes, en troupeaux silencieux ; ils avaient des formes d'animaux jamais vus — des *nakoa*, peut-être, comme ils sont dans les autres territoires — et distordus par la course, transformés sans cesse, lourds et gras.

La pluie était tombée ailleurs. Une eau sale, grondeuse, qu'ils avaient entendue dévaler soudainement avant la fin de la nuit tandis que les grondements et les illuminations brèves tournaient sur les bords du ciel, roulait au fond de la ravine de pierres et les empêcha de traverser où ils voulaient. Ils durent suivre longtemps le bord de l'anfractuosité changée en torrent, dans une direction qui n'était plus celle de la source cachée des nuages. Moh'hr marchait en tête du groupe et ne se pressait pas. Ils allaient où il allait. Quand il s'arrêtait, ils s'arrêtaient, ils attendaient qu'il dise, d'un geste ou d'un mot, d'un signe, d'un mouvement de visage. Moh'hr regardait le ciel autant que le sol.

Ils trouvèrent des choses rondes à manger aux branches des arbustes, et d'autres qu'il faut cueillir avec précaution parmi les épines acérées, éplucher de leur peau irritante avant d'atteindre la chair rose et fraîche gorgée du sang rouge qui marque les doigts longtemps. Nar-iaw n'avait pas son pareil pour décortiquer habilement les fruits. Quand il en eut mangé son content, il continua d'en cueillir et de les préparer pour les autres —

pour les deux femmes, Neh-Ishri'n' d'abord, mais autant pour Nî-éi.

Ils attrapèrent tout un clan de petites bêtes à la queue fragile, au plus haut du soleil tombé droit entre les nuages. Moh'hr fit sans peine une pierre *dzia* avec ce qu'il trouva, le vieux utilisa celle qu'il portait à son cou, et ils ouvrirent les petites bêtes, les vidèrent de leur dedans. Ils ne les mangèrent pas : une part de viande très noire et durcie était encore pendue à la taille de Neh-Ishri'n'. Ils attachèrent les petites bêtes, queue cassée et ventre ouvert, au bâton de Neh-Ishri'n', qui ne voulait pas avoir contre elle, autour de sa taille, leur peau hérissée de crêtes et de rugosités. Ils les attachèrent en une longue guirlande, par leurs pattes griffues, avec des tiges écrasées et assouplies.

De nouveau, ils entendirent gronder le ciel, très très loin, à un endroit que leur cachaient les arbres des tertres environnants. Ils ne voyaient plus la montagne comme une haute masse levée en travers du regard : elle était maintenant comme une terre sur laquelle on marche. Des bandes de petits oiseaux plus nombreux que les grains d'une poignée de sable jetée en l'air plongeaient des nuages et traversaient le ciel en tous sens. Moh'hr les aperçut le premier et les désigna à ses compagnons avec un petit cri joyeux. Il dit, à l'adresse de Nî-éi à son côté :

— *Nanakoa* (faisant le signe de battre des ailes). *Atanik nik-nanakoa ! Nik-nanakoa-tô-nikhr's ! Atanik !*

Les petits oiseaux nombreux comme des grains de sable venaient avec la pluie — c'était toujours comme ça. Dans l'attente de les voir, ceux du clan des *Loa* regardaient le ciel depuis tellement de jours que Moh'hr ne se souvenait plus du premier regard porté dans la direction habituelle de leur apparition. Il les nommait « petits oiseaux de la pluie » ; quelquefois — il l'avait déjà vu —, ils étaient si nombreux qu'ils cachaient le soleil comme de vrais nuages, quand leurs vols insensés passaient devant. Il le dit à Nî-éi. Elle avait déjà vu elle aussi les nuages de petits oiseaux, et comprit ce qu'il disait. Mais elle ne leur donnait pas de nom, ne savait pas si d'autres *nam* que ceux de la bande leur en donnaient — ils étaient de ces choses innombrables qui font le monde et ne portent pas de nom.

— *Nik-nanakoa-tô-nikhr's*, dit Moh'hr.

Pour Nî-éi et les *nam* de la bande qu'elle avait quittée, la pluie n'avait pas davantage de nom que les « petits oiseaux de la pluie, n'était pas *tô-nikhr's*, n'était que l'eau du ciel qui devient l'eau de la terre.

Moh'hr cria plusieurs fois le nom des petits oiseaux de la pluie, d'une voix joyeuse et qui portait loin. Comme s'ils répondaient à l'appel, le nuage d'ailes battantes jaillit du sommet des arbres et tourna un court instant au-dessus de leur tête avant de traverser le ciel. Premier surpris par cette manifestation, Moh'hr n'en poussa pas moins de grands cris enthousiastes pour saluer les oiseaux, se frappant la poitrine et agitant son bâton épointé. Nî-éi écarta ses cheveux pour le regarder, découvrant son visage — Moh'hr la vit ainsi, dans cette bouffée de légèreté que l'apparition des petits oiseaux de la pluie avait fait descendre en lui. Comme les autres elle avait les coins de la bouche relevés, lèvres entrouvertes découvrant ses dents... mais aucune autre bouche aux lèvres entrouvertes et commissures relevées n'était comme la sienne. Ni celle de Neh-Ishri'n' — surtout pas celle de Nar-iaw —, ni celle des autres *nehloa* du clan. L'image de la femme *Nak-Booh-Loa* qu'il avait regardée longtemps passa devant ses yeux — mais jamais il ne l'avait vue retrousser les coins de ses lèvres.

Pour continuer de la faire sourire, il recommença sa pantomime et cria encore le nom des oiseaux de la pluie. Il dit qu'il était Moh'hr, le plus grand et le plus fort des *Loa*, plus fort et plus grand que Iw'oa-hua-hua qui parlait surtout beaucoup avec des mots pas toujours solides, il dit que la lumière du ciel l'avait marqué et en montra la preuve, sautant d'un pied sur l'autre. Elle ouvrait des yeux ronds, le coin de ses lèvres retombait. Il montra la bouche de Nar-iaw, celle de Neh-Ishri'n', et l'un comme l'autre firent des signes affirmatifs, répétèrent ses mots. Comme ils l'avaient écoutée dans la nuit raconter la naissance du presque *nî-nam* et ce qu'en avait fait le grand *sh'ohr* noir, à son tour elle les écouta dire comment la colère bruyante du ciel avait frappé autour de Moh'hr sans l'atteindre.

Nî-éi sut que le *sh'hor* qui la protégeait l'avait guidée jusqu'à celui-là, du nom de Moh'hr, qui portait sous les pieds la marque de la colère du ciel.

Plus tard dans ce jour, ils purent traverser enfin l'eau boueuse cascadante et reprendre la direction de la source cachée des nuages. La poitrine de Nî-éi recommença de couler, mais la douleur en dedans n'était plus aussi forte. Quand elle s'en aperçut, Neh-Ishri'n' cueillit des longues feuilles qu'elle effila prestement avec ses dents, ne gardant que la forte nervure centrale, et qu'elle assembla entre elles tout en marchant pour en faire un tressage de la largeur d'une main. Elle se plaça devant Nî-éi, l'obligeant à s'arrêter — mais son visage n'était pas mauvais.

— *Oh'k*, dit-elle.

Elle plaça le tressage sur la poitrine de Nî-éi et le lia dans son dos en entrecroisant les extrémités. Elle serra, puis d'une autre série de torsions fit en sorte que la compression maintienne les seins écrasés. Le liquide coulait des pointes entre les fibres du tressage.

— *Oh'k*, dit Neh-Ishri'n', avec le signe pour garder le bandage serré longtemps, tout en marchant.

C'était bien ; Neh-Ishri'n' avait déjà vu agir de cette façon des *nehloa* qui n'avaient plus leur petit depuis quelques jours. Elle le dit, mais Nî-éi ne comprenait pas — alors elle le dit pour Moh'hr, et pour Nar-iaw, qui avaient attendu qu'elles les rejoignent. Moh'hr inspecta curieusement le tressage, comment il était placé et comment il agissait. Il hocha la tête pour approuver.

La pluie tomba sur eux à la fin du jour. Violente et drue. Mais le ciel ne grondait pas ; il était juste lourd, gris, sur une grande partie de son territoire, pour le reste éclatant de sa coutumière lumière du soir.

Un groupe de *xkigli* bondissants traversa devant eux un grand espace découvert entre des arbres *uôk* en fleur, disparut derrière les pans embrouillés de l'averse. Après les petits oiseaux de la pluie, les fleurs blanches des *ak'uôk* étaient un autre signe que l'ondée battante ne serait pas unique — *tô-nikhr's*, la grande pluie, revenait enfin, comme elle était toujours revenue, et avec elle d'autres *loa-nak*, d'autres gens, et des choses à manger en abondance sur les arbres, et des animaux par troupeaux entiers sur les rives des rivières et des grandes eaux calmes.

La pluie les détrempa, fit couler la vieille terre séchée de leurs cheveux, dans leurs poils, sur leur peau. Ramollit et cassa les tressages sur la taille de Neh-Ishri'n' et autour du torse de Nî-éi. Ils coururent vers les arbres — Nar-iaw bondissant à la traîne — moins pour s'y abriter que pour toucher les fleurs blanches, en cueillir quelques-unes et les manger. Plusieurs *nakoa'loa* à la face rougeaude, animaux entre ciel et terre, comme presque des hommes, assis ou pendus par la queue dans les branches ruisselantes, leur montrèrent les dents en poussant des cris. Ils s'éloignèrent vivement.

Nar-iaw trouva un abri sous une souche en aplomb qu'un récent ravinement avait déterrée à demi. Ils s'y précipitèrent, en chassèrent une bête qui glisse sans pattes, serrés les uns contre les autres, claquant des dents, grelottants et de l'eau dans les yeux, poussant de petits cris de plaisir. Neh-Ishri'n' renoua les tressages rompus — Nî-éi la regardait. Regardait ses doigts aux ongles ébréchés, à la peau zébrée de coupures, de griffures, tourner et replier entre elles, dessus, dessous, les tiges souples ; les yeux de Neh-Ishri'n' ne s'occupaient même pas de la manipulation, ils étaient sur elle, à travers le fouillis sombre de ses cheveux rouges que la pluie avait collés sur son visage, tout comme le regard de Nî-éi était sur ses doigts habiles, à travers les mèches claires de sa tignasse alourdie et rabattue. Neh-Ishri'n' lui tendit le tressage pour sa poitrine, qu'elle était en train de reformer. Elle le prit. Fit les gestes qu'elle avait regardés ; de temps à autre, elle levait les yeux sur Neh-Ishri'n', qui approuvait de la tête et du mot *iw' !* glissant doucement de ses lèvres à peine bougées. Moh'hr et Nar-iaw suivaient des yeux la progression de l'ouvrage entre les doigts de la petite femme ; à chaque approbation de Neh-Ishri'n', ils échangeaient un coup d'œil satisfait, hochaient la tête comme s'ils avaient accompli eux-mêmes le travail, et quand celui-ci fut terminé, pareil à ce qu'il eût été si Neh-Ishri'n' l'avait fait de ses doigts, dirent avec celle-ci le mot *iw' !* Puis Neh-Ishri'n' replaça et serra le tressage sur le torse de Nî-éi.

La pluie s'arrêta bien après le début de la nuit.

Ils mangèrent la dernière viande et deux des bêtes à la queue cassée attachées au bâton de Neh-Ishri'n'. Blottis l'un contre l'autre sous la souche de l'arbre penché, ils mâchaient en silence et regardaient la nuit nouvelle, rutilante après la pluie, sous la clarté de la lune réapparue dans le flot des nuages déchirés.

À un moment monta le cri sourd du fauve, comme il était monté déjà la nuit d'avant celle-ci, comme si la bête était la même et avait suivi le même trajet qu'eux. Moh'hr pencha la tête vers Nî-éi, à côté de lui, trouva son regard entre les mèches de cheveux écartées. Il dit :

— *Sh'ohr...*

Nî-éi fit le signe d'approbation, ouvrit la bouche et remonta le coin de ses lèvres épaisses — elle fut ainsi un court instant, puis elle dit :

— *Nakoa... Atanik-edri.*

— *Nakoa-atanik-edri... Sh'ohr...*

Moh'hr hochait la tête. Il désigna Nî-éi en touchant son épaule du bout de son doigt, dit :

— *Sh'ohr ?*

Le *sh'ohr* était-il là pour elle ? La suivait-il partout où elle allait, où elle irait quand elle irait quelque part ? Il avait demandé. Avec lui, le vieux et Neh-Ishri'n attendaient une réponse à l'interrogation.

— *Iw'*, dit Nî-éi.

Le silence enroulant le mot se prolongea. Les gouttes d'eau tombaient des feuilles, elles coulaient des racines dénudées de la souche sur le sol mou où elles avaient creusé des traces embrouillées. Nar-iaw avait fermé les yeux. Bientôt, la respiration de son corps abandonné se fit à petits coups, avec des bruits légers intermittents, doucement râpeux, échappés de sa bouche ouverte.

Moh'hr dit alors pourquoi il marchait, et vers quoi. Il avait les yeux fixés sur la nuit profonde striée par les gouttelettes brillantes tombées des racines sur la terre et des feuilles dans les herbes, mais c'était pour Nî-éi qu'il parlait d'une voix basse. Ou bien juste pour lui, tant les mots étaient courts, parfois, enlisés dans les poils sous sa bouche, à peine sortis d'entre ses lèvres, à peine mots.

Il dit longtemps, avec beaucoup de mots — beaucoup trop pour Nî-éi, mais il les redisait souvent, et plusieurs fois, jusqu'à ce qu'elle touche son oreille, puis ses yeux, montrant par le signe qu'elle voyait les images qu'il formait pour elle.

Moh'hr dit comment la grande, grande montagne lointaine crache et dévore les hautes fumées que sont les nuages. Une fois déjà, il avait raconté à Nar-iaw — Nî-éi était la seconde personne.

Il y avait sur *atanik-tô-nik-nik*, le lac sans limites fermées, une *uesh-mohgr'ffhui*, une petite montagne cracheuse de fumée, un enfant. Elle était *uesh* car des images de sa naissance se transmettaient de parole en parole dans le langage des *Loa* du bord du lac — les plus vieux d'avant Nar-iaw avaient vu de leurs yeux ces images. Moh'hr en avait vu d'autres, quand il était lui-même *uesh-loa* : des images de colère, de grondements qui tremblaient non pas dans le ciel mais sous la terre et faisaient vibrer l'eau du lac en vagues rondes au pied de la petite montagne, et la roche-lumière fumante qui coulait du sommet en grognant dévalait les flancs raides et noirs, emportait les arbres sur son passage, jusque dans l'eau du lac et les hauts tourbillons de fumée blanche. Des images de fumées noires et rousses, épaisses ; énormes au-dessus des vomissures de roche-lumière, elles étaient tout de suite devenues des nuages, sans attendre d'avoir atteint plus de hauteur, et avaient voilé le soleil — mais le soleil avait gagné le combat, les nuages étaient retombés comme une pluie de sombre terre légère, et ils avaient tout recouvert. Les nuages sont faits de cela : de terre et d'eau que crachent les montagnes remplies de lumière, la lumière devient pierres et roche ensuite, quand elle sort des montagnes, et c'est une bonne chose pour les hommes qui savent en faire des pierres *dzia*. La lumière est à la fois dans le ciel et sous la terre, partageant ces territoires avec la nuit, son ombre mauvaise. Les fumées des nuages sont de la terre et de l'eau vaincues, comme des corps abandonnés à jamais, rejetés des territoires en dessous par la bouche des montagnes. Le soleil doit encore lutter pour les repousser, les dévorer, et c'est ainsi que les montagnes sont à la fois cracheuses et mangeuses de fumées, car ce qu'elles ont vaincu sous la terre doit l'être encore, sans cesse, sous le ciel.

Nî-éi écoutait les mots nouveaux qui disaient ce que savait Moh'hr, ce qu'elle n'avait jamais entendu. Sans doute était-ce pour cela que l'ombre double des choses et des gens devait être crainte et surveillée, pour les *nam*. Mais les *nam* ne savaient pas toutes les images. Moh'hr et ceux comme lui ne s'occupaient pas des ombres attachées à leurs pieds ou leurs gestes — l'ombre était une partie de la nuit qui ne les quittait pas dans la lumière et contre laquelle il n'y avait rien à faire. Bien sûr, elle avait vu déjà, elle aussi, des sommets cracheurs de nuages.

La petite montagne sur le grand lac n'était pas la seule — Moh'hr le dit. Il y en avait d'autres, on pouvait les voir au loin, beaucoup et beaucoup sur tous les territoires de la terre visible. Parmi toutes, il y en avait une, la plus grande, si grande qu'elle dépassait le ciel, si grande et solide, tellement forte, que le ciel s'appuyait sur son dos. Aucun *loa* ne l'avait jamais vue, la plupart ignoraient son existence — mais lui, Moh'hr, savait qu'elle se dressait à un endroit. C'était la plus grande, elle crachait les nuages vaincus par la lumière sous la terre, afin que la lumière sous le soleil finisse de les déchirer et les transforme en pluies. Et la pluie ne manquait pas, jamais, sur le territoire de la grande montagne. Et les *nakoa* s'y trouvaient en grand nombre, les rivières coulaient, les herbes et les arbres ne séchaient pas.

Moh'hr dit qu'ils marchaient vers la montagne lointaine. Il dit que Nî-éi marchait avec eux protégée par le *sh'hor*, et qu'ainsi le *sh'ohr* les protégerait aussi jusqu'à ce qu'ils trouvent la montagne des nuages.

Une si grande montagne, dit Nî-éi, doit cracher de la roche-lumière en grande quantité — comment les territoires peuvent-ils alors être couverts d'arbres et de *nam-nî* de toutes sortes ? Ils avaient vu l'un comme l'autre ce que peut faire la roche-lumière quand elle coule pareille à une rivière, rouge, noire, lente, indétournable. Ils n'avaient pas de nom pour cela. Ils disaient « roche-lumière », *tô-ok-jui*, mais ce n'était pas une image juste, cela ne nommait pas ce qui changeait la roche en une roche-lumière. C'était ce qui avait emporté Maäq'et les *Nak-Booh-Loa* sur la rivière, ce qui avait marqué Moh'hr sous les pieds, mais toute la lumière n'était pas comme celle-là. C'était ce qui rendait les pierres intouchables, beaucoup plus chaudes que ne pouvait le faire un simple soleil depuis le haut du ciel ; c'était ce qui mangeait les arbres, comme si le vent devenait lumière tournoyante, du tronc au sommet des branches, d'un seul coup, et n'en laissait même pas la carcasse, c'était ce qui courait dans les herbes et pelait le sol en noir, chassait les *nakoa* terrifiés au galop. Ils n'avaient pas de nom pour ce que c'était.

— *Jui-r'euh*, dit Moh'hr.

Car c'était la lumière qui mange. Il fit les gestes pour Nî-éi et elle toucha son oreille puis ses yeux. Elle dit .

— *Jui... annî iakw.*

— *Ani-ak' ?*

Il ne comprenait pas *annî iakw*, « qui est dessous », et ce fut au tour de Nî-éi de lui expliquer longuement, de répéter les mots et de multiplier les gestes.

— *Xuahan ash*, dit la petite voix de Neh-Ishri'n', qui les fit tressaillir.

Vivre en bas.

— *Annî iakw*, approuva Nî-éi.

Moh'hr jeta un regard réprobateur à Neh-Ishri'n', dont le visage satisfait resta imperturbable ; il changea de position, se détournant d'elle ostensiblement.

— *Nar arsha*, dit-il — ce qui est chaud, fortement.

Nî-éi dit :

— *Nar-ohr. Ohr-ohr-rsha.*

— *Atanik ohr arsha ! Atanik ohr-hr !*

— *Ohr-ohr*, corrigea-t-elle. *Ohr : atanik. Ohr-ohr-rsha !*

Elle fit le geste de toucher quelque chose de brûlant et de retirer vivement la main, poussant un petit cri qui simulait la douleur, puis elle montra les pieds de Moh'hr dont elle associa les brûlures à sa mimique.

— *Or'sha ! Or'sha !* dit Moh'hr, et fit lui aussi le geste de se brûler la main, toucha la plante boursouflée de ses pieds.

Elle opina :

— *Ohr'sh' !*

Elle découvrait ses dents, les commissures de ses lèvres relevées, les pommettes rondes et les yeux brillants. Elle dit le nom pour la montagne, dans le langage des *Loa*, gonfla ses joues et fit le signe de cracher, dit le nom nouveau qui n'était ni tout à fait du langage des *Loa*, ni tout à fait de celui des *nam : Ohr'sh.*

— *Moh-ohr'sh.*

Les yeux de Moh'hr brillaient avec les siens. Il pencha la tête de côté et la regarda, approuvant, l'écoutant répéter le mot nouveau pour ce que crachait la montagne. *Ohr'sh* — le feu.

— *Ohr'sh*..., dit Moh'hr, à la suite de Nî-éi.

Il tourna la tête vers Neh-Ishri'n' : elle avait fermé les yeux, posé les morceaux de peau sur le dessus de son ventre, pour se protéger de la fraîcheur, et les maintenait en place d'une main que le sommeil agitait parfois faiblement.

— *Ohr'sh...*

Il se pressa vers Nî-éi, dont les yeux cessèrent de briller instantanément, et qui eut un mouvement de recul. Mais il ne fit que poser ses doigts sur son genou — les retira vivement comme s'il s'était brûlé, comme s'il avait touché ce qu'ils nommaient tous deux du nouveau mot construit ensemble.

— *Ohr'sh !* dit-il en forçant la grimace de douleur — et le visage de Nî-éi s'apaisa.

C'était le mot d'une image que personne ne savait. Rien que la petite femme et lui.

Pour cela, à cause du mot partagé, les coins de la bouche de Moh'hr se relevèrent bien haut et il émit un bruit joyeux venu du fond de la gorge, quand plus tard, le jour suivant, alors que la pluie s'abattait de nouveau violemment et qu'ils étaient les premiers à s'asseoir sous l'abri d'une roche, Neh-Ishri'n' lui dit que la petite femme protegée par le grand *nakoa-atanik-edri* s'en irait, comme ils l'avaient trouvée, s'en irait à la première occasion, s'en irait, et qu'alors il ne pourrait plus la regarder toujours, il ne pourrait jamais la toucher, il resterait avec elle, Neh-Ishri'n', et puis avec Nar-iaw, comme ils avaient quitté le clan au bord du lac.

# 11

Ce fut Nî-éi qui les aperçut à travers le rideau brillant de la pluie. Ils apparurent sur la ligne plate du sommet de la colline que le petit groupe venait de franchir, et alors qu'il se dirigeait, Moh'hr en tête, vers un bouquet isolé d'arbres *uôk* en fleur émergeant, suspendus, de la grisaille hachurée qui mélangeait ciel et terre.

Ils étaient comme les doigts d'une main et un doigt de l'autre.

D'abord, on aurait pu croire qu'il s'agissait encore de la bande des *nakoa'loa* aperçus plusieurs fois déjà auparavant, les jours qui suivirent celui où Neh-Ishri'n' avait dit à Moh'hr que la petite femme s'en irait vers ce qu'elle cherchait (et comme si elle avait su ce que Nî-éi cherchait) quand elle le déciderait. Mais les *nakoa'loa* ne marchaient que rarement sous la pluie, et puis, tout de suite, ils virent les bâtons — les *nakoa'loa* ne tiennent pas de bâtons —, distinguèrent plus précisément les silhouettes debout. Quand Nî-éi les remarqua, ils se trouvaient peut être là depuis un moment, on ne pouvait savoir. Pas plus qu'on ne pouvait savoir si leur apparition soudaine se produisait au détour hasardeux de deux chemins, ou s'ils suivaient le groupe depuis un moment déjà

— à cet instant, les deux éventualités étaient envisageables.

Ils se trouvaient trop éloignés et la bruyante pluie battante embrouillait trop la netteté des choses pour que puissent se reconnaître en eux des *Loa* du clan, des autres *loa-nak*, ou des *Nak-Booh-Loa* de la rivière. Ce n'étaient pas des *nam* connus de Nî-éi : leur nombre autorisait cette certitude, la seule du moment, concernant ce qu'ils étaient. Ils avaient surgi. Se tenaient là, sous la pluie. Ils avaient vu le petit groupe et savaient que les membres de ce petit groupe, moins des doigts d'une main, les avaient vus.

Moh'hr désigna le bouquet d'arbres *uok* d'un geste vif qui engageait ses compagnons à se hâter vers leur refuge ; il y parvint le dernier, après avoir couru et glissé plusieurs fois dans la boue, et quand il regarda de nouveau vers le sommet de la colline, il n'en voyait plus le même endroit, les silhouettes des autres avaient disparu. Ni Neh-Ishri'n', ni Nar-iaw et Nî-éi, qui regardaient avant lui, n'avaient vu où et comment. La pluie les avait emportés.

Sous le bouquet d'arbres *uôk* s'abritait un couple de ces *nakoa* que Nî-éi désignait du nom de *r'rh-o-r'rh-o*, pour qui les *Loa* n'avaient que des gestes évoquant les dents recourbées sur le nez. Les *r'rh-o-r'rh-o* se levèrent, sur leurs gardes, à l'irruption de tous ces gens debout brandisseurs de bâtons dans la place qu'ils occupaient. Un des deux était une femelle au ventre bas sur le sol. Moh'hr et ses compagnons savaient qu'il est préférable de ne pas s'attaquer à ces *nakoa* qui pour un rien dressent leur queue mince terminée par une touffe poilue et chargent. Même en nombre, même avec des bâtons bien épointés, des bâtons lourds pour frapper, il vaut mieux ne pas énerver un *r'rh-o-r'rh-o*. Les *nakoa* se tenaient sous l'arbre du bosquet dont un des troncs, qui suivait la ligne horizontale du sol à hauteur de ventre, offrait le meilleur abri — les nouveaux venus ne tentèrent pas de les en déloger ; ils s'installèrent au pied d'un autre arbre, le plus éloigné de celui au tronc penché, sans gestes d'agression à leur endroit, avec au contraire des sons de bouche doux qu'ils poussèrent à travers la pluie dans leur direction, et les *nakoa r'rh-o-r'rh-o* en furent rassurés, et ils se recouchèrent sous le tronc, les yeux tournés vers ces intrus qui ne semblaient pas vouloir s'occuper d'eux.

Quand la pluie cessa, un peu plus tard, alors que du ciel brusquement déchiré se déversait un soleil instantanément brûlant, les *r'rh-o-r'rh-o* s'en allèrent en trottinant nerveusement, fouettant les flaques éphémères de leurs pieds aux doigts osseux, s'enfoncèrent et disparurent dans les épais lambeaux de fumées sortant du sol. Les fumées montaient des pentes des collines proches et lointaines, comme si de sous la terre, partout, allaient gronder d'un instant à l'autre les gueules affamées d'innombrables *mohgr'ffhui* prêts à se dresser. Elles couvraient le sommet de la colline plate où étaient apparus, puis avaient disparu, les autres *loa-nak*. C'était l'endroit d'où ils pouvaient surgir encore, ce qui aurait rendu leur présence inquiétante, mais ils ne se montrèrent pas.

Les cheveux et la peau des membres du petit groupe fumaient comme la terre alentour. Ce n'était pas désagréable, accompagnant au contraire la sensation de bien-être que le soleil mettait en eux après la pluie ; pourtant ils s'employèrent à repousser les fumées en se frottant la peau du plat de la main, en s'ébouriffant les cheveux — les fumées de sur la terre achevaient de s'effilocher elles aussi, sauf sur les lointaines collines où elles demeuraient accrochées dans les arbres et les brousses épineuses comme des morceaux de nuages qui auraient imprudemment traîné trop bas.

Ils s'interrogèrent sur l'origine des *loa-nak* entr'aperçus dans la pluie, sur la raison de leur présence furtive au-dessus de la colline plate. Aucun n'avait de réponse, pas même Nar-iaw — mais le vieux *Loa* gardait la bouche close depuis quelque temps, ou si ses lèvres s'ouvraient, tordues et déjetées de côté, c'était sur sa respiration pleine de bruits, difficile ; les pets fusant encore parfois d'entre ses fesses plissées le laissaient sans réaction, ne le faisaient plus glousser, comme s'il ne les entendait ni ne les sentait plus. À la fin de ce jour-là, ils en parlèrent encore, s'interrogèrent encore. Ne donnèrent pas plus de réponses dont les images fussent certaines, stables et clairement visibles.

Le jour suivant cette vision dans la pluie brillante, et alors qu'ils descendaient vers la grande terre creusée parmi les tertres de ce qui n'était plus tout à fait comme avant la montagne, ils virent encore les autres hommes, minuscules, sur la crête de roche hérissée d'arbres *nôo-ik* sans pied de tronc.

Cette fois la pluie n'était pas là pour les aider à disparaître sans laisser de traces. Ils marchaient à la file, l'un derrière l'autre, pareils à des fourmis. Ils s'enfoncèrent derrière la crête.

Moh'hr et les deux femmes derrière lui, Nar-iaw un peu plus loin, attendirent longtemps qu'ils réapparaissent et descendent la pente — cela ne se produisit pas. S'il s'agissait du même groupe que la fois précédente, ils allaient dans une autre direction que Moh'hr et ses compagnons — ces hommes-là suivaient les nuages, ils ne marchaient pas à leur rencontre.

Moh'hr et ses compagnons ne touchèrent qu'au soir le fond de la grande vallée creuse, dont ils dégringolaient le flanc depuis le plus fort et haut soleil. Sur l'autre bord, un long plateau au sommet droit et plat, que la distance faisait paraître nu, dépouillé de toute végétation. Au-delà s'élevaient des imbrications de montagnes bossues, couleur d'eau profonde. Plus loin encore, jusque sous le ciel de nuages embrasés : la barre sombre et floue de ce qui pouvait aussi bien être des montagnes serrées les unes contre les autres ou un lac d'eau calme encore plus grand que *atanlk-tô-nlk-nlk*. Sur la barre sombre et floue, de plus en plus sombre et floue dans la lumière rousse du jour qui sombrait, se profilaient plusieurs cônes fumants — dont un, bavant de la gueule ce que Moh'hr et Nî-éi avaient nommé *ohr'sh*, et qui marquait cet endroit de la nuit d'un fin tressage de filaments de lumière.

Mais ce n'était pas encore la plus haute montagne cracheuse de nuages recherchée ; c'en était une parmi toutes les autres — et les nuages venaient de plus loin. De tellement plus loin.

Une partie de la nuit, Moh'hr regarda sans un mot couler le *mohgr'ffhui*. Neh-Ishri'n' se coucha contre lui et il la laissa faire, comme il l'avait laissée faire à la fin de la nuit d'avant. Comme la nuit d'avant, Moh'hr se glissa derrière elle et trouva le plus fort de son odeur, entra dans la fente de sous son ventre, donna rapidement quelques à-coups successifs et violents qui la secouèrent et la firent gémir. Claquant le bas de son ventre contre les fesses de la *neh* ; grognant sous l'agréable frisson de chaleur qui le traversait, lèvres retroussées sur ses dents découvertes, quand le trop de liquide poisseux fusa de lui en elle, et que, dans sa poitrine, la force cognait à coups redoublés, cognait comme si cela lui remplissait tout le corps, du bout des pieds jusqu'aux cheveux... Et plus tard, alors qu'étendu de côté contre le dos arrondi de Neh-Ishri'n' ce qui était *oa* entre ses jambes redevenait dur, il s'accroupit dans une position de *r'rh'o-r'rh-o* broutant l'herbe rase, rampa vers Nî-éi sur les genoux et les coudes. Elle ouvrit les yeux avant même qu'il la touche et s'écarta brusquement, sursautant comme si quelque *nakoa-n'n'* l'avait piquée. Elle gronda. Moh'hr s'immobilisa. Les battements forts allaient vite dans sa poitrine serrée ; une sorte de colère lui nouait la gorge, mais il était pourtant incapable de lever sur elle le geste qui l'eût forcée à présenter son dos. Il voyait briller la lumière de la lune dans ses yeux.

— *Ohr'sh...*, dit Moh'hr d'une voix basse, rien que pour elle, juste parce que c'était ce mot-là.

Juste parce que c'était ce mot-là et parce que le dire à cet instant signifiait davantage que son contenu, signifiait le partage de ce qui sans eux n'existait pas autrement, ni ailleurs, nulle part, en quelque point que ce soit, sur tous les territoires visibles et non visibles.

Mais elle gronda.

Les nuages montaient depuis l'autre côté des montagnes lointaines. Ils remplissaient le ciel, sans commencement, sans fin, avaient toutes les formes, se bousculaient en un troupeau ininterrompu de gigantesques bêtes aux panses tendues que la lumière lardait de coups tranchants, et crevait, déversant par les déchirures leur fracassant contenu de pluie lourde. Des rivières bondissantes et tumultueuses sillonnaient la vallée et se cognaient entre elles, emportant la terre rouge, là où il n'y avait que pierres et poussière l'instant d'avant, et, pour beaucoup de ces passagères ruades et cavalcades de l'eau, ne subsisterait qu'une trace éphémère et chaotique de boue, l'instant d'après.

C'était ainsi durant les jours, ainsi durant les nuits.

Nombre de ces rivières grossies n'étaient pas éphémères. Celles dont le niveau furieux ne s'apaisait pas entre les averses, et qui ne pouvaient se franchir, obligeaient aux détours, aux écarts, à la lenteur, jusqu'à un endroit où la terre se resserrait sur l'eau, où s'élançait en équilibre quelque promontoire, où des arbres arrachés, branches et racines emmêlées, permettaient un passage risqué et vacillant.

Il y avait des bêtes au long des rives, et sur les terres, sur les étendues reverdies, entre les rivières. Sur les rivières aussi, pattes raides et cornes tourbillonnantes dans les remous, et leurs yeux blancs comme des pierres ouverts au silence du plus profond des eaux.

Il y avait des oiseaux, si nombreux parfois qu'ils faisaient une autre sorte de nuages. Le bruit de leurs ailes, leurs cris, s'abattaient comme des chapes sur les arbres coiffés de tendres et neuves couleurs.

Les arbres *uôk* blancs de fleurs. Ou bien ils les avaient déjà perdues.

Certaines parties des nuits secouées par la colère du ciel étaient plus éclatantes que le jour ; les yeux écarquillés devenaient gouffres livides et béants dans les visages muets, comme si la peur pouvait se graver dans la pierre.

Nai-iaw se taisait presque toujours. Il frissonnait même sous le soleil et gardait longtemps ce qu'il mâchait dans sa bouche avant d'avaler en grimaçant. Il était le dernier du groupe, souvent à des distances dépassant le regard. Du temps pesait avant qu'il les rejoigne, quand ils s'arrêtaient. Regarder son visage ne tirait plus vers le haut les coins de sa bouche. Ses jambes, plus que celles des autres, étaient lacérées par les épines ou marquées par les chutes dans les endroits mauvais. Sur le haut de sa poitrine maigre que les os bosselaient, une marque noirâtre tachait les plis de la peau là où la mouche couleur de boue l'avait piqué un soir ; les traces laissées par la pierre, pour faire saigner, s'y entrecroisaient dans les rides.

Moh'hr marchait le premier.

Il allait le plus souvent seul, maintenant, loin devant. Il ne regardait pas en arrière ; il regardait à la source cachée des nuages, forcé parfois de progresser dans une direction presque opposée quand le terrain contrariait toute marche directe. Il regardait vers les élévations étagées de l'autre bord de la vallée, toujours un peu plus proches, toujours aussi lointaines, vers les épines dorsales entrecroisées des montagnes au-dessus, et les fumées du *mohgr'ffhui*, derrière — qui n'était pas mieux qu'un *mohgr'ffhui* comme beaucoup d'autres, sur le chemin vers la source de tous les grands nuages. Il avait un regard comme celui qui brillait dans l'œil unique du vieux, ne prenait plus la peine de s'arrêter pour cueillir de quoi manger aux branches des buissons, ni de fouiller le sol du talon de son bâton, ni d'essayer d'attraper une petite bête quand l'occasion s'en présentait : il mangeait ce que l'une ou l'autre des femmes lui donnaient, quand elles le rejoignaient, de ce qu'elles avaient trouvé et portaient pour lui dans une main contre leur ventre, des baies ou des racines, des bourgeons, des petites bêtes que la pluie faisait venir en quantité dans les flaques.

Elles marchaient ensemble. Jamais séparées de plus d'un jet de bâton. Si Nî-éi allongeait la distance, intentionnellement ou non, Neh-Ishri'n' se hâtait de la réduire et de revenir dans son ombre. Pour Moh'hr, Nî-éi portait les choses à manger dans le tressage plié en creux qui lui avait enserré le torse pendant plusieurs jours et plusieurs nuits. Sa poitrine ne coulait plus, maintenant, n'était plus douloureuse, vidée de son liquide à boire pour un petit. Il lui arrivait d'appeler le *sh'ohr*, encore, quelquefois, bien qu'elle obéît davantage, ce faisant, au besoin confus d'avoir à le faire pour retrouver une sensation rassurante de force en soi, plutôt que pour apaiser une vraie crainte. Elle l'appelait de tout son être, en silence, les yeux clos et les dents crissantes. Il ne vint pas. Il ne se montra pas. Ils virent un *sh'rah* à crinière, plusieurs *h'r'ahou* (que Moh'hr et Neh-Ishri'n' nommaient *edri-iaaw-hev'nehmo* et que Nî-éi ne parvint pas à dire correctement, provoquant chaque fois le rire aigu de Neh-Ishri'n'), mais pas de *sh'ohr*.

Les morsures de *ohr'sh*, sous les pieds de Moh'hr, étaient refermées.

Neh-Ishri'n' portait, en plus de son bâton, un des bâtons légers du vieux, qu'il n'avait pas ramassé un matin. La pointe en était émoussée ; Neh-Ishri'n' avait essayé de la retailler avec des pierres *dzia* frappées à la hâte, au cours d'une pause dans le milieu d'un jour étouffant, s'efforçant de copier la taille du bâton de Moh'hr ; Moh'hr s'y essaya lui aussi, et n'y parvint pas mieux.

Un jour, ils gravirent l'autre bord de la vallée.

Le plateau qui s'étalait devant eux était couvert d'une herbe épaisse, de bosquets de grands arbres dont beaucoup avaient été jetés à terre, épluchés, brisés, certains réduits à un bout de tronc de travers sur la souche basculée. Nar-iaw retrouva la parole et des gestes joyeux en découvrant les traces des grands *edri'han-uôk* aux grandes oreilles, au grand nez comme un bras, aux grandes dents... Il répéta les images qu'il avait dites si souvent à Moh'hr, assis au pied de l'arbre sur la berge de *atanik-tô-nik-nik*, et qui racontaient quand il était à peine un *loa* et que passaient, faisant trembler la terre, des troupeaux entiers de grands *edri'han-uôk*. Quelquefois il disait que les images lui avaient été données par des vieux avant lui, d'autres fois qu'il les avait vues lui-même quand il était à peine *loa*, mais c'étaient toujours les mêmes images et ses yeux brillaient de la même façon.

Des montagnes bossues, au-delà du plateau, cachaient les suivantes et celle qui fumait, plus loin.

Les grands *edri'han-uôk* avaient traversé le plateau avant les pluies. Passé les arbres dévastés et ce qui restait des troncs déracinés, la plupart de leurs traces étaient retournées dans le sol, effacées par les averses et l'écoulement des eaux.

Nar-iaw dit, avec beaucoup de gestes en plus des mots, qu'ils avaient très faim quand ils se trouvaient là, parce que, dit-il, les *edri'han-uôk* se contentent ordinairement de manger l'herbe, les feuilles et les petites branches des buissons et des arbres *uôk* : il faut que leur faim soit grande et qu'ils ne trouvent rien de mieux en suffisance pour déchiqueter en lambeaux et avaler un arbre complet. Ils avaient pris la direction du soleil quand il retourne à la terre, à l'opposé de celle où ils allaient habituellement dès que les pluies tombent du ciel — mais les pluies avaient tardé et les grands *edri'han-uôk* cherchaient l'eau où ils savaient en trouver encore ; ils attrapaient le vent porteur des odeurs de l'eau avec leurs vastes oreilles, et ils étaient retournés d'où ils venaient. Les traces toujours visibles de leur passage étaient quelques arbres pelés, ici et là ; des bandes de buissons rasés ; les gros tas éparpillés de leurs déjections.

Moh'hr et Nar-iaw, de nouveau côte à côte, marchèrent dans ce qui subsistait des traces jalonnant la piste étirée vers la montagne. Chaque nouvelle averse effaçait un peu plus les empreintes sur le sol, mais les squelettes éclatés des arbres et les déjections restaient. D'après la consistance des gros tas de crottes et leur état de dégradation par la pluie, le passage des énormes animaux remontait à beaucoup de jours et de nuits.

Tant que la piste encore visible allait en parallèle avec leur marche, les deux hommes la suivirent. Nî-éi et Neh-Ishri'n' venaient loin derrière eux, prenant le temps de cueillir et de glaner, d'attraper de petites bêtes aussi, de les poursuivre en essayant de les atteindre avec leurs bâtons. Souvent, il leur fallait chercher non pas les traces des *edri'han-uôk* mais celles, fraîches, laissées à leur intention par les deux *Loa* que la distance et les boursouflures du terrain, ou un soudain bosquet serré, cachaient à leurs yeux. Elles ne les rejoignaient qu'au milieu du jour, au plus haut du soleil, si la fatigue ou la faim les poussait à une pause. Ou alors au déclin du soleil.

C'était au plus haut du soleil, ce premier jour de la traversée du plateau à la suite des *edri'han-uôk*, et la faim ou la fatigue n'étaient pas suffisantes pour que Moh'hr et le vieux — Moh'hr surtout, sans aucun doute — s'octroient une pause. Mais il y avait la faille.

La faille soudaine aurait pu les arrêter, les écraser sous le poids des efforts à fournir pour le franchissement de ce nouvel obstacle. Le contraire, apparemment, s'était produit. Ils n'avaient pas attendu pour s'y précipiter.

La faille leur était apparue soudainement au sortir de la

petite dénivellation plongeante qui succédait à une longue étendue d'herbes hautes et d'arbres aux feuilles comme des petits bâtons. Elle ouvrait dans le sol et la roche ses pentes déferlantes entrecoupées d'à-pics raides, parsemées d'arbrisseaux d'épines et de plantes rampantes accrochés aux pierres, large de plusieurs jets de bâton, profonde d'encore plus. Dans le fond coulait une eau brillante de remous frappés par la lumière de cet instant du jour, mais qui serait dans l'ombre bientôt, dès que le soleil dépasserait le haut du ciel. Le bruit se répercutait dans le fatras des parois rocheuses et pouvait faire croire à une force que n'avait pas la rivière, dont le courant, quoique rude, s'écharpait aux rocs émergents ; il suffisait de sauter de l'un à l'autre pour passer sur l'autre rive.

Sur le bord de la faille, Moh'hr et le vieux avaient laissé une marque de branches cassées plantées en terre, à l'endroit où le ravinement des averses, entre les pierres de l'arête, faisait un passage. Les empreintes de leurs pieds creusaient la boue séchée.

Les grands *edri'han-uôk* n'étaient certainement pas descendus là. Leurs dernières crottes étaient loin avant le long bosquet d'arbres aux feuilles comme de petits bâtons, dans lequel ils n'étaient pas entrés, longeant la fracture rocheuse dans une ou l'autre direction.

Elles se penchèrent et scrutèrent la pente. Moh'hr et le vieux n'étaient pas visibles. Après un court instant, Nî-éi recula d'un pas, le visage terne. Elle s'accroupit, posa au sol le bandeau de nervures de feuilles tressées qui contenait un fruit long à peau verte striée de jaune — dans lequel elle avait mordu une fois — et s'appuya sur le bout des doigts pour affermir sa position, comme si, bien qu'écartée du bord du gouffre, elle eût craint d'y tomber.

Neh-Ishri'n' s'engagea dans la descente. Elle fit deux

pas glissants, se retourna et du geste invita Nî-éi à la suivre ; celle-ci ne bougeant pas, Neh-Ishri'n' s'immobilisa. Elle fit encore le geste. Nî-éi se redressa, pas tout à fait debout, le dos rond sous les nuages amoncelés qui montaient vers le soleil. Le fruit tomba du tressage qu'elle traînait ; elle fit comme si elle ne s'en apercevait pas, empoignant fermement le bâton sur la peau nouée de la petite bête, s'appuyant dessus. Elle s'engagea à la suite de Neh-Ishri'n'.

Quelques pas plus bas, elle s'arrêta de nouveau. La pierre tremblait sous ses pieds, partout alentour. Le bruit de l'eau s'était refermé sur elle, répercuté par le ventre des nuages sombres lancés au-devant du soleil. L'ombre passait en vibrant sur tout un flanc de la faille, du haut en bas, sur une partie de la paroi que descendaient les deux femmes et en un point de laquelle, quelque part, se trouvaient Moh'hr et Nar-iaw.

Les images qui n'avaient jamais cessé d'être en elle depuis ce qu'elle avait fait se déversaient sous ses yeux, l'attiraient. C'était le même ravin, la même vertigineuse plongée que cette fois-là. Lentement, elle plia les jambes, s'accroupit, elle lâcha le tressage pour agripper un ergot de roche. La sueur coulait dans le creux de son dos, entre ses seins, luisante. Son visage moite était plus terne à chaque instant.

Le même ravin, la même dégringolade...

Neh-Ishri'n' s'aperçut qu'elle n'était plus suivie alors qu'elle entrait dans l'ombre mouvante. Elle poussa un bruit de gorge interrogateur et revint prudemment sur ses pas, son regard couleur de l'herbe sous la pluie suspicieusement fixé sur la petite femme accroupie. L'ombre des nuages la suivait, la dépassa, coula sur Nî-éi.

— *Han !* dit-elle.

Et puis, encore, le bruit de gorge interrogateur.

Nî-éi leva les yeux. Elle accomplit le léger mouvement de tête au prix d'un terrible effort, pour s'arracher à la contemplation fascinée de la pente abrupte ; son regard rencontra celui de Neh-Ishri'n'. Elle dit, entre ses lèvres craquelées de salive séchée et qui semblaient collées au-dedans de sa bouche :

— *Ohr...*

Neh-Ishri'n' hocha sa tignasse rouge, désigna la pente derrière elle et en dessous.

— *Moh'hr*, approuva-t-elle. *Han.*

— *Ohr*, corrigea Nî-éi. *Iaaw Moh'hr.*

Neh-Ishri'n' fit une mimique d'incompréhension. Elle hésita, regarda la pente, puis de nouveau Nî-éi. L'haleine qui montait de la rivière tourna autour d'elles en balayant la poussière sur la roche, courba les herbes rares et fines, fit trembler de petites fleurs rondes et blanches parmi des feuilles à peine plus grosses. Une goutte de pluie large et sombre éclata en plein centre d'une pierre, entre les deux femmes. Aussitôt après, une autre, puis une autre, creusant de minuscules bourrelets fugaces dans la poussière à peine revenue après la précédente ondée. Sur la tête, sur le dos, les épaules de Nî-éi et Neh-Ishri'n'. Celle-ci se rapprocha instinctivement de la roche en paroi, mais resta debout. Le visage levé de Nî-éi, devant elle, était à hauteur du haut de ses cuisses.

— *Ohr*, dit Nî-éi, sur un ton plus dur.

Neh-Ishri'n' fit le signe pour « fort », montrant qu'elle se souvenait du mot.

L'homme était le plus fort de la bande des *nam.* Il était celui qui parle — il parlait plus haut et plus souvent que Nam. Il était celui qui frappe. Il n'était pas jeune et pas vieux. Il était fort, et « Ohr » était son nom. Nî-éi cueillait des baies noires acides dont elle remplissait un nid trouvé de *nam-nîhu-t-shiik* quand il était apparu.

Le même ravin au fond vacillant, les mêmes images. Sauf la pluie.

Neh-Ishri'n' se pencha sur elle ; la saisissant par les cheveux, elle l'obligea à se relever. Elle ne tirait pas, elle la forçait simplement à abandonner sa position accroupie, à se remettre en marche. Elle la faisait passer devant elle et la poussait en avant, marchant contre elle, du côté du vide. La pluie serrée avait changé instantanément la couleur de la roche dont les contours devenaient flous sous l'impact des gouttes en rafales. Des filaments brumeux s'effilochaient parmi les réverbérations étincelantes. La rivière, au fond, apparaissait sur le coin d'un coup d'œil comme partiellement effacée par la trombe.

Il était là pour elle, il vint droit vers elle. Les images étaient là. Nettes comme si elles venaient seulement de sortir du sol et comme si le sol était celui de là-bas, de cette fois-là, ce jour-là — un jour d'arbres *nuôk* défleuris, entre deux pluies finissantes. Ohr avait marché sur le contenu de petits fruits du nid presque rempli. Elle gardait l'image de la tache grenue qui ressemblait au sang d'un petit corps écrabouillé.

Elle avait tenté de lui échapper, mais Ohr était beaucoup plus fort. Il était plus grand qu'elle, avec de plus grandes jambes qui pouvaient sauter d'un bond pardessus les buissons les moins hauts. Il traversa les épines comme si elles ne le touchaient pas — les épines lui griffèrent les cuisses et le bas du ventre où ce qui était *nam*, raide et dressé, battait et oscillait quand il bougeait comme la tête d'une bête rampante. Derrière elle plongeait la ravine. La seule issue.

Quand elle hésitait trop longtemps avant de reposer

son pied dans un autre pas sur la roche glissante, Neh-Ishri'n' la poussait dans le dos, entre les épaules. Fort ou non — elle ne savait pas, ce n'était pas important : le contact provoquait le mouvement en avant.

Elle n'avait pas peur, alors. Elle savait qu'elle serait plus rapide et plus agile que Ohr, dans la ravine. En quelques bonds, elle lui échapperait. Depuis longtemps, Nî-éi savait qu'il viendrait vers elle comme il allait vers les autres *éi* de la bande depuis toujours, avant, quand ils étaient encore nombreux, avec Jârh souvent, puis après avec Éfi-éi, avec Éi-hn. Plusieurs fois il s'était approché d'elle mais elle s'était éloignée. Il ne comprenait pas, les *éi* d'habitude ne s'éloignaient pas. Celui qui n'avait pas besoin de nom, lui aussi, était venu vers elle, Nam au dos tordu également — elle s'éloignait : ils n'avaient pas insisté plus de quelques fois. 'Hna qui la regardait toujours était le seul à n'être pas venu vers elle ; il la regardait ; s'il était venu, elle ne se serait peut-être pas éloignée plus d'une fois. Dans ce temps-là déjà, quand venait la nuit, Nî-éi allait fermer les yeux hors de l'abri, pas très loin. Jamais plus loin que les hautes herbes environnantes, mais hors de l'abri.

La main sur son épaule la poussait. Neh-Ishri'n' était pressée contre elle et Nî-éi entendait son souffle dans les crépitements de la pluie, au-dessus de son oreille. Le ciel fit un éclair lumineux et gronda. À flanc de roches et sur le passage qui descendait rapidement, l'eau coulait en emportant la terre et des petites pierres, des herbes, des brindilles épineuses et de ces plantes rases à minuscules fleurs rondes.

Mais la main de Ohr s'abattit sur son épaule et il l'attrapa avant qu'elle puisse atteindre la ravine. Elle roula au sol en criant de colère et de peur. Il tomba avec elle, de tout son poids sur elle, l'écrasant et la meurtrissant rudement aux pierres ; elle tenta d'en saisir une mais il la frappa violemment sur la bouche et sa tête fut secouée, le ciel l'aveugla. Elle avala le sang de sa bouche, s'étrangla, cracha, toussa. Il l'avait prise aux cheveux et la retourna contre le sol. Elle ne put se protéger à temps, son front toucha une pierre ; il la frappa de nouveau derrière la tête et le ciel l'aveugla encore, bien qu'elle eût la face tournée vers le bas. De la terre mêlée au sang dans la bouche. Il la frappa sous les fesses, puis derrière les cuisses, l'obligeant à se tenir sur les genoux, coudes au sol. Il pressait sur son cou d'une main et de l'autre tirait en arrière ses cheveux. Elle avait les yeux ouverts et les petites pierres au ras de ses paupières étaient immenses. Il écarta ses genoux, il se plaqua contre elle, il entra en elle, sous le ventre, avec son *nam* dur que les épines avaient fait saigner. Elle ne pouvait plus respirer, toussait, râlait. Il cognait en elle dans le bas de son ventre comme avec une pierre coupante. Puis il cessa, se retira d'elle brusquement, et elle put respirer de nouveau. Il s'était redressé, la saisit encore aux cheveux, tirant pour qu'elle se mette debout. Nî-éi ne savait pas depuis combien de temps sa main était refermée sur la pierre. Il la tira vers le haut ; elle n'opposa pas de résistance. Debout, redressée. Elle le frappa de toutes ses forces avec la pierre, en plein visage.

La surprise autant que la violence du coup le fit reculer. Elle vit, le temps d'un très court instant, que les yeux de Ohr regardaient bizarrement, chacun dans plusieurs sens à la fois, et puis elle vit sa lèvre du dessus ouverte qui découvrait le haut fracassé de ses dents, avec du sang qui jaillissait autour des esquilles blêmes. Elle se rua sur lui pour le frapper encore. Il continuait de reculer, il portait la main à sa bouche éclatée — elle n'eut pas à frapper. Il bascula en arrière et tomba dans le vide, sans un cri. Ou s'il cria, elle ne l'entendit pas : trop de bruits tonitruants s'effondraient dans sa tête.

Elle s'arrêta, résista à la poussée soutenue de Neh-Ishri'n' et se tourna vers elle.

— *Ohr*, dit-elle en désignant le fond du ravin.

Elle dit que Ohr était tombé parmi les pierres et qu'une fois au fond il n'avait plus bougé. Parce qu'il n'était plus dans son corps. Parce qu'elle était celle qui l'en avait arraché. Elle était *éi* et avait arraché un *nam* de son corps, voilà ce qu'elle avait fait. Il ne faut pas, quand on est une *éi*, se tenir à côté d'un corps au moment où il est abandonné, ni même pendant un jour après, car c'est dans le ventre des *éi* que cherche à revenir ce qui a été arraché du corps, le laissant inerte, sans battement dans la poitrine, sans regard, ni parole, ni geste — c'est dans le ventre des *éi* que les battements recommencent et que reviennent ceux qui seront plus tard de nouveaux *nî-nam*.

Mais Neh-Ishri'n' ne comprit pas. Elle entendit juste, dans la pluie et les grondements du ciel, des mots inconnus et trop rapides pour faire des images.

Et c'est ce qui s'était passé. La force arrachée du corps inerte de Ohr n'avait pas eu à chercher longtemps pour revenir en elle, après ce qu'elle avait fait. Et plus tard son ventre avait grossi, et ce qui bougeait dans son ventre se nourrissait de son sang.

Neh-Ishri'n' hochait la tête sans comprendre. La pluie coulait dans ses yeux comme dans ceux de Nî-éi. Elle poussa contre son épaule en disant :

— *Han-han !*

Le ciel écarta les nuages et de la lumière pareille à une poussière de plusieurs couleurs se mélangea à la pluie.

Nî-éi tourna sur ses pieds, glissa, chercha un appui qu'elle crut trouver en serrant sa main sur son bâton, plutôt que du côté de la roche ; mais le bâton détacha une pierre et piqua dans le vide. Elle tomba à genoux, puis sur la hanche, glissa encore. Tout son corps se tordit en arrière, sa main qui ne tenait pas le bâton frappa le sol ruisselant et lisse. Elle bascula, le dos en avant. Un instant, ses doigts se refermèrent sur une racine. Un instant, elle crut que Neh-Ishri'n' allait se précipiter, la saisir, la retenir. Elle vit son visage qui ne disait rien. Neh-Ishri'n' la regardait glisser et ne bougeait pas.

La racine céda. Plusieurs fois, dans la chute, ses ongles battant autour d'elle se brisèrent et le bout de ses doigts éclata sans qu'elle en sût rien, frappant la pierre à la recherche d'une prise, et les images tombaient avec elle, qui montraient Ohr marchant sur elle, qui montraient Éfi-éi quand elle l'accueillait petite dans ses bras, quand elle lui lançait la petite bête avant de la chasser, des images qui montraient les coins relevés de la bouche de Jârh, qui montraient 'Hna agitant son bâton devant les autres sur le bord de la rivière. Des images d'absence du *sh'ohr*, tourbillonnantes.

Au fond de la faille, ils attendaient que la pluie cesse, abrités sous une avancée rocheuse, derrière les longues herbes qui pendaient du rebord. Assis côte à côte dans une posture identique, les bras serrés autour des genoux relevés. Le cours d'eau grondait à quelques pas, et si l'averse n'en avait pas sensiblement haussé le niveau jusqu'à présent, cela changerait probablement dans les moments à venir. Ils le savaient. Le redoutaient, sans en avoir dit un mot. La petite rivière étranglée, franchissable sans peine pour l'instant, risquait de ne plus l'être bientôt. Ou difficilement.

Moh'hr attendait pourtant. Il n'avait même pas tenté la traversée, surveillant la hauteur des remous contre les roches plates émergentes d'un gué presque facile. S'ils avaient traversé, le vieux et lui, la montée d'eau redoutée aurait pu les séparer des deux femmes ; s'ils attendaient longtemps encore, et si la montée d'eau se produisait, ils seraient tous bloqués de ce côté-ci de la faille pour un temps indéfini.

Nar-iaw claquait doucement des mâchoires, sans discontinuer. Sa fougue revenue depuis l'instant de la découverte des premières traces du passage des *edri'han-uôk* était retombée dès qu'ils les avaient quittées, un peu avant que Moh'hr décide de descendre dans la faille plutôt que de la suivre jusqu'à l'endroit où elle se resserrait, se fermait peut-être, permettant le passage certainement connu des grands *edri'han-uôk*. Il avait dégringolé la haute paroi rocheuse avec difficulté. Plusieurs fois, Moh'hr qui venait derrière lui l'avait empoigné pour lui éviter la chute. La dernière partie de la descente, sous l'averse battante, avait été plus difficile. Pour cette raison, aussi, Moh'hr attendait sous l'abri...

La lumière changea. Ensuite, peu de temps après, ce fut la couleur de la pente d'en face, un peu plus haut que la moitié de sa hauteur, que le soleil délava d'un seul coup. La pluie cessa. L'eau continua de dégouliner un petit moment le long des herbes pendantes, au bord de la roche. La rivière ne grossissait toujours pas, ses remous ne claquaient pas plus fort contre les roches — assez pour que Moh'hr n'entende pas l'approche de Neh-Ishri'n', les pierres roulantes sous ses pieds. Passant devant eux, Neh-Ishri'n' tressaillit en les voyant brusquement.

Moh'hr quitta l'abri sous la roche aux herbes tombantes. Neh-Ishri'n' était seule. Elle recula, comme traversée par la peur d'être frappée.

— *Nî-éi ?* dit Moh'hr.

Neh-Ishri'n' désigna la paroi de roche derrière elle, d'un mouvement des bâtons qu'elle tenait dans une main, disant précipitamment :

— *Nî-éi v'rhx ! Iw'Nî-éi v'rhx !*

Le visage de Moh'hr devint dur. Il repoussa les paroles de Neh-Ishri'n' d'une secousse des épaules en avant, secoua la tête :

— *Iaaw Nî-éi v'rhx...*

Mais Neh-Ishri'n' secoua la tête à son tour, affirmativement, vigoureusement. Elle dit que Nî-éi était partie. Elle dit qu'elle en avait mis en garde Moh'hr, des jours avant.

— *V'rhx...*, dit Moh'hr.

Dit le mot pour « partir », pour « fuir », comme s'il l'écoutait davantage qu'il ne le disait.

Neh-Ishri'n' dit encore que Nî-éi était partie. Dit qu'elle n'avait pas voulu descendre dans la faille. Juste avant de suivre la direction indiquée par les branches brisées plantées dans le sol, Neh-Ishri'n' s'était retournée — elle le dit — et l'avait vue s'enfuir à toutes jambes — elle l'avait appelée, elle avait crié son nom — vers les bosquets serrés dont elles étaient sorties un peu de temps avant et dans lesquels elle avait très vite disparu — Neh-Ishri'n' avait même fait quelques pas pour s'élancer à sa poursuite, mais pourquoi ? et elle avait choisi de les rejoindre au fond de la faille, seule.

Moh'hr regardait Neh-Ishri'n'. Sans bouger. Sans que ses yeux clignent, longtemps, sous les épais et broussailleux sourcils.

— *Nî-éi v'rhx*, dit Neh-Ishri'n', sur un ton à la fois bas et tranché.

Moh'hr frissonna. Son regard quitta Neh-Ishri'n' dont les cheveux rouges assombris par l'ondée masquaient en partie le visage, se porta vers les escarpements et les arêtes de la faille. Il eut le début d'un mouvement, comme s'il allait s'élancer dans le passage pour escalader ce qu'il avait descendu avant la pluie. Mais demeura sur place. Regardant. Regardant, sans un geste, simplement. Regardant là-haut, qu'il ne pouvait pas voir, au-delà des avancées désordonnées des rocs.

Et à ses pieds, l'eau de la rivière, les remous frangés qui léchaient et claquaient les pierres luisantes.

Il s'accroupit avec lenteur. Le mouvement semblait contenir plusieurs fois son poids. Il posa le bâton en travers de ses cuisses.

— *Nî-éi v'rhx*, dit Neh-Ishri'n'.

Moh'hr mit les bras sur ses genoux. Ses mains retombaient au bout des poignets. Après un temps, Neh-Ishri'n' s'accroupit pareillement.

Le niveau de l'eau changea à peine. L'écume lécha un peu plus haut, c'est tout. La partie éclairée par le soleil, sur le dessus de la falaise, se réduisit progressivement, disparut tout à fait. La lumière subsista dans les branches des arbres qui dépassaient de l'arête, comme une chevelure dorée. Le ciel était clair, presque blanc. Les nuages y couraient, traversant de biais la largeur de la faille.

L'ombre qui assombrissait le fond du défilé mettait des frissons sur la peau de Moh'hr. Il replia ses bras, saisit son bâton. Il avait pris à Neh-Ishri'n' une des peaux qu'elle utilisait parfois pour envelopper ses pieds, l'avait entortillée autour de la pointe du bâton, pour la protéger des chocs ; il vérifia qu'elle n'était pas brisée ou émoussée, renoua la peau en place. Se mit debout.

Encore, il regarda brièvement du côté du passage de la descente. Puis il tourna les talons et marcha vers la rivière. D'un cri Neh-Ishri'n' appela Nar-iaw et le tira de sa torpeur, toujours assis sous la roche, grelottant de tous ses os.

## 12

L'escalade de l'autre bord de la faille, difficile et pénible, les obligea à grimper des mains et des pieds, collés à la roche friable presque verticale. Les racines des petits épineux s'arrachaient facilement et ne résistaient pas à une prise ; quant aux bâtons, non seulement ils ne leur étaient plus d'aucune utilité pour l'appui mais ils les encombraient dangereusement — Neh-Ishri'n' perdit le second bâton léger de Nar-iaw : il lui glissa de la main, rebondit parmi les roches avant de piquer l'eau qui l'emporta.

Un long moment, Nar-iaw se tint immobile, à mi-hauteur de la paroi, comme s'il avait décidé de ne plus monter. De ne pas redescendre non plus. Ses jambes tremblaient, choquant ses genoux contre la roche ; le bout des doigts de sa main qui frappe, accrochés à une aspérité, saignait. Alors que Moh'hr et Neh-Ishri'n' atteignaient pratiquement le sommet, Nar-iaw reprit l'ascension, mais en glissant d'abord latéralement et sur une assez longue distance, avant de trouver un passage plus accessible qui lui permit de s'élever de nouveau. Moh'hr et Neh-Ishri'n' l'attendirent, assis sous les arbres qui poussaient au ras du bord, dont les racines jaillies du sol avaient aidé leur ultime effort ; ils attendirent que le vieux les rejoigne, ou qu'il tombe, sans échanger un regard ni un mot, jusqu'au moment où il leur fut possible d'attraper le bâton tendu, puis le poignet, puis le bras de Nar-iaw, au visage défait et bavant, de le hisser sur le sol. Neh-Ishri'n' s'en chargea, d'une vigoureuse traction, envoyant valdinguer le vieil homme à plusieurs pas, où il resta à terre un moment, la nuque ployée, le dos soulevé et abaissé au rythme de sa respiration désordonnée. À peine si Moh'hr, quant à lui, accorda attention à la péripétie : il regardait l'autre rive de la faille, à l'endroit où ils étaient descendus, où Nî-éi (disait Neh-Ishri'n') s'en était allée. Au-delà de la petite bande d'arbres en bosquets. Au-delà du plateau. Mais il ne la vit pas. Il vit un groupe lointain de *nakoa* cornus, des oiseaux qui planaient à travers le ciel, mais il ne la vit pas, elle. Puis le ciel derrière lui devint rouge, alors il se tourna et regarda le ciel.

Ils trouvèrent sous l'écorce décollée de vieux arbres beaucoup de *nak'n'n'* à manger, certains au corps dur pourvu de pattes, la plupart sans, et mous. Neh-Ishri'n' attrapait les bestioles, les écrasait un peu pour qu'elles ne bougent plus et les donnait à Moh'hr, utilisant surtout le geste, eût-on dit, pour chercher son regard — et ne le trouvant pas. Elle lui donna aussi des mots auxquels il ne fit pas de réponse, comme s'il ne les avait même pas entendus. Elle donna quelques *nak'n'n'* au vieux, également, qui accepta les mous mais refusa les autres.

Ils grimpèrent dans un arbre pour y fermer les yeux.

Nar-iaw signifia par une grimace d'épouvante ce que provoquait en lui la perspective de grimper encore quelque part, ne fût-ce qu'à peine plus haut que sa tête, et resta au sol, au pied de l'arbre, à mâchouiller la boule chitineuse des peaux dures de *nak'n'n'* broyées par ses gencives et sa dernière dent — puis il se mit à parler, à dire les images quand les grands *edri'han-uôk* venaient, avant même que les *Loa* fussent sur le bord du lac. Comme il le disait, pareil, au pied d'un autre arbre, là-bas, avec devant les yeux, sous la lune et les points brillants du ciel qui scintillaient à la fois en haut et en bas, la vaste étendue brillante de *atanik-tô-nik-nik*.

Les mots s'élevaient jusqu'à Moh'hr, qui en attrapait un, un autre, et le laissait filer, comme on jette la main pour attraper une mouche paresseuse quand le soleil coupe. Les mots déposaient en lui des images qui n'étaient pas celles des *edri'han-uôk*, mais celles du clan — les images de Han-dzia-tô-nik-ok, de Ishri-ak-nehmo-jui, Oadwi, Nehmo-Akn, Oamo-atanik, et de Iw'oa-hua-hua aussi, les images de ceux et celles dont les noms bougent encore, de celles et de ceux qui n'en ont pas sur le visage. Les images de Neh-n'xkigli de retour, le ventre plat, des broussailles — alors que maintenant les pluies étaient revenues, qu'elles reviendraient encore. Les images du grand brouhaha joyeux qui avait rempli cette nuit de dépeçage du *nakoa-xri'*. Les dernières images de Nî-éi lui semblaient plus lointaines — elle marchait avec Neh-Ishri'n', toutes petites, à plusieurs longues-longues distances de bâton lancé...

La montagne commençait au bout du plateau. Avant de l'atteindre, il y aurait peut-être d'autres failles à traverser, pas plus visibles pour l'instant que ne l'avait été la première avant qu'ils se retrouvent soudainement au bord. Les bosses de son dos écrasé paraissaient plus massives. Elle montait haut sous le ciel et cachait d'autres terres plates, d'autres montagnes ensuite, avec, parmi elles, celle qui fumait mais n'était pourtant pas encore la plus grande à la source des nuages.

Bien davantage que le grand lac *atanik-tô-nik-nik*, la terre était sans limites.

Et Moh'hr garda les yeux ouverts jusqu'au bout de la nuit, jusqu'au retour de *nar-us-jui* le soleil. Quand la voix de Nar-iaw s'était tue, il avait écouté les bruits, regardant la montagne ; il écouta crier de loin en loin les oiseaux de la nuit comme ils criaient dans les sombres méandres de toutes les nuits. Il écouta la respiration régulière de Neh-Ishri'n', et c'était celle de Nî-éi qu'il entendait, comme il l'avait écoutée et entendue au cours des nuits d'avant...

Aux ombres très longues à peine venues sur terre, le trio avait déjà repris sa marche au-devant des nuages — vers la montagne à traverser, d'autres terres ensuite, d'autres montagnes.

Moh'hr allait devant, comme s'il eût marché seul. Si son regard se posait parfois sur Neh-Ishri'n', c'est qu'elle s'était portée à sa rencontre, non parce qu'il l'avait cherchée. Elle ne marchait pas loin de lui. Au fur et à mesure que les ombres raccourcissaient, la distance séparant Moh'hr et Neh-Ishri'n' de Nar-iaw s'allongeait. Pourtant le vieux ne traînait pas, le pas régulier, sans trébucher ni s'arrêter. Contrairement à Moh'hr et la petite femme aux cheveux rouges, il lançait de fréquents regards en arrière sur le chemin parcouru, ainsi qu'il l'avait fait durant tout le premier jour et une grande partie de la première nuit quand il attendait que Neh-Ishri'n' les rejoigne. Ou bien il cherchait, sur le sol et dans les buissons, dans les arbres, les traces possibles du passage des *edri'han-uôk*.

Il n'y eut pas d'autres failles tranchées dans le plateau. Les bosquets se firent plus clairsemés, et moins nombreux. Une petite bande de *edri-iaaw-hev'nehmo*, sans le mâle à crinière, suivit un temps, de loin, la marche des

*Loa*, ne cherchant pas à les approcher. Les deux groupes se surveillèrent mutuellement sans rien changer à leur trajet, jusqu'à ce que les *edri-iaaw-hev'nehmo* aperçoivent un rassemblement mélangé de *nakoa-xri'* au pelage zébré et de petits *xkigli* à cornes droites, survolés par les oiseaux blancs qui suivent les *nakoa-xri'* et mangent leurs crottes rondes. Les fauves bifurquèrent en direction du groupe animal. Plus tard, un peu avant que le soleil fût droit à travers les nuages, les *edri-iaaw-hev'nehmo* attaquèrent ; cela se produisit très loin de Moh'hr, Neh-Ishri'n' et Nar-iaw, mais ils virent la poussière soulevée par la course, ils entendirent les cris des *nakoa-xri'* dispersés, ils virent bondir en l'air les petits à cornes droites. La poussière retomba. La troupe de *nakoa* mélangés s'était rapprochée de la montagne, emmenant les oiseaux avec elle. Les fauves avaient dû attraper un *nakoa-xri'*, plutôt qu'un petit *xkigli* à cornes droites qui représentait moins à manger, car ils ne se manifestèrent plus.

Après cela le ciel se déchira comme il le faisait maintenant chaque jour une fois au moins. Les hautes fumées *ff'hrus* des nuages, plus noires que les ténèbres, se déversaient par-dessus la tête de la montagne avec un profond bruit de roulement continu. La lumière céleste traversait les remous et s'abattait sur le sol, agitée par de grandes secousses. Une des lumières déchiquetées toucha un bouquet d'arbres, comme cela s'était produit sur la rivière avec les *Nak-Booh-Loa*, sous les yeux de Moh'hr, et des oiseaux jaillirent des branches pareils à des boules noires et retombèrent, tandis que s'effondrait l'arbre fendu du haut en bas.

Ils avancèrent un moment encore, battus par les cataractes, avant de s'abriter sous le tronc couché d'un large *ak'uôk*, tombé depuis longtemps. Nar-iaw, comme une petite bête presque noyée, crachant l'eau, les y retrouva et s'accroupit avec eux, contre Neh-Ishri'n', sans un mot. Ils repartirent avant que la pluie cesse.

À la fin du jour au ciel qui saignait d'un bord à l'autre, ils furent au pied de la montagne, la vaste et plane étendue du plateau derrière eux. Des talus s'élevaient, entrecoupés d'espaces nus sableux que striaient les marques de l'averse, où ne poussaient que des herbes rases, des boules épineuses sans racines que la moindre traction arrachait. Ils trouvèrent une mare, beaucoup plus profonde qu'elle ne devait l'être quelque temps auparavant, au milieu du premier talus, dans une touffe d'arbres. S'y arrêtèrent. Les bords de la mare étaient peuplés de petites bêtes qui sautent et nagent ; il y avait des plantes flottantes à larges feuilles rondes, sur l'eau, avec des fleurs qui se mangent prêtes à s'ouvrir. Neh-Ishri'n' entra dans l'eau pour cueillir les fleurs, elle attrapa des petites bêtes. Nar-iaw les rejoignit dans la nuit ; il laissa Neh-Ishri'n' utiliser sa pierre *dzia* et la regarda ouvrir le ventre des petites bêtes. N'en mangea qu'une, et une fleur pas encore ouverte de feuille ronde sur l'eau. Il tremblait et respirait vite. Cette nuit-là, il ne dit rien des *edri'han-uôk*.

Moh'hr ferma les yeux. Dans l'autre territoire, il vit la femme *Nak-Booh-Loa*. Elle avançait vers lui, son bâton levé pour frapper, marchant comme on glisse, comme si ses jambes ne bougeaient pas ; elle lui parlait et il n'entendait pas ; sa bouche s'ouvrait sur des mots, non sur des mimiques, mais ne les disait pas ; elle avait, en dépit de son attitude, un visage tranquille et les coins de sa bouche relevés. Il était trop faible pour essayer seulement de parer le coup, quand celui-ci tomberait. Pourtant la *Nak-Booh-Loa* ne le frappa pas. Elle glissa. Les coins de sa bouche relevés, elle glissa, elle disparut. Nî-éi se tenait à sa place. Elle le voyait, c'était vers lui qu'elle regardait. Elle leva une main qui tenait par une patte une petite bête à la queue cassante.

Il revint brutalement des autres territoires dans son corps. Neh-Ishri'n' était près de lui et lui secouait l'épaule. Elle souffla :

— *Nakoa-atanik-edri...*

Le cri solitaire montait dans la nuit. Pas très loin. Le cri du *sh'ohr* que Nî-éi savait appeler, qui marchait avec elle pour la protéger. Moh'hr se dressa, accroupi, les mains serrées sur le bâton contre sa poitrine. Il aperçut, du coin de l'œil, Nar-iaw qui grimpait dans l'arbre le plus proche, et le plus accessible... le plus accessible au *sh'ohr*, également, le fauve noir n'ayant que quelques bonds à faire s'il décidait de l'attraper. Après avoir alerté Moh'hr, Neh-Ishri'n' se précipita vers un autre arbre, plus difficile d'accès, dans lequel elle monta jusqu'au second embranchement.

Moh'hr ne bougea pas. Nî-éi savait parler au *sh'ohr*, et le *sh'ohr* ne lui ferait pas de mal.

Il entendit son cri rapproché. Ferma les yeux. Il voyait, en dedans de lui, les images de Nî-éi quand elle avait parlé au puissant fauve noir. Le feulement étouffé s'éleva encore, plus éloigné cette fois. La bête passait. S'en allait. Moh'hr se mit debout, cria le nom du *sh'ohr* de toutes ses forces, et le cri froissa des feuilles sur la fuite soudaine de quelque petite bête apeurée, ou un oiseau. Il cria le nom du *sh'ohr* comme il aurait crié son propre nom, comme il avait compris que Nî-éi le criait quand elle avait appelé le fauve. Il perçut le gémissement de Neh-Ishri'n'. Nar-iaw le vieux n'avait pas réussi à se hisser à la première branche de son arbre. Le *sh'ohr* répondit, dans la nuit immobile, s'éloignant toujours, s'éloignant sans revenir, comme on jette un cri tranquille par-dessus son épaule — puis la nuit recommença de bouger, le sang piquant de couler sous la peau de Moh'hr. Et Moh'hr se tourna vers le vieux pétrifié, vers Neh-Ishri'n' aux yeux écarquillés. Il dit d'une voix forte :

— *Moh'hr atanik, ra-nar'h. Moh'hr sh'ohr Nî-éi !*

Il était grand et fort, il était l'ami du *sh'ohr* qui obéissait à Nî-éi. Grand et fort, il exécuta une série de pas, frappant rudement le sol de ses talons. Grand et fort, il secouait ses épaules et tenait le bâton tantôt dans une main, tantôt dans l'autre. Il grondait au fond de sa gorge, martelait la terre. Il avait les yeux clos et voyait des images de Nî-éi. Il ne suivit pas Neh-Ishri'n'dans l'arbre, ni ne grimpa dans un autre, pas même dans celui qu'avait choisi le vieux. Il s'assit où il se tenait quand Neh-Ishri'n' lui avait secoué le bras, il était grand et fort, ferma les yeux — mais ne retourna pas dans les autres territoires.

Ils trouvèrent la petite *neh-xkigli* aux ombres moyennes du jour, franchi un des talus qui s'entassaient vers la montagne, sur le revers d'une coulée de sable.

Elle ne montrait pas de traces de coups, pas de sang sur son pelage couleur de sable. Ne bougeait plus. Ses grands yeux sombres étaient ouverts et voilés, ses longues pattes aux ongles noirs repliées sous son corps, le cou tendu droit posé sur le sol, les oreilles comme des feuilles refermées. Ses cornes commençaient à peine de percer le haut de sa tête. Elle était venue jusque-là, s'était affaissée, un peu après avait quitté son corps. Des mouches volaient au-dessus d'elle, des fourmis couraient sur ses yeux, et dessous, dans les sillons de larmes sèches. Alentour, nulle autre empreinte que celles de ses pas. Et devant sa bouche, sous ses narines sombres, le léger creux fragile à peine marqué dans le sable par son dernier souffle.

Neh-Ishri'n' tendit la main, mais Moh'hr s'interposa et la détourna. Il s'agenouilla devant la petite *neh-xkigli* qu'aucune autre bête n'avait touchée ni frappée, qui avait marché jusqu'ici, et qui était tombée.

— *R'euh xkigli !* dit Neh-Ishri'n'.

Moh'hr repoussa encore sa main tendue, écarta le bâton qu'elle pointait sur le ventre blanc de la bête.

— *Iaaw*, dit-il.

Il regardait surtout le petit creux dans le sable, sous les narines. Des images se pressaient en lui mais ne parvenaient pas à sortir, elles poussaient derrière ses yeux, elles s'effondraient et tournoyaient dans son ventre. Il regardait la marque du souffle disparu, tombé du petit museau tranquille. Les images qui ne voulaient pas venir mouillèrent le bord de ses yeux, les mots qui ne voulaient pas se dire crièrent douloureusement dans sa gorge. Il restait seul au monde immense, respirant avec peine à côté de la bête inerte, quittée, et ne pouvant détourner son regard de la douce et terrible trace en creux dans le sable, posée pour un grand repos sous les narines parcourues de fourmis.

Il ne comprenait pas la raison de ses yeux humides, de la pression griffeuse sur sa poitrine. Ni pourquoi ces images à la fois lourdes et délicates, entrechoquées, ni au milieu du grand brassage celle de Nî-éi disant son nom, comme s'il était alors, vraiment, comme jamais, le plus grand et le plus fort des *Loa*.

— *Iaaw r'euh*, dit-il.

Il repoussa Neh-Ishri'n'. Avec elle, il s'écarta de la *neh-xkigli*. Il s'accroupit un peu plus loin. Après un temps, Neh-Ishri'n' fit de même. D'autres talus grimpaient, imbriqués, devenus la montagne, et Moh'hr ne les regardait plus.

Quand Nar-iaw arriva, Moh'hr l'empêcha de toucher la bête couchée entre ses pattes, comme il avait empêché Neh-Ishri'n'. Pas plus que Neh-Ishri'n', le vieux ne parut comprendre — et moins encore l'attitude de Moh'hr que la présence de la bête, là, sans une marque de sang sur elle. Il s'accroupit au côté de Neh-Ishri'n'. Avec elle, il attendit.

Moh'hr se dressa, alors que les premiers nuages noirs surgissaient au-dessus de la montagne. Négligeant leurs morsures, il ramassa quelques boules d'épines qu'il plaça sur le corps du *xkigli*, mais surtout sur sa tête et la légère empreinte, dans le sable, du souffle en allé. Neh-Ishri'n' et Nar-iaw le regardaient faire, bouche ouverte, les yeux ronds, oubliant de chasser les mouches qui couraient de leurs lèvres aux paupières. Il leur fit signe de se lever.

— *Han !* dit-il.

Ils se mirent debout. En les poussant devant lui, il les obligea à s'écarter de la bête en partie recouverte de boules d'épines. Les poussa à marcher, et quand ils s'arrêtèrent, hésitants, leurs yeux écarquillés plus rond encore, Moh'hr, lui, continua.

Il revenait sur ses pas.

Neh-Ishri'n' cria son nom. Il ne l'entendit pas. Elle courut derrière lui, le rattrapa bien vite, sans l'approcher trop cependant, gardant entre elle et lui une prudente distance de deux ou trois pas. Elle continua de l'appeler, doucement, disant son nom sur un ton fluet. Il fit vers elle un geste de sa main qui tenait le bâton, pour l'écarter davantage, qu'elle se taise, qu'elle ne cherche pas, d'une façon ou d'une autre, à le retenir et l'empêcher ; ce geste n'avait pas de violence en lui, pas même de rudesse, disait simplement que rien ne pouvait s'opposer à ses pas, ni les détourner d'où ils allaient. Alors Neh-Ishri'n' se tut. Elle s'arrêta, jeta derrière elle un regard vers le vieux. Regarda le vieux, regarda Moh'hr. De toute la formidable lassitude qui déformait sa silhouette, Nar-iaw appuya sur son bâton léger et se remit en marche. Passant à hauteur de Neh-Ishri'n', il hochait la tête, pour elle ou bien juste pour lui ; comme s'il approuvait quelque chose, quelque chose qui était venu, qui se trouvait maintenant entre montagnes visibles et non visibles, proche, ici et nulle part ailleurs, quelque chose qui était.

Moh'hr marchait encore. Neh-Ishri'n' venait à plusieurs lancers de pierre derrière lui, Nar-iaw à une distance sensiblement égale, derrière elle. La nuit descendue ne les avait pas arrêtés, ni même ralentis. Le ciel était uniformément tendu d'un terne barbouillage nuageux qui cachait la plupart des points brillants, voilait ceux qui restaient apparents, mais que traversait la lune grasse, ronde et rousse.

Moh'hr marchait, avec cette détermination du premier jour, quand Nar-iaw et lui suivaient la petite femme *loanak* dont ils ne savaient rien encore. Comme s'il voulait retraverser au plus vite tout le plateau, retraverser la faille, jusqu'à l'endroit où Nî-éi était partie, et rechercher ses traces, les suivre encore, et la retrouver ; comme s'il ne devait pas s'arrêter avant ; comme si la nuit, pas plus que la pesanteur tiraillante du corps, n'était de force à refréner son irrépressible élan.

La lune moins rouge, amaigrie par sa course, pâle sous l'effort, marqua une pause en haut du ciel et puis redescendit.

Moh'hr marchait. L'écart entre Neh-Ishri'n' et lui était resté pratiquement le même, tandis que celui qui séparait la femme aux cheveux rouges de Nar-iaw avait au moins doublé. Leurs ombres étaient douces et marchaient devant eux ; quand leur longueur atteignit la taille des corps qu'elles semblaient tirer en avant, Moh'hr s'arrêta enfin. De la terre plane du plateau qui s'étendait alentour émanait une langueur pesante de grande bête couchée, au repos.

Il se trouvait où ils avaient vu au loin la bande des fauves attaquer le troupeau de *nakoa-xri'* et les *xkigli*. Un instant, il donna l'impression que ses jambes tremblantes allaient plier, qu'il allait s'effondrer sur place. Son visage était creusé sous le poil dru, ses yeux brillants profondément enfoncés sous l'avancée des sourcils qui accentuait, eût-on dit, l'arête du front. Il chercha du regard parmi les arbres proches celui dont la taille et l'accès lui conviendraient ; trouva. En quelques enjambées, il l'avait atteint, grimpa jusqu'au premier embranchement sur lequel il s'installa. Neh-Ishri'n' arriva et se coucha immédiatement au pied de l'arbre. Du temps plus tard, Nar-iaw — Moh'hr et Neh-Ishri'n' avaient fermé les yeux.

Une pluie brutale, courte, s'abattit sur eux alors qu'ils se trouvaient encore groupés, dans la première lumière du nouveau jour revenu. L'averse dissipa ce qui restait de raideurs accrochées dans leurs chairs et leurs os. Au moins en ce qui concernait Moh'hr et Neh-Ishri'n'. Plus tard, le soleil perçant les nuages trouva l'homme et la femme à bonne distance, déjà, devant le vieux. Il y eut une autre pluie dans le milieu du jour, aussi violente et brève que celle du matin, de laquelle ils se protégèrent au creux d'une légère dénivellation, dans l'entrée d'un terrier — vide — de ces *nakoa* que Nî-éi appelait *r'rh-o-r'rh-o*. Ils le quittèrent avant que Nar-iaw les y retrouve — ils le virent arriver au loin, comprenant que le vieux *Loa* les avait vus, comprenant aussi, à son allure, qu'il continuait de chercher des traces de grands *edri'han-uôk*, qu'il ne cherchait en fait rien d'autre, certainement pas Nî-éi, certainement plus la très haute montagne à la source des nuages qu'il savait maintenant trop lointaine pour ses forces.

Ils se tenaient dans le creux du terrier puant abandonné, et Neh-Ishri'n' dit, comme si elle ne voulait surtout pas que son regard rencontre celui de Moh'hr, regardant fixement devant elle en direction de la silhouette apparue du vieil homme à la démarche cahotante :

— *Nî-éi v'rhx. Moh'hr iaaw hr'iaw. Iaaw hua-hua.*

Il ne gronda même pas. Neh-Ishri'n' pouvait dire encore et encore que Nî-éi était partie, qu'il ne la verrait plus, ne lui parlerait plus. Il dit, tranquillement :

— *Moh'hr hr'iaw Nî-éi. Dwî, dwi, Moh'hr hr'iaw Nî-éi.*

Il la retrouverait, dans peu de temps ou dans longtemps.

Neh-Ishri'n' garda la bouche fermée mais renifla sur un ton qui signifiait son total désaccord avec la certitude exprimée par son compagnon...

Dans peu de temps ou dans longtemps, il la retrouverait. Il saurait pourquoi elle les avait quittés — et si c'était bien pour les raisons qu'il croyait, si c'était bien comme les images qu'il se faisait en lui. Si elle avait voulu retrouver le *sh'ohr* qui la protégeait et avec lui chercher la haute montagne d'où sortent tous les nuages, dont il lui avait dit l'existence. Peut-être trouverait-elle, avec l'aide du *sh'ohr*, un chemin plus court pour atteindre la montagne et les territoires où la pluie ne manque jamais ? Les images étaient en lui, à lui seul — il n'en fit pas le partage avec Neh-Ishri'n'.

Moh'hr et Neh-Ishri'n' parvinrent à la faille alors que le ciel était encore voilé, *jui-orhg* la lune grasse et rouge.

Ce n'était pas l'endroit où ils avaient émergé du précipice quand ils l'avaient franchi ; tenter de traverser dans le sombre, au hasard, n'était pas chose à faire. Neh-Ishri'n' chercha et trouva des baies à manger, ainsi que des fruits allongés en forme de gros bâtons courts dont il fallait peler la peau grenue avant d'y mordre. Moh'hr ferma les yeux. Dans les oreilles le bruit de l'étroite rivière montant du fond de la faille... Quelque part dans les autres territoires où il se trouva à un moment, il vit Nar-iaw sur le dos d'un énorme *edri'han-uôk*. Il n'avait jamais vu *edri'han-uôk* aussi grand, aussi haut, avec son long nez souple qui atteignait les plus élevés des arbres. Il cria à Nar-iaw de descendre, mais Nar-iaw lui répondit avec des signes pour dire qu'il se trouvait très bien où il était. Puis Moh'hr ouvrit les yeux, et Nar-iaw était là, en train de rassembler de l'herbe pour sa couche, mâchouillant un des fruits cueillis par Neh-Ishri'n', faisant de petits bruits satisfaits de fond de gorge qui tremblaient dans la peau plissée de son cou. Neh-Ishri'n' le regardait. Nar-iaw remarqua les yeux ouverts de Moh'hr et s'approcha de lui en sautillant ; il dit qu'il avait retrouvé des traces laissées par les grands *edri'han-uôk*, que ceux-ci avaient donc découvert un passage où franchir la faille — ou bien c'étaient des autres ? Moh'hr lui demanda s'il était venu jusqu'ici sur le dos du plus grand *edri'han-uôk* ; Nar-iaw hocha la tête, fit le signe qui disait oui, c'était ce qu'il avait fait, et ses yeux brillaient, sa bouche était fendue, coins relevés joyeusement. Après quoi il se coucha — l'instant suivant il respirait tranquillement, sa paupière fermée. Un moment s'écoula, avec les bruits de la rivière, avant que Moh'hr s'approche et demande dans un souffle :

— *Edri'han-uôk ?*

Elle soutint son regard sans comprendre — sans répondre. Moh'hr grogna et recula jusqu'à sa place, où il garda longtemps les yeux ouverts posés sur le vieil homme ronflant.

Ils marchèrent sur le bord de la faille, avec le gouffre et le soleil du côté de la main qui frappe, suivant la direction prise par l'eau de la rivière. Ne trouvèrent pas le passage dont avait parlé Nar-iaw, où les *edri'han-uôk*, selon lui, avaient traversé, mais avant que les ombres soient les plus courtes, dans la lumière lourde, Moh'hr s'engagea dans un éboulis en pente douce vers le fond de la cassure. Les montagnes laissées en arrière avaient retrouvé leur apparence écrasée, leurs dos bossus imbriqués les uns dans les autres Elles tremblaient. La fumée de *mohgr'ffhui*, au-delà, était de nouveau visible dans le ciel, où elle rejoignait l'écoulement des nuages, s'y mêlait comme une eau de petite rivière s'ajoute à celle d'une plus grosse. Au soleil droit, ils avaient atteint le bas de la gorge étroite. Pas loin de là, dans les pierres nues de la berge, plusieurs *tôhr'us nakoa* au cou pelé festoyaient d'une proie cachée dans quelque anfractuosité. Le bruit de l'eau bondissante emportait toute parole qui ne fût pas criée — ainsi, celles de Nar-iaw signalant la présence des oiseaux mangeurs de chairs, que Moh'hr et Neh-Ishri'n' n'entendirent pas (ou ignorèrent : ils avaient vus l'un et l'autre les *tôhr'us nakoa* mais ne leur accordèrent pas plus d'un coup d'œil).

Ils traversèrent sans difficulté, sautant de pierre en pierre, sans qu'il soit besoin d'aider Nar-iaw. L'eau n'était pas plus large qu'un petit jet de bâton. L'escalade de l'autre bord se révéla plus longue, mais presque moins difficile que la descente, serpentant d'un niveau de la paroi à l'autre. Ils se rabattirent les cheveux sur les yeux pour se protéger de la lumière éblouissante qui claqua dès avant la moitié haute de la roche — Nar-iaw ne put que cligner très fort la paupière de son œil valide.

Au sommet, le groupe fit une courte pause. Mais le ciel s'était remis à gronder ; Moh'hr et Nar-iaw regardaient l'étendue du plateau comme s'ils devaient résister à l'attirance de son horizon hachuré par les arbres. Neh-Ishri'n' était la seule à ne pas paraître pressée de se remettre en marche — elle boitait, une cheville grossie par un choc contre une pierre, qu'elle enserrait dans le morceau de peau mouillée et liait avec des tiges de feuilles assouplies : ils ne l'attendirent pas tandis qu'elle confectionnait le bandage, se trouvaient déjà loin quand elle se remit sur ses jambes.

La pluie les immobilisa une partie de la seconde moitié du jour, au pied d'une ravine de terre. Ensuite, ils recommencèrent de chercher, mais les averses avaient mangé toute trace, vieille ou récente — à l'exception de vastes tas de crottes de *edri'han-uôk* que des bandes grouillantes de petits oiseaux avaient immanquablement découverts avant eux ; à chaque fois, Nar-iaw gloussait et s'agitait, scrutant les lointains de chaleur tremblante, dans l'attente d'y repérer la présence des grands animaux...

Moh'hr savait que les traces de Nî-éi ne résistaient pas à la violence de *tô-nikhr's* et qu'il ne la retrouverait que par le regard.

Au bout du jour, ils n'avaient vu ni la petite femme ni le moindre grand *edri'han-uôk* — dont Nar-iaw s'était pourtant évertué à hurler le cri de nombreuses fois, semant le trouble et la dispersion parmi les oiseaux piocheurs de crottin.

Mais ils trouvèrent l'homme assis sur le bord de la pierre plate, sous l'arbre *dû* aux troncs dressés comme les doigts d'une main.

Ils virent d'abord les *'riekek*, qui s'enfuirent à travers les broussailles à leur approche, un et puis l'autre, comme des ombres sales, avec de petits cris de colère sourde pour avoir été dérangés dans leur affût. Ensuite ils le virent, lui — comprenant la présence des *'riekek*.

Il était assis sur la pierre, ne bougeait pas, pareil à un morceau de tronc de l'arbre au pied duquel il leur apparut.

À distance prudente, ils attendirent. La lumière s'épaississait, comme si la terre où elle s'enfonçait se fût élevée en même temps vers elle, mélangée par l'haleine rôdeuse du vent doux. Mais ils n'avaient rien à craindre de lui. Il était seul et ne bougeait pas, ne montrait pas de bâton pour frapper, ni fit aucun geste quand les cris des *'riekek* irrités s'élevèrent parmi les buissons, aucun geste quand Moh'hr le premier, puis Neh-Ishri'n' et Nar-iaw, se découvrirent et s'approchèrent. Il les regarda venir.

Il était plus vieux que Nar-iaw. Son visage n'avait plus de poils, sinon quelques touffes, comme de l'herbe maigre et sèche, sous le cou. La chair sous sa peau avait été usée par une longue présence et ne cachait plus rien du relief de ses os. L'odeur puissante de ce qui avait coulé de son ventre sur la pierre, entre ses jambes, flottait autour de lui. Les mouches couraient sur ses cuisses et son torse à peine soulevé à petits coups, sur son visage rond aux traits affaissés. Il n'exprima rien, les regardait, un reflet de la douce couleur fatiguée du soleil dans son regard enfoui.

Il n'avait qu'une main. L'autre bras se terminait sous la pliure du coude par un bourrelet informe de cicatrices. À côté de sa main, sur la pierre, quelques morceaux de fruits ronds comme des oeufs — et pas un seul arbre porteur de ces fruits visible dans les environs immédiats. Avant d'être là, le vieux *loa-nak* venait peut-être de très loin. Il ne disait rien, ne manifestait rien, sinon au fond des yeux la satisfaction de les voir près de lui (et peut-être d'avoir éloigné les *'riekek* pour un temps).

Ils s'écartèrent un peu de son odeur et des mouches bourdonnantes, s'assirent à quelques pas. Avec la pierre *dzia* de Nar-iaw, Neh-Ishri'n' coupa des morceaux dans le tronc de l'arbre *dû*, qu'ils mangèrent. Moh'hr mâcha une bouchée, la recracha dans sa main et vint la présenter au vieux *loa-nak*. Le soleil à peine sous terre, l'autre bout du ciel à travers les branches des arbres s'éclairait d'une couleur pâle et rosissante, comme si trop de rouge écrasé d'un côté débordait de l'autre. Le vieux assis sur la pierre leva sa main unique, les doigts tremblants, et Moh'hr déposa la chair mâchée de l'arbre *dû* dans sa paume creuse.

— *R'euh*, dit Moh'hr. *Oh'k r'euh.*

Faisant le geste pour manger, vers la bouche, et le geste bon pour le ventre.

Le vieux montra de la tête qu'il entendait. Ses lèvres s'ouvrirent, laissant tomber un mot :

— *Dû.*

Il connaissait, *comme Moh'hr et les Loa*, le nom de l'arbre qu'il savait bon à manger !

— *Dû !* s'exclama Moh'hr. *Ak'dû ! R'euh dû ! Oh'k r'euh dû !*

Neh-Ishri'n' et Nar-iaw s'approchèrent. Le vieux assis sur la pierre bougea encore la tête et dit, agitant sa main remplie de pulpe de l'arbre *dû* toujours tendue vers Moh'hr :

— *Loa.*

Moh'hr tressaillit et poussa un faible cri de surprise. Sitôt après l'étonnement, il se frappa le thorax, désigna Neh-Ishri'n', puis Nar-iaw, approuvant :

— *Loa ! Loa... Moh'hr. Nar-iaw. Neh-Ishri'n'. Loa !*

— *Booh*, dit le vieux assis sur la pierre, levant son bras à la main manquante et tapotant sa cuisse du moignon informe. *Booh. Noto.*

— *Booh !* s'écria Moh'hr.

— *Noto*, dit le vieil homme.

— *Booh ! Booh !* s'exclamait sourdement Moh'hr, répétant le mot, prenant à témoin ses compagnons.

Le *Booh* bougeait la tête affirmativement, ses yeux brillaient. Sa main qui contenait la bouchée d'arbre mâché était retombée sur sa cuisse, comme si la force lui manquait pour l'élever vers sa bouche, à moins qu'il n'y songeât plus, n'en eût même pas l'envie.

Les *Booh* qui n'étaient pas venus sur le bord du lac pour les longues pluies, ainsi qu'ils le faisaient ordinairement, étaient là ! Les longues pluies attendues étaient là, les *Booh* étaient là ! Il y en avait un, ici, que les siens avaient laissé derrière eux et qui n'avait pas encore quitté tout à fait son corps à jamais, qui connaissait le nom des *Loa*, et le mot des *Loa* pour dire l'arbre *dû*... Les yeux de Neh-Ishri'n' et ceux de Moh'hr se mouillèrent, les coins de leur bouche étaient relevés haut ; Nar-iaw coassait des gloussements béats.

Ils se pressèrent autour du vieux, le touchèrent aux épaules et sur la tête, sur la poitrine — les coins de sa bouche, à lui aussi, étaient remontés, dans le fouillis de rides de son visage rond. Moh'hr l'aida à soulever sa main vers ses lèvres, mais il ne voulut pas manger. Il dit des mots légers, embrouillés, et voyant qu'ils ne comprenaient pas, au bout d'un long temps d'efforts infructueux, il cessa de les répéter. Moh'hr demanda où étaient les *Booh*, d'où ils venaient, où ils allaient, et si le groupe était encore un groupe fort. Il disait des mots ronds et clairs, face au *Booh*, son visage tout près du sien. Le vieil homme répondit parfois.

Les *Booh* étaient encore un groupe fort. Ils allaient vers le lac, avec les longues pluies qu'ils avaient attendues et qui maintenant étaient là. Ils venaient de très loin, où la terre était sèche et craquelée dans les rivières, le bord des lacs de plus en plus large, les bêtes maigres. Il s'appelait Noto ; c'était un nom sur le point de finir — il ne verrait plus le grand lac : il attendait, ici, le moment de quitter son corps assis sur la pierre. Nar-iaw demanda avec des gestes si les *Booh* avaient vu les grands *edri'han-uôk* et le vieux répondit par le signe d'affirmation — ce qui fit briller davantage l'œil de Nar-iaw, un court instant.

Le *Booh* gardait son regard accroché à celui de Moh'hr, hochant la tête. Il dit encore des mots, esquissa des gestes avec sa main refermée sur la pulpe mâchée. Beaucoup de mots dits par le *Booh* étaient incompris de Moh'hr, ou prononcés trop faiblement pour que Moh'hr reconnaisse leurs images ; de grands silences précédaient les mots *Loa* qu'il prononçait, de loin en loin — mais il semblait très déterminé à les dire, en dépit de la difficulté. Certains des mots épars s'assemblèrent en fragments d'images derrière les paupières de Moh'hr, qui lui apprirent que d'où venaient les *Booh*, les *mohgr'ffhui* cracheurs de fumées étaient plusieurs, mais la plupart se taisaient. Après que Moh'hr eut manifesté sa compréhension, quand il eut dit cela, le vieux *Booh* se tut. Son regard enfoncé restait brillant. Sa main aux doigts refermés s'était mise à trembler, contre sa cuisse flasque.

Moh'hr s'écarta. Neh-Ishri'n' vint s'accroupir à son côté, bras posés sur les genoux. Elle essayait d'attraper son regard. Nar-iaw était resté près du vieux *Booh*, comme s'il attendait l'instant où celui-ci se mettrait à lui parler des grands *edri'han-uôk*. Puis Neh-Ishri'n' s'éloigna de Moh'hr et frappa la terre des mains et des pieds, à quelques pas, avant de s'y coucher.

Moh'hr ne ferma pas les yeux. Les images saisies à l'aide des mots du vieux *Booh* tournaient en lui. Il les voyait mais ne comprenait pas la raison pour laquelle le vieux les avait dites — comme s'il savait que Moh'hr allait vers la plus grande des montagnes au commencement des nuages.

Nar-iaw se mit à raconter le temps où les grands *edri'han-uôk* traversaient les territoires des *Loa*. La lune était déjà bien haute quand il se tut. Il resta accroupi devant le *Booh*, sans bouger ; on entendait sa respiration forte, difficile, qui semblait s'interrompre parfois. Après longtemps d'immobilité, le vieil homme assis sur la pierre porta enfin sa main remplie de pulpe à sa bouche. Il se mit à mâcher lentement, avec de grandes interruptions dans la mastication. À un moment, il parut tendre la main vers Nar-iaw, offrir la poignée de pulpe en partage — ou ce n'était qu'un geste avorté, pour autre chose... ou pas même un geste véritable —, mais cela ne changea ni l'immobilité et le silence de Nar-iaw, ni sa respiration heurtée.

Moh'hr se glissa de nouveau jusqu'au vieil homme assis, trouva tout de suite son regard éclaboussé de lune.

— *Moh'hr*, dit-il d'une voix basse mais audible, en se touchant la poitrine. *Moh'hr mohgr'ffhui...*

Le vieux hocha la tête. De sous ses lèvres à peine bougées tomba le nom de Moh'hr, répété, pour montrer qu'il savait, qu'il avait bien compris. Il ouvrit ses doigts, faisant le geste du groupe — le reste de pulpe d'arbre *dû* tomba sur la pierre entre ses jambes —, disant :

— *Moh'hr Loa. Mohgr'ffhui... Moh-ohr's.*

Oui, il savait.

C'était comme sec, d'un seul coup, sous le crâne de Moh'hr. Sa bouche s'ouvrit, avec un petit gémissement coulant de sa gorge serrée — il la referma vivement, pour empêcher que ne s'en échappe ce qui ne devait pas.

— *Iaaw moh-ohr's*, souffla le vieil homme, avec, parmi les mots *Loa*, celui qui n'était ni *Loa* ni *Booh*.

Il n'avait jamais vu la grande montagne cracheuse de fumées et de lumière brûlante qui devient de la pierre noire.

Moh'hr attendit.

Le vieux *Booh* n'en dit pas plus.

Et Moh'hr prononça, d'une voix cassée, levant la fin du mot pour demander :

— *Ohr'sh ?*

Le vieil homme fit de ses doigts maculés le geste de ce

qui coule de la montagne. La bouche de Moh'hr s'était emplie d'eau — qu'il avala avec bruit. Il dit, face au visage rond creusé de rides embrouillées :

— *Nî-éi ?*

Il montra le geste pour la *neh*, et le vieil homme hocha la tête.

— *Booh*, dit-il.

Moh'hr demanda où se trouvaient les *Booh* :

— *Booh atanik-tô-nik-nik ?*

— *Atanik-tô-nik-nik*, dit Noto.

Son regard enfoncé dans le crâne brillait toujours de la même façon. Étincelle vacillante.

Moh'hr regarda Nar-iaw, mais l'œil de celui-ci était fermé. Il s'écarta à reculons, prit son bâton là où il l'avait laissé un instant auparavant. Neh-Ishri'n', qui s'était redressée, l'appela :

— *Moh'hr ?*

— *Nî-éi*, dit-il.

Elle ouvrit de grands yeux incrédules et secoua la tête négativement.

— *Nî-éi !* répéta violemment Moh'hr.

Il se mit en marche aussitôt.

Les mots dits par le vieil homme assis sur la pierre ne venaient pas des autres territoires invisibles où il avait pu aller. C'étaient des mots solides, et, parmi eux, celui qui n'existait que dans la bouche de Moh'hr et celle de Nî-éi. Si le vieil homme connaissait ce mot-là, c'était pour l'avoir entendu de la bouche de Nî-éi — ou de la bouche de ceux à qui elle l'avait dit.

*Ohr'sh : le feu.*

# 13

À présent Moh'hr allait lentement.

D'abord, il avait couru à petites foulées, veillant à ce que l'ombre marquée par la lune reste toujours du côté de la main qui frappe, afin de garder la bonne direction. Ses jambes s'étaient vite alourdies, le dessous de ses pieds redevenu douloureux. L'ampleur de ses pas se réduisit progressivement et il trébuchait souvent.

Le vent levé plus fort glissait sur ses épaules. Quand les nuages cachèrent la ronde et pleine lumière de *jui-orhg*, avalant les ombres qui lui indiquaient le bon chemin à suivre, Moh'hr garda le vent dans son dos pour tout repère. Il s'arrêta une fois, au cri du fauve montant soudain de la nuit épaissie. Le sang dans son corps se changea en poussière. Pendant qu'il écoutait, immobile, la respiration suspendue, la sueur sécha fraîchement sur sa peau. La force en lui battait précipitamment dans sa poitrine et jusque dans son ventre. Il attendait un autre cri de la bête — qui ne vint pas. Mais c'était bien le cri du *sh'ohr* : l'image derrière les yeux de Moh'hr se faisait de plus en plus nette, forte.

Il remarqua la présence de Neh-Ishri'n' un peu plus tard, alors qu'il s'était remis en marche. Elle venait loin derrière lui — il la vit qui sortait d'un bouquet de hautes broussailles aux troncs courts, reconnut aussitôt son allure boiteuse. Elle était seule. Si Nar-iaw la suivait, il se trouvait hors de vue. Moh'hr continua d'avancer, le dos tourné aux doigts du vent et à la petite femme aux cheveux rouges ; il ne donna plus un seul coup d'œil pour s'assurer de sa progression.

Ses jambes étaient maintenant comme disparues sous lui. Il fit encore quelques pas et tomba à genoux, rudement. Une fulgurance vive traversa l'ankylose qui entravait ses pas. Les yeux fermés avant qu'il touche terre, ses paupières cillèrent à peine sous le choc et son visage n'exprima pas mieux qu'une secousse. Il demeura ainsi, comme il s'était affaissé. Le dos raidi corseté droit par les élancements, les épaules tombées. Il ne lâcha pas le bâton — qui avait perdu, à un moment, le morceau de peau protectrice entortillé autour de sa pointe.

Puis il rouvrit les yeux et la lumière était revenue autour de lui, partout, tombée des nuages qui remplissaient le ciel tout entier. Le soleil ne signalait sa présence que par de minces fils pendus, de loin en loin, aux fissures brièvement ouvertes dans la compacte cavalcade de la horde de hautes fumées. Le vent sur terre soufflait toujours, mais pas très fort, dans plusieurs directions emmêlées, soulevait le sable et le faisait tourner sur les rides du sol ; il retombait parfois tout à fait en même temps que la poussière lourde.

Moh'hr roula sur le côté ; il dut s'étirer avec précaution, lenteur, comme le font les *nakoa*, avant de pouvoir commander à son corps de se relever — avant que son corps, surtout, obéisse au commandement. Chacun de ses muscles avait la dureté du bois, et il risquait de les casser en forçant à l'effort brutal. Neh-Ishri'n' attendait, accroupie à quelques pas, serrant ses jambes relevées dans ses bras croisés, visage à peine visible derrière les mèches broussailleuses que le vent rabattait, le regard au ras des genoux, son bâton posé à ses pieds. Une fois Moh'hr debout, elle se leva à son tour, d'un mouvement à peine moins engourdi, et comme il ne la regardait pas elle attira son attention d'un bruit de gorge. Il vit qu'elle portait autour de son cou, pendue entre ses seins, la pierre *dzia* de Nar-iaw maintenue dans son tressage d'herbes.

Elle prit la pierre, passa le tressage par-dessus sa tête, la tendit à Moh'hr.

— *Nar-iaw dzia Moh'hr*, dit-elle.

Il regarda la pierre *dzia* dans la main tendue. Le vent léger faisait bouger l'extrémité du lien de tressage ballant.

— *Nar-iaw dzia Moh'hr*, redit Neh-Ishri'n'.

Moh'hr prit la pierre. Il la porta à ses narines : la présence de Nar-iaw était dans les fibres torsadées que noircissaient beaucoup de sueurs. Neh-Ishri'n' fit le geste de passer la pierre à son cou. Elle dit :

— *Nar-iaw, dwî-nar-iaw Booh.* (Et puis touchant ses jambes.) *Iaw han.*

Nar-iaw était resté avec le vieux *Booh* ; il ne voulait plus marcher. Donnait sa pierre à Moh'hr. Et Moh'hr, en regardant la pierre entre ses doigts, voyait l'image du dernier souffle du *xkigli* à la surface du sable. Il passa le lien tressé autour de son cou.

Plia une jambe. L'autre. Et puis un second pas, et puis encore. Et puis les suivants. Il ne se souciait pas, visiblement, que Neh-Ishri'n' le suive ou non. Quand il perçut derrière lui sa démarche boiteuse heurtant la terre et les pierres, son visage durci ne changea pas, ni son regard. Il scrutait le sol à la recherche d'une trace ou bien regardait vers le plus loin qu'il pût — cherchant la présence des *Booh* avec qui se trouvait Nî-éi. Avec qui elle s'était trouvée.

Il n'y avait pas d'ombres sous les nuages qui cachaient le soleil et brisaient sa lumière, pourtant la chaleur pesa très vite, non pas coupante mais poisseuse, lourde à respirer.

Si les *Booh* avaient marqué des traces, depuis l'endroit où ils avaient laissé derrière eux le vieux à la main unique, le vent après la pluie, et la nuit au-dessus, les avaient effacées. Moh'hr avait pu s'en éloigner un peu ou beaucoup, sans possibilité de savoir — la direction de *atanik-tô-nik-nik* où se rendaient les *Booh*, selon ce qu'avait dit le vieil homme, contenait de très nombreuses possibilités de passages.

Il ne savait pas si Nî-éi était encore avec eux de son plein gré, ou s'ils l'avaient forcée.

Elle les avait rencontrés, était restée parmi eux suffisamment de temps pour échanger des mots. Les *Booh* savaient beaucoup de choses et connaissaient peut-être son langage qui nommait *nam* les *Loa* ou les *Booh.* Elle avait dit les mots *Loa* qu'il lui avait donnés. Elle avait passé suffisamment de temps avec eux pour leur dire celui de tous les mots qui était comme un seul doigt de sa main et un seul doigt de la main de Moh'hr. Ayant dit tous ces mots, et même celui-là qui ne pouvait être entendu et vu que par elle et lui, pourquoi aurait-elle marché ensuite avec les *Booh* vers l'endroit qu'elle fuyait, où elle avait affronté les *Nak-Booh-Loa* sur la rivière ? Pourquoi serait-elle encore avec les *Booh* s'ils ne l'avaient pas empêchée de les quitter ? Et si elle les avait quittés, s'ils ne l'avaient pas empêchée, alors elle se trouvait ailleurs et certainement pas vers où il se dirigeait.

Dans le milieu de cette partie du jour, avant le plus haut soleil, Moh'hr trouva les traces.

D'abord, blême comme un os, la marque d'une branchette brisée, à la hauteur d'une main, puis la branchette au sol, plus loin — brisée et abandonnée pour rien, comme aucun *nakoa* ne le ferait —, et cette marque conduisant aux empreintes de pas qui traversaient une petite ravine de terre ameublie par la pluie.

Il émit un grognement de satisfaction, se pencha sur les traces. Plusieurs *loa-nak* — les *Booh* recherchés, sans aucun doute — étaient passés là. Les empreintes avaient toutes sensiblement la même taille, mais pour certaines le devant du pied était plus enfoncé dans la terre que les autres, comme si un des *Booh* pesait davantage. Il ne vit pas les empreintes plus petites de Nî-éi.

Plus loin, c'était encore plus net : les *Booh* s'étaient arrêtés là au cours de la nuit passée — alors que Moh'hr trouvait le vieux assis sur la pierre. Ils s'étaient couchés au creux d'un petit talus, en partie effondré sous le poids d'un arbre que la sape des soudaines pluies violentes avait ébranlé. Des herbes et plantes rases arrachées dans les environs leur avaient servi de litière ; ils avaient mangé des petites bêtes à la queue cassante, dont Moh'hr retrouva quelques pattes, un *'n'arsha* dont il retrouva l'épine de queue, et un *nanakoa* coureur des sables, dont il retrouva les plumes et la tête sans le bec d'os ; pour manger, ouvrir et dépiauter les diverses petites bêtes, ils s'étaient servis d'éclats produits avec les pierres trouvées sur place. Des basses branches de l'arbre penché avaient été cassées, ainsi que de plus petites aux buissons proches : il n'en restait que quelques lambeaux d'écorce épluchée, parmi les éclats de pierre friable. Le groupe était beaucoup plus important que les doigts d'une main :

presque deux mains, pour ce que Moh'hr put en voir dans leurs traces. Il y avait des empreintes de pieds plus étroites et menues, des *uesh* très petits, et d'autres qui pouvaient aussi bien appartenir à des *uesh* qu'à Nî-éi.

Parmi les traces quittant l'endroit de la nuit, on retrouvait celles, marquées en profondeur, du *Booh* plus lourd que les autres.

Moh'hr suivit les traces, tant qu'elles existèrent — pas longtemps. Après qu'elles eurent disparu du roc affleurant, dans les pierres rondes et sur la terre légère, Moh'hr continua dans la direction qu'elles semblaient suivre. Il ne se trompait pas et en retrouva des fragments ici et là, pendant un temps encore, avant qu'elles disparaissent tout à fait des abords de ses propres pas. À faible distance derrière lui, marchait Neh-Ishri'n', qui ne s'intéressait ni aux traces sur le sol ni à rien d'autre sinon simplement être là, avec Moh'hr. Qui ne cueillait même plus aux buissons des grains à manger, comme elle le faisait avant. Elle marchait quand il marchait, s'arrêtait quand il s'arrêtait, repartait quand il repartait. Ne disant mot. Comme si de parler tellement d'ordinaire avait épuisé la provision de mots qu'elle portait en elle. Elle se baissait parfois pour resserrer le morceau de peau sur sa cheville gonflée et, ce faisant, son regard ne cessait d'aller et venir avec inquiétude entre l'occupation de ses doigts et l'éloignement grandissant de Moh'hr, distance qu'elle s'appliquait à réduire au plus vite en courant et balançant sa claudication, ce qui ne manquait pas de dénouer le morceau de peau nouvellement resserré.

La pluie tomba avec une soudaine brutalité qui n'eut d'égale que sa brièveté. Les oiseaux qui plongèrent vers les arbres s'étaient à peine posés dans les branches, repliant leurs ailes et ployant le cou dans leurs épaules, l'averse était déjà finie, le soleil crevait les nuages pour la première fois du jour. Les oiseaux s'ébrouèrent et reprirent leurs vols rasants, piquant pour attraper dans les flaques et les eaux ruisselantes toutes les petites bêtes que l'ondée avait fait sortir de terre. L'averse fuyait au loin à une allure bondissante de *xkigli*, poursuivie par les couleurs irisées et fugaces qui tombaient du soleil ; elle effaçait tout sur son passage, les arbres, la terre levée des collines jusque sous le ventre des nuages, qui réapparaissaient aussitôt derrière elle, chargés de scintillements de lumière. Puis le soleil fut de nouveau enfermé, avant que sèchent les cheveux de Moh'hr et Neh-Ishri'n'.

Il ne trouva pas les *Booh*.

D'autres averses s'étaient abattues, pareilles : brutalement venues, rapidement éloignées, chaque fois effaçant un peu plus des traces qui avaient résisté aux précédentes — si bien que Moh'hr ne cherchait même plus à en repérer, le regard à hauteur de sa taille en permanence.

La pluie brillante et grise qui s'éloignait découvrit, audelà d'un vaste espace presque nu du plateau, la troupe nonchalante des *edri'han-uôk* parmi les silhouettes griffues des arbres dispersés. Et au centre de cet espace dégagé, au pied d'un arbre dressé comme le dernier vivant d'une bande dont les nombreuses carcasses fracassées parsemaient l'alentour, la présence menue, tellement menue dans l'environnement de carnage.

Moh'hr la reconnut aussitôt à la touffe broussailleuse et claire des cheveux. Il accorda à peine un coup d'œil aux lointains *edri'han-uôk*. Après l'assaut tranchant de la surprise en pleines jambes, il se mit à courir.

C'était bien elle.

Elle l'avait vu venir et s'était redressée, s'appuyant non pas sur son bâton mais sur un morceau de branche.

Quand elle le reconnut, et celle aux cheveux rouges comme la terre derrière lui, les yeux de Nî-éi s'agrandirent — un bref instant, elle ne sut si l'image surgie du passage de la pluie se trouvait bien devant ses yeux, ou alors derrière, en elle. Son visage s'épanouit. Elle essaya de se lever sur ses jambes mais l'effort requis était trop grand pour ce qui lui restait de forces.

Moh'hr s'écroula près d'elle. Lui aussi paraissait ne pas savoir si elle était davantage qu'une image en dedans des yeux, et son visage à lui aussi, quand il sut, fut touché par une lumière plus claire. Il recherchait son souffle, les battements dans sa poitrine cognaient en désordre, violemment.

— *Moh'hr...*, dit-elle.

Il vit pourquoi des branches avaient été brisées, à l'endroit occupé par les *Booh*, la nuit d'avant : elles étaient fixées autour de la jambe de Nî-éi, depuis le pied jusqu'à la hanche, par des liens d'écorce tressée. La peau de la cuisse gonflée visible sous les ligatures entrecroisées était luisante, de couleur assombrie, maculée de terre et de sang. Du genou à la cheville, la jambe était enveloppée, sous l'attelle, de feuilles lacérées et broyées. Un tampon identique, de mousse et de feuilles, était maintenu par un tressage sur le haut de son ventre, au niveau de la protubérance de chair tortillée qui est la marque de la venue sur le territoire des hommes par le ventre d'une femme.

Moh'hr la regardait. Il avança la main et la toucha au genou de sa jambe libre. Elle hochait la tête pour garder ses cheveux écartés, afin de le voir et de se laisser voir ; de l'eau qui n'était pas celle de la pluie noyait ses yeux, coulait au bord de ses narines et sur les coins relevés de ses lèvres tremblantes. Elle lâcha la branche cassée sur laquelle elle s'appuyait, mit sa main sur celle de Moh'hr. La peau était éclatée au bout de ses doigts.

— *Moh'hr, Nî-éi*, dit Moh'hr.

Et puis, montrant la jambe assurée par les branches :

— *Booh ?*

Elle fit le signe pour dire ce qui n'est pas. Ferma les yeux, laissa aller sa tête en arrière contre le tronc rugueux de l'arbre ; les coins de ses lèvres demeuraient relevés, les larmes continuaient de couler du bord de ses paupières. Puis elle redressa la tête, regarda Moh'hr.

— *Moh'hr ?* dit-elle avec le signe indiquant l'endroit où ils se trouvaient.

Elle semblait toujours ne pas savoir vraiment s'il était là, devant elle, la main sur son genou, si elle avait vraiment les doigts sur les siens.

— *Moh'hr hr aâtanik Nî-éi*, dit Moh'hr.

Il l'avait cherchée, il avait regardé longtemps au loin, pour la trouver.

Il dit :

— *Ohr'sh...*

Nî-éi hocha la tête, ferma les yeux.

— *Ohr'sh...*, souffla-t-elle.

Neh-Ishri'n' les rejoignit et se tint à plusieurs pas, où elle s'accroupit et resta dans la position, même après que Nî-éi lui eut montré son visage satisfait de la voir. Elle semblait craindre de s'approcher plus, attendant que Moh'hr l'y invite, eût-on dit, qu'il lui accorde un regard — mais il était comme s'il ne savait même pas sa présence. Elle conserva sa position immobile tandis qu'ils parlaient ; écouta, comme Moh'hr, les paroles et les gestes de Nî-éi disant sa chute dans les pierres au cours de la descente de la faille, et comment elle était revenue dans son corps après en être partie un certain temps —

jusqu'à la nuit —, comment elle avait réussi à remonter, comment elle s'était traînée ensuite après avoir soutenu du mieux possible, avec une branche sèche ramassée, sa jambe qui ne marchait plus.

— *Booh ?* dit Moh'hr.

Elle était revenue une seconde fois dans son corps. Les *Booh* l'avaient trouvée.

Elle savait qui ils étaient car Moh'hr avait prononcé des paroles les concernant ; elle avait des mots *Loa* en elle pour parler avec les *Booh*, qui possédaient également des mots *Loa*. Ils étaient nombreux, grands, aussi grands que ceux de la rivière avec qui elle s'était battue, aussi grands que Moh'hr ; ils semblaient forts, des petits dans les bras de certaines *éi*, des *nî-nam* qui marchaient sans qu'on les porte, et presque autant de *éi* que de *nam* pour faire le groupe. Ils l'avaient écoutée dire vers quoi elle marchait, lui avaient fait redire encore, et dire encore, ce qui les amusait visiblement beaucoup et déclenchait entre eux, dans leurs mots, des échanges fournis.

Les *Booh* s'étaient occupés d'elle ; ils l'avaient emmenée avec eux, bien qu'elle eût tenté de leur faire comprendre son intention de poursuivre sa marche au-devant des nuages. Plusieurs s'étaient relayés pour la porter sur leur dos. Ils avaient immobilisé sa jambe à l'aide de branches cassées aux arbres et de liens tressés avec des écorces. Elle ne voulait pas aller avec eux. Mais ils ne lui faisaient pas de mal, au contraire, ils agissaient ainsi pour lui éviter d'être mangée par un fauve à grandes dents — ils ne comprenaient pas que le *sh'ohr* noir la protégeait. Enfin, quand il fut évident pour les *Booh* qu'elle n'était qu'un fardeau pénible, même pas satisfaite de ce qu'ils faisaient pour elle, uniquement préoccupée des nuages et de la montagne qui les crachait, ils la laissèrent au pied de l'arbre, comme ils avaient laissé avant elle le vieux qui n'avait plus voulu marcher et préférait quitter son corps.

Nî-éi dit tout cela. Quand elle regardait Neh-Ishri'n', celle-ci détournait les yeux.

Les *Booh* avaient laissé des choses à manger à côté d'elle — des baies et des fleurs dures, dans la peau d'un *nakoa* sans pattes. Elle n'y avait pas touché. Elle avait la peau comme sous un soleil très haut et très fort, couverte de sueur. Les lèvres sèches et craquelées, collantes quand elle les tenait fermées un temps.

Moh'hr porta la main à sa jambe maintenue par les morceaux de branches, mais elle l'empêcha de la toucher. Elle le laissa soulever les mousses et feuilles broyées sur son ventre, regarder la profonde déchirure des chairs, écartée sur l'intérieur visqueux qui se devinait à travers la mousse prise dans le sang durci. Il ne fit rien d'autre que regarder, puis replaça les feuilles sur l'entaille. Nî-éi chercha ses yeux — dans le brillant des siens, il y avait la peur.

Il prit des baies et des fleurs fripées, les porta à la bouche de Nî-éi, mais elle refusa d'entrouvrir les lèvres et mit la tête de côté.

— *Iaaw*, dit-elle faiblement avec le mot *Loa*.

Il reposa les baies et les fleurs dans la peau du sans-pattes. Le soleil trouait les nuages à grands coups de griffes, et puis se rétractait. Haut dans le ciel tournaient les vols en rond, glissants, de mauvais oiseaux.

Les branches feuillues de l'arbre étaient trop élevées. L'endroit n'était planté que de rares buissons bas, couverts d'épines et de petites fleurs rouges. Les autres arbres étaient tombés depuis longtemps, leurs branches fracassées découvrant les os gris striés d'entailles et de fissures, dans le fouillis des lambeaux d'écorce pendants. Moh'hr ramassa des branches, arracha des écorces, avec quoi il dressa un abri précaire au-dessus de Nî-éi, calant des pierres à la base des morceaux de bois qu'il avait appuyés les uns contre les autres, les liant avec les filaments d'écorce.

C'était un abri bien piteux que l'averse suivante traversa aussitôt, mais Nî-éi, les yeux clos sous la pluie qui frappait sa peau trop chaude frissonnante, semblait pourtant soulagée, très satisfaite des branches enchevêtrées au-dessus d'elle. Moh'hr se tenait à côté ; la pluie frappait droit sur sa tête et découvrait la peau plus claire de son crâne sous les cheveux ; frappait ses épaules et son dos arrondi, coulait dans ses yeux, dans sa bouche ouverte dont il avançait la lèvre inférieure pour boire.

Neh-Ishri'n' n'avait pas bougé, accroupie où elle se tenait depuis son arrivée. Elle avait regardé faire Moh'hr, quand il allait et venait, ramassant les branches pour en confectionner l'abri au-dessus de Nî-éi, et elle ne l'avait pas aidé, n'avait pas décollé ses fesses des talons ni décroisé ses bras de devant ses jambes. Elle n'avait pas cessé de le suivre des yeux, chacun de ses gestes, comme si elle n'eût pas voulu autre chose qu'un mot, un regard de Moh'hr pour la forcer à l'aider, lui n'ayant ni ce mot ni ce regard, seul à pouvoir faire ce qu'il faisait, ne la voyant même pas, ne sachant même plus qu'elle se trouvait là et attendait, attendait depuis l'instant où elle avait posé son bâton et s'était accroupie.

Cette pluie-là dura plus longtemps. Puis les nuages s'ouvrirent et la lumière rousse déferla.

Les *edri'han-uôk* s'étaient rapprochés. Moh'hr les avait vus, dans les autres territoires ; il avait vu Nar-iaw sur le dos de l'un d'entre eux. Ils étaient plus que les doigts d'une main, parmi eux un petit qui n'avait pas la moitié de la taille des autres. Les grandes oreilles battaient et ils cueillaient les branches du dessus des arbres du bout de leur long nez comme une main.

Moh'hr regarda les *edri'han-uôk.* Il ne les craignait pas, en dépit de leur taille immense — un *loa* debout pouvait passer entre leurs pattes sans leur toucher le ventre. Il portait en lui toutes les images de *edri'han-uôk* dites par Nar-iaw. Il les regardait s'approcher tranquillement. C'étaient des *edri'han-uôk* pareils aux images de Nar-iaw, avec les dents recourbées vers le ciel, au-dessus de la bouche, et non vers la terre et sous la bouche. Les plus grands et les plus lourds. Ceux que Nar-iaw voulait voir depuis qu'il en avait découvert les traces, qu'il attendait encore, sans doute, assis avec le vieux *Booh* sur la pierre. Les *edri'han-uôk* iraient-ils vers eux ?

Moh'hr raconta Nar-iaw et les *edri'han-uôk* à Nî-éi. Il voulait voir se relever le coin de ses lèvres et s'effriter la peur dans ses yeux mi-clos — qu'elle écarquilla brusquement quand il dit avoir vu le vieux *Loa* sur le dos du grand *edri'han-uôk.*

— *Iw' !* affirma Moh'hr avec force.

Neh-Ishri'n' fit un bruit de gorge hoquetant.

Moh'hr dit avec des gestes, et de tout son corps, comment Nar-iaw se tenait sur le dos du grand *edri'han-uôk.* Il dit que Nar-iaw était avec les grands *edri'han-uôk* comme les doigts réunis d'une main, tout comme Nî-éi l'était avec le *sh'ohr*, et lui, Moh'hr, avec la lumière vive du ciel en colère.

Il dit qu'ils étaient forts et que Nar-iaw lui avait montré comment poursuivre la marche : les *edri'han-uôk* viendraient jusqu'à eux, Nî-éi et lui monteraient sur leur dos, et les *edri'han-uôk* les emporteraient vers la grande montagne. C'était Nar-iaw qui les avait appelés, et ils étaient venus. De la même façon que Nar-iaw avait donné la pierre *dzia* à Moh'hr, il lui donnait les grands *edri'han-uôk*.

Moh'hr dit cela. Et après l'avoir dit, se tut.

Elle avait fermé les yeux, sa poitrine se soulevait et s'abaissait régulièrement, produisant un petit crissement régulier.

La terre fumait dans la chaleur rouge. Les oiseaux *tôhr'us nakoa* volaient plus bas : Moh'hr ne les regardait même pas — il avait volé sur les épaules blanches du plus grand, qui parlait à tous les *tôhr'us nakoa*, ne les redoutait pas. Les cris des *edri'han-uôk*, comme des déchirements, parvenaient jusqu'à eux.

Moh'hr attendit la nuit.

Il saisit son bâton et se leva. Un moment fut debout, le bâton dans sa main, au-dessus du sommaire abri de branches sèches qui recouvrait en partie Nî-éi, et puis se décida. Il démonta l'entrelacs et posa les branches de chaque côté de la petite femme qui n'avait pas ouvert les yeux, dont la respiration régulière continuait de soulever et d'abaisser son torse, avec le petit bruit comme un crissement de *nakoa-n'n'*, dans sa gorge, derrière ses lèvres entrouvertes. Il s'éloigna en direction des *edri'han-uôk*.

Il allait comme son ombre de lune. Le rond de lumière jetait une clarté coupante ; la transparence éblouissante de la peau de son ventre révélait la présence sombre des nuages avalés.

Jusqu'avant la nuit, les *edri'han-uôk* s'étaient progressivement rapprochés, puis ils avaient pris la direction de la source des nuages, où quelque part sur le plateau se tenait Nar-iaw avec le vieux *Booh* qui attendait de quitter son corps. Moh'hr ne savait pas si Nar-iaw, lui aussi, s'était arrêté de marcher pour attendre de quitter son corps, ou parce qu'il voulait voir passer encore les grands animaux. Confusément, il aurait voulu que ce fût pour cette raison, car il y avait encore de la force en Nar-iaw, qui n'était pas comme le vieux *Booh*, qui avait ses mains, ses pieds, qui devait simplement ne pas marcher aussi vite que Moh'hr.

Il allait vers les *edri'han-uôk*, dont la troupe scindée formait maintenant plusieurs groupes qui s'éloignaient. Allait à découvert. Le vent revenu lui apportait l'odeur forte des grandes bêtes. Brusquement, sans qu'aucun signe préalable le laisse prévoir, un des *edri'han-uôk* se détourna du dernier groupe et vint droit sur Moh'hr que la stupéfaction figea tout net.

Le temps d'un souffle contenu, d'un battement violemment levé dans sa poitrine, Moh'hr regarda marcher vers lui le gigantesque animal, loin encore, à plusieurs lancers de bâton, mais qui semblait pourtant remplir toute la nuit, sans hâte, balançant son long nez, faisant craquer des branches sèches sous ses pas, les oreilles écartées, puis le *edri'han-uôk* s'arrêta, les battements retombèrent dans la poitrine de Moh'hr, et il ne parvenait pas à savoir si le grand *edri'han-uôk* avait décidé brusquement de ne plus lui accorder attention ou s'il ne l'avait même jamais vu, s'il avait toujours ignoré sa présence. Le *edri'han-uôk* s'approcha d'un arbre — Moh'hr savait ce qu'il allait faire, les images dans ses yeux étaient celles que la femme *Nak-Booh-Loa* lui avait données, quand elle s'était adressée à lui dans les autres territoires, après que la rivière frappée par la lumière aveuglante l'eut emportée, ou bien celles que Nar-iaw avait si souvent dites, mais c'étaient des images en lui, et qui savaient. Le *edri'han-uôk* était presque aussi grand que l'arbre près duquel il s'était arrêté. Il commença par arracher quelques branches avec son long nez, les porta à sa bouche et les mangea. Puis il appuya son front contre le tronc, poussa. L'arbre tout entier trembla dans un froissement. On entendait souffler fort le *edri'han-uôk*. Il plaça ses longues dents massives et recourbées de chaque côté du tronc qu'il enserra de son long nez. Poussa et tira. Après plusieurs poussées, le tronc craqua et se fendit de bas en haut sans que les deux parties se détachent, obligeant le *edri'han-uôk* à les écarter avec ses dents.

Moh'hr, debout, pétrifié, la poitrine cognante, regardait.

Le craquement de l'arbre fit tressaillir Neh-Ishri'n'. Levant les yeux, elle vit le *edri'han-uôk* déchirer le tronc fendu qui s'ouvrit en libérant un faisceau d'entrailles de bois, raides et blanches sous la lune. La silhouette de Moh'hr semblait jaillir de la terre, sorte de racine improbable levée au-dessus des pierres, le vent devant et derrière lui.

Elle reporta son attention sur Nî-éi, dont les yeux grands ouverts la fixaient. Elle ne voulait pas.

Elle saisit fortement la branche à deux mains, la posa en travers du cou de la petite femme et pressa de tout son poids. Les bras de Nî-éi se dressèrent comme des troncs flexibles qu'on relâche après les avoir courbés, une main s'accrocha dans les cheveux de Neh-Ishri'n' qui gronda de douleur et s'arc-bouta davantage, mit les genoux de chaque côté de la branche, la tête de Nî-éi entre ses cuisses, sous son ventre, et le cou broyé émit un craquement mou en même temps que celui, plus sec, de la branche, et le souffle échappé de la bouche démesurément ouverte glissa contre le ventre de Neh-Ishri'n' qui appuyait encore ; elle appuya avec un grondement rageur tandis que le bras qui frappe de Nî-éi retombait et touchait sa poitrine avec un bruit de glissade, elle appuya et se rejeta en arrière, lâchant d'une main la branche fendue, tandis que l'autre main de Nî-éi s'agrippait toujours aux cheveux rouges et forçait Neh-Ishri'n' à secouer fortement la tête, lâchait enfin prise, ou plus exactement, plus simplement, retombait avec dans les doigts crispés les cheveux arrachés. Neh-Ishri'n' recula, à genoux, le souffle court. S'arrêta à une longueur d'ombre. Ramassa son bâton qu'elle serra à deux mains contre elle.

Ne s'enfuit pas plus loin qu'une ombre pas très longue, à chaque instant plus courte, sous la lune montante.

Le *edri'han-uôk* mangea l'arbre en entier.

Quand il eut terminé, ne restait que la souche de racines extraite de la terre et surmontée d'un long éclat de tronc effilé, auquel, pour une raison quelconque, il ne toucha pas. Alors il s'éloigna à pas balancés et pesants.

Moh'hr le suivit.

Les autres *edri'han-uôk* du troupeau avaient disparu dans la nuit. Celui qui avait mangé l'arbre en solitaire ne chercha pas à les rejoindre, ne s'éloigna pas très loin. Il plia les genoux et se coucha, basculant comme on tombe, comme on s'écroule, sur le côté. Moh'hr crut ressentir le tremblement du choc écrasé au sol, sous ses pieds. Parmi les images dites par Nar-iaw, aucune ne montrait un grand *edri'han-uôk* couché sur le flanc. Il continua d'avancer vers la bête.

Il avança. Sa poitrine battait, sa bouche ouverte était sèche. Il ne pouvait pas s'arrêter ni revenir sur ses pas. Il avança jusqu'à ce que le corps du grand animal lui cache tout le ciel. L'odeur forte irritait ses narines et le ventre du *edri'han-uôk*, là-haut, se soulevait, descendait, au rythme des ronflements terribles qui emplissaient la nuit plate.

Moh'hr pouvait tendre la main. Il pouvait le toucher, poser ses doigts sur la peau craquelée maculée de croûtes terreuses. Il était immense, lui aussi, seul et debout à côté de la bête qui l'avait laissé venir, qui le laissait être là tandis qu'elle était partie dans les autres territoires, où sont tous ceux qui vont aussi à la surface de la terre. Il était debout à côté du grand *edri'han-uôk* couché et ronflant, il pouvait le toucher.

Mais il ne le fit pas. Il recula.

Puis il courut.

Elle était couchée sur le dos parmi les branches grises éparpillées, les bras le long du corps. Moh'hr dit son nom, le cria. Le gronda. Moh'hr grogna son nom comme un terrible cri — mais elle ne bougeait pas, n'entendait pas, la bouche déformée au-dessus de sa gorge écrasée ne disait rien, les yeux grands ouverts dans la lumière de lune ne voyaient rien. Il mit ses mains sur elle ; elle était douce encore. Il la poussa avec ses mains à plat, puis du dos de ses mains — elle ne résistait pas. Il l'appela et l'appela encore d'une voix cassée, amenuisée, l'appela, portant le nom de Nî-éi au murmure, comme elle avait été, dans son langage, celle qui n'est pas avec les autres, dans la poitrine de qui, maintenant, plus rien ne battait.

Il avait été fort comme la lumière du ciel en colère, un jour au bord de la rivière.

Il avait été fort comme la nuit, quelques instants auparavant, debout sans peur au côté du grand *edri'han-uôk* allongé.

Il prit les mains de Nî-éi et les posa, l'une après l'autre, sur son ventre. Entre les doigts de la main qui frappe, les cheveux rouges arrachés jaillissaient en touffes raides.

Moh'hr se mit lentement debout, cria le nom du *sh'ohr* qui rebondit dans la nuit blême et bleutée, loin, frôlant la terre et courant dans les herbes, coulant dans les fissures, les anfractuosités, pénétrant les terriers, ouvrant les yeux de toutes les petites bêtes enterrées, filant à travers les broussailles, loin, escaladant les pentes, dévalant les ravines, loin jusqu'aux rivières qui s'enfoncent dans les lacs d'eaux tranquilles, écarquillant les yeux ouverts des *nakoa* de la nuit, ouvrant les yeux fermés de ceux du jour, loin, le nom du *sh'ohr* qui traversa sans les interrompre les ronflements puissants du grand *edri'han-uôk*, sans le déranger, le nom du *sh'ohr* qui protégeait la petite femme, loin, loin, partout.

Le nom du *sh'ohr* à l'appel de qui rien ni personne ne répondit.

Alors, Moh'hr marcha vers Neh-Ishri'n' agenouillée. Il leva le bâton avec lequel il n'avait jamais frappé, pour ne pas émousser l'étrange pointe dont il n'avait toujours pas compris la taille. La pointe entra sans peine dans le ventre de Neh-Ishri'n' et ressortit au bas de son dos.

Moh'hr retira le bâton, recula pour éviter la chute roulante du corps, en avant. La bloquant du pied, il posa la pointe du bâton sur le cou découvert et enfonça le pieu. Il la maintint au sol en appuyant. Repoussant et écartant ses mains qui tentaient d'attraper le bâton, il s'abattit sur son ventre, les genoux en avant. Il arracha la pierre *dzia* pendue à son cou, la dégageant, d'une secousse du poignet, de son tressage de nervures et d'herbes. Et trancha. Sans attendre. Trancha avec la pierre, depuis le trou percé dans le ventre par le bâton jusqu'entre les seins éclaboussés, et ce qui bat palpitait encore dans la poitrine de Neh-Ishri'n' quand Moh'hr l'arracha à pleine main, battait encore dans sa main quand il trancha les liens de chair qui le retenaient au-dedans du corps ouvert, fumant de chaleur délivrée.

Moh'hr s'élança vers Nî-éi, dans une main ce qui battait déjà moins fort, peut-être déjà plus, dans l'autre main la pierre *dzia*.

Un autre jour revint. Avant, des *'riekek* crièrent au-delà des arbres les plus éloignés. Moh'hr ouvrit les yeux, de retour des autres territoires où il n'avait rien vu, et son corps frissonna.

Le *edri'han-uôk* était parti.

La lumière rasait le sol, étirant des ombres sans fin, sous les courants de hautes fumées qui traversaient le ciel et venaient de là-bas.

Il regarda Nî-éi, et ce n'était plus elle. Il avait devant les yeux l'image de sa bouche aux commissures retroussées. Il posa les lambeaux d'écorce sur le torse ouvert entre les os, sous le sein, au fond duquel plus rien ne battait, plus rien n'avait voulu se remettre à battre. La chair inerte prise à Neh-Ishri'n' était au sol, contre l'épaule affaissée de Nî-éi.

Il s'éloigna. Puis s'arrêta, revint sur ses pas, ramassa le bâton et la pierre *dzia*. S'éloigna de nouveau, quitta l'endroit couvert des troncs et branches dans lesquels le sang des arbres ne coulait plus depuis longtemps, ne coulerait plus. Sous le premier arbre feuillu, il s'accroupit. Son ventre gargouillait. Il regarda la terre étendue sans limite, plus loin que ne voyaient ses yeux, où elle continuait pourtant — il le savait, puisqu'il avait marché dessus.

Il regarda la terre et les montagnes sombres, et le ciel, et il voyait tout ce qui n'avait pas de nom, sur la terre et dans le ciel, pesant sur ses yeux, pesant sur ses épaules, pesant dans le sang qui battait dans lui.

Il avait porté le nom de Moh'hr et répondu au nom de Moh'hr, « Celui qui regarde la montagne lointaine ». Il entendait la voix de Nî-éi prononcer son nom à son oreille.

— *Ohr'sh*..., souffla-t-il, lèvres à peine bougées, juste pour que le mot se couche dans son oreille et l'apaise.

Moh'hr regarda descendre les grands oiseaux.

Il marchait, tirant son ombre derrière lui, son ombre immense et lui minuscule. Marchait. Un pas et puis un autre pas, une pierre *dzia* luisante de sang séché au cou, un bâton sale à la pointe émoussée dans la main, tournant le dos aux montagnes sombres d'où montaient les nuages, marchait vers *atanik-tô-nik-nik*, le grand lac, qui est l'endroit où sont les *Loa*.

## DU MÊME AUTEUR

*Aux Éditions Denoël*

CE SOIR, LES SOURIS SONT BLEUES (Folio nº 3312)

LES CAÏMANS SONT DES GENS COMME LES AUTRES

HANUMAN

LE BONHEUR DES SARDINES

FŒTUS PARTY

CANYON STREET

LA GUERRE OLYMPIQUE

MOURIR AU HASARD

LES HOMMES SANS FUTUR

UNE JEUNE FILLE AU SOURIRE FRAGILE

UNE AUTRE SAISON COMME LE PRINTEMPS

NOIRES RACINES

LA NUIT SUR TERRE

SOUS LE VENT DU MONDE

I. QUI REGARDE LA MONTAGNE AU LOIN (Folio nº 3031)

II. LE NOM PERDU DU SOLEIL (Folio nº 3313)

III. DEBOUT DANS LE VENTRE BLANC DU SILENCE (Folio nº 3462)

IV. AVANT LA FIN DU CIEL (Folio nº 3716)

V. CEUX QUI PARLENT AU BORD DE LA PIERRE (Folio nº 3831)

*Aux Éditions Gallimard*

L'ÉTÉ EN PENTE DOUCE (Folio Policier nº 210)

*Aux Éditions du Seuil*

LE RÊVE DE LUCY
LA NUIT DE L'ENFANT TUEUR

*Aux Éditions Verticales*

LA FORÊT MUETTE

*Aux Éditions Pétrelle*

LA PISTE DU DAKOTA (Folio nº 3490)

*Aux Éditions Rivages*

LE PACTE DES LOUPS
SI LOIN DE CAÏN
NATURAL KILLER
LE MÉCHANT QUI DANSE

*Composition Euronumérique*
*Impression Maury Imprimeur*
*45330 Malesherbes*
*le 28 juin 2016.*
*Dépôt légal : juin 2016.*
*1ᵉʳ dépôt légal dans la collection : décembre 1997.*
*Numéro d'imprimeur : 209966.*

ISBN 978-2-07-040398-1. / Imprimé en France.

307901